KB053574

악녀의 정의

III

악녀의 정의

주해온 장편소설

III

D&C BOOKS

차 례

13장. 패션의 완성은 · 7

14장. 레오프리드 · 83

15장. 아이들의 장난감 · 193

16장. 잠자는 숲속의 몬스터 · 265

17장. 제사보다 젯밥 · 387

13장
패션의 완성은

패션의 완성은

"물론 조건이 있습니다."

드디어 알베르의 야근이 결실을 맺을 때가 되었다. 나는 천천히 여유로운 미소를 지었다.

"무슨 조건이죠?"

말이 끝나기 무섭게 유소프 백작이 물었다. 나보다 그가 더 절실해 보였다.

"아시다시피 서부 지역민들은 굉장히 힘든 상태입니다. 물 한 모금, 빵 한 조각이 부족한 상황이에요. 그래서 한 번으로 끝나지 않고 지속적인 지원이 필요해요."

나는 한 박자 쉰 다음 말했다. 솔직히 도박에 가까운 조건이었다.

"신축 곡창이 완성되고 향후 5년간 저장되는 곡물의 절반을 서곡창에 주셨으면 해요."

"그건……."

"백작의 말씀대로 돈 주고도 섭외하기 힘든 인재들이에요."

"알고 있습니다만……. 이건 저 혼자 결정할 문제는 아닌 것 같군요. 5년에다가 절반이라니, 비율이 너무 높습니다."

나도 잘 알고 있다. 일부러 터무니없이 높은 조건을 부른 것이다. 내가 생각한 기간은 3년에 30퍼센트 정도다.

솔직히 이것도 썩 공평한 거래는 아니었다. 건물을 지어 주는 것도 아니고 인력—물론 중심이 될 주요 인력이지만—을 지원해 놓고 3년간 30퍼센트는 현대 한국의 계약 조건 감각을 가진 나로선 과하진 않나 싶었다.

하지만 남곡창의 상황을 고려해 알테와 상의했을 때 3년간 30퍼센트는 서로에게 이득이라 결론지었다.

남부 지역으로선 얼마 없는 현금을 쓰지 않고 고위 마법사를 고용할 수 있으니 그 정도 비용에도 충분히 만족할 것이다.

"글쎄요. 저는 나름대로 오랜 시간 여러 가지를 생각해 제시한 조건이라서……. 그럼 백작께선 어느 정도가 적정하다고 생각하시는지요."

썩 내키지 않는다는 투로 묻자 유소프 백작은 고민에 잠겼다. 나는 자료를 살피는 척하며 남곡창의 적자 상황과 적체량이 늘어날수록 적자가 된다는 그래프를 그의 눈에 잘 보이도록 밀었다.

잠시 계산기를 두드리던 백작이 고개를 들었다.

"분명 저희로서도 놓치지 싶지 않은 매력적인 제안인 건 확실합니다. 마력석도 그렇고 마법사도 그렇고, 딱 저희가 원하는 것을 조건으로 제시하시는군요."

"과찬이십니다."

"이 일은 신중할 필요가 있는 것 같습니다. 단순히 한 번으로 끝나는 게 아니라 몇 년 동안 지속될 문제니까요."

나는 유소프 백작을 살폈다. 원하는 조건을 물었는데도 아까와 똑같은 대답이니 흥정을 위해서인지 아니면 진심인지 헷갈렸다.

곧 그의 얼굴에서 진심을 찾고 마음을 단단히 굳혔다. 여기서 밀어붙여야 한다. 이 방에서 나가면 내가 가지고 있는 패에 대해서 다 조사할 것이다.

특별히 못 알아낼 정도로 기밀인 정보도 아니었다. 남곡창에서 날 얕잡아 보고 방심한 틈을 타서 준비한 것이기 때문에 오늘 끝내야 한다.

남곡창에서도 원하는 조건이기 때문에 지금 회의를 끝내더라도 분명 나와 다음 약속을 잡을 것이다.

그러나 애초에 이것은 지원을 받느냐 못 받느냐의 문제가 아니었다.

남부 지역의 분위기상 무상 지원에 회의적인 것은 어쩔 수 없다. 하지만 유상 지원이 되는 순간 지원 자체에 호의적인 유소프 백작이 고개를 끄덕이는 게 정해진 수순이었다.

내 목적은 얼마나 많은 것을 얻어내는가였다.

"유소프 백작께서 남곡창의 총책임자 아닌가요? 황태자 전하께서는 백작의 능력을 믿고 일임했다고 하시던데요."

"일임하셨다곤 하나 이건 너무 큰 사안입니다."

"남부 지역은 재해가 오지 않는 한 계속 풍요롭겠죠. 혹여 몇 년 흉작이 찾아온다고 해도 지금 저장량만으로도 안전하게 버틸 수 있고요."

이건 분명한 사실이다. 곡물 소비량과 저장량을 비교해 놓은 도

표는 첫 번째 자료에 이미 다 명시해 놓았다.

"남곡창의 적체량은 계속 끊임없이 쌓일 겁니다. 곡창을 추가로 짓는 것은 반드시 필요한 일이죠."

유소프 백작의 표정이 심각해졌다. 내 말에 동의하면서도 여전히 지금 바로 정할 수는 없다고 생각하는 듯했다.

"지역 예산을 할애하는 것보다 곡창의 곡물을 쓰는 게 남부 지역에도 이득 아닌가요? 이번이야말로 끊임없이 쌓이는 곡물을 처리할 아주 좋은 기회입니다. 현금화도 안 하실 거잖아요. 수년간 그대로 쌓여 있는 것인데 쓸 수 있을 때 써야죠. 오히려 예산을 아끼는 일이라고 생각합니다."

"그렇긴 하지요."

나는 그 흙먼지가 날리던 텁텁한 거리에서 본 사람들과 불법 노예상 근거지에서 봤던 사람들을 떠올렸다. 그 사람들이 더 이상 고통받지 않았으면 했다.

"또 저는 신축 곡창으로 범위를 한정했어요. 새로 쌓이는 것인데다가 매년 반을 서곡창에 배분하면 그리 많은 양도 아닐 텐데요. 전 괜찮은 조건이라고 생각하지만 비율이나 기간을 조정할 의사도 있어요."

3년간 30퍼센트. 서부 지역이 서서히 정상화된다는 것을 전제로 현재 남부 지역의 수확량 추세를 기반으로 예상했을 때, 다음 구휼을 어느 정도 해결할 수 있는 양이다.

많은 양이 맞다. 하지만 남곡창 전체에 비하면 일부일 뿐이다. 서곡창이 워낙 텅텅 비었기에 곡물을 저장할 기회가 왔을 때 잡아야 한다.

유소프 백작은 여전히 고민이 많아 보였다. 그로서는 지금 정하지 않고 나중에 따로 협의하는 게 확실히 유리하다. 나라도 그럴 것이다. 기회가 날아가는 것도 아니니까.

강수가 필요하다. 여태까진 그의 동정심을 자극해 협상을 이끌어 왔지만 지금 그는 행정가의 눈을 하고 있다. 남부 지역의 이익과 내부 사정에 대해 되짚어 보는 것이다.

"불가하시다면 저희로서는 어쩔 수 없지요. 이 제안은 없던 걸로 합시다. 저희에겐 2안이 있습니다."

다른 마법사를 구하는 것은 쉽다. 하지만 그러기 위해서는 예산을 써야 한다.

남부 지역은 농민들이 대다수라 세금 중 현물의 비율이 높고 이걸 팔지 않기 때문에 현금이 다른 지역에 비해 적다. 남아도는 곡물로 해결하는 게 좋다는 걸 그도 알고 있다.

백작은 손바닥에 얼굴을 묻고 생각에 잠겼다. 머릿속에서 주판알 굴러가는 소리가 나한테까지 들렸다.

나는 잠자코 기다렸다. 여기서 더 그를 설득하려 해 봤자 역효과다. 없는 걸로 해도 상관없다는 듯이 굴어야 한다.

"……좋습니다. 공녀께서 말씀하신 조건, 수락하도록 하죠. 다만 비율을 조정했으면 합니다."

"흠, 어떤 식으로요?"

너무 좋아하는 티를 내지 않으려 노력하며 무심하게 물었다.

"기간을 줄이든지 비율을 줄이든지 했으면 좋겠습니다. 기간을 줄인다면 2년으로, 비율을 줄인다면 15퍼센트 정도로요."

둘 중 하나를 선택한다면 기간을 줄이는 게 낫다. 햇수가 늘어날

수록 서부 지역의 생태도 회복될 테니까.

2년간 50퍼센트라…….

남부 지역의 곡물량을 고정해서 생각하면 3년간 30퍼센트보다 많지만, 실질적으로는 곡물량이 누적될 테니 더 적은 양이었다. 물론 3년째에 남부에 흉년이 들지 않는다는 전제하에.

절대 수치보다 중요한 것은 서부 지역의 상황이었다. 올해는 마력석과 곡물을 교환해 구휼을 무사히 넘길 테니 식량이 가장 부족한 것은 내년, 그다음은 내후년일 것이다.

차라리 그때 곡물이 한꺼번에 많이 들어오는 게 나을까? 3년 후에는 서부 지역에서 자생할 수 있을까?

속으로는 온갖 생각을 다 하면서도 겉으로는 불만을 표시했다.

"둘 다 탐탁지 않네요. 5년을 2년으로 줄이는 것은 좀……. 제가 5년 50퍼센트라 한 것은 많은 숙고 후 내린 결정입니다. 일부러 허패虛牌를 내민 것이 아니에요. 남부의 의견을 배려하겠다고 했지만 다 맞춰 주겠다는 뜻도 아니고요."

입에 침도 안 바르고 말했다. 영 틀린 말은 아니었다. 5년 50퍼센트는 내가 원하는 결과를 얻기 위해 전술적으로 던진 패니 허패까진 아니지.

차분히 합리화를 마치고 곧은 눈으로 백작을 바라보았다.

그가 이 이상은 여기서 결정 못하겠다면서 일어나면 마지못한 척 고개를 끄덕일 생각이었다. 그렇게 나쁜 조건은 아니었으니까. 내가 원래 생각했던 것과 크게 다르지도 않고.

"그럼 3년. 만약 4년으로 간다면 비율을 조정해야 합니다."

3년간 50퍼센트. 이건 내 생각보다 훨씬 좋은 조건이었다. 4

년이면 5년 후다. 풍족하진 않더라도 부족하나마 자생할 수 있을 거다.

황태자의 구휼 작물이 성공적으로 정착하면 오히려 지원받는 3년 동안 곡창에 곡물을 쌓을 수도 있다.

"좋습니다. 그럼 3년간 신축 곡창 곡물량의 50퍼센트를 받는 조건으로 마법사를 지원하지요."

나는 준비된 계약서 내밀었다. 유소프 백작이 못 말리겠다는 듯 고개를 저으며 웃었다.

이 방에서 모든 것을 해결할 생각으로 전부 준비해 왔다. 햇수와 비율 부분은 공란으로 남겨 둔 채라 그 부분에 3과 50을 적고 마법 인장을 찍었다.

"아주 만반의 준비를 해 오셨군요. 이렇게 준비해 오신 줄 알았으면 저도 더 조사해 오는 것인데……. 제가 공녀를 얕봤군요."

그 얕본 것도 내 계획의 일부였다. 그는 아직 추가 예산을 받은 것도 모르고 있다.

마력석 비율도 흥정하게 될 거라고 생각했는데 기대 이상의 결과로 협약이 체결되었다.

추가 예산이 그대로 남았으니 일부는 운수 비용으로 쓰고 나머지로는 식수를 구매해야겠다.

알테와 상의할 내용을 생각하며 계약서를 꼼꼼히 읽는 유소프 백작을 바라보았다.

"공녀의 계획에 그대로 걸려들었군요."

그가 사인한 계약서 중 한 장을 내게 돌려주며 말했다.

"말씀은 그렇게 하시지만 기분이 좋아 보이시는데요."

"예, 서부 지역민들을 도울 수 있게 되어 기쁩니다."

"이 계약이 그들에겐 큰 힘이 될 것입니다. 또 남부 지역에도요. 남부와 서부 모두에게 좋은 결정을 하셨습니다."

계약서를 잘 갈무리하는 날 보더니 그가 부드럽게 웃었다.

"그리고 하나 더, 공녀를 알게 되어서 기쁘군요. 아주 훌륭하게 제국을 통치하실 것 같습니다."

"감사합니다."

생긋 웃으며 악수를 청했다. 마주 잡고 흔드는 손이 단단했다.

"앞으로 잘 부탁드려요."

"저도 잘 부탁드립니다, 공녀."

긴 회의였다. 내 예상보다 훨씬 좋은 결과를 내어 기쁜 것도 있지만, 유소프 백작 역시 결과에 만족하는 걸 보니 더 기뻤다.

점심 식사라도 함께할까 했지만 유소프 백작은 간만에 수도에 올라온 거라 처리할 일이 많다고 했다. 거절하면서도 아쉬운 기색인 그에게 다음을 기약하고 헤어졌다.

회의실 옆방에서 기다리고 있던 시녀들은 내 얼굴만 보고서 함께 미소 지었다. 일이 잘 마무리됐다는 걸 이미 다 알아챈 듯했다.

후생성 건물 밖으로 나가자 알테가 보였다. 외궁 정원을 오가는 사람들 틈에 단연 눈에 띄었다.

훤칠한 키, 햇빛에도 물들지 않는 찬란한 은발과 차가우면서도 물기를 머금은 푸른 눈동자가 시선을 사로잡기도 했지만 초조한 기색 때문인 게 더 컸다.

산책을 하거나 집무로 바쁘게 오가는 사람들 중에 그는 유일하게 안절부절못하는 상태였다.

샤티와 다르게 어려서부터 체면을 차릴 줄 알던 그로서는 참 드문 일이었다. 그만큼 마음 졸였다는 거겠지. 나는 단번에 그를 향해 달려갔다.

"알테 오라버니!"

"샤티."

보통 이렇게 달려가면 알테는 항상 샤티를 쳐 냈다. 하지만 이번만큼은 그러지 않고 가만히 날 바라보았다.

그만큼 결과를 기다렸단 것인지 아니면 저번에 나와 나눈 이야기로 태도를 완전히 바꾼 것인지.

"잘 됐구나."

알테가 미소를 지었다. 시녀들과 다르게 구체적인 내용을 몹시 궁금해할 그에게 씩 웃으며 말했다.

"마력석은 1퍼센트의 비율로, 신축 곡창은 3년간 50퍼센트로 확정했어요."

"세상에."

와락 날 감싸는 기분 좋은 온기에 눈을 동그랗게 떴다. 시야에 알테의 어깨와 흘러내린 은발이 보였다.

나는 눈을 감았다. 기분 좋게 내 머리카락을 쓸고 등을 토닥이는 온기를 받아들였다.

"정말 고생했다, 내 동생. 혼자 보내 놓고 불안해서 가만히 있을 수 없어 왔는데 괜한 걱정이었구나. 이렇게 똑똑하게 잘 해결한 것을."

레지나궁에서 기다렸을 그가 왜 여기 있나 했더니 회의 시간이 길어지자 걱정되어서 나온 모양이었다.

"도와주신 덕분이에요. 정말 감사해요."

이건 정말 나 혼자 이룬 일이 아니었다. 자기 일처럼 고민하고 함께 애써 준 사람이 있었기에 가능했다. 나는 따스한 온기를 느끼며 알테를 불렀다. 전에 한번 해 보려고 했지만 끝내 못했던 말로.

"오빠."

귓가에 속삭이자 알테가 흠칫 몸을 굳히더니 날 꽉 끌어안았다. 나 역시 그의 등에 두른 손에 힘을 줬다.

가슴이 샛노란빛으로 물들어 갔다. 충만한 기운이 발끝에서부터 차올랐다. 나도, 나한테도 오빠가 있구나. 이렇게 좋은, 이렇게 멋진 내 오빠.

한참 서로를 얼싸안고 있는데 통신구에 빛이 들어왔다. 나는 알테에게서 몸을 떼고 품에서 통신구를 꺼냈다. 발신지는 황실이었다.

"방금 보고가 올라왔어."

영상이 채 맺히기도 전에 목소리가 들렸다. 말이 끝나는 것과 동시에 온전한 황태자의 모습이 보였다. 조각 같은 얼굴이 미소를 짓고 있었다.

"아직 밖이군. 바쁜 건 알지만 듣자마자 축하해 주고 싶었다."

내가 알테와 시간을 보내는 사이 유소프 백작이 계약서에 황태자의 인가를 받은 모양이다.

"감사합니다, 전하."

"당연한 결과지만 그래도. 그대라면 잘할 줄 알았어."

전에도 그렇게 말했다. 잘할 거라고, 기대하고 있다고, 즐겁게 그날을 기다리겠다고.

나는 전생의 가족과 달리 나를 믿는, 내 노력에 의미를 부여하는 타인을 보고 반드시 성공해 내겠다고 결심했었다.

"저녁 만찬을 준비해 놓으라고 했어. 그대와 함께하고 싶군."

"영광입니다, 전하."

유소프 백작이 식사를 거절했기 때문에 알테와 점심을 먹으면 될 것 같아 거리낌 없이 승낙했다.

황태자는 바쁜지 나와 통화하는 사이에도 보좌관이 곁에 와 메모를 건네줬다. 그런데도 끊지 않으려는 기색에 내가 먼저 말했다.

"그럼 전하, 저녁에 뵙겠습니다."

"그러도록 하지. 카일론 공자, 그대도 고생 많았어."

"감사합니다, 전하."

통신을 끊고 알테의 에스코트를 받아 레지나궁으로 걸음을 옮겼다.

도움을 준 사람들에게 어서 이 기쁜 소식을 전하고 싶었다. 알테와 샤리안 경 그리고 마탑의 마스터 쉘메오까지. 물론 부모님도 빼놓을 수 없다. 매번 알테를 통해 간식을 주셨으니 큰 도움을 받았지.

방으로 돌아와 먼저 부모님께 감사 인사를 전했다. 두 분은 기뻐하시면서도 깜짝 놀란 얼굴을 하셨다. 처음 한두 번은 디저트를 보냈지만 그 후에는 그런 적이 없다고 하셨다.

알테를 보자 얼굴을 새빨갛게 붉힌 채 고개를 돌리고 있었다. 시선을 마주치지 않으려는 그를 보고 나는 웃음을 터뜨렸다.

알테는 그런 날 보고 인상을 찌푸리더니 곧 덩달아 웃기 시작했다. 그 웃음은 시녀들한테까지 옮았다.

어느 가을 오후, 레지나궁에 맑은 웃음소리가 울려 퍼졌다.

"다 찢어."

내 단호한 말에 의상을 들고 있던 하녀들이 몸을 움찔 떨었다. 나는 눈 하나 깜짝이지 않았다.

하녀들은 주저주저하며 나 한 번, 의복 제작자 한 번 쳐다보더니 마지못해 옷을 찢었다.

나는 속이 다 시원한 심정으로 저 화려한 러플이 나풀나풀 공중에 휘날리는 것을 바라보았다. 러플과 레이스가 뜯겨 나갈 때마다 내 근심 걱정이 다 떨어져 나가는 것 같았다.

아주 상쾌한 기분으로 허공에 휘날리는 하얀 천을 보다가 정신을 차렸다.

나는 아주 오랜만에 보는, 황제에게 그 능력을 인정받으사 친히 남작위를 서작받은 천재님의 눈치를 살폈다.

마일러트 남작은 너덜너덜해지는 옷엔 눈길 한번 주지 않고 오로지 날 바라보고 있었다.

뭐지, 저 시선은……? 마일러트 남작은 그야말로 아주 흐뭇하고 흡족한 시선으로 날 보고 있었다. 묘한 기시감이 들었다. 이전에 봤던 열렬한 시선이 그대로 재현됐다. 처음 만난 날 그의 옷을 가차 없이 폄하하던 날 바라보던 그 눈빛이다.

내가 옷에서 고개를 돌리자 쫙쫙 레이스를 뜯던 하녀들이 힐끔 날 살폈다. 이만큼 찢었으면 됐나 가늠하는 것이다.

어쩐가 보니 아직도 쓸데없는 장식이 덕지덕지 남아 있었다. 다시 눈에 힘을 줬다. 매서운 시선에 그제야 다시 찢기 시작했다. 아직 깔끔해지려면 멀었다.

"아앗, 그건 티뷸레산産 거미줄로 50시간 동안 1티크씩 짠 레이스인데······!"

어딘지 모르게 만족하는 시선으로 지켜보던 마일러트 남작이 처음으로 탄식을 흘렸다. 안타까워하면서도 어쩐지 쾌감이 깃든 얼굴이었다. 얼굴에는 홍조가 피어 있고 눈가는 촉촉했다. 슬퍼하는 건 절대 아니었다.

여, 역시 그건가. 엠······ 마조히스트.

처음 그를 만났을 때 했던 생각이 그대로 되살아났다. 그땐 설마, 설마하며 오해라고 생각했지만······. 그다음 만남 때 그를 칭찬하니까 실망했던 게 떠올랐다. 게다가 지금 반응까지.

여태 있었던 일이 합쳐져 '마일러트 남작 마조히스트 설'이 꽤 신빙성 있게 다가왔다.

존재만으로 스트레스를 주던 러플과 레이스가 마지막의 마지막까지 뜯겨 나갔지만 오히려 떨떠름해졌다.

나 진짜 그런 취미 없는데······. 물론 마일러트 남작의 취향은 존중하지만 내게서 그런 걸 원하면 곤란하다.

"저는 알고 있었습니다."

마일러트 남작이 내게 다가오면서 말했다. 여전히 쾌감에 젖은 표정이다. 입이 바짝 타들어 가 마른침을 꿀꺽 삼켰다.

대체 뭘 아는데요? '이래야 내 공녀님이지.'라는 시선은 또 뭔데요? 오해야. 나 사디스트 아니라니까.

저번에 그의 취향에 대해 거절하려 했다가 흑역사를 생성했던 게 생각났다. 하지만 어디로 보나 마일러트 남작은 자신의 독특한 취향을 내게 강요하려 하고 있다.

가까이 오지 마세욧! 안 돼욧! 이러지 마세욧! 그렇게 외치고 싶은 입술을 꽉 붙들었다. 일단 아직 모르는 거니까 기다려 보자.

"공녀님께서 만족하지 않으실 거라고! 공녀님이라면 다를 거라고! 예상은 했지만 이렇게 화끈하게 찢으라고 하실 줄이야. 역시 제 기대 이상이시군요."

기다릴 필요 없이 변태가 확실한 거 같아…….

그가 한 발 한 발 다가올 때마다 나도 모르게 슬슬 뒷걸음질 쳤다. 세 걸음쯤 물러나고서야 정신을 차렸다. 이건 나답지 않다.

나를 지킬 수 있는 건 나뿐이야. 어서 이 변태를 퇴치해야 해! 나는 마음을 단단히 먹고 심호흡을 했다.

"오해예요! 난 변태가 아냐! 남작을 만족시킬 수 없어요!"

"이 정도 옷에 만족할 리 없죠! 역시 나의 뮤즈!"

순간 완벽한 정적이 찾아왔다.

바로 앞에 서 있는 마일러트 남작도, 옷 옆에 서 있는 하녀들도, 내 수발을 들고 있는 시녀들도 아무 말 못하고 눈만 끔뻑였다.

얼굴이 화르르 타올랐다. 죽고 싶다.

"아……. 그러시군요."

애매한 탄식과 함께 마일러트 남작이 고개를 끄덕였다. 날 바라보는 시선이 이상했다. 꼭 변태를 보는 것 같은…….

억울하다. 나처럼 순수한 영혼의 소유자를 어쩜 저리 볼 수 있는지.

저번에도 비슷한 일이 있었지만 그때가 훨씬 나았다. 그땐 나와 마일러트 남작이 동시에 말해 내 말이 묻혔지만 이번엔 아니다. 아주 간발의 차로 내가 더 빨리 말하는 바람에 이 방에 있는 모든 사람들의 귀에 아주 확실하게 들린 것이다.

이럴까 봐 한 번 기다린 건데……. 후회는 아무리 빨라도 늦다. 나는 고개를 들지도 못하고 애꿎은 카펫만 노려봤다.

"괜찮아요. 원래 미적 감각이 뛰어나신 분들은 남들과 다른 독창적인 사고방식을 갖고 있거든요."

마일러트 남작이 애써 날 위로했다. 그게 더 창피했다. 아직까지 더 경신할 흑역사가 있다는 것에 놀라울 지경이다.

나는 눈물을 숨기며 최대한 아무렇지 않은 척 고개를 들었다. 그 사이로 이디스가 웃음을 참느라 아주 우스꽝스러운 표정을 짓고 있는 게 보였다.

얄밉다. 여기 카메라만 있으면 저걸 찍어서 방 안에 붙여 놨을 텐데.

어쨌든 여태까지 마일러트 남작이 마조히스트처럼 군 이유를 깨달았다. 칭찬만 받은 천재이다 보니 자극이 필요했던 것이다.

그가 만든 결과에 만족하지 않고 더 다그쳐 동기를 부여하는 사람을 원했는데 그게 바로 나였다.

이미 최상의 결과를 내고 있음에도 자기 자신을 몰아붙이려 하다니, 어떤 의미에선 변태가 맞았다. 아주 좋은 의미의 변태.

문제는 나였다. 그의 순수한 열정을 이상하게 해석하고 변태 운운한 나. 옷을 들고 있는 하녀들이 은근슬쩍 눈을 피했다. 저 불한당을 보는 것 같은 시선은 대체 뭐죠.

"여하간 이건 남장이에요. 저렇게 나풀나풀 레이스에 러플 달린 걸 입어 봤자 남장이라고 할 수 없다고요."

아무렇지 않은 척 옷에 대해 말했다. 이제 곧 있으면 겨울인데 왜 덥지.

지금 나는 구휼제에 입을 옷을 고르는 중이었다.

구휼제는 제도 외성에서 이뤄지는 행사로, 황태자와 레지나가 직접 나가 자선 활동을 한다. 일반 민중이 레지나를 가까이서 볼 수 있는 몇 안 되는 기회다. 차기 황후로서 백성들을 만나는 자리이기 때문에 어떤 인상을 심느냐가 중요하다.

풍년제 때는 화려하게 꾸미지만 구휼제는 소박한 차림으로 참석한다. 이 소박한 전통은 좀 이상한 방향으로 굳어져 레지나가 남장을 하고 참석하는 게 관례가 됐다.

바지가 활동하기 편하니 좋은 관례라면 좋은 관례지만, 문제는 이 소박하다는 기준이 남장 자체로 만족되었다는 데 있다. 남복은 점점 화려하게 변해 갔고 실질적으로 남장이란 의미가 완전히 사라졌다.

그 결과 마일러트 남작이 심혈을 기울여 만들어 낸 의상은 하나같이 레이스와 러플이 화려했고 치마 저리 가라 할 정도로 밑단이 넓었다.

레지나가 자신의 권위를 나타내고 존경과 찬사를 받기 위해 이런 옷을 선택한 것은 알지만 내가 보기엔 좀 아니었다.

자선 활동을 하는데 권위를 나타내서 뭐 한단 말인가. 괴리감만 줄 뿐이지.

어차피 이곳은 신분제도가 명확해서 굳이 옷으로 강조하지 않아도 백성들 스스로 자신과 귀족을 분리한다. 내가 보기엔 일반 백성들이 절대 못 입는 드레스 같은 남복을 입는다고 해서 딱히 존경할 거 같지는 않았다.

무엇보다 가장 중요한 건 그거다.

옷이 촌스럽다.

레이스 러플투성이 나팔바지와 셔츠를 본 순간, 무지개 그러데이션 위에 굴림체로 꾸민 PPT를 보는 것 같은 깊은 빡침이 몰려왔다.

뜯어내라고 하지 않고선 도저히 견딜 수 없었다. 입고 안 입고의 문제가 아니라 그냥 내 시각과 정신에 유해했다.

이곳의 미적 기준이 나름 나와 잘 맞는다고 생각했는데, 이건 진짜 아니었다. 진심.

마일러트 남작과 약속을 잡을 땐 내가 상처 준 천재이니 상냥하게 대해 주겠다고 결심했었다. 하지만 정신을 차리니 저딴 레이스 다 뜯어내란 소리를 하고 있었다.

"하지만 이런 장식이 없으면 너무 밋밋할 텐데요."

아니, 저딴 건 없는 게 낫다. 그리고 밋밋한 게 아니라 깔끔한 거다. 나는 두 주먹을 불끈 쥐었다.

"공녀님의 그 과단성. 저도 본받도록 하겠습니다."

잠시 나와 옷을 번갈아 보던 마일러트 남작이 대단한 결심을 한 듯 진지하게 말했다. 러플과 레이스와의 결별 결심은 나도 두 팔 벌려 환영할 일이었다.

"아주 탁월한 생각이에요."

"아무리 잘 만든 옷이라도 공녀님의 옷이 아니면 소용없지요. 아니, 공녀님이 인정하지 않으면 그건 못 만든 옷입니다! 티불레산 거미줄로 50시간 동안 1티크씩 짠 레이스가 다 뭐랍니까!"

마일러트 남작이 앞에 떨어진 레이스를 집어 들더니 쫙쫙 찢었다. 여기저기서 안타까운 탄식이 흘렀다.

의상공방 소속 하녀가 심혈을 기울여 최대한 상하지 않도록 뜬은 레이스가 벚꽃 잎처럼 흩날렸다. 엄청 비쌀 게 분명한 레이스를 넝마로 만든 마일러트 남작이 상쾌하게 웃으며 날 쳐다봤다.

"……."

변태의 누명을 벗은 지 얼마나 됐다고 다시 그가 변태로 보였다. 변태, 아니 마일러트 남작이 날 아주 뜨거운 시선으로 바라보았다. 저절로 몸이 긴장하려는 것을 애써 다독였다. 다 오해였으니 겁내지 않아도 된다.

태연함을 가장하며 턱을 치켜들자 남작은 아주 대놓고 날 감상하기 시작했다. 시선이 묘했다. 뜨겁지만 불쾌하게 끈적이는 건 아니었다. 나는 굳었던 몸을 풀고 그를 마주 봤다.

"역시 공녀님은 창작자의 영감을 불러일으키십니다. 전에 초상화로만 봤을 때도 그랬지만, 직접 뵙고 이야기를 나누고 어떤 성격인지 알게 되니 더더욱 아이디어가 샘솟아요."

"그런가요?"

천재가 날 보고 영감이 떠오른다고 하니 좀 혹했다. 그러고 보니 아까 뮤즈라고 했지.

뭐, 내가 예쁘긴 하지. 디자이너라서 그런지 보는 눈 하나는 탁월하다니까. 어깨를 당당히 펴자 마일러트 남작이 중얼거리면서 견적을 내기 시작했다.

"이런 장식은 필요 없다는 공녀님의 말이 맞아요. 워낙 비율이나 몸매가 좋아 그걸 드러내시는 게 더 아름답죠. 공녀님 특유의 분위기를 과한 장식으로 가릴 필요도 없고…….”

내 주변을 빙글빙글 돌며 끊임없이 중얼거리자 옆에 있는 하인이 열심히 그 말을 받아 적었다.

“그리고 공녀님께선 이전의 레지나와 다른, 완전히 차별화된 아이콘이죠. 가뭄과 불법 노예상 해결! 간택되자마자 이런 일을 해내신 분은 없었는데……. 애초에 있던 디자인을 기반으로 한 게 문제였어요. 아예 틀을 깨는 디자인을 해야겠습니다!”

그렇게 말하는 마일리트의 남작 뒤로 불길이 활활 치솟는 것처럼 보였다. 왠지 그 불길의 근원이 나라는 생각에 조금 우쭐하면서도 설렜다.

내가 그에게 어떤 영감을 줬을지 기대되는 한편 불안했다. 영 이상한 상상을 불러일으켜서 오늘 봤던 옷보다 괴상한 게 나오면 어쩌지…….

그러면서도 기쁜 건 사실이라 그의 손을 맞잡았다.

예전에 그가 혁신을 외쳤을 때 떠올렸던 영화 속 드레스가 다시 생각났다. 빙글 돌자 불길이 치솟으며 관중들을 사로잡고 여주인공에게 특성을 불어넣어 줬던 옷.

그런 특이한 옷을 원하는 게 아니라, 내게 영감을 받아 날 대변할 수 있는 옷이 만들어진다면 행복할 것 같았다.

“경만 믿고 있겠어요. 구휼제 남복의 새로운 패러다임을 제시해 주세요.”

“맡겨만 주십시오! 실망시키지 않겠습니다!”

우리는 서로의 손을 부둥켜 잡은 채 열렬하게 쳐다봤다. 그런 우리들을 곁에 있는 사람들이 좀 떨떠름한 얼굴로 바라봤다.

흥, 부러우면 말로 할 것이지. 이쪽은 이미 영적인 세계에 살고 있다. 저런 현실 사람들의 시선 따윈 신경 쓰이지 않았다.

진짜로.

쳇.

창밖으로 수많은 사람들이 보였다. 구휼제라는 이름과 달리 사람들의 얼굴은 잔뜩 들떠 있었다. 커튼 틈새로 군중을 엿보다가 얼굴을 숨겼다.

긴장이 되는 것은 어쩔 수 없다. 이렇게 많은 사람들 앞에서 섰던 적도 없고 설 거라고 생각한 적도 없다.

하지만 이제 익숙해져야 할 일이다. 나는 조용히 심호흡을 했다. 이럴 때 다른 사람이라도 곁에 있으면 좋을 텐데, 나 혼자였다.

이곳의 에스코트 문화를 귀찮고 쓸데없다고 생각했는데 정작 필요한 순간엔 없다. 그 남복 같지도 않은 옷을 입어도 남장이라고 에스코트를 받지 않기 때문이다.

마차가 멈춰 섰다. 대기하고 있던 관리가 마차 문을 열었다. 수많은 사람들의 이목이 집중된 가운데 첫발을 내디뎠다.

매끈하게 다듬은 바닥 위로 로퍼가 내려앉았다. 다리를 쭉 뻗느라 복숭아뼈가 살짝 드러났다가 사라졌다.

나는 레드카펫 위를 걷는 배우들을 떠올렸다. 플래시와 함성이 뒤엉켜 정신없는 공간에서도 당당히 미소 지으며 여유롭게 워킹하던 모습.

허리를 쭉 펴고 턱을 당겼다. 한 발 한 발 신경 써서 하지만 지나치게 신경 쓴 것 같지는 않게 걸었다.

요 며칠 특훈을 한 성과가 나는지 거울을 보지 않아도 꽤 그럴싸하게 걷고 있다는 걸 알 수 있었다. 자신감이 붙었다. 걸음이 더 당당해지는 게 스스로도 느껴졌다.

머리 위에 와인 잔을 올려도 될 정도로 바르게 걷고 있지만 평소 샤티의 몸에 배어 있던 귀족 영애의 걸음걸이와는 또 다르다. 사뿐사뿐 깃털 같은 움직임이 아니라 자기주장이 굉장히 강한 걸음이다. 내게 시선이 끌리도록. 굳이 비교하자면 모델과 비슷하다.

날 올려다보는 민중들을 향해 미소를 지었다. 텔레비전에서 보던 것을 따라 살짝 손을 흔들자 환호성이 터지며 열렬히 날 환영했다.

씩 웃어 그 환대에 답하곤 정면을 향해 고개를 돌렸다. 황태자와 그 아이린이 날 뚫어져라 보고 있었지만 신경 쓰이지 않았다. 신경 쓰고 싶어도 쓸 수가 없었다. 그저 아이린이 입은 옷만이 내 시야 한가득 박혀 들었다. 그야말로 시선 강탈자였다.

아이린은 그 옷을 입고 있었다. 내 시각과 정신에 유해하던 바로 그 옷.

엄밀히 말하면 마일러트 남작이 처음 가져왔던 옷과는 다른 옷이지만 스타일은 똑같았다. 러플과 레이스가 잔뜩 달린 블라우스와 나팔바지. 옷감에 화려하게 놓은 수. 촌스러운 것을 넘어 전위적이었다.

하녀가 들고 있는 것만으로 내게 정신적인 상해를 입혔는데 저걸 진짜 입고 있는 사람을 보니 충격으로 현기증이 일었다. 하마터면 한 치의 흔들림도 없는 내 스텝이 꼬일 뻔했다.

이쯤 되니 내가 이 행사에 집중하지 못하게 하려는 음모인가 하는 의심이 들 정도다. 그게 아니면 저런 말도 안 되는 패션을 선택할 리 없어.

점점 이상한 곳으로 날아가려는 생각을 애써 다잡았다. 지금 신경 쓸 건 따로 있다. 이 구휼제에서 사람들에게 어떤 인상을 남기느냐가 중요하다.

옷을 보지 않도록 노력하자 그제야 아이린의 얼굴이 보였다. 백성들 앞이라 당연히 짜증 나는 성녀 표정을 짓고 있을 거라고 생각했는데, 그녀는 희게 질린 얼굴로 파르르 떨고 있었다.

커다란 녹색 눈동자가 쉴 새 없이 깜빡이며 날 바라봤다. 정확히는 내 옷을.

그 순간 그녀와 눈이 마주쳤다. 녹색 눈에 난 상처 사이로 혼란과 증오와 울분이 여과 없이 새어 나왔다.

저런, 가엽게도.

나는 입술 양 끝을 부드럽게 올렸다. 온갖 감정이 혼재되어 소용돌이치던 녹색 눈동자가 내 웃음을 보더니 한 가지 감정으로 오롯이 차오르기 시작했다. 증오.

그 자애롭고 우아한 얼굴은 흔적도 없이 사라지고 날 찢어 죽일 듯이 노려보는 악녀만 남았다. 지금 그녀의 얼굴을 본다면 다시는 성녀라 칭송하지 못할 것이다.

그러나 애석하게도 지금 모든 이의 시선은 내게 집중되어 있었다. 자연스레 미소가 지어졌다. 마차 안에서 긴장하던 것과 달리 이제는 그 시선이 기꺼웠다.

나는 어깨에 걸친 황태자의 재킷이 크게 펄럭이도록 몸을 살짝 비틀었다. 아이린의 얼굴이 다시 흐트러졌다.

황태자의 곁에 서자 그가 날 내려다보는 게 정수리 위로 느껴졌다. 노란 시선은 아까부터 내 얼굴을 날카롭게 찌르고 있었다.

슬쩍 고개를 들자 바로 시선이 맞부딪친다. 충격받은 아이린과 달리 그는 입매를 비틀어 올렸다. 제법이라는 그 미소에 눈웃음으로 답했다. 활용할 수 있는 기회는 다 활용해야지.

황태자와 레지나가 모두 등장했으니 라하딘 구휼제의 시작이었다. 황태자가 백성들에게 연설하는 것을 대강 흘려들으며 팔에 감기는 재킷의 감촉을 음미했다.

마일러트 남작은 내 요구에 응해 그야말로 혁신적인 옷을 디자인해 왔다. 내가 보기엔 진부한 것도 있었고, 신선한 것도 있었다. 옷 찍어 내는 공장처럼 마일러트는 그 단기간에 수십 벌의 옷을 만들어 냈다.

그를 따라온 하녀들은 날이 갈수록 다크서클이 눈 밑으로 내려오고 눈에 핏발이 섰는데, 정작 마일러트 남작 본인은 매우 쌩쌩했다. 오히려 내가 고개를 저을 때마다 생기가 넘치는 것 같았다.

처음 남복이라고 들고 온 것과 비교하는 게 미안할 정도로 아름다운 옷이 내 앞에 펼쳐졌다.

내게서 영감을 받은 거라 그런지 하나같이 다 나와 잘 어울렸다. 흠 잡을 데 없이 훌륭한 옷이라는 것엔 이견이 없지만, 뭔가 확 오는 건 없었다.

며칠째 진척 없는 패션쇼를 하고 침대에 지친 몸을 누이는데 황태자의 재킷이 눈에 들어왔다. 어느 순간부터 마치 그곳이 본래 제자리인 양 내 침실 벽면을 차지하고 있는 재킷.

나는 홀린 듯이 일어나 그 앞으로 다가갔다. 꽤 오래 지났는데도 소매에서 알싸하면서도 시원한 머스크향이 느껴지는 듯했다.

그 순간 마치 잘 짜인 연극처럼 통신구가 울렸다. 곡창 거래 협의가 끝나고 통신구를 반납하려고 했는데 황태자가 구황 작물을 이유로 계속 가지고 있으라고 했다.

협탁 위에 있는 통신구를 작동시키자 아니나 다를까 황태자가 나타났다.

인사를 하던 그의 시선이 날 슬쩍 비껴갔다. 내 뒤에 걸려 있는 본인의 재킷을 알아본 걸 깨닫고 냉큼 그에게 가져도 되냐고 물었다.

고개를 끄덕이는 그의 얼굴이 살짝 상기되어 있어 나는 미간을 찌푸렸다. 생각해 보니 상황이 좀……. 침실에 남자 옷을 걸어 두고 들키자 그 옷을 달라고 한 거 아닌가.

그의 옷에서 체취를 맡고 이상한 생각이나 하는 변태가 된 느낌이었다. 그것도 엄청 뻔뻔한.

건전하고 순수한 나로서는 정말 억울했다……가 통신을 받기 전 재킷 소맷자락을 잡고 킁카킁카 하던 게 생각났다.

나 진짜 남자 옷 붙들고 체취를 맡았잖아?!

아, 아니야! 내가 변태일 리 없어! 나처럼 맑은 영혼의 소유자가……!

깊은 오해를 하고 있을 황태자에게 내 순수함을 증명하고 싶었지만 변명하는 게 더 이상했다. 할 말은 많지만 하지 못하는 설움이여.

나는 피곤하다며 통신을 끊었고 황태자는 그런 날 말리지 않았다. 영상이 완전히 흩어질 때까지 시선을 돌리지 않고 날 보던 노란 눈동자가 짙었다.

다음 날 찾아온 마일러트는 내가 내민 재킷을 보자마자 디자인을 스케치했다. 오늘 입은 옷은 그 결과였다.

하얀 셔츠는 장식이 하나도 없는 대신 핏이 세련됐고 밑에 입은 정장 바지는 다리의 굴곡을 은근히 내보일 정도로 살짝 붙었다. 로퍼는 가죽 무늬를 그대로 살린 디자인인데, 윤광이 도는 게 베이직하면서도 고급스러웠다.

핏을 살리고 장식을 절제한 만큼 어깨에 걸친 황태자의 재킷으로 시선을 끌어 모았다. 재킷 자체가 검은 바탕에 금실로 수놓고 붉은 색으로 포인트를 준 것이라 원체 눈에 띄기도 했다.

재킷은 오버핏이라고 하기에도 너무 커서 마일러트 남작이 약간 손을 봤다. 입지 않고 어깨에 걸치게끔 해 떨어지지 않도록 고정했다.

셔츠 깃 아래 재킷을 고정하는 핀은 백금으로 만들고 루비로 포인트를 준 형태로, 드레스를 입을 때처럼 화려한 보석 장식은 아니었다. 그 미니멀한 디자인이 오히려 고상해서 내 마음에 쏙 들었다.

여기에 머리는 아무런 장식도 없이 뒤로 넘겨 늘어뜨렸다.

이곳의 남장과 스타일 자체가 완전히 다르지만 흡족했다. 매니시하면서도 몸의 굴곡이 은밀히 드러나 여성스러워 보이기도 했다.

오늘 이렇게 아이린과 나란히 서 있으니 마일러트 남작이 괜히 천재가 아니구나 싶었다.

현대를 살던 내게는 그렇게 특별한 디자인이 아니었다. 하지만 저 러플과 레이스투성이인 남복이 당연한 사회에서 이런 디자인을 해낸다는 것은 천재가 아니고서야 할 수 없는 일이다. 완전히 새로운 것을 창조하는 거니까.

역시 나같이 예쁜 뮤즈를 두면 이런 걸작을 만들어 내는 거다. 과연 나와 영적 세계를 공유하는 자답다.

황태자의 연설이 끝나고 여기저기서 황태자 전하 만세가 터져 나왔다. 나 역시 박수를 치며 힐끔 아이린을 보니, 어느새 표정을 수습하고 미소를 짓고 있었다. 하지만 어딘지 경직된 뺨은 감출 수 없었다.

이곳을 가득 메운 사람들 대다수는 구휼 대상자가 아니었다. 사람들의 얼굴은 기쁨에 물들어 있었다. 구휼을 받으러 왔다기보다는 미래의 황제와 황후를 볼 기회를 누리러 온 듯했다.

구휼제의 메인이벤트는 고아와 병자를 초대해 빵과 방한복을 나눠 주는 것이다. 여기서 레지나가 하는 일은 간단하다. 나눔의 첫 스타트를 끊은 다음 자애롭고 우아하게 사람들을 다독이는 것.

공식적인 일은 나눔을 시작하는 것이지만 차기 황후 후보들은 좋은 인상을 남기기 위해 너도나도 나서서 백성들을 보살폈다.

나는 내 앞에 서 있는 어린아이들을 바라보았다. 황립 고아원이라 관리가 잘 되는 건지 아이들은 혈색이 좋았다. 입은 옷도 깨끗하다.

세상의 풍파를 겪은 탓인가. 아니면 텔레비전을 많이 봐서 그런가. 아이들이 너무 양호한 게 되레 마음에 걸렸다. 차분한 시선으로 상태를 살피자 아이들이 시선을 살짝 비낀다.

오늘 초대된 고아원을 점검하는 것을 머릿속 할 일 리스트에 넣었다.

열심히 일한 사람을 생각하면 이런 의심은 하지 않는 게 좋지만 한번 확인해 보는 게 어려운 일은 아니니까.

결론을 내리자 그때까지 잘 안 보이던 게 눈에 들어왔다. 시선을 피하는 아이들은 대부분 여자애들이었다. 아무래도 남자아이들에 비해 여자아이들이 수줍음을 많이 타는 법이지.

내 허벅지까지 오는 애들이 꼬물꼬물 부끄러워하는 모습을 보니 귀여웠다. 흐뭇한 미소를 짓는데 애들 표정이 좀······.

얼굴을 발갛게 물들인 여자아이들이 나와 눈이 마주치자 화들짝 놀라 시선을 피했다.

그중 노란 리본으로 사과머리를 한 여자아이를 쳐다보던 남자애가 고개를 팩 돌리더니 날 노려봤다. 요놈 봐라?

절로 입꼬리가 올라갔다. 눈을 가늘게 뜨고 남자아이를 쳐다봤다. 더벅머리에 뺨에는 작은 생채기 하나. 딱 봐도 얼굴에 나 골목대장이요, 하고 쓰여 있다.

이 귀엽고 풋풋한 상황이 재밌어서 나도 모르게 노란 리본과 눈을 맞추고 생긋 웃었다. 노란 리본의 얼굴은 터질 것 같이 붉어졌고, 주변에서 꺄아 환호성이 터져 나왔다.

꼬마 아가씨들 눈엔 내가 오스칼 못지않은 미소년으로 보이나 보다. 이 미모가 끝내준다는 건 알고 있었지만 이렇게 어린애들까지 사로잡을 줄이야.

하, 죄 많은 나······!

나눔이 시작되고 아이들은 내게서 옷과 빵을 받아 갔다. 수줍어하기도 하고 날 빤히 바라보며 신기해하기도 하고. 조그마한 얼굴들이 바쁘다.

여자애들뿐만 아니라 남자애들까지 날 보면서 얼굴을 붉혔다. 역시 남녀노소를 가리지 않는다니까.

그러나 단 한 명 예외가 있었으니 바로 그 골목대장이었다. 골목대장은 내 손에서 낚아채듯 옷과 빵을 빼앗아 갔다. 그러고선 자신만만하게 흥 하고 코웃음을 쳤다.

내가 뭐라 반응할 틈도 안 주고 다다닥 달려가 노란 리본의 눈치를 살피는 모습을 보니 비식 웃음이 새어 나왔다. 노란 리본은 자기 친구들과 무어라 이야기를 주고받느라 골목대장은 안중에도 없다.

축 처진 골목대장을 바라보느라 다른 애를 기다리게 했다. 이 아이를 마지막으로 내가 나눠 줄 고아들은 다 끝났고 그다음은 환자 차례였다. 자선 병원이라 재정이 넉넉하지 않을 텐데 환자들 역시 상태가 좋았다.

이렇게 밖에 나와 행사를 치를 만큼의 체력이 되는 사람을 선별했기 때문이겠지만, 나는 할 일 리스트에 또 새로운 항목을 추가했다. 이 병원도 점검해야지.

나이가 어느 정도 있어서 그런지 아까 아이들에게 나눠 줄 때와 느낌이 사뭇 달랐다.

사람들은 손을 조금씩 떨며 내 손에 자신의 손이 스칠까 저어했다. 그러면서도 닿고 싶은 마음이 두 눈 가득히 보여, 내가 먼저 그들의 손을 잡고 어서 쾌차하라고 격려했다.

눈시울이 붉어진 그들의 면면을 보며 나도 어쩐지 코끝이 찡했다.

크게 아팠던 적도 없고 가까운 사람 중에서 큰 병을 앓은 사람도 없다. 그래서 병상에서의 생활이 어떤 것인지 모른다.

하지만 그들에게 있어 고귀한 사람과 손을 잡았다는 것 하나만으로도 희망을 얻어 가는 모습을 보니 가슴이 꾹 죄어 오는 것 같았다.

나라는 존재만 놓고 보면 그리 대단하진 않다. 그들은 개국공신 가문 카일론의 공녀이자 미래의 황후 혹은 황비와의 만남에 위로받은 것이다.

배경이라도 그들에게 위안을 줄 수 있다는 것은 참 다행이지만, 한편으로 분한 건 어쩔 수 없었다. 언젠가는 그런 것 없이 내가 행한 일만으로도 사람들에게 희망을 주고 싶다.

"……!"

내 생각에 내가 놀랐다.

이곳에 온 직후에는 그냥 조용히 안온하게 지낼 생각이었고, 그후엔 내 손에 쥔 소중한 것들을 지키기 위해 악녀가 되겠다고 생각했다.

그다음에는 삶에 흔적을 남길 기회가 찾아왔다. 어떤 것도 남기지 못하고 한순간에 예고도 없이 스러졌던 지난 삶에 대한 후회로 그 기회를 잡았다.

그리고 지금, 나는 누군가에게 희망이 되고 싶다고 생각한다.

불과 몇 개월 만에 일어난 변화에 갑자기 벅찼다.

나는 내가 아주 작은 사람이라고 생각했다. 딱 한 가지, 물질적으로나 정신적으로나 밤에 편히 발 뻗고 잘 수 있기만을 바랐다. 나는 살아가는 데 급급했다.

그런데 이 순간 나는 어떤 결심을 했는가.

자립해서 가족들과 떨어져 살겠다는 지난 삶의 꿈, 황후가 되어 짓밟히지 않겠다는 꿈에 비하면 막연하고 아득한 꿈이다. 어떻게 하면 이루어지는지도 모른다.

하지만 그런 꿈을 꿀 수 있다는 것 자체가 내겐 너무나도 황홀한 일이었다.

누군가에게 희망이 되고 싶다고 생각하는 날이 올 거라고는 아예 상상조차 하지 못했다. 주변에서 많이 듣긴 했지만 그건 공익광고 에서나 나올 법한 말이었다. 조금 오글거리기까지 한.

나는 병 때문에 손톱이 세로로 갈라진 손을 꽉 움켜잡았다. 파리 한 낯의 여자는 그런 날 황공한 표정으로 쳐다봤지만 내가 더 고마 웠다.

어느새 내가 할 일은 다 끝났다. 주변을 살피니 아이린 역시 일 을 다 끝낸 참이었다. 그녀는 성녀답게 자애로운 얼굴로 사람들에 게 무어라 말을 걸고 있었다.

진심이 느껴질 만큼 무척 잘 만든 표정이었지만, 저 시각 공해인 옷을 입고 그래 봤자 내 눈엔 우스워 보일 뿐이다.

구휼제 구경을 위해 모인 사람들은 아이린보다 날 주목했다. 일 반 백성들뿐만 아니라 귀족들도 마찬가지였다. 아무래도 내 복장 이 주는 반향이 큰 모양이다.

고리타분한 귀족들이 어떻게 생각할지는 둘째 치고, 백성들에게 날 각인시키는 것은 좋았다. 신분에 상관없이 황태자의 재킷이 어 떤 효과를 주었을지도 자명하고.

힐끗 황태자를 보자 바로 눈이 마주쳤다. 씩 웃자 그 역시 마주 웃었다.

벌써 빵을 다 먹은 아이들은 여기가 어딘지도 잊고 서로 장난을 치며 놀았다. 한 끼 식사용으로 나온 빵은 안에 고기가 가득 들어 있어서 입가가 기름으로 번들거렸다.

미트파이랑 비슷한데 사람들의 건강과 행복을 기원하는 의미에서 나뭇잎 모양으로 되어 있었다. 페리올라 잎을 흉내 낸 거지만 아무리 봐도 길가에 떨어지기 시작한 낙엽 모양이다.

양 볼이 기름으로 번쩍이는 것은 신경도 쓰지 않고 신나게 노는 아이들을 보니 웃음이 나왔다.

살짝 낡았지만 깨끗한 옷에 어느 정도 살이 오른 뺨. 또래의 아이들과 다를 바 없는 모습이지만 그래도 부모를 잃어서인지 어딘가 그늘진 기색은 감출 수 없었다.

마음껏 사랑받는 것만으로도 모자랄 나이인데. 아이들한테서 내 어릴 적을 겹쳐 보는 건지도 모르겠다.

나는 어느새 아이들 틈에 끼어들었다. 처음에는 깜짝 놀라 배꼽 인사를 하던 아이들도 곧 동네 언니 혹은 누나를 보는 것처럼 내 품으로 파고들었다.

번쩍 들어 올려 빙글빙글 돌려 주다가 힘들어서 옛날이야기를 시작했다.

내가 알고 있는 이야기라고 해 봐야 '해와 달이 된 오누이' 수준의 이야기지만 동심은 세계에 상관없이 통하는지 날 바라보는 눈이 반짝거렸다.

어쩌면 세계가 달라서 다행인지도 모르겠다. 예전에 봉사 활동으로 어린이집에 갔을 때 구연동화로 여러 이야기를 해 줬는데, 아이들이 다 아는 이야기라고 딴 거 없냐며 칭얼거린 게 떠올랐다.

나도 모르게 흥이 올라 무서운 이야기를 했다가 몇몇 아이들을 울려 버렸다. 그중에는 노란 리본도 있었다.

'아야.'

머리카락이 따끔해서 내려다보니 골목대장이 '이때다' 하는 눈으로 날 쳐다보고 있었다. 내가 아이들과 어울려 노는 내내 그 혼자 꽁한 얼굴로 볼을 부풀리고 있었다.

"이 못된 마귀할멈! 내가 무찔러 주겠다!"

로니도 그렇고 여기는 마귀할멈이 대세인가. 아련한 추억에 젖었다.

비죽비죽 솟은 더벅머리를 쓰다듬자 더 약이 바싹 올라 내 허벅지를 주먹으로 콩콩 때린다. 아무리 어린아이라고 해도 아프다. 나도 모르게 인상을 찌푸리는데 얼굴을 굳힌 귀족들이 다가오는 게 보였다. 귀족들뿐만 아니라 다른 사람들의 표정도 좋지 않았다.

이대로 가다간 아무것도 모르는 골목대장만 혼난다. 고아원에 돌아가 어떤 벌을 받을지 모른다.

이 세계는 확고한 신분사회다. 아무리 어린아이라 해도 신분에 대한 인식은 뿌리째 박혀 있다.

자선 행사로 가끔 고아원을 방문하는 귀족 말고는 직접 귀족을 본 적이 없겠지만, 어떻게 행동해야 하는지는 아이도 잘 알고 있을 거다.

내가 여느 귀족처럼 고상하게 있었으면 골목대장은 감히 내게 이런 말을 하지 못했을 테지. 여기엔 내 잘못도 크다.

"아야! 못된 마귀할멈은 용사님에 의해 쓰러졌다! 모두 울음을 뚝 그치자!"

골목대장에게 맞아 물러서는 것처럼 굴며 아이들을 다독였다. 내 반응에 다가오던 사람들이 물러서는 게 보였다. 아이들에게 어떤 죄도 묻지 말라는 내 뜻을 알아들은 것이다.

"공녀님은 마귀할멈이 아냐!"

"맞아! 왜 공녀님을 때려! 이 못된 악당!"

"공녀님 괜찮으세요?"

아이들이 옹기종기 내 곁에 다가와 날 올려다보았다. 울음을 터 뜨리는 것만큼 그치는 것도 빠르다.

골목대장은 자신을 향한 비난에 발끈해서 주먹을 움켜쥐다가 노 란 리본까지 합세해 뭐라 그러자 금방이라도 울 것 같은 얼굴이 되 었다.

"그럼, 이런 건 아프지도 않아. 이건 비밀인데 난 세상을 구하는 영웅이거든."

내 말을 곧이곧대로 믿은 순진한 영혼들이 날 반짝이는 눈으로 쳐다봤다. 순식간에 어린아이들의 우상이 된 기분이다. 유난히 눈 을 반짝이던 한 남자애가 내게 물었다.

"그럼 하늘을 날 수도 있어요?"

"물론이지!"

아이트라 악시스에 타면 날 수 있다. 어서 한번 날아 보라고 하 기 전에 재빨리 말을 돌렸다.

"그러니 아까 이야기에 나온 무서운 귀신이 너희들한테 찾아가 면 내가 나타나서 지켜 줄게."

이번에는 여자애들의 눈이 꿈꾸듯이 몽롱해졌다. 그들의 머릿속 에서 영웅이 왕자님으로 바뀐 모양이다. 뭐든 좋다.

"하지만 조금 걱정인걸."

"왜요?"

"내 힘은 우정에서 나오거든. 친구들끼리는 사이좋게 지내란 말 들었지? 그건 사실 내게 힘을 주기 위해서야."

점점 오글거리기 시작했다. 아이들은 여전히 순수한 눈망울로 날 바라봤다.

내가 저 나이 때는 이런 말 안 믿었던 거 같은데, 너무 자극적인 매체에 익숙해서 그런 거였나. 나도 한 순수 하는데.

곧 커다란 눈동자에 비친 내 얼굴을 보고 깨달았다. 내 얼굴이 곧 설득이었다. 멋지고 잘생기고 예쁘기까지 한…… 한마디로 '잘 생쁜' 내 얼굴이 히어로라는 증거 그 자체다.

"자, 그럼 사이좋게 지낼 거지?"

골목대장을 쳐다보며 묻자 아이들이 크게 고개를 끄덕였다. 골목 대장은 자신에게 사과하는 친구들을 보며 내게 입을 비죽 내밀었다.

이런다고 고마워할 줄 알아? 그 작은 얼굴에서 읽히는 말은 딱 그거였다. 그러면서도 노란 리본이 곁에 오자 튀어나왔던 입이 쏙 들어갔다.

그 모습을 훈훈하게 바라봤다. 역시 애들은 바라보는 것만으로 도 힐링이 된다. 아이들은 언제 싸웠냐는 듯이 서로 섞여 놀았다. 아까 전까지만 해도 나한테 관심이 가득했는데 이젠 자기네들끼리 유행하는 놀이를 하며 노느라 난 안중에도 없다.

조금 섭섭한 감도 있었지만 어쩌면 다행인지 모른다. 아이들이랑 하루 종일 놀면 수명이 깎이는 것같이 체력이 소모되니까.

잠시 쉴 생각으로 따끈하게 데워진 벤치로 다가갔다. 초대받은 환자들이 있는 곳이었다.

내 등장에 느긋하게 차를 마시던 사람들이 깜짝 놀라서 일어나려 고 했다. 난 조용히 고개를 저어 그들을 만류하고 미소 지었다.

어린아이들과는 다르게 그들은 나와 한 공간에 있다는 것만으로 도 감격스러워했다. 다시 가슴 한구석이 뜨거워졌다.

병상 생활은 어떤지, 불편한 것은 없는지, 필요한 게 있는지 묻고 격려했다. 병에 대해 아는 것은 별로 없지만 환자의 살려는 의지가 중요하다는 말은 많이 들었다.

확실하게 도움을 줄 수 있는 것이 없어서 안타까웠다. 의학적 지식을 조금이라도 갖췄다면 실질적인 도움을 줄 수도 있을 텐데.

하지만 그들은 오늘 구휼제에서 황태자와 레지나를 본 것만으로 희망을 얻는 듯했다. 이 단순한 만남이 힘이 된다는 게 애틋했다.

구휼제에 초대된 환자는 제국 전체에 비하면 극소수다. 시간과 장소의 문제만 생각해도 어쩔 수 없는 일이다. 더 많은 사람들을 보려면 이렇게 부르는 게 아니라 자선 병원을 직접 방문하는 게 나을 거다.

내가 황후가 된다면 꼭……. 머릿속으로 또 새로운 다짐을 했다.

계속 같이 있기엔 그들이 날 너무 어려워했다. 환자들을 긴장시키지 않는 게 좋을 것 같아서 일어섰다.

아쉬움 반, 안도 반으로 날 바라보는 그들에게 차이람식으로 건강과 행운을 빌었다. 황공해하는 얼굴을 뒤로하고, 얼추 일정이 마무리된 것 같아 황태자에게로 발걸음을 옮겼다.

"빼애애애앵!"

그 순간 큰 소리가 울렸다. 높으면서도 우렁찬 소리를 듣자마자 짐작이 갔다. 아니나 다를까, 아이 하나가 넘어져 울고 있었다. 이 데시벨의 소음은 그것뿐이다.

엎어진 채 일어날 생각도 안 하고 우는 아이에게 다가갔다. 앞에 쭈그리고 앉아 일으켜 세우자 더 서럽게 운다. 바지에 묻은 흙도 털어 주고 어디 긁히거나 까진 곳은 없는지 상처도 살폈다.

손바닥이 살짝 까지긴 했지만 다행히 다른 상처는 없었다. 아이도 아파서가 아니라 놀라서 우는 것일 뿐이다.

"다친 곳도 없고 괜찮네. 별거 아니야."

대수롭지 않은 내 태도에 꺽꺽대며 울던 아이는 점차 진정했다.

"아파?"

딸꾹질을 하며 고개를 도리도리 젓는 모습을 보니 동생이 떠올랐다. 크고 나서는 사이가 안 좋아졌지만 어렸을 때는 꽤 괜찮았다.

누나, 누나 하면서 내 뒤를 졸졸 따랐던 모습이 아직도 선하다. 동생이 넘어지면 이렇게 무릎을 털어 주고 괜찮다고 말해 줬는데.

동생을 보살피며, 아이들이 넘어지면 아파서 우는 게 아니라 주변에서 호들갑을 떠니까 큰일 난 줄 알고 우는 거라는 걸 깨달았다.

"넘어지면 툭툭 털고 일어나면 돼."

고개를 끄덕이는 아이의 머리카락을 헤집고 씩 웃었다.

"장하다. 벌써 울음 그쳤네?"

내 웃음이 옮은 듯 배시시 따라 웃는 아이의 보송한 볼을 살짝 꼬집어 주고 자리에서 일어났다.

걸음을 옮기는 데 재킷을 잡아당기는 손이 있었다. 돌아보니 골목대장이다. 나와 시선을 못 마주치고 우물쭈물하는 얼굴에 웃음이 나왔다.

골목대장은 고사리 같은 손으론 내 재킷을 꽉 쥐고 있으면서도 괜히 엄한 곳만 노려보고 있었다. 무슨 말을 하려는지 알 것 같았다. 아까 나한테 마귀할멈이라고 한 거 사과하려고 하는구나. 이래서 어린애들은 귀엽다니까.

절로 엄마 미소가 장착되려는 것을 애써 참았다. 이런 타입은 웃으면 도망가 버린다.

생채기 난 콧잔등과 발갛게 물든 볼이 너무 사랑스러웠다. 드디어 아이의 입이 열렸다. 나는 두근거리는 심정으로 그 모습을 지켜봤다.

그래, 이 누나한테 어서 미안하다 그리고 안기렴. 난 널 받아 줄 준비가 돼 있어.

"저기, 너 영웅이라는 거 사실이야?"

하지만 그 작은 입에서 나온 말은 내 상상과는 전혀 다른 말이었다. 잠시 당황했지만 이 역시 퍽 귀엽고 사랑스러운 말이라 웃음이 나왔다.

물론 난 영웅은 아니다. 하지만 어린아이에게 산타클로스가 존재한다는 거짓말을 아무렇지 않게 하는 나쁜 어른이기에 크게 고개를 끄덕였다. 더없는 진실을 말하는 것처럼.

"그러엄! 물론이지!"

내 말에 골목대장이 날 멍하니 올려다봤다. 곧 얼굴이 일그러졌다. 비죽비죽 치켜세워졌던 눈썹이 내려오고 입술이 떨렸다.

"그럼……."

아이는 다음 말을 잇지 못했다. 나는 그 대신 말을 받았다.

"구하러 갈게."

아이가 놀라서 눈을 동그랗게 떴다. 말하지 않았는데 어떻게 아냐는 얼굴이다. 나는 쓴웃음을 짓고 아이의 머리카락을 쓰다듬었다. 저렇게 애처로운 표정으로 말을 못 잇는 경우는 뻔하다.

물론 뻔하다고 해서 용납 가능한 일은 아니다. 구명줄을 붙잡듯 내 재킷을 꽉 잡은 아이의 손을 떼어 새끼손가락을 걸었다.

"약속이야."

손을 흔들자 아이는 어리둥절한 표정이다.

"이건 영웅이 약속하는 법이야. 이렇게 새끼손가락을 걸고 약속하면 꼭 지켜야 해."

이번에는 골목대장이 팔을 강하게 붕붕 흔들었다. 마지막으로 한번 더 아이의 머리카락을 쓰다듬고 웃어 준 후 몸을 돌렸다. 그와 동시에 입가의 미소가 사그라들었다.

기분 좋은 하루였는데 마지막이 찝찝했다. 그래도 무슨 일이 있는 거라면 계속 모르는 것보다는 이제라도 아는 게 낫다.

애써 마음을 다잡고 황태자에게 다가갔다. 아직 날 지켜보는 눈이 많았다. 민중들에게 손을 흔들어 주자 처음과 같은 환호성이 피어올랐다. 이제 구휼제의 폐막이다.

후생성 장관이 나와서 백성들을 향해 무어라 말하는 것을 흘려들었다. 황태자는 저 앞쪽에서 무슨 공로를 세운 사람들에게 상을 수여했다.

가만히 있으니 뒤편에 있는 귀족들이 수군거리는 소리가 들렸다. 목소리를 낮춰 속닥였지만 내게 다 들릴 정도였다.

"어쩜 저리 격의 없을 수 있을까요."

"그러게 말이에요. 어느 순간이든 품위는 지켜야 하는데."

"입은 옷도 그래요. 저렇게 몸매가 다 드러나다니 경박하게."

"이러다 백성들이 우리가 다 저리 경박하다고 생각할까 겁나네요."

글쎄. 내 생각엔 구휼한다면서 목 뻣뻣하게 세우고 있는 게 오히려 더 안 좋은 인상을 남길 것 같은데.

그리고 보기만 해도 우스꽝스러운 옷을 입느니 차라리 경박한 게 낮다. 그렇게 생각하면서도 나는 조금 반성했다.

처음에는 아이린도 견제하고 다른 귀족들도 신경 쓰려고 했다. 하지만 아이들과 놀면서 점차 그런 것 따위는 잊어버렸다. 신분사회라는 건 머리로 잘 알고 있지만 시간이 지나도 체화되진 않았다.

낮게 한숨을 쉬고 고개를 드니 저쪽에서 아이들이 내게 손 흔드는 모습이 보였다. 그 밝은 웃음에 마음이 따뜻해졌다.

분명 나는 경솔했는지도 모른다. 하지만 후회하진 않는다.

바로 옆에 있는 아이린을 슬쩍 보자 그녀는 어딘지 고소한 미소를 짓고 있었다. 내 시선을 알아채고는 바로 표정을 고쳤지만 확실히 봤다.

웃음이 나왔다. 아이린은 초조한 것이다. 예전이라면 그녀는 나를, 샤티를 감싸 주려고 했을 것이다. 누구나에게 친절하고 상냥하신 성녀님이니까. 악녀마저 감싸는 자애를 보이며 주가를 올렸겠지.

아이린의 가면은 벗겨지지 않아서 맨 얼굴 같았다. 그러나 지금 그녀는 이렇게 많은 사람들 앞에서 그것을 벗어 던졌다.

내 앞에서는 몇 번 벗겨진 적이 있지만 다른 사람들이 있을 때 저러는 건 처음이다. 다른 귀족들이 레지나인 우리 뒤에 서 있어서 저 얼굴을 보지 못한 게 아쉬웠다. 하지만 기회는 많다.

앞에서 장관이 폐막 인사를 했다. 이제 구휼제가 완전히 끝난 것이다.

나는 천천히 뒤를 돌았다. 아까 목소리가 들린 곳을 쳐다보자 어린 영애들이 움찔 몸을 떨었다. 어디서 본 적 있는 얼굴이다. 나는 눈을 가늘게 떴다. 황급히 고개를 돌리는 모습을 보니 기억이 났다.

레지나 간택 축하연 때 아이린의 비위를 맞추겠다고 휴게실에서 샤티의 욕을 하던 사람들이었다.

그때 연회장 안으로 돌아오는 그들의 얼굴을 유심히 보긴 했지만, 딱히 해코지할 생각은 없었다. 그런데 오늘 또 그런단 말이지?

축하연 뒤로 본 적이 없어서 완전히 잊고 있었다. 그 후 참석한 사교계 모임은 다 명망 있는 가문이 주최했다. 엄선된 가문에게만 초대장이 가는 파티와 살롱. 거기에 참석도 하지 못하는 것들이.

나른한 웃음이 나왔다. 분노할 가치도 없는 피라미들이라서 오히려 삶에 활력을 불어넣었다. 아무래도 난 이제 완벽한 악녀가 된 모양이다.

그래, 요즘 좀 잠잠했지. 세베리다에 다녀오고 그 후엔 서곡창을 맡아 일에 치여 사느라 또 다른 재미를 놓치고 있었다.

화사한 웃음을 머금고 그들에게 발걸음을 옮겼다. 평소의 소리 없는 걸음과 달리 과감한 워킹에 또각거리는 소리가 경쾌하게 울렸다. 자, 어떻게 해 줄까?

그때, 등 뒤에서 들린 목소리에 걸음을 멈췄다.

"아주 멋진 옷이야."

여자들의 시선이 내게서 내 뒤로 옮겨 갔다. 서서히 변하는 그녀들의 얼굴을 보지 않아도, 목소리만으로 누군지 알 수 있었다.

몸을 돌리자 내 움직임에 따라 어깨에 걸친 황태자의 재킷이 무게감 있게 펄럭였다. 어느새 다가온 황태자가 날 보며 미소 짓고 있었다. 생각이 바뀌었다.

"전하 덕분이죠."

느긋하게 말하며 손을 들어 올리자 그가 자연스레 더 가까이 다가와 내 손을 받쳤다. 살짝 기대자 그가 남은 손으로 내 허리를 감았다.

매번 두꺼운 비단과 코르셋 너머로 느꼈던 손길과 달리 그의 체온과 손 모양이 얇은 셔츠 너머로 가감 없이 느껴졌다.

어쩐지 조금 부끄러웠다. 물론 내 몸은 군살 하나 없이 완벽하지만, 그래도. 보는 눈이 있기에 그런 내색은 하지 않고 그의 손에 몸을 맡겼다. 아주 친근하고 익숙하고 당연한 것처럼.

"색다른걸."

황태자가 조용히 속삭였다. 무엇을 말하는지 알 수 없었다. 내 옷인지, 그에게 닿는 내 감촉인지, 무거운 드레스를 입고 에스코트를 받을 때보다도 더 몸을 맡기는 내 태도인지.

뭐든 상관없다. 그의 에스코트를 받으며 마차로 향했다. 남복을 한 상태에서는 에스코트를 받지 않는 것이 보통이지만, 마땅한 대우를 받는다는 듯이 고개를 들었다. 목을 뻣뻣이 세우는 건 고아나 환자 앞에서가 아니라 바로 이럴 때 하는 거다.

날 찌르다 못해 꿰뚫을 것 같은 시선이 느껴졌지만 영애들과 아이린에겐 눈길도 주지 않았다. 신경 쓸 가치도 없는 것처럼.

마차로 걸어가는 동안 백성들은 함께 걷는 우리 두 사람을 보며 환호했다. 그들의 눈엔 이미 차기 황제와 황후의 모습으로 비춰진 듯했다.

백성들의 지지와 사랑을 받는 황태자가 이리 대우하는 레지나이니 그들에게 그리 각인되는 것은 당연하다.

난 미소로 그들에게 화답하고 황태자가 열어 준 마차에 올라탔다. 에스코트를 마쳤으니 그대로 문을 닫고 갈 줄 알았는데, 황태자가 내 뒤를 따라 마차 안으로 들어왔다.

"전하?"

"에스코트하려면 끝까지 해야지."

가만히 살펴보니 마차는 내가 타고 온 마차가 아니었다. 창밖을 보자 황태자를 상징하는 푸른 깃발이 꽂혀 있었다.

"이것 참 황공하군요."

씩 웃으며 장난스럽게 눈을 맞추자 황태자가 픽 웃었다.

노란 눈동자가 천천히 나를 훑었다. 그의 재킷을 걸치고 있는 어깨를 지나 하얀 셔츠에 감싸인 가슴과 배, 검은 슬랙스에 휘감긴 다리. 앉느라 살짝 드러난 발목 언저리까지 시선이 닿았다.

다시 위로 올라와 내 얼굴을 향하는 눈빛이 노골적이었다. 뺨이 달아올랐다.

"잘 어울려."

툭, 황태자는 그의 무릎 위로 올라온 재킷 자락을 건드리며 말했다.

그냥 패션을 보는 거였구나. 뭘 그렇게 쓸데없이 눈빛을 막 쏘고 그래. 자의식 과잉이 된 것 같아 민망했다. 발갛게 물든 얼굴을 숨기며 대수롭지 않은 척 받아쳤다.

"옷걸이가 좋으면 옷이 빛나는 법이지요."

"옷걸이?"

한국에서는 농담 축에도 안 드는 관용어가 이곳에서는 퍽 낯선 모양이다. 황태자가 웃었다.

"그래, 참 대단한 옷걸이시지. 무려 영웅이니까."

갑자기 나온 영웅 소리에 헉 했다. 애들하고 놀 때 주변에 다른 사람은 없었다. 그래서 마음 놓고 흑역사를 쌓을 수 있었는데.

"그걸 다 들었어요?"

"들렸어."

아, 쪽팔려. 르웬다나의 축복인지 저주인지 진짜 짜증 난다.

말할 때도 좀 오글거린다고 생각했는데 이렇게 남의 입으로 들으니 검지와 약지가 서로를 그리워했다. 배배 꼬여 버린 손가락이 이젠 익숙하다.

"우리 영웅님의 힘은 우정에서 나온다고 했지?"

확인사살당하니까 더 아프다. 나는 황태자를 외면하고 창밖을 봤다. 스쳐 지나가는 풍경은 구휼제의 영향으로 활기찼다.

하지만 도저히 바깥에 집중할 수 없었다. 뒤통수를 찌르는 시선 때문에. 황태자가 피식피식 웃고 있는 게 다 느껴졌다.

침묵이 더 부끄럽다. 결국 나는 다시 몸을 바로 했다. 황태자가 또 웃었다.

"피곤하지 않아요? 그렇게 온갖 말이 다 들리면."

"별로."

아무렇지도 않은 척 말을 돌리자 황태자가 고개를 저었다.

"축복을 받은 후부터 변하는데, 그렇게 되면 황실엔 미쳐 버려서 폐위된 태자가 많을걸. 평소에는 다른 사람들보다 조금 더 잘 들리는 정도야. 집중을 했을 때만 멀리서 나는 소리까지 잘 들려."

그리고 벽 너머 있는 소리도 말이지. 노예상 근거지를 털 때 있었던 일이 생각나 이가 갈렸다.

그럼 굳이 집중해서 내가 말하는 걸 들었다는 건가? 노예상 근거지에선 위험할 수 있으니 그렇다 쳐도, 오늘은 일부러 내게 신경을 썼다는 것 아닌가.

"들린 게 아니라 일부러 들은 거 맞잖아요."

인상을 찌푸리고 입을 내밀자 황태자가 나를 빤히 쳐다봤다. 아무런 말도 없이 가만히 날 보는 눈빛이 아찔했다. **빽빽하게** 밀도 높은 시선에 숨이 막혔다.

"혹시 다른 것도 들었어요? 어떤 아이가 도움을 청했어요."

속이 울렁거리는 느낌을 참지 못하고 생각나는 대로 말을 뱉어냈다. 말하고 나니 중요한 사안이었다.

황태자는 천천히 고개를 끄덕였다. 그는 여전히 날 보고 있었지만 아까 같은 질척함은 없었다. 나도 모르게 옅은 한숨이 나왔다.

"일단 조사해 보는 게 좋을 것 같아."

"공문 보내거나 그러지 말고요. 자칫하다간 아이들한테까지 불똥 튈 수 있으니까요."

노파심에 한마디 보태자 황태자가 미간을 찌푸렸다. 우물거리며 작게 말하는 입술이 조금 불퉁했다.

"그대는 날 바보로 알고 있나?"

"그럴 리가요."

생긋 웃자 황태자는 못 말리겠다는 듯 고개를 저었다. 아무런 장식 없이 그대로 흘러내린 내 머리카락 끝을 잡고 매만지더니 말했다.

"정말 아이들을 좋아하는가 보군."

"그냥 평범한데요? 누구나 좋아하지 않나요? 어린애들 싫어하는 사람은 별로 못 봤는데."

커다란 손에서 백금발이 사르르 미끄러진다. 그의 손이 머리카락을 타고 위로 올라왔다.

"글쎄."

한숨 섞인 목소리가 어딘지 쓸쓸했다. 황태자의 얼굴을 보니 그가 아이들을 싫어하는 것은 절대 아니었다.

대체 뭐지? 그가 학대당했을 리는 없는데. 내 표정을 어떻게 해석했는지 황태자가 웃었다.

"너무 걱정하지 마. 잘 알아보고 해결할 테니."

고아원의 아이들이 아니라 그를 걱정한 거였는데……. 하지만 황태자의 말을 정정하기는 민망했다. 딱히 아이들을 걱정하지 않은 것도 아니니까. 다만 그의 웃음이 씁쓸해 보여 마음에 걸렸다.

"그런고로 그대는 어쩔 수 없이 통신구를 더 갖고 있어야겠군."

그가 분위기를 바꿔 말했다. 꾸며 낸 게 아니라 실제로도 퍽 유쾌해 보였기에 나는 잠자코 고개를 끄덕였다.

"과연 그게 업무용으로 쓰일지는 잘 모르겠지만요."

농담을 섞어 말하자 황태자가 씩 웃었다.

구황 작물 건도 어느 정도 마무리됐다. 결국 마법 작물을 만들어서 심기로 했고 샘플도 다 나왔다. 작물 명칭에 내 이름을 따서 짓겠다는 걸 말리느라 진땀을 뺐다.

작물에 샤르티아나나 샤티라는 이름이 붙으면 아무래도 좀……. 거창한 건 둘째 치고 느낌이 영…….

'샤르티아나 심었니? 오늘 아침은 샤티를 먹자.'

으음……. 다시 생각해도 진땀이 났다.

다른 이름을 대지 않으면 그대로 갈 것 같아 말리는 셈 치고 잊혔던 이름을 기억 속에서 꺼냈다. 유화영, 이제는 아무도 부르지 않는 이름이다.

배부르다는 뜻의 포와 내 이름자인 꽃부리 영을 따서 '영포'로 지었다. 황태자가 뜻을 물었지만 대답하지 않았다. 내 이름을 딴 작물이 있다는 게 쑥스러우면서도 뿌듯했다.

목덜미까지 올라온 황태자의 손이 머리카락을 쓸어내렸다. 귀 뒤로 넘겨 주느라 뜨거운 손가락이 내 귓바퀴에 닿았다.

차분한 손길에 나른함이 밀려왔다. 그러고 보니 서곡창 구휼을 해결하고 나선 바로 구휼제를 준비하느라 별로 쉬지를 못했지.

"단풍놀이는 언제 갈까?"

낮은 속삭임에 감기려는 눈을 떴다. 예전에 통신할 때 지나가듯 인사치레로 했던 말이 떠올랐다.

'설마 진짜 가자는 거였나.'

슬쩍 옆을 보자 황태자는 꽤 기분이 좋은 듯 웃고 있었다. 언제나 싸늘한 기운이 있던 노란 눈동자가 살짝 들떠 있다. 그 얼굴을 마주하고서 정말 가는 거냐고 물을 정도로 눈치 없진 않았다.

뭐, 가도 좋을 것 같았다. 한참 동안 바쁘게 일했으니 이제 쉴 때다. 궁 안에만 있어서 답답한 건 나도 마찬가지였다.

한국에서도 단풍놀이를 간 적은 없다. 딱 한 번, 서울에 상경한 후 처음 맞는 봄날에 벚꽃놀이를 가 본 게 다다. 그 후엔 알바니 공부니 바빠서 따로 시간 낼 생각을 못 했다.

"글쎄요. 언제가 좋을까요?"

아무래도 황족이니 단풍놀이를 즐기는 방법도 상상을 초월할 것 같았다. 뱃놀이나 뭐 그런 것처럼. 한 번도 경험하지 못한 것이니 분명 재밌을 거다.

"되도록 빨리 가는 게 좋겠지. 시간이 지나면 잎이 다 떨어질 테니까."

내 머리카락이 아주 재밌는 장난감이 된 건지 이제 그는 손가락에 머리카락을 돌돌 감으며 놀고 있었다. 아무래도 상관없었지만 그러다 가끔 한 가닥씩 당겨서 조금 따가웠다.

그의 손에서 머리카락을 빼자 불만으로 가득 찬 시선이 따라왔다.

"그럼 주말? 토일 중에서 맑은 날에 가요."

내 말에 언제 불만이었냐는 듯 그가 고개를 끄덕였다.

마차는 어느새 레지나궁 앞에 도착했다. 황태자의 에스코트를 받아 마차에서 내리고 궁으로 들어갔다.

방 앞까지 에스코트해 준 황태자가 내 손을 자기 입가에 가져갔다. 부드럽고 말랑한 감촉이 손등에 닿았다. 내리뜬 눈꺼풀에 반쯤 잠긴 노란 눈동자가 날 바라봤다. 그의 얼굴은 손에 살짝 가려진 채였다.

"그럼 주말에."

그는 그 말만 남기고 사라졌다.

나는 한동안 멍하니 그의 뒷모습을 바라봤다. 내가 오는 소리에 방에서 나온 시녀들은 아무 말도 없었지만, 수군거리는 소리가 들리는 듯했다.

이거 좀 평범한…… 연인 사이 같지 않나?

나는 내 몸을 덮은 황태자의 재킷을 내려다봤다. 이러고 있으니 더더욱 그런 느낌인데…….

어라?

깨끗이 목욕을 한 후 침대에 누워서 멍하니 천장을 바라봤다. 고개를 조금만 내리자 언제나와 같이 황태자의 재킷이 보였다. 처음 저 옷을 받은 이래로 항상 저 자리에 있었다. 마일러트 남작이 수

선했을 때와 내가 입었던 오늘 빼고는 내내.

생각이 복잡했다.

그동안 왜 몰랐지 싶을 만큼 황태자랑 꽤 알콩달콩 연인처럼 굴었다. 손을 잡고, 함께 식사를 하고, 여행을 가고.

하지만 이런 것들은 이곳에선 당연한 거였다. 손을 잡는 것은 에스코트하는 문화에서 비롯된 거고 나머지는 황태자와 레지나의 의무였다.

하지만 그걸로 다 설명할 수 없는, 무언가가 있었다.

나조차도 추운지 몰랐는데, 움츠린 내 몸을 보고 제 옷을 벗어서 덮어 준 황태자. 그런 것들이 언제부터인가 우리 사이에 있었다.

대체 뭘까.

황태자에겐 연인이 있다. 나 역시 황태자를 사랑하는 게 아니다. 처음과 달리 그가 꽤 괜찮은 사람이라고 생각하지만 그를 남자로 본 적은 없다.

처음 악녀가 되겠다고 결심했을 때, 행복한 연인 사이를 어그러뜨리고 그 사이에 끼어들겠다고 생각했다. 하지만 이건 황후가 되겠다는 의미였지 아이린에게서 황태자를 뺏어 연인이 되겠다는 소리는 절대 아니었다.

아니었는데, 내 머리카락을 가지고 장난치던 황태자의 모습이 자꾸만 떠올랐다. 그의 손가락을 타고 흐르던 매끄러운 백금발과, 그걸 기분 좋게 바라보던 가느다란 눈.

복잡했다. 싫어해야 하나?

문득 한소정과 박태준이 나를 등지고 걸어가던 모습이 떠올랐다. 아주 오랜만이었다. 내 죽음에 가장 큰 영향을 미친 사람들인데도.

……물론 친구한테 남친 뺏겼다고 자살한 건 절대 아니지만!

시간이 꽤 흘렀는데도 이건 여전히 쪽팔렸다. 베개를 팡팡 두드리다가 겨우 진정했다.

남의 남자를 가로채는 일. 생각하는 것만으로도 어쩔 수 없는 거부감이 따랐다.

그간 내가 황태자와 연애하는 것처럼 행동하면서도 한 번도 자각하지 못한 것은 이 거부감 때문인지도 모른다.

이제 와서 아이린에게 상처 주기 싫다는 건 아니다. 이미 난 그녀가 상처받는 걸 즐기고 있다. 무엇보다 그 여름날 외궁 정원에서 한소정보다 더한 악녀가 되겠다고 다짐하지 않았나.

하지만 어딘지 석연찮은 구석이 있다. 목구멍에 걸린 가시처럼 무언가가 뜨끔뜨끔 둔중하게 존재감을 알렸다.

박태준은 1년 넘게 날 쫓아다녔다. 날 보던 눈동자는 미열에 들떠 반짝거렸다. 1년간의 구애 끝에 그에게 고개를 끄덕였을 때, 그의 표정이 아직도 생생하다.

하지만 그게 대체 얼마나 갔지? 그 해맑던 연정의 끝은 배신이었다. 그것도 최악의 방법으로.

문득 고개를 돌리니 이불을 붙잡은 손에 힘이 잔뜩 들어가 있었다. 천천히 숨을 내쉬고 손을 펴자 찌르르 피가 도는 게 느껴졌다.

'괜찮아.'

속에서 누군가가 말을 걸었다. 내 목소리였다. 아주 그리운, 나조차 들은 지 오래된 유화영의 목소리. 뭐가 괜찮다는 건지 알 수 없었다. 하지만 그 목소리를 듣자 정말 모든 것이 괜찮아졌다.

애초에 황태자가 날 좋아하는지도 확신할 수 없다. 이곳에서 손을 잡는 것이나 바래다주는 것은 기본적인 예의였다. 그것 말고도 무언가 더 있다고 생각했지만 그건 내 느낌일 뿐이다. 아주 불분명하고 흐릿한 느낌.

어쨌든 그와 나는 장래를 약속한 사이다. 지금 오가는 스킨십과 대화는 당연한 축에 든다고 봐야 한다. 불화설을 낼 생각이 아니라면 지극히 합당한 처신이다.

처음과 달리 그는 날 꽤 괜찮은 배우자, 즉 황후로 보고 있다. 지금 황태자의 태도는 자신의 황후에 대한 예우이지 않나. 아무리 정치적인 동맹이라고 해도 반평생을 함께할 사이다. 뜨겁게 사랑하진 않더라도 은은한 정이 필요한 관계.

무엇보다 가장 중요한 것은 내 마음이다. 나는 황태자를 어떻게 생각하는가. 그를 좋아하나? 고민할 것 없이 답은 나와 있다. 아까도 생각했지만, 나는 그를 남자라고 생각한 적이 없다.

모든 것이 명료하고 간단해졌다. 아무 일도 아니다.

괜찮다.

하지만 아까부터 목에 걸려 있는 가시는 내려갈 생각을 하지 않았다.

"안녕하세요, 케일라덴 전하."

"샤르티아나 공녀."

케일라덴의 입꼬리가 살짝 올라갔다. 무뚝뚝한 그가 내비치는 반가움의 표시다. 나는 마주 웃으며 그가 빼 준 의자에 앉았다.

선선하고 맑은 날이다. 이렇게 야외에서 티타임을 가지기 딱 적절했다. 가을 정원은 딱 가을의 정취를 물씬 풍겼다.

나는 기분 좋게 숨을 들이마셨다. 어젯밤 구휼제로 피곤한 상태에서 쉬이 잠들지 못한 탓에 피곤하고 기분이 저조했다. 그 답답함이 조금 풀리는 것 같았다.

통신구로 연락한 후 오랜만에 만난 케일라덴은 서곡창 구휼 건으로 지친 내 모습을 보고 다음에 테리온 정원을 보여 주겠다고 했다. 테리온 정원은 황족의 정원이라 레지나는 마음대로 출입할 수 없다.

오늘 이렇게 직접 보니 과연 왜 황족의 정원인지 알 수 있었다. 아름답고 화려하다 못해 웅장함마저 느껴졌다. 티 테이블이 마련된 곳으로 걸어오는 도중에 페리올라 밭도 보여서 조금 반가웠다.

"이렇게 초대해 주셔서 감사해요."

"제 기쁨입니다."

무뚝뚝한 얼굴이 낮게 대답했다. 나는 변함없는 그의 태도에 싱긋 미소를 지었다.

케일라덴은 정말 고마운 사람이다. 그가 없었다면 황궁에 적응하기 힘들었을 것이다. 사교계에서도 마찬가지다. 황실 기사의 의무적인 에스코트를 받아야 했을 거고, 그러다 어떤 소리를 들었을지는 뻔하다.

케일라덴은 내가 곤란할 때마다 나타나 내 손을 잡아 주었다.

굳이 정치적인 득실이 아니라도 그와 있으면 언제나 편안했다.

황후 자리를 둘러싼 전쟁에 직접적인 연관이 없어서이기도 하지만 그의 다정함이 날 안온하게 감쌌기 때문이다.

화려한 말주변 없이 단답으로 떨어지는 그의 말이 어떤 미사여구보다 날 위로했다. 그만큼 진심이 느껴졌으니까.

그가 날 강인하다고 했기에 나는 강인할 수 있었다. 나를 더 믿고 내 생각을 관철할 수 있었다.

찻잔에 따뜻한 찻물이 차올랐다. 발긋한 수색이 무척 예뻤다. 한 모금 마시자 베르가모트 오일을 블렌딩했는지 달콤하고 상쾌한 향이 섞인 얼그레이가 입안을 향긋하게 만들었다.

차와 함께 시종이 내온 디저트를 보고 탄성을 질렀다.

"이 슈크림! 브루느와 것 아닌가요?"

구름같이 몽글몽글한 모양이며 슈크림 바닥에 찍혀 있는 인장까지, 이건 브루느와 슈크림이 틀림없다.

"챈들럼 경이 공녀께서 공저에 있을 때 가장 좋아한 것이라고 했습니다."

"네, 정말 좋아해요. 물론 황궁의 디저트들도 맛있지만요."

황궁에서 먹는 디저트와 이 슈크림 중 무엇이 맛있는지 고르라고 하면 우열을 가릴 순 없다. 하지만 황궁 디저트는 아무 때나 먹을 수 있고 브루느와 슈크림은 그렇지 않다는 점에서 슈크림 쪽이 더 점수가 높다.

사실 이 슈크림은 샤티의 기억 속에만 있던 거라 잘 몰랐다. 그러다 알테가 부모님이 챙겨 주셨다는 핑계를 대며 올 때마다 선물하는 통에 완전히 빠져들었다.

이미 내 혀는 이 부드럽고 달콤한 슈에 길들여졌는데, 서곡창 구훌 건이 끝나며 알테가 더 이상 궁에 오지 않아 무척 그립던 차였다.

"감사해요, 전하. 이렇게 신경 써 주셔서."

절로 환한 웃음이 나왔다. 그런 나를 보고 그가 천천히 고개를 끄덕였다.

별것 아닌 티타임에 이렇게 세심하게 준비하는 것이 저 묵묵한 얼굴 밑에 숨어 있는 그의 다정함이다.

같은 황실 기사지만 유타바인과는 소속된 곳이 다른데 따로 물어본 걸까.

"서곡창 구휼에 이어 어제 구휼제까지 성공리에 마무리하신 것 축하드립니다."

그는 축하를 건네면서도 어딘지 복잡해 보였다. 심해처럼 짙은 남색 눈에 아주 잠깐 망설임이 스쳤다. 하지만 그건 내 착각인가 싶을 정도로 빨리 없어졌다.

"감사합니다. 저도 무척 기뻐요. 특히 서곡창은……. 이로써 가뭄으로 고통받던 사람들이 조금이나마 편해지겠지요."

"공녀의 지혜 덕입니다."

한차례 미소가 오가고 느긋하게 다과를 즐겼다. 슈크림은 정말 맛있었다. 이거 어떻게 공수해 올 수 없나?

"백성들이 공녀를 좋아합니다."

"감사한 말씀이지만 전하께서도 잘 모르시잖아요."

케일라덴은 자주 황궁 밖으로 나가니 민심을 접할 기회가 많겠지만 구휼제는 바로 어제 있었던 일이다. 오늘 낮까지 기사단에서 일했을 그가 민심을 파악할 시간은 없었을 거다. 5황자인 그가 촉각을 곤두세울 문제도 아니고.

"황실 기사단 종자 중에는 일반 백성들도 많습니다. 하나같이 공녀에 대해 묻더군요. 정말 그렇게 아름다우신지."

"그랬나요?"

예쁜 건 알아 가지고. 하긴, 내가 흔히 볼 수 있는 미모는 아니지. 드레스 입은 나도 예쁘지만 남장한 나도 예쁘다. 원판불변의 법칙이랄까. 백성들이 내게 껌뻑 반해 버린 것도 당연하다.

기분 좋게 장난스러운 생각을 하는데 케일라덴이 무심하게 툭, 돌을 던졌다.

"예. 해서, 그렇다고 대답했습니다."

언제나처럼 무표정한 그의 얼굴을 바라보았다. 그렇다고 대답했다는 건 내가…….

속으로 한창 자화자찬 중이었는데도 한순간 너무 부끄러워졌다. 그는 희미하게 미소 지으며 말했다.

"공녀께서 사랑받으실 줄 알았습니다."

"……감사합니다."

뺨을 감싸자 뜨끈했다. 차를 마셨지만 따뜻한 차는 속을 가라앉히는 데 별 도움이 되지 않았다. 무뚝뚝한 얼굴로 칭찬하니 괜히 더 민망해졌다.

"공녀의 남장에 대해서도 이야기가 많습니다."

그건 나도 알고 있다. 구휼제가 치러지는 중, 내 앞에서도 말이 많았는데 그 후에는 오죽할까. 이곳의 유행과 전혀 다른 남복을 골랐을 때부터 예상했던 일이다. 새로운 것은 언제나 반동을 몰고 오는 법이다.

"귀족들 사이에서 말이 많다고 들었어요. 너무 품위 없는 옷차림이라고."

내 말에 그는 의외라는 듯 눈썹을 치켜세웠다. 귀족들 간에 그런 소리가 돌고 있는 게 뜻밖이어서가 아니라 다른 이유 때문인 것 같았다.

"공녀께서 신경 쓰실 필요 없는 말입니다."

웃음이 나왔다. 나는 고개를 끄덕이며 미소 지었다.

"예, 그렇지요."

케일라덴은 내가 그런 소문에 신경 쓰는 것이 의아했던 것이다. 신경 쓸 가치도 없는 말이니까. 나도 그렇게 생각했지만 그가 똑같이 생각했다니 통쾌했다.

"직접 보지 못한 것이 안타깝습니다. 거기다…… 형님의 옷을 입으셨다고요."

"네. 하지만 전하께 보여 드릴 만큼 대단한 건 아니었습니다."

예의를 갖춘 그의 말에 정석적으로 답했다. 케일라덴은 잠시 말이 없었다. 무뚝뚝한 얼굴은 여상하다.

이 화제는 이제 끝인 모양이다. 서곡창과 구휼제. 요즘 내 생활 전반을 차지하고 있던 이슈여서 그런지 대화의 흐름을 못 따라갔나 보다. 어색함을 티 내지 않고 다른 이야기를 꺼내려는 순간, 케일라덴이 말했다.

"아쉽습니다."

나도 모르게 멍하니 그를 바라보았다. 검게 보일 정도로 짙은 남색 눈동자가 진중하게 날 보고 있었다. 부끄러워하는 기색도 없이 여전히 같은 표정이다.

"공녀의 모습을 보지 못하고 다른 사람의 입을 통해 듣는 것이 아쉽습니다."

"아……."

대답할 말을 못 찾는 날 보던 그가 고개를 저었다.

"부담스럽게 할 뜻은 아니었습니다."

그 말에 민망함을 웃음으로 감췄다. 인사치레로 한 말을 너무 진지하게 받아들였나 보다. 케일라덴이 황당했을 것 같아 멋쩍었다.

이곳 화법은 좀 변해야 한다. 이러다 나처럼 순진한 여자는 도끼병에 걸리겠다. 그렇다고 내가 도끼병이라는 건 절대 아니다! 다내가 순진해서 착각할 뻔한 거지.

흠흠, 어색함에 헛기침이 나왔다. 앞으론 절대 오해하지 말아야겠다고 다짐했다. 케일라덴은 쪽팔려 하는 날 보고 분위기를 환기시켰다. 그의 손짓에 시종이 자그마한 상자를 들고 왔다.

상자는 화려하게 포장되어 있었다. 질감이 들어간 옅은 핑크빛 포장지는 금박이 물려 있었고 사방을 두른 리본은 고급스러운 광택이 나는 원단에 레이스로 마감했다. 예쁘게 묶은 리본엔 활짝 핀리시안셔스가 꽂혀 있었다.

눈 앞에 내밀어진 상자를 받아 들긴 했지만 풀어 볼 엄두가 나지 않았다. 너무 예뻐서 훼손하기 미안할 정도였다.

이게 웬 선물이냐고 묻는 얼굴로 케일라덴을 쳐다봤지만 그는 말없이 날 보고 있었다. 어서 뜯어 보라는 무언의 재촉에 아까운 마음을 접고 리본을 풀었다.

상자 속에 든 것은 향수병이었다. 옅은 빛깔의 향수는 상자에 꽂혀 있던 리시안셔스와 비슷한 색이었다. 향수 밑바닥에는 리시안셔스 한 송이가 가라앉아 있었다.

향수 안에 꽃을 집어넣어도 되나? 병을 살피는데 꽃은 놀랍도록 싱싱했다. 가장 활짝 폈을 때의 모습으로 부드러운 꽃잎이 유영했다. 아무래도 무언가 마법 처리를 한 모양이다.

"향을 맡는 순간 공녀가 생각났습니다."

케일라덴의 말에 향을 맡았다. 생각보다는 무거운 향이었다. 외관 때문에 달달한 꽃 향을 기대했던 탓이다.

달콤하기보다는 차분하다. 그리고 따뜻했다. 가슴에 스밀 듯 다정하고 따사로운 향이었다. 향이 익숙해지자 처음엔 미처 몰랐던 은은한 꽃향기가 났다. 너무 달지 않은 잔잔한 꽃향기와 우드 계열의 향이 조화롭게 어우러져 포근했다.

케일라덴이 날 바라보는 시선을 알 수 있었다.

"고마워요. 잘 쓸게요."

내 미소에 그가 고개를 끄덕였다.

차를 다 마셔서 자리에서 일어나는데 빈 그릇이 보였다.

아무리 브루느와의 슈크림을 좋아해도 그렇지, 나 혼자서 다 먹어 버렸다. 잘 먹어 놓고 뒤늦게 부끄러움이 찾아왔다.

케일라덴의 에스코트를 받으며 테리온 정원을 걸었다. 배부른 상태에서 한가롭게 산책을 즐기니 기분이 좋았다.

"그러고 보니 곧 형님의 생일입니다."

케일라덴의 말에 잊고 있던 황태자가 생각났다. 목에 가시가 걸린 것처럼 뜨끔한 것을 애써 무시하며 고개를 끄덕였다.

"벌써 그렇게 됐네요."

가을 끝 무렵은 황태자의 생일이다. 구휼이다 뭐다 이래저래 바빠서 생각하지 못했는데 레지나에게 있어 가장 큰 행사 중 하나였다.

케일라덴이 멈춰 서서 날 마주 보았다. 손을 내밀고 허리를 숙이는 모습에 그가 할 말이 예상됐다.

"부디 제게 그날 함께할 영광을."

언제나 그렇듯 그는 내게 파트너를 신청했다. 처음 내가 파트너가 되어 달라 도움을 청했던 이래로 계속 있었던 일이다. 아이린과 황태자가 수정궁에 갔을 땐 이를 역이용해서 황태자가 그에게 날 맡겼다는 식으로 소문을 냈고.

세베리다에 간 후 파티에 참석하지 않아서 너무 오랜만인 탓인가. 어쩐지 그 손을 마주 잡는 게 어색했다. 왜인지 황태자의 얼굴이 스쳤다. 그의 생일 축하연. 그리고 그 옆엔…….

나는 케일라덴의 손을 잡았다.

"기꺼이."

작게 대답하자 그가 내 손을 들어 올렸다.

케일라덴이 내게 파트너를 요청한 것은 날 위해서다. 혼자 서 있는 여자를 지나치지 못해 춤을 춰 준 사람이다. 고마워해야 하는데 이 씁쓸한 기분은 뭘까. 우울한 마음을 몰아내기 위해 환히 웃으며 그에게 말했다.

"그날은 전하께서 주신 향을 입고 가겠습니다."

"영광입니다."

다시 걸음을 옮겼다. 어째서인지 아름다운 정원은 더 이상 내 눈길을 사로잡지 못했다.

레지나 간택 축하연 이래로 황실 주최 파티는 없었다. 그 이후 황태자가 참석한 사교계 파티란 챈들럼가 파티가 유일했다.

그때도 아이린과 함께 왔었지. 중간에 생긴 마찰로 귀궁은 나와 함께했지만…….

이번에도 변함없을 것이다.

토요일.

나는 황태자가 통신구로 말해 준 일정에 따라 승마복을 입었다. 말을 타 본 적 없다고 했는데도 그는 이 기회에 배우라면서 막무가내였다.

전생을 통틀어도 말을 타 본 적은 없다. 타 보기는커녕 만져 본 적도 없다. 이곳에 와서 마차를 끄는 말을 보긴 했지만, 그 정도가 말과 나 사이에 있는 유일한 접점이었다.

타 볼 생각은 한 번도 한 적 없었는데, 기회가 생기니 조금씩 들 뜨기 시작했다. 황태자와 통신할 때만 해도 시큰둥했는데 지금 나는 완전히 흥분했다.

원래 난 놀이기구를 좋아했다. 물론 회전목마 따위를 말하는 건 아니다. 바이킹, 자이로드롭, 티익스프레스. 일상에 쫓겨 한두 번 타 봤을 뿐이지만 모두 나를 사로잡았다.

어쨌든 말도 타는 거니까 비슷하지 않을까? ……라는 생각을 한 나 자신을 한 대 때리고 싶었다.

"잠깐, 잠깐! 나 놓치지 마요! 꽉 잡아요!"

"잡고 있으니 걱정 마."

황태자는 아주 여유롭게 말했다. 여유롭다 못해 즐거움이 느껴지는 것 같았다. 뭐라고 따지고 싶지만 따질 정신이 아니었다.

내 허리를 붙들고 있는 황태자의 팔을 다시 확인했다. 그러다가 시야 끄트머리에 아찔한 속도로 사라지는 땅이 보였다. 죽을 것 같다.

그는 숫제 날 껴안아 품에 가두듯이 붙잡고 있었다. 그걸로 부족해 나는 말갈기를 꽉 붙들었다. 이 멋진 흑마가 머리카락을 잡아뜯기는 고통을 느낄 거라고 생각할 정신은 없었다.

다행히 이 집채만 한 흑마에게 내 악력 따위는 아픈 축에도 안 끼는 모양이다. 다론은 흐트러짐 없이 앞으로 달렸다.

속도에 어느 정도 익숙해지자 갈기를 붙든 손에서 힘을 뺄 수 있었다. 바람이 내 머리카락을 쓸었다. 숲 특유의 달달하면서도 고소한, 시원한 향이 스며들었다.

내 등을 받치는 황태자의 단단한 가슴과 내 허리를 놀이기구 안전바처럼 잡은 황태자의 듬직한 팔이 심신안정에 큰 도움을 줬다. 힘줄이 언뜻 보이는 게 참으로 믿음직스러웠다.

"으악!"

하지만 그 믿음은 몇 초 못 갔다. 앞에 있는 돌부리를 피하기 위해 말이 뛰어오른 순간 나는 다시 갈기를 쥐어뜯었다.

와, 진짜 하늘을 날았어! 자이로드롭에서 떨어질 때처럼 아랫배에 간지러운 소름이 돋았다. 안타까운 건 자이로드롭은 몇 초면 끝나지만 지금 이 공포는 계속된다는 거다.

황실이 관리하는 숲인데 이렇게 길이 안 닦여 있나? 일부러 이상한 길로 가는 거 아냐?

정신없는 와중에도 똑똑한 내 머리는 제법 합리적인 추리를 했다. 목적지인 넓은 공터에 도착하고 난 뒤에야 지옥 같은 라이드가 끝났다.

여기까지 쉴 틈 없이 달린 다론은 지친 기색이 없는데 정작 내가 숨을 몰아쉬었다.

"괜찮아?"

두근거리는 심장에 몸을 앞으로 숙이자 황태자가 내 몸을 추슬러 그에게 편안히 기대도록 했다.

"그러게 속도를 늦추라고 말하지."

아까 다론을 탈 때, 그에게 빨리 달려 보고 싶다고 했다. 또 절대 속도를 늦추지 말라고. 황태자는 탐탁지 않아 했지만 결국 내가 이 겼다.

"완전 재밌었어요!"

내 외침에 그가 고개를 갸웃했다. 슬쩍 올려다보자 미간에 살짝 금이 가 있다.

"이따 또 해요!"

"무서워하지 않았던가?"

무슨 허세냐는 어투였다. 허세부리는 건 아니었기에 순순히 긍정 했다.

"무서웠어요!"

그는 더 이해할 수 없다는 표정을 지었다.

"그게 재밌는 거죠."

뭘 좀 모르는군. 스릴의 묘미가 바로 이런 건데. 혀를 끌끌 차고 싶은 것을 참았다.

"좋아. 나도 즐거웠고."

스릴은 못 느끼는 것 같았지만 그 역시 승마를 좋아하나 보다.
몸이 꽤 진정되었다. 그에게 기댄 몸을 똑바로 세우려다가 단단한
팔이 아직도 내 허리를 꽉 붙들고 있다는 걸 깨달았다. 커다란 손
이 옆구리를 감싸 쥐고 있는 감각이 선연했다.

"다론의 갈기가 엉망인데."

뒤에 앉은 그가 내 앞에 있는 갈기를 살폈다. 필연적으로 얼굴을
내 어깨에 묻는 자세가 되었다.

그가 말할 때마다 쇄골에 숨결이 닿았다. 목덜미엔 그의 뺨이 느
껴졌다. 달리느라 바람에 식은 건지 조금 차가웠다.

"내, 내려야겠어요!"

그가 고개를 끄덕였다. 먼저 훌쩍 내리곤 내게 손을 뻗었다. 그
의 손이 내 허리를 단단히 붙잡아 안아 올렸다.

조금 민망하긴 했지만 워낙 다론이 거대해서 부축받는 것만으로
는 내릴 수 없었다.

공터에는 쉬면서 풍경을 즐길 수 있도록 의자와 테이블이 마련되
어 있었다. 숲 속 분위기에 맞춘 것인지 모든 것이 자연 본연의 모
양을 간직하고 있었다.

조금 불편할지도 모른다고 생각했는데 예상과 달리 막상 앉은 의
자는 푹신했다. 나무가 푹신하다니! 이것이 마법이죠. 나는 마법
문명의 이기를 만끽했다.

황태자가 다론에게 달려 있던 짐을 들고 왔다. 그 모습에 내 짐
셔틀 노릇을 했던 일이 떠올라 비시식 웃음이 새어 나왔다.

오늘은 시종도 시녀도 없이 둘만 나왔다. 물론 세베리다 여행 때
처럼 호위가 따라 붙긴 하겠지만 보이지 않으니 없는 느낌이었다.

뱃놀이처럼 귀족적인 행사를 상상하고 있었는데 의외로 아주 소박한 단풍놀이였다.

생각해 보면 황태자도, 샤티도 그런 류의 나들이는 질릴 정도로 즐겼다. 그리고 앞으로도 많겠지. 그렇게 생각하니 이 단풍놀이가 사뭇 특별하게 느껴졌다.

게다가 따지고 보면 말을 탄다는 것 자체가 내 기준으로 아주 부티 나는 나들이긴 했다.

숨을 들이켜자 가슴 깊이 상쾌함이 퍼졌다. 음, 이것이 바로 피톤치드! 왠지 머리가 잘 돌아가는 느낌적인 느낌이야.

황태자가 손수 세팅해 준 샌드위치를 먹으니 머리가 더 좋아지는 것 같았다. 거기에 황태자가 손수 끓인 차를 마시니 천재가 된 기분이었다.

권력자 부려 먹는 맛이 최고군. 뭣보다 그 권력자가 좀 얄미워야지. 차를 음미하는 것인지 다른 것을 음미하는 것인지 모르겠지만 어쨌든 속이 시원해졌다.

"차가 정말 맛있네요."

권력자님을 치하하며 새초롬하게 웃었다.

이곳의 레이디퍼스트 개념은 정말 최고다. 차를 우리는 것은 내가 할 생각이었지만 그럴 새도 없이 황태자가 다 준비했다.

보통 여자가 하지 않나, 싶었지만 아무렇지 않은 그 손놀림을 보니 잘못 안 모양이다.

"그것 참 다행이군."

그가 피식 웃었다. 공터 주변은 일부러 그리 만들었는지 다 단풍나무였다. 나무로 가로막힌 세상에 나와 황태자만 있는 것 같았다.

사방이 아름다운 붉은빛으로 타오르는 가운데 단풍 특유의 달달한 향이 났다. 그 풍경 가운데, 내 앞에 황태자가 있다.

바람이 불 때마다 살랑거리는 검은 머리카락과 나른한 황금빛 눈동자. 곧고 높은 코와 깊은 눈매가 음영을 만들고, 촘촘한 속눈썹이 아찔했다.

그의 입술이 살짝 벌어졌다. 천천히 입꼬리가 올라가며 입술이 호선을 그린다.

웃는 그의 얼굴을 보니 덜컹 가슴이 내려앉았다. 아까 말을 탈 때처럼, 아니 그때보다 더.

내려앉은 심장은 숨 한 번 못 쉬는 동안 움직임을 멈췄다가 그 공백을 메우듯 거세게 뛰기 시작했다.

돌아가는 길은 이곳에 올 때와 똑같았다. 아니, 더 빠른 것 같다.

과연 죽음의 라이드. 내 정신과 육체 모두 한층 더 죽음에 가까워진 느낌이다.

"완전 신나요!"

숲 입구에 다다른 다론이 멈춰 서자 온 세상이 핑글핑글 돈다. 멀미와 비슷한 감각에 현기증이 일었다. 무서운 놀이기구를 탔을 때의 감각과 같았다.

몸이 붕 뜨는 느낌에 시원한 웃음을 터뜨렸다. 승마를 배워도 좋을 것 같다. 안전바가 없는 건 몹시 불안하지만 재밌을 게 분명하다.

황태자는 그런 나를 보고 못 말리겠다는 듯 고개를 절레절레 저었다. 그러는 그의 입가에도 미소가 걸려 있었다. 나는 발을 달랑거리며 스릴의 여운을 즐겼다.

말에서 먼저 내린 그가 내게 손을 뻗었다. 나는 그의 어깨를 잡고 안장에서 몸을 일으켰다.

"아?"

몸이 허공에서 중심을 잃고 기우뚱했다. 그제야 그의 손이 미처 내 허리 붙들지 않았다는 걸 깨달았다.

정신없고 들뜬 탓에 그가 날 단단히 붙잡기도 전에 먼저 몸을 일으킨 것이다.

오싹함이 등골을 타고 올랐다. 아까 말을 타면서 느낀 오싹함과는 차원이 달랐다. 추락하는 감각이 날 집어삼킨 동시에 단단하면서도 부드러운 것이 날 감쌌다.

"……!"

꼭 그런 게 있다. 영화나 드라마를 보다 보면 피식 웃게 되는 장면. 웃기거나 흐뭇해서가 아니라 어이가 없어서.

남자 앞에서 카푸치노를 마실 땐 꼭 입술에 우유 거품을 묻히게 된다거나, 스파게티를 나눠 먹을 때 꼭 면 하나가 이어진다거나, 등 굣길에 식빵을 물고 달리면 꼭 모퉁이에서 누군가와 부딪친다거나.

세상에 저런 우연이 다 있나 싶은 것들. 유치하다 못해 오글거려서 헛웃음이 나온다. 이러한 장면들 중 최고봉을 뽑으라면 나는 망설임 없이 하나를 꼽을 수 있다.

남녀가 한데 뒤엉켜 넘어지면서 입술에 뽀뽀하는 우연.

자매품인 빵빵한 미녀 언니의 가슴에 얼굴 묻는 것은 그나마 가능성이라도 있지, 이건 정말 작위적인 냄새 팍팍 나는 황당한 우연이다. 현실에선 불가능한.

그런데.

내가 왜.

눈을 부릅떴다. 황태자의 얼굴이 너무 가까워 초점이 맞질 않았다. 시야가 흐릿한 대신 다른 감각이 더 선명하게 다가왔다. 내 가슴에 닿은 그의 탄탄한 가슴이라든가 내 허리와 등을 바짝 끌어안은 견고한 팔이라든가.

무엇보다 입술에서 느껴지는 말캉대고 부드러운, 뜨거운 감촉.

그 모든 것이 너무 생생했다. 목덜미에 오소소 소름이 돋을 만큼 확연한 감각이었다.

아무 생각도 들지 않았다. 알싸하면서 시원한 그의 체향이 그 어느 때보다도 짙다. 그 향기가 사고를 마비시키고 입술에 닿은 뜨거운 감촉만이 남았다.

눈앞의 노란빛이 슬쩍 감겼다. 그걸 본 순간, 입술에 보다 더 뜨겁고 촉촉한 게 와 닿았다.

미끈한 혀가 내 입술을 핥았다. 아랫입술 안쪽부터 찌르르 일어난 전율이 뜨거운 혈류를 타고 온몸에 울려 퍼졌다. 척추 맨 아랫부분이 시려 와 몸이 떨렸다.

아찔한 체향에 몽롱했다. 여전히 뇌는 제 기능을 못하고 있었다. 내 등을 감싼 그의 손이 스르륵 움직였다. 등골을 따라 내려가는 손길에 몸이 바짝 긴장했다.

그의 혀가 다시금 내 입술을 쓸어 올린 순간ㅡ.

"전하!"

커다란 목소리가 울려 퍼졌다. 그 소리에 가출했던 정신이 한순간에 집으로 돌아왔다.

내 몸이 황태자 위에 올라탄 상태였다. 그리고 우리는……. 뇌가 더 이상의 사고를 거부했다. 나는 재빨리 몸을 일으켜 세웠다.

날 놓아주지 않을 것처럼 강하게 붙들고 있는 팔에 신경질적으로 몸을 흔들었다. 황태자는 호의를 베푼다는 태도로 팔을 치웠다.

서둘러 일어나다 잠시 비틀거리자 어느새 옆까지 다가온 기사 한 명이 재빨리 날 부축했다. 황태자가 천천히 일어섰다.

"전하, 다치신 곳은 없습니까?"

세베리다에서도 본 적 있는 기사단장이 물었다. 황태자는 그 물음에 대답하지도 않고 날 쳐다봤다. 정확히는 날 부축해 준 기사가 붙들고 있는 팔과 허리를.

샛노란 눈동자가 천천히 기사의 얼굴을 향한 순간, 기사가 화들짝 놀라 내게서 떨어졌다. 그냥 떨어진 게 아니라 너덧 걸음은 차이 나도록 멀찍이 떨어졌다.

내가 벌레라도 되는 양 순식간에 멀어진 기사를 황당한 눈으로 보다가 미간을 찌푸리고 황태자를 봤다.

그는 날 바라보고 있었다. 이상하게 꾹 다물린 그의 입술이 유독 선명하게 보였다. 평소보다 붉었는데 왜 그런지 생각하고 싶지 않았다. 절대. 진짜로.

그 말랑말랑하면서도 어딘지 단단함이 느껴졌던 촉감이 아직도 입술에 남아 있었다. 그리고 그 위를 쓸던 축축하고 뜨거운…….

악! 진짜 생각하고 싶지 않다고!

나는 소리 없이 절규했다. 내 멘탈은 이미 탈탈 털렸다. 탈곡될 것도 남지 않았다. 내 마음 속을 들여다보면 뭉크의 절규 같은 형상이 나올 것이다. 아니, 그보다 더 심할 게 분명하다.

황태자는 귀찮다는 듯 자신을 살펴보는 기사들에게 손을 저었다.

그러고 보니 저 거대한 말에서 떨어지고도 어디 하나 아픈 곳이 없는 건 황태자가 날 감싸 준 덕이다. 하지만 전혀 고맙지 않았다. 이미 그는 대가를 받아 갔다. 그것도 과분한 대가를……! 이 파렴치한!

씩씩대며 황태자를 노려봤다. 그러면서도 그의 입술이 유난히 붉은 게 신경 쓰여 제대로 쳐다볼 수 없었다.

그래, 진짜 말도 안 되는 우연이지만 넘어지다가 입술 도장 쾅 찍을 수도 있다. 그런 우연을 만든 신이 있다면 태클 걸고 싶은 게 한둘이 아니지만, 어쨌든 그럴 수도 있다 치자. 우연은 불가항력이다. 황태자도 나도 어찌할 수 없는 재난이었다.

근데 왜! 눈을 감느냐 말이다. 그리고 혀…… 그, 그것을 내밀어서 날…… 내 입술을…….

아랫입술이 뜨거웠다. 나도 모르게 손으로 건드리자 폭신한 탄력이 느껴졌다. 그리고 묘한 습기도…….

"괜찮냐?"

작은 속삭임에 고개를 드니 유타바인이 날 보고 있었다.

뭘 괜찮냐고 묻는지 모르겠다. 말에서 떨어진 거? 아니면 황태자 위에 올라탄 거? 그것도 아니면 황태자랑 입술 박치기하다 못해 침 질까지 당한 거?

나도 모르게 유타바인을 원망스러운 눈으로 쳐다봤다. 그가 잘못한 게 하나도 없다는 건 알지만 감정이 제어되지 않았다.

유타바인은 한숨을 폭 쉬더니 날 부축해 줬다.

"일단 좀 쉬도록 해."

그가 숲 입구에 대기하고 있는 마차로 날 데려갔다. 마차에 올라

타고 나니 좀 살 것 같았다. 무엇보다 어느 정도 시야가 차단되는 것이 큰 도움이 됐다. 정확히 말하자면, 황태자와 나 사이에 놓인 벽이 참 마음에 들었다.

하지만 창문을 통해 이쪽으로 다가오는 황태자를 보자 다시 혈압이 상승했다. 두근두근 시끄럽게 울어 대는 심장에 다시 혼이 나갈 것 같다.

이 숲까지 오는 데 황태자와 함께 마차를 탔다. 즉, 다시 궁에 돌아갈 때도 황태자와 이 밀폐된 공간 안에 단둘이 있어야 한단 뜻이다.

나는 마차에서 나가려는 유타바인의 팔을 꽉 붙잡았다. 의아한 얼굴로 날 보는 그를 무시하고 마차 밖으로 고개를 쏙 내밀었다.

"저, 전하께서는 따로 오세욧!"

어차피 다론이 있으니 상관없을 거다. 아니면 유타바인이 타고 온 말도 있고. 아니, 그가 어떻게 궁까지 돌아오든 나랑 무슨 상관이람?!

황태자 탑승 금지 선언 탓에 마차 문을 닫아 주는 사람이 없었다. 유타바인의 얼굴에는 벌써부터 날 설득하려는 생각이 가득했다.

내 확고한 의지를 표현하기 위해 내가 직접 쾅, 소리가 나도록 세게 닫았다.

"……지금 나 쫓겨난 건가?"

문이 닫히기 직전 황태자의 목소리가 들렸지만 아랑곳하지 않았다. 이미 문은 닫혔다. 나는 창문을 열고 마부를 재촉했다.

"어서 출발해!"

하지만 마차는 움직이지 않았다. 황태자의 눈치를 보는 것이다. 황태자가 미간을 찌푸리고 날 쳐다봤다.

뭐, 왜, 뭐. 나도 그에 지지 않고 있는 힘껏 쏘아봤다.

황태자 옆에 서 있던 기사단장이 그에게 뭐라고 속삭였다. 그제야 황태자가 마부를 향해 고개를 끄덕였다.

마차가 출발하는 것을 확인하고 창을 닫았다. 힐끔 밖을 보자 황태자는 심각한 얼굴로 기사단장의 말을 듣고 있었다. 그리고 그 주변에 있는 기사들이 다같이 고개를 끄덕였다.

"휴……."

무슨 일이 터졌나 보다. 타이밍 좋게 일이 일어난 덕에 무사히 벗어날 수 있었다. 가슴을 쓸어내리는데 시선이 느껴졌다. 옆을 보니 유타바인이 아주 묘한 눈으로 날 보고 있었다.

"왜?"

"왜긴 왜겠어."

그가 한숨을 푹 내쉬었다. 그러고는 고개까지 설레설레 젓는다.

얘도 떼 놓고 나 혼자 탔어야 했나. 안 그래도 심란해 죽겠는데 도움은커녕 그걸 가중시킨다. 지금 내리라고 하면 안 되겠지.

뭐, 그래도 황태자보단 낫다. 나는 눈을 감았다. 말 시키지 말라는 무언의 표시였다. 그냥 이대로 아무 말 없이 궁에 가기만 해도 좋을 것 같다. 명상을 한다고 생각하자, 명상…….

느리게 숨을 내쉬고 들이마신다. 천천히, 다시 숨을 내쉬고 다시 천천히…… 내 입술을 쓸던 황태자의 혀.

"어땠냐?"

비명을 참으며 유타바인을 쳐다봤다. 그는 짓궂은 얼굴로 웃고 있었다. 어릴 적 그와 샤티가 비글처럼 여기저기를 들쑤시고 다닐 때 짓던 악동 같은 표정이었다.

"좋았냐?"

"좋긴……!"

뭐가 좋냐고 따지려다가 입을 합 다물었다.

"……봤어?"

"응."

"다?"

"처음부터 끝까지 봤냐고 묻는 거야, 아님 기사단 전체가 다 봤냐고 묻는 거야?"

순간 말문이 막혔다. 그러고 보니 기사단이 있었지. 유타랑 같은 곳에 있었을 거다. 대답을 듣기 싫어졌다.

"뭐, 어느 쪽이든 대답은 같아. 다 봤어."

내 바람과 달리 유타바인은 상쾌할 정도로 명료하게 대답했다. 그러니까 지금 내가 황태자 호위 기사단 전원이 보는 앞에서 뒹굴며 키, 키스를 했다는 거지?

세상에, 첫 키스 생중계라니……!

기절이라도 하고 싶은데 그러기엔 난 너무 완벽하고 균형 잡힌 건강한 몸을 가지고 있었다.

"좋은 게 좋은 거지. 너무 깊게 생각하지 마."

태평한 유타바인의 말에 발끈했다.

"너 같으면 좋겠어? 내 첫 키스를…….."

유타바인은 앙칼지게 묻고는 바로 울상 짓는 날 아주 떨떠름한 눈으로 바라봤다. 나도 내가 미친년처럼 보일 거 안다. 하지만 내 첫 키스는…….

"아니, 따지고 보면 첫 키스는 아니지!"

두 주먹을 불끈 쥐고 고개를 들었다. 유타바인이 미간을 찌푸렸다.

"너…… 전하가 첫사랑 아니었어? 나도 모르는 남자 있었냐?"

"무슨 소리야! 난 아직 첫 키스도 안 한 순결한 몸이라고!"

그의 미간이 더 좁혀졌다. 이게 뭔 개소리? 딱 그런 표정이다. 이런 놈도 친구라고……. 난 그와 달리 상냥하고 친절한 친구이므로 설명을 시작했다.

"이건 사고였어. 키스가 아냐. 넘어지다가 신체의 일부분이 살짝 닿은 것뿐이라고. 그리고 하, 핥은 건……."

"핥았어?!"

깜짝 놀란 유타바인의 얼굴을 보고 아차 했다. 그건 못 봤구나.

생각해 보면 당연하다. '신체의 일부분이 부딪친 사고'야 잘 보이지만 '입에 들이밀어진 것을 맛보는 유아기적 행위'가 멀리서 보일 리 없다. 기사들이 모두 누워 있던 것도 아닐 테고.

"와, 핥았구나. 어땠어? 환상적이야? 짜릿해? 뿅 갈 거 같아?"

유타바인이 호기심에 눈을 반짝거리며 물었다. 너무 얄미워서 상냥하고 친절한 친구인 나조차도 그를 때리지 않고는 못 배길 정도였다.

찰싹! 경쾌한 마찰음에 마음이 조금 풀렸다. 어쨌든 이건 첫 키스가 아니었다. 뭐, 진짜 키스든 아니든 무슨 상관이랴. 전생에서 이미 키스 정도는 다 해 봤는걸.

생각해 보니 그렇다. 그 상대가 박태준이란 것이 참 거지 같았지만. 잠깐만, 그럼 내 첫 키스 상대가 그놈이라는 건가? 그리고 전생의 마지막 키스도 그놈……?

이건 황태자와 첫 키스를 하고 그걸 생중계한 것보다 더 불쾌했다. 아주 끔찍한 느낌이었다. 새로운 삶을 살게 된 김에 정신 건강을 위해 과거는 잊기로 했다.

여하간 황태자랑 키스한 것도 아니니 내 몸은 아직까지 순결한 상태였다. 모든 것이 아름답게 정리되었다. 후련한 얼굴로 웃자 유타바인이 고개를 갸웃했다.

"왜 그렇게 부정해?"

"뭘?"

모르는 척 묻자 그의 얼굴이 진지해졌다.

"어차피 넌 레지나고 전하와 혼인할 거잖아. 장래를 약속한 사이에서 키스는 당연한 거 아냐?"

머리를 한 대 얻어맞은 것 같았다.

나는 황후가 될 거라고 생각하면서도 배우자가 될 황제와 부부로서 어떤 일을 할지 구체적으로 생각한 적이 없다.

어째서지? 아주 당연한 것인데도. 부부 사이의 일을 모르는 것도 아니다. 그런데, 왜?

"상대는 네가 처음 만난 날부터 좋아했던 바로 그 황태자라고."

어쩌면 나는 회피하고 있었던 것이 아닐까?

"저번에 전하를 대하는 네 태도가 변했다고 느꼈어. 너 설마 이제 전하를 연모하지 않는 거야?"

왜 회피했지? 혐오스러워서? 두려워서?

"그렇게 부정할 만큼 키스가 싫었어?"

유타바인의 아무렇지 않은 질문이 툭, 내 마음에 파문을 만들었다.

바람 닿지 않는 곳에 잘 숨겨 놓은 마음에 파랑이 일고, 조그맣게 시작된 파문은 점점 넓어져 날 흔들었다.

싫지 않았다. 황태자와의, 레오프리드와의 키스가 전혀…… 싫지 않았다.

그때 그를 부르는 음성이 없었다면 아마도 난 입을 열었을 것이다. 내 연약한 곳을 파고드는 그를 받아들이고 그의 연약한 곳을 훑고 어루만졌을 것이다. 온통 붉게 물든 숲 속에서 그와 짜릿한 키스를 나눴겠지.

충격에 가슴이 옥죄였다. 숨이 막혀서 괴로웠다. 며칠 전, 아니 조금 전까지만 해도 그를 남자로 보지 않는다고 생각했다.

나는 항상 단언했다. 내게 그는 남자가 아니다. 정치적인 동맹 관계일 뿐이다. 꼭 다짐이라도 하듯이 그렇게 생각했다.

그런데 정말 없었나?

계속해서 목 안에 걸려 있던 가시가 빠져나갔다. 그 감각은 조금은 아릿했고 조금은 시원했다.

14장

레오프리드

레오프리드

레오프리드 에피라 페레칼로닌은 펠론 제국의 적법한 황태자다. 이는 그가 태어난 순간부터 확정된 사실이었다.

레오프리드는 우월하고 비범했으며 특출 났다. 혈통보다 능력을 더 중요시하는 펠론 제국에서 그보다 차기 황제에 적합한 인물은 없었다.

비교 자체가 불가한 재능이었다. 적어도 같은 세대 내에서, 아니 2, 3세대 내에선 그와 같은 천재가 나오지 못할 것이다. 모든 것은 과장 없는 사실이었다.

더군다나 레오프리드는 황후의 소생이었다. 펠론 제국의 황제 자리는 태생으로 결정되지 않지만, 그렇다고 태생이 아무런 영향도 없는 것은 아니었다.

대체로 황후의 가문은 권력이 강했고, 그 말은 곧 지지할 세력이 넘쳐 난다는 뜻이다.

그리하여 레오프리드가 황태자로 책봉된다는 것에 이견은 존재할 수 없었다.

황후의 가문이 속한 황제파는 단연 그를 지지했고, 정치적 대립 세력인 귀족파 역시 그가 황제가 되는 것은 어쩔 수 없다고 생각했다.

나이가 너무 어려 책봉식이 치러지지 않았을 뿐, 그는 명실상부한 펠론 제국의 황태자였다.

분명 그랬을 것이다.

7황자, 스트라빈 페리 페레칼로닌이 나타나기 전까지는.

스트라빈은 레오프리드에 비하면 한없이 평범한 아이였다. 물론 그에게도 어느 정도의 재능은 있었다. 무(武)에선 두각을 나타내기는커녕 살짝 뒤처지는 정도였지만, 문(文)에선 그럭저럭 우수했다.

레오프리드처럼 한 번 읽은 책을 통째로 암기하진 못했다. 그러나 하나를 익히면 두셋을 깨달을 정도는 되었다. 그 정도 능력이 그가 가진 전부였다면 스트라빈은 드넓은 황궁에서 소리 없이 살다가 흔적 없이 출궁했을 것이다.

축복인지 불행인지 그에겐 다른 능력이 있었다.

스트라빈은 굉장히 넓은 시각을 가지고 있었다. 이건 그의 독특한, 좋게 말하면 내성적인 성격에서 비롯된 능력이었다. 그는 그 넓은 시각으로 빠르게 빈 구멍을 파악하고 메울 것을 찾아냈다.

하지만 이 지혜는 가시적이지도 않고 측정할 수도 없었다. 스트라빈은 아무런 주목도 받지 못한 채 조용히 살았다.

운명이 바뀐 것은 사소한 우연이었다.

황제와 카일론 공작이 함께 차를 마시는 건 자주 있는 일이었다. 그들은 대체로 집무실이나 알현실에서 티타임을 즐겼다. 정원에서 마시는 일은 극히 드물었고, 산책을 하던 어린 스트라빈이 그 현장과 마주치는 것은 어쩌다 한 번 일어날까 말까 한 일이었다.

황제에겐 자식이 여럿이었고 스트라빈은 특별히 사랑받는 자식은 아니었다. 그렇다고 사랑하지 않는 건 아니다.

자주 보지 않는 어린 아들은 어느새 한 뼘 더 커 있었다. 어린아이의 성장은 빠르다. 그 모습에 황제가 동석하라고 한 것은 순전히 변덕이었다.

두세 마디 정도 스트라빈에게 신경 썼던 황제가 다시 카일론 공작과의 대화에 열중한 것은 당연한 일이었고, 스트라빈이 그 대화에 끼어든 것은 이례적인 일이었다.

그런 우연이 겹쳐 마침내 스트라빈은 제가 가진 지혜를 드러내게 되었다.

풍경을 즐기며 나누는 이야기인 만큼 중요한 사안은 아니었고, 차기 황제와 거리가 먼 7황자의 앞이라는 점 때문에 대화의 수위는 더 낮아진 참이었다.

스트라빈이 아무도 생각하지 못할 의견을 제시한 것은 아니었다. 워낙 존재감이 없었기에 그 발언이 두드러진 정도였다.

황제는 미처 몰랐던 제 아들의 명석함을 자랑스러워했다. 하나 그뿐이었다.

하지만 카일론 공작은 달랐다. 그는 스트라빈의 발언이 부족하긴 하지만 자신의 의견과 맥락을 같이한다는 것에 놀랐다. 그다음으로는 아직 어린 나이에 놀랐으며, 특별한 교육을 받지 않았다는 사실에 놀랐다. 세 번의 놀람은 감탄으로 이어졌고 이는 공작의 뇌리에 강한 인상을 남겼다.

그 후 카일론 공작은 스트라빈의 궁에 찾아갔다. 얼마 지나지 않아 그는 원래 지지하던 레오프리드를 버리고 스트라빈을 지지하기 시작했다.

카일론 공작 가문은 황제파의 수장이며 개국공신 가문이다. 레오프리드는 한순간에 한쪽 날개를 잃었다.

아무런 전조도 없었기에 사람들은 의심했다. 카일론 공작이 레오프리드의 세력을 약화시키기 위해 그 전까지 지지하는 척 속였다는 말까지 나왔다. 무리도 아니었다. 그만큼 타격이 컸다.

레오프리드에게도 문제였지만 황제파 내부도 삐걱거리기 시작했다. 카일론 공작은 자신의 사욕과 권력을 위해 스트라빈을 지지한다는 비난을 들었다. 그 비난은 타당한 듯 보였다.

스트라빈의 모친은 원래 황후의 시녀였다. 그중에서도 쟁쟁한 가문의 영애도 아니고 황후의 가신 가문 출신이었다. 그녀는 황후의 시녀로 봉사하는 것이 평생의 영예이자 행운이라고 생각했다.

공교롭게도 그녀는 황제의 눈에 띄었다. 하룻밤의 인연으로 자식을 낳았다. 황궁에 입적하긴 했지만 아무도 그녀를 신경 쓰지 않았다.

한미한 가문인 그녀가 궁에서 기댈 곳은 황제의 총애뿐인데 그마저도 없었다. 황제는 그저 두 달에 한 번씩 의무적으로 찾아와 담소를 나눌 뿐이었다.

황후는 그녀를 경멸했고 사람들은 황후의 눈 밖에 나는 것을 꺼렸다. 그나마 황후가 그 고귀한 자존심에 걸맞게 그녀를 괴롭히지 않아서 다행이었다.

이렇다 보니 스트라빈은 지지 기반이 약하고 외척도 없는 거나 마찬가지였다. 그가 황제가 되면 누구에게 권력이 집중될지는 뻔했다.

카일론 공작의 지지 선언 후, 우여곡절 끝에 황제는 스트라빈이 레오프리드와 같은 교육을 받게 할 것을 명했다. 그 전까지 스트라빈은 황자로서 갖춰야 할 기본 소양 정도만 공부하고 있었다.

그는 조금 뛰어난 수준의 수재였기에 당연히 레오프리드보다 속도가 느렸다. 무예 쪽은 느리다고 하기조차 민망한 수준이었다. 문무 모두 월등한 레오프리드와는 비교도 되지 않았다.

뒷배가 없는 스트라빈이 별다른 두각을 나타내지 못하자 카일론 공작이 자신의 사리사욕을 채우기 위해 그를 지지한다는 주장에 더 힘이 실렸다.

카일론 공작의 파격적인 결정은 정작 후계 구도에 큰 영향을 미치진 않았다. 레오프리드가 너무나 뛰어났기 때문이다. 경쟁이라는 말도 우스울 정도였다.

레오프리드가 황제가 되어 봤자 아무런 득도 없는 한미한 가문 몇이 도박하는 심정으로 카일론에 편승했을 뿐이다.

그러나 황제는 누구의 손도 들어 주지 않았다. 아니, 아무런 기반도 없는 스트라빈에게 레오프리드와 경쟁할 장소를 마련해 줬으니 오히려 그의 손을 들어 줬다고 하는 게 옳으리라.

쇠락해 가는 나라의 귀족은 군주가 멍청하길 원하지만 펠론 제국은 아니었다. 귀족은 자신이 제국의 귀족이라는 것에 자긍심을 가졌다.

대다수의 귀족들이 황제에게 상소를 올렸고, 국무회의에선 스트라빈에 대한 안건이 끊이지 않을 정도였다. 강하게 반발하면서도 그 누구도 스트라빈이 진짜 황태자가 될 거라고는 생각하지 않았다. 제대로 된 황제를 원한다는 표현이자 차기 황제에게 보이는 일

종의 어필이었다.

하지만 황제의 지지인지 모를 묵인 속에서 스트라빈은 서서히 자신의 능력을 나타냈다. 카일론 공작과의 친분 때문에 어쩔 수 없이 스트라빈을 만나 본 사람들은 감탄하기 시작했고, 그를 가르치던 선생들도 가끔씩 보이는 지혜에 탄복했다.

레오프리드의 세력에 비하면 느리고 미약한 움직임이었다. 그러나 추가 한꺼번에 기우는 일이 생겼다. 레오프리드와 스트라빈의 성취를 지켜보던 황제가 결국 스트라빈의 손을 들어 준 것이다.

"스트라빈의 궁을 옮기도록 해라. 라인에르트 궁으로."

라인에르트 궁은 황제가 황자 시절 쓰던 궁이었다. 황태자나 차기 황제라는 말을 언급한 것은 아니었지만 그 뜻을 못 알아들을 자는 없었다.

레오프리드의 인생에 스트라빈이 나타난 순간이었으며, 그를 구성하고 있던 세계가 부서진 순간이었다. 너무나 갑작스러운 변화였다.

레오프리드는 타고난 군주였다. 태어나길 그러했으며 성장 과정도 마찬가지였다. 그런데 어느 방면으로 보나 자신보다 못한 동생이 그의 자리를 빼앗은 것이다. 지금까지 한 번도 신경 쓰지 않던 존재가.

지지 세력이나 혈통을 말하는 것이 아니다. 레오프리드는 그런 것에 기대는 성격이 아니었다. 그는 공정하게 각자가 가진 능력으로만 판단했다. 그리고 자신의 천재성이 스트라빈을 압도한다고 결론 내렸다.

실제로 그의 결론은 옳았다. 다만, 황제의 자질이란 본인의 천재성으로 결정되는 것이 아니었을 뿐.

카일론 공작은 스트라빈 본인이 가진 능력은 부족하나 적재를 찾아내 적소에 배치하는 안목이 뛰어나다고 했다. 황제의 손이 직접 닿는 곳은 아주 적다. 결국엔 그런 안목이 가장 중요하다고 했다.

레오프리드는 마지막 말엔 동의했지만 스트라빈이 적재적소의 혜안을 가지고 있다는 것엔 고개를 저었다.

그와 마주쳤을 때 본 얼굴은 한심했다. 스트라빈은 지나치게 조용했다. 과묵하면서 뛰어난 군주가 없었던 것은 아니지만 종류가 다르다. 자기 생각에 틀어박혀 있다는 말이 정확할 것이다.

레오프리드는 자신의 첫 패배를 납득하지 못했다. 그러나 첫 패배보다 더 큰 문제는 따로 있었다.

이 제국은 너의 것이다, 네가 나의 후계다. 기억도 잘 나지 않을 무렵부터 그렇게 속삭이던 아버지가 한순간에 그를 버렸다.

황제가 어떤 결단을 내려야 하는지 완전히 이해하기에는 너무 어린 나이였다. 설령 이해한다고 해도 절망감은 막을 수 없었을 것이다.

설상가상으로 그에게 항상 자애롭던 황후가 히스테릭해졌다. 그녀는 자신의 시녀였다가 황제의 눈에 든 스트라빈의 모친을 혐오했다. 그런데 그 자식에게 미래까지 빼앗긴 것이다.

그녀는 모든 것을 레오프리드의 탓으로 돌렸다. 레오프리드가 부족하기에 황제의 마음이 스트라빈에게 기울었다고 생각했다.

당시 레오프리드는 고작 열 살이었다. 아무리 천재라고 해도, 걸음마를 뗄 적부터 어깨에 올려진 짐과 뛰어난 머리 탓에 보통 아이들과 다른 면모를 보였다고 해도 속은 말랑한 어린아이였다.

첫 패배에 우는 등을 끌어안고 토닥여 줄 품이 필요했지만 아무도 그를 안아 주지 않았다. 그래서 그는 울지 않았다.

태어날 때부터 마땅한 그의 자리였다. 황태자 자리도, 아비와 어미의 사랑도. 하지만 지금은 너무나 멀다. 레오프리드는 여태까지 살아왔던 세상이 다 깨지고 불타 사라졌다는 것을 제대로 이해하지 못한 채 그저 인지했다.

강대했던 황제파는 분열 직전이었고 급변한 정국에 귀족파와 중도파, 어느 계파에도 속하지 못한 가문까지 이리저리 들썩였다.

그 가운데 아무도 레오프리드에게 신경 쓰지 않았다. 그는 패배자였다. 물론 황후의 가문을 비롯해 그를 지지하는 귀족은 꽤 많았다. 하지만 지지한다고 해서 신경을 쓰는 것은 아니었다.

눈을 멀게 할 정도로 빛나는 천재성을 내보이며 사랑받고 살던 어린 새싹은 짓밟혔다. 드넓은 황궁을 주인처럼 제멋대로 활보하던 걸음걸이는 사라졌다.

황후가, 그를 지지하는 귀족이 원하는 틀에 억눌려 레오프리드는 분재된 나무처럼 자랐다.

스스로를 억제하고 억눌러 아무것도 표현하지 않았다. 그저 황제에 걸맞도록, 정확히는 황후가 말하는 황제에 걸맞도록 그렇게 살았다.

레오프리드는 역대 황자 중 누구보다 빠르게 제왕학을 마스터했다. 아직 스트라빈이 황태자위에 책봉되지 않았기에 그는 황태자 후보로서 제왕학을 배울 수 있었다. 또한 열세 살에 황실 기사와 대련해 승리했다.

원래 있던 재능에 뼈를 깎는 노력을 더하니 못 이룰 게 없었다. 하지만 그 깎는 과정에 마모된 것은 다름 아닌 그의 인간성이었다.

레오프리드는 지극히 계산적이고 정치적인 사람이 되었다. 감정의 진폭 자체가 협소했고 그중에서도 즐거움이나 기쁨은 거의 느끼지 못했다.

그렇게 그는 황후가 원했던 황제의 상에 한없이 가까운 인물이 되었다.

동생이 불운의 사고로 유명을 달리하고 그에게 황태자위가 주어졌을 때 그는 기뻐하지도, 슬퍼하지도 않았다.

황제의 자질을 드러내기 전까지 존재감도 희미했던 혈육에게 정을 느끼기엔 그는 이미 메말라 비틀어졌고, 어부지리로 얻은 황태자위 따위는 그에게 기쁨을 줄 수 없었다.

설령 그의 힘으로 황태자가 되었어도 기쁘진 않았을 것이다. 그가 기쁨을 느꼈던 모든 것이 한순간에 거짓이 되어 사라졌다.

행복은 그의 인생에 대한 기만이었다. 그를 살찌우고 따뜻하게 만들었던 모든 것들이 절망의 근거였다. 이제는 절망조차 그를 무릎 꿇리지 못했지만.

레오프리드가 펠론 제국의 황태자가 된 후 모두 그를 칭송했다. 절대 흔들리지 않는 강인한 정신력, 날카로운 판단력과 그 판단의 기반이 되는 냉정함.

사람들은 깎여 나간 보석에 아낌없는 찬사를 보냈다. 무엇이 깎여 나갔는지는 보지 않았다. 그저 완벽하게 연마된 모습만 보고 경배했다.

레오프리드는 실로 완벽했다. 행복도, 불행도, 희망도, 절망도…… 그 무엇도 그를 쓰러뜨리지 못했다. 평생토록 아니, 죽어서도 정복되지 않을 것이다.

분명 그랬을 것이다.

레지나, 샤르티아나 알티제 카일론이 나타나기 전까지는.

고작 한 계절 만에 무엇도 꿰뚫지 못한 레오프리드의 표면에 금이 가기 시작했다.

이변은 낯설기에 적이었다. 그는 또다시 스스로를 깎아 균열을 없애려 했다. 그러나 그 전에 갈라진 틈으로 뜨겁고 날카로운 무언가가 파고들었다.

아팠다. 너무나 오랜만에 느끼는 감각이었다. 이런 일에 면역 없는 영혼이 몸부림쳤다.

그의 표면을 구성하는 두껍고 단단한 껍질부터 가장 안쪽의, 그 자신도 외면했던 보드랍고 말랑한 부분까지 비명을 질러 댔다.

사라졌던 모든 감각이 되돌아오고 잊혔던 모든 감정이 되살아났다.

레오프리드의 세계는 또다시 깨졌다. 그는 더 이상 무감할 수 없었다. 냉정하지 못하고 뜨겁게 분노하고 거칠게 기뻐했다. 심지어는 나약한 면모까지 보였다.

두근두근, 감정이 요동치며 박동하는 것이 온몸을 울릴 지경이었다. 그의 생애에서 열사보다도 더 뜨겁고 고통스러운 여름이었다.

레오프리드의 붕괴는 있을 수 없던 일이지만, 그 원인이야말로 더 불가한 일이었다. 황후나 황제, 그를 둘러싼 수많은 거대한 사건이 아니라 고작 샤르티아나 알티제 카일론, 그 카일론 공작가의 멍청한 계집 때문이라니.

샤르티아나는 무례하고 멍청했으며 오만방자했다. 그것 외에도 그녀의 평판이나 성정, 능력 등등 문제는 많았다. 굳이 카일론 가문을 생각하지 않아도 이건 말도 안 되는 일이었다.

무엇보다 레오프리드는 샤르티아나에게 개인적인 유감이 있었다. 그로서는 굉장히 드문 감정인데, 한마디로 그는 샤르티아나를 싫어했다.

어떤 집단이나 부류를 혐오하는 것이야 흔했지만 특정 인물을 싫어하는 것은 그녀가 유일했다. 유일한 만큼 다른 어떤 것에 대한 혐오보다 심했다. 그래 봐야 샤르티아나가 엉겨 오면 눈살을 찌푸리는 정도가 다였지만.

그러나 레오프리드는 자신이 왜 샤르티아나를 싫어하는지 알지 못했다. 그저 그녀의 환한 웃음을 볼 때마다 뱃속이 뒤틀렸다.

샤르티아나는 자신이 원하는 대로 살았다. 그녀는 보고 싶은 것만 보고, 듣고 싶은 것만 들었다. 행동하는 것엔 더욱 거침이 없었다.

그녀는 황자인 레오프리드의 간식을 빼어 먹었고 황궁 안에서 출입이 금지된 구역을 막힘없이 쏘다녔다. 이해할 수 없는 것은 그런 그녀를 꾸짖는 사람이 아무도 없었다는 거다.

카일론 공작과 공작 부인은 난처한 얼굴을 하며 그러면 안 된다고 했지만 레오프리드의 입장에서 그건 화를 내는 게 아니었다.

어조는 상냥했으며 제멋대로 구는 작은 손을 붙잡는 손길은 부드러웠다. 황후가 그를 대하는 것과는 너무나 달랐다.

그건 황제 역시 마찬가지였다. 샤르티아나를 타이르는 공작 부부를 말리고는 너털웃음을 지은 채 그녀의 백금발을 쓰다듬었다. 레오프리드의 세상이 깨지기 전, 황제가 어린 그에게 지어 주던 것과 닮은 웃음이었다

분재처럼 자라는 레오프리드와 달리 샤르티아나는 숲 속의 야생목 같았다. 거침없이 위로 솟았고, 자신이 원하는 햇빛을 받기 위

해서 마음껏 팔을 뻗었다.

그 과정에서 아래에 있는 식물들에게 햇빛이 닿지 않는 것은 안중에도 없었다. 막무가내인 뿌리는 바위를 뚫고 계절에 상관없이 꽃을 피웠다.

한마디로 자유로웠다. 샤르티아나는 절대 그렇게 자유로울 수 있는 존재가 아니었다.

그녀는 개국공신 가문인 카일론의 하나뿐인 딸이었다. 다시 말해, 그녀 역시 규범과 법도와 관습으로 가지치기 당해야 한다는 말이다.

그러나 그녀는 레오프리드와 한없이 비슷한 신분에 있으면서도 한없이 다른 인생을 살았다. 그 무엇도 그녀를 강제하지 못했다.

열등감과 시기, 질투가 레오프리드의 표면을 그을렸다. 그는 탄 자국을 보면서도 원인이 무엇인지 정확히 알 수 없었다. 그런 감정은 누구보다 우월하고 뛰어난 그가 모자란 샤르티아나에 가질 수 없는 것이었다.

기어코 황제가 레지나 후보에 샤르티아나를 언급했을 때, 레오프리드는 기회라고 생각했다.

카일론 공작을 원수 대하듯 보는 황후와 달리 그는 딱히 큰 악감정은 없었다. 그런 것을 느끼기에 그는 이미 마모되었다. 감정에 무감한, 지극히 정치적이고 계산적인 인물로 변했다.

이는 황제나 황후에게도 마찬가지였다. 그는 부모를 증오하지도, 사랑하지도 않았다.

큰 악감정이 없다고 해서 호의가 있는 것은 아니다. 샤르티아나를 황궁에 들이는 일로 카일론 공작에게 고삐는 채울 수 있겠다고 생각했다. 그 냉철한 성미와 달리 제 딸을 끔찍이도 아끼는 것 같으니 인질로 삼을 수 있으리라.

황제와 혼인 당사자인 레오프리드는 불만 없는 가운데 황후와 카일론 공작이 반대를 외쳤다. 카일론 공작은 레오프리드가 어떤 생각으로 응낙했는지 즉시 눈치챈 것 같았다.

공작은 집에 돌아가는 것도 잊고 반대 의견을 펼쳤다. 레오프리드는 황태자가 된 이래로 공작과 여러 가지 일을 함께했지만 이렇게 필사적인 모습은 처음 보았다. 좋던 기분이 조금 안 좋아졌다.

황후는 샤르티아나의 부족함을 꼬집어 레지나에 적합하지 않다고 했지만, 그 이면에는 카일론 공작에 대한 증오가 깔려 있었다.

카일론 공작이 스트라빈을 지지한 후, 그녀는 자신이 태후가 되었을 때의 모습을 구체적으로 그리기 시작했다.

카일론 공작을 숙청하고 친정인 마르켈 후작을 공작으로 승작시킨 뒤 황제파의 수장으로 만들 생각이었다. 그 과정에 카일론가 사람이 황후가 되면 곤란했다.

그녀는 레오프리드에게 자신의 계획을 숨기지 않았다. 오히려 황제가 되면 꼭 그리하라며 종용했다. 물론 레오프리드의 생각은 달랐다.

카일론 공작을 숙청하면 제국의 행정에 갑작스러운 구멍이 생긴다. 하지만 지금처럼 둘 생각은 없으니 세를 낮출 계획이다.

외조부인 마르켈 후작은 지금 정도의 위치가 적당한 인물이다. 딱히 힘을 실어 줄 생각은 없었다.

그렇게 생각하며 레오프리드는 무심코 황후를 비웃었다. 어린 시절 그대로 자신을 키웠으면 그녀의 말에 따랐을지도 모른다.

하지만 지금 그는 지극히 기계적으로 손익만 사고하는 인물이 되었다. 거기에 정을 느끼지도 못하니 정에 흔들릴 일도 없었다. 이 모두가 황후가 원했던 모습이라는 게 아이러니했다.

결국 모두가 자신의 이익을 위해서 움직이는 것이다. 피와 살을 나눈 부모와 자식 간도 마찬가지다.

그래서 카일론 공작의 필사적인 반대가 거슬렸다. 레오프리드는 스스로를 이해할 수 없었다. 레지나가 누가 되든 그에게 큰 문제는 아니었다.

카일론 공작이 스트라빈을 지지했을 때조차 별다른 상처를 입지 않았다. 그저 공작이 자신의 안위와 가문을 위해 최적의 선택을 했다고 생각했다. 그때도 레오프리드의 모후와 외조부는 황제파의 수장이 될 생각을 하고 있었기 때문이다.

레오프리드가 충격을 받았던 때는 스트라빈이 죽은 후, 정말로 그에게 황제의 자질이 있었다는 걸 깨달은 순간이다.

모든 학문에 완벽했던 자신이 가지지 못한 능력이 죽은 동생에게 있었던 것이다. 그 깨달음이 레오프리드를 황제에 더 가깝게 만들었으나, 그의 정신에 도움이 된 것은 아니었다.

극복하면 그 자신에게도 성장의 밑거름이 되었겠지만, 레오프리드는 동생의 그늘에 빠져 버렸다. 거기엔 비교하는 황제의 태도도 한몫했다.

딸의 부족함을 역설하며 반대하는 공작을 보고 레오프리드는 무슨 일이 있어도 샤르티아나를 레지나로 들이겠다고 결심했다. 황제가 그녀를 마음에 두었기 때문에 아주 쉬운 일이었다.

처음엔 카일론 공작에게 고삐를 걸 용도로만 쓰려 했지만 생각이 바뀌었다. 인질로 활용하는 것은 그대로지만 샤르티아나에게 귀족 사회가, 황실이 어떤지 알려 줘도 좋을 것이다.

가지를 꺾고 뿌리를 잘라 황궁이라는 화분에 끼워 맞출 생각에 기대가 될 정도였다. 그 제멋대로인 얼굴이 자유를 박탈당하고 어찌 변할지 궁금했다.

아이린이 레지나 간택 축하연에 파트너로 동행해달라고 요청하기에 응했다. 내심 함께 등장하면 샤르티아나가 천방지축 안하무인으로 행동할 것이라 생각했다.

하지만 샤르티아나의 태도는 예상을 빗나갔다.

그녀는 얌전히 서서 그를 바라보았다. 평소처럼 난동을 피우지도 않았고 무리하게 그에게 달라붙지도 않았다. 샤르티아나는 그저 서 있었다. 모든 것을 감내하겠다는 듯이 초연하기까지 한 태도였다.

레오프리드는 진정으로 실망했다. 그녀는 이미 자유를 빼앗긴 사람처럼 굴었다. 안 맞는 옷에 억지로 몸을 구겨 넣은 것처럼 스스로를 억눌렀다.

다만 가끔씩 레오프리드를 보는 눈에 이는 불길만은 숨기지 못했다. 그 불길은 여태까지 봐 왔던 샤르티아나에게는 없던 것이었다. 번쩍 튀는 불꽃이 황홀하리만치 눈부셨다.

그 불길을 눌러 꺼뜨리고 싶다는 생각과 더 강렬하게 타오르는 것을 보고 싶다는 생각이 레오프리드의 속에서 부딪쳤다. 그는 그 불꽃을 보기 위해 아이린의 손을 잡고 춤을 췄고 샤르티아나에게 춤을 신청하지 않았다.

그리고 깨달았다. 저 불길은 샤르티아나 본연의 모습이다. 그간 어째서 단 한 번도 드러나지 않았는지 알 수 없을 정도로 강렬한 영혼의 빛이었다.

레오프리드는 서류를 보다 무심코 달력에 시선을 던졌다. 레지나 간택 축하연이 끝나고 딱 한 달째 되는 날이었다. 샤르티아나가 황궁에 들어오는 날.

한 달 동안 종종 샤르티아나가 떠올랐다. 박제당한 것처럼 벽 앞에 서 있던 모습과 그에 반해 활활 타오르던 눈빛. 잊을 만하면 조그마한 얼굴이 눈앞에 나타났다. 그로서는 처음 있는 일이었다.

황궁에 오는 레지나를 맞는 것은 황태자의 의무 중 하나다. 의무가 아니더라도 레오프리드는 샤르티아나를 마중할 생각이었다.

그날 봤던 것이 진짜인지 확인하고 싶었다. 갑작스레 변한 샤르티아나가 궁금했고 그녀를 파헤치고 싶었다.

하지만 서부 지역 영주 중 하나가 급하게 올라와 접견을 청했다. 영주가 직접 올라왔다는 것부터 예사로운 일이 아니었다.

레오프리드는 샤르티아나를 마중하는 것을 포기하고 바로 접견을 허했다. 아쉬웠지만 일정을 틀 정도로 아쉬운 건 아니었다. 어차피 싫어도 보게 될 얼굴이다.

그리고 그 순간은 생각보다 빨리 찾아왔다.

접견을 마치고 남은 일을 끝내던 중 아이린에게서 연락이 왔다.

레오프리드는 뵈었으면 한다는 말이 짤막하게 적힌 메시지 카드를 무심하게 보다가 구겼다.

'레지나가 되고 나니 정말 연인이나 그 비슷한 게 된 줄 아나 보지.'

차분한 짜증이 서늘한 입매에 맺혔다. 감히 누구를 오라 가라 한단 말인가. 조금 지나면 주제도 모르고 황태자궁에 찾아올 기세였다.

잠깐 고민하던 그는 자리에서 일어났다. 어쨌든 찾아가 보는 게 좋을 것이다. 접견 때문에 아이린이 입궁할 때도 마중하지 않았다. 꽤 달콤한 연인 행세를 하고 있는 만큼 보여 주기용 쇼가 필요하다. 또한 계약 상대에게도 적절한 충고가 필요해 보였다.

아이린은 매우 반갑게 그를 맞았다. 정말 연인이라고 해도 믿을 것처럼. 그간 잘 지내셨느냐 묻는 어조도 다정하기 그지없다.

레오프리드는 그 쓸데없는 환대에 답하지 않았다. 그저 차가운 금안으로 아이린을 내려다봤다.

그제야 아이린이 본론을 꺼냈다. 시녀 이야기를 비롯해 궁에서의 생활을 어떻게 할지 등등. 들어서 나쁠 건 아니었으나 지금 꼭 들어야 하는 것은 아니었다. 이렇게 따로 찾아올 필요는 전혀 없었다.

아이린은 레오프리드와의 관계를 과시하기 위해 그를 부른 것이다. 그녀가 그와의 관계를 어떻게 포장해서 이용해 먹든 상관없다. 하지만 자신의 계략을 위해 귀찮게 구는 것은 또 다른 문제였다.

지금 그녀가 하는 행동은 일반적인 황제의 애첩과 다를 게 없다. 애첩이 사랑에 기대어 제가 원하는 것을 조르는 것처럼 아이린이 재잘거렸다.

단 하나, 그들의 관계가 사랑에 기반을 두지 않는다는 점은 애첩과 달랐다.

레오프리드는 아이린과의 계약에 엄청나게 만족한 것도 아니지만 그렇다고 큰 불만을 품지도 않았다. 하지만 이 순간 과연 잘한 짓이었는지 돌아볼 수밖에 없었다.

'계약 조건을 잊은 건 아니겠지.'

레오프리드는 미간을 찌푸렸다. 처음부터 한마디 할 생각으로 왔다. 그가 아이린에게 무어라고 말하려던 순간 바스락거리는 소리가 났다.

고개를 돌리니 샤르티아나가 다가오고 있었다. 눈이 마주치자 반듯하게 인사를 건네 왔다. 간택 축하연과 마찬가지다.

샤르티아나는 더 다가오지 않고 누가 봐도 예의상 묻는 게 분명한 질문을 했다.

"저는 이만 궁으로 돌아갈 생각이었답니다. 두 분께선 볕을 좀 더 즐기시려나요?"

레오프리드는 그녀가 말하는 내내 시선을 떼지 않았다. 커다란 자색 눈동자엔 관성적인 의무감과 피로가 가득했다. 그리고 그가 내내 궁금해했던 불빛이 그 뒤로 어른어른 반짝였다.

두 사람의 눈이 마주쳤을 때 먼저 시선을 돌린 것은 샤르티아나였다. 그녀는 그대로 뒤돌아 깔끔하게 물러났다.

"전하."

멀어지는 등을 바라보고 있는데 아이린이 그를 불렀다. 고개를 돌리니 그녀는 조금 안심한 기색으로 말했다.

"카일론 공녀가 조금 변한 것 같아요. 저번 축하연 때도 느꼈지만."

오늘 아이린이 한 말 중 가장 구미가 당기는 말이었다. 가만히 내려다보자 아이린은 기쁜 기색으로 말을 이었다.

"전에는 전하를 뵈면 더 오래 같이 못 있어서 안달이었는데 말이에요. 태도도 훨씬 차분해졌고."

조금 있었던 흥미가 완전히 꺼졌다. 그런 피상적인 태도 변화야 누구나 볼 수 있다.

레오프리드가 관심 있는 건 샤르티아나의 영혼이었다. 어째서 그렇게 갑자기 타오르게 되었는지 궁금했다. 태도가 변한 것은 그 영혼의 잔여물일 뿐이다.

"아무래도 무언가 꾸미고 있는 게 분명해요. 전하께서 저를 좀 더 자주……."

"무언가를 꾸미고 있다면 네가 해결해야지."

레오프리드는 아이린의 말을 끊었다. 그는 천천히 몸을 돌려 아이린과 마주 봤다.

"그 정도 능력도 안 되면서 내게 그런 제안을 한 건가?"

"……물론 제가 해결해야 하는 일이죠. 하지만 세력 차이가 나는지라 어쩔 수 없이……."

"네게 유리한 상황을 충분히 만들어 줬다고 생각하는데. 네가 원하는 대로 레지나 간택 축하연에 너와 파트너로 갔지. 관례를 깨고. 그걸로 충분하다고 생각하는데 아닌가?"

레지나 간택 축하연 전까지 샤르티아나는 그저 혐오스럽기만 한 존재였다. 혐오를 드러내기엔 레오프리드의 감정은 말라비틀어져 있었다. 고작 싫어하는 영애 하나 골리려고 관례를 깨는 건 손익계산이 맞지 않았다.

아이린이 요청하기에 응한 것뿐이지만, 축하연에 함께 등장했을 때 샤르티아나가 어찌 반응할지 조금 기대했던 것도 있다.

아이린은 말없이 고개를 숙였다. 레오프리드는 시선을 돌렸다. 벌써 궁 안으로 들어갔는지 샤르티아나의 뒷모습은 보이지 않았다. 어쩐지 더 기분이 가라앉았다.

"스테나, 내가 왜 네 제안을 수락했는지 잊진 않았겠지."

스테나라고 부르는 목소리는 귓가를 벨 것처럼 선뜩하니 차가웠다.

아이린은 입술을 깨물었다. 저 목소리가 남들 앞에선 따스하게 변하는 것을 알고 있다. 그러나 둘만 있을 때는 단 한 번도 온기를 지닌 적이 없다. 그의 기분이 좋고 대화가 잘 풀린다 해도 차갑지만 않을 뿐, 따뜻하진 않았다.

그럼에도 착각하게 된다.

레오프리드가 제게 어떤 연심도 품지 않았다는 것은 잘 안다. 그녀 역시 해맑고 순수한 감정으로 그에게 접근한 것은 아니다.

하지만 어떤 것에도 관심 없는 이 냉혹한 남자가 계약에 의해서나마 자신을 특별 대우하고 있다. 이렇게 찾아오는 것도, 이야기를 나누는 것도 다 그 증거였다.

착각을 하지 않는 것이 더 어렵다. 그러나 그걸 티 내는 것은 다른 문제다.

실수했다. 레지나가 되고 축하연 때 파트너로 참석하면서 너무 들떴다. 원대한 꿈이 눈앞에서 잡힐 것처럼 아른거린 탓이다.

아이린은 재빨리 물러섰다.

"……물론입니다, 전하."

"꼭 잊은 것처럼 행동하는군."

레오프리드는 그 말만 남긴 채 뒤돌아섰다. 희게 질린 아이린을 내버려 두고 걸음을 옮겼다.

레지나궁 정원을 벗어나기도 전에 아이린에 대한 생각은 레오프리드의 머릿속에서 다 사라졌다. 빈자리를 채운 건 아까부터 계속 생각하고 있던 것이었다.

샤르티아나 알티제 카일론. 두 번째 만남에 확신이 생겼다. 그녀는 변했다.

말투나 표정, 행동 같은 것을 말하는 게 아니다. 그녀의 근간을 이루고 있는 무언가가 한순간에 변했다. 겉모습만 같을 뿐, 전혀 다른 사람이나 마찬가지였다.

잠깐 스친 정도로 호기심이 해소되진 않았다. 변했다는 것을 확신하니 더한 의문이 들었다.

레오프리드는 속으로 다음에 만날 날을 꼽았다. 레지나와 황태자의 식사는 의무이니 곧 만날 수 있을 것이다.

입궁 후 매일 보고받는 샤르티아나의 행동 범위는 그를 즐겁게 만들었다. 하지만 직접 대면할 때만큼 즐겁진 않았다.

처음으로 함께한 식사 자리에서 레오프리드는 감탄했다. 에르마 포웨트. 아이린이 심어 놓은 첩자를 당당히 언급하며 샤르티아나는 미소 지었다. 떠본다는 것을 숨기지도 않는 모습이 무척 인상 깊었다.

재밌다. 해묵은 감정이 표면을 뚫고 새어 나왔다. 지난 수년간 한 번도 느끼지 못했던 감정이다. 자각하기도 전에 그는 이미 웃고 있었다.

남들 눈치 보지 않고 행동하는 것을 보니 아주 변한 것은 아닌 듯했다. 아니, 완전히 변한 것은 맞다. 이 당당한 행동은 예전과 종류가 달랐다.

당돌하게 그를 쳐다보는 눈은 정원에서 봤을 때보다 한층 더 거센 불길로 타오르고 있었다. 레오프리드는 쨍한 투지로 빛나는 눈동자를 보고 입꼬리를 올렸다. 마음에 들었다. 왜 마음에 드는지는 몰랐다.

재밌을 이유야 많았다. 정치의 '정'자나 협상의 '협'자도 모르는 사람이 베테랑인 그와 줄다리기를 하고 있다.

너무 신중해서 아무런 소득도 없는 것보단 과감하게 지르는 게 낫다. 샤르티아나는 대담한 수를 뒀다. 그가 꽤 좋아하는 전략이었다. 그래서 마음에 들었을 수도 있다.

하지만 레오프리드는 이미 이런 일을 많이 겪었다. 그럴 때마다 그는 귀찮다는 듯이 상대를 찍어 눌렀다. 마음에 든다거나 즐겁다는 감정은 단 한 번도 느낀 적이 없었다.

당황스러웠다. 스스로의 상태를 알 수 없다는 것은 곧 불쾌함으로 이어졌다.

무엇보다 즐거움을 비롯한 감정 일체는 낭비일 뿐이다. 감정은 아무것도 생산하지 못하고 인간의 눈을 흐린다. 어렸을 때 겪었으므로 누구보다 잘 알았다.

레오프리드는 같은 실수를 반복하지 않는 자신에게 긍지를 갖고 있었다. 그는 즐거움을 차단했다.

하지만 그는 알지 못했다. 감정이라는 것은 그가 하는 일처럼 삭제한다고 해서 사라지지 않는다. 오히려 억누르고 외면할수록 더 끈질기고 강렬하게 마음을 사로잡는다.

레오프리드는 경계심 가득한 눈으로 샤르티아나를 바라봤다. 진작 조심했어야 했다.

불과 한 달 전까지만 해도 그는 샤르티아나에 대해 전부 다 안다고 생각했다. 하지만 지금 그의 눈앞에 있는 여자는 샤르티아나라고 할 수 없었다.

어떤 목적을 지녔는지도 모르고 앞으로의 행동 범위도 예측할 수 없다. 파악할 수 없는 레지나라니, 위험했다.

이렇게 그는 변명하듯 정치적으로 경계할 이유를 생각했다. 실상은 상처받았던 그의 본능이 하는 경계였다. 사람 사이의 감정에 익숙하지 않은 그로서는 모든 것을 이성적으로 분류해야 납득할 수 있었다.

샤르티아나는 발톱을 감춘 맹수일지도 모른다. 레오프리드는 간단하게 결론 내리고 자리에서 일어났다. 따라 일어서는 샤르티아나를 한 번 쳐다보고 에스코트를 하지 않은 채 걸음을 옮겼다.

그 순간 샤르티아나의 몸이 무너져 내렸다. 어떤 생각을 할 틈도 없이 레오프리드는 그녀에게 달려갔다. 휘청이는 가느다란 몸을 강하게 끌어안았다. 샤르티아나의 발끝이 살짝 들릴 정도였다.

두근 두근 두근. 거세게 맥박 치는 소리가 들렸다. 민감해진 귀와 맞닿은 가슴으로 쉴 새 없이 심장이 요동치는 소리가 들렸다. 이렇게 작은 몸에서 저렇게 심장 소리가 크다는 게 신기했다.

많이 놀랐는지 샤르티아나는 온몸을 굳힌 채 미동도 없었다. 오직 쿵쿵대는 심장 소리가 전부였다.

레오프리드는 샤르티아나가 진정하길 기다렸다. 그런 배려는 그답지 않은 행동이었는데 스스로는 그것을 자각도 하지 못했다. 생각보다 훨씬 허리가 가녀리다든가, 향기가 좋다든가 하는 것만 머릿속에 떠올랐다.

향기. 그러고 보니 원래 옆에 서 있기만 해도 코가 마비될 정도로 진한 향수를 뿌렸었는데, 지금은 이렇게 가까이 있어야 은은하게 날 정도였다.

등이 곧은 것은 알고 있었지만 훨씬 부드럽고 연약하다. 레오프리드는 샤르티아나를 끌어안은 팔에 더 힘을 줬다. 보드라운 머리카락에서 나는 향이 뭔지 알 듯 말 듯했다.

어디서 맡았는지 막 떠오르려는 순간, 샤르티아나가 몸을 틀었다. 품에서 빠져나가려는 움직임에 반사적으로 더 힘을 줄 뻔했다. 그는 가까스로 아무렇지도 않게 그녀를 놓아주었다.

"앞으론 조심하시오, 공녀."

말이 생각보다 퉁명스럽게 나왔다. 거의 꾸짖는 듯한 어조였다. 스스로를 가리려 더 힘을 주니 그렇게 나왔다. 하지만 그는 구태여 다른 말을 덧붙이진 않았다.

레오프리드는 그대로 샤르티아나를 지나쳤다. 당황한 속과 달리 그의 걸음걸이나 표정은 평소와 하나도 다를 바 없었다.

단 하나, 붉게 달아오른 귓등만 빼고.

거슬림은 무지에서 나왔다. 레오프리드는 샤르티아나에 관해 그 무엇도 확신할 수 없었다.

종잡을 수 없다. 경계하려던 순간 그녀는 너무나 무방비한 모습으로 그의 품에 떨어졌다. 공포에 물든 얼굴이 진짜인지 아닌지 의심할 필요조차 없었다.

그 후 레오프리드는 필요 이상으로 샤르티아나에게 신경을 썼다. 그런 스스로를 이해할 수 없어 피로감을 느꼈다. 레지나 기간 동안 방치하고 적당히 황비로 맞이할 생각이었다. 신경 쓸 이유는 없다.

답답함에 그는 검을 잡았다. 검이 공기를 찌르고 시야를 갈랐다. 검무라고 할 정도로 유려한 움직임이었다. 지면을 박차는 발이나 검을 쥔 손끝 무엇 하나 완벽하지 않은 게 없다. 하지만 레오프리드는 인상을 찌푸리고 검을 든 팔을 내렸다.

"마음이 딴 데 가 있습니다."

등을 돌리니 케일라덴이 그를 바라보고 있었다. 케일라덴은 무표정했지만 레오프리드는 그가 꽤 기분이 좋다는 걸 알았다.

레오프리드의 고갯짓에 케일라덴이 검을 뽑았다. 연무장 중앙에서 검이 맞부딪치며 날카로운 파열음이 울렸다.

짧은 순간에 수십 합이 오갈 정도로 격렬한 움직임이었지만, 검을 휘두르는 두 사람에게선 힘든 기색을 찾아볼 수 없었다.

이 와중에도 레오프리드는 여전히 딴 생각에 빠져 있었다. 케일라덴은 그를 집중시킬 만한 공격을 할까, 잠시 고민했다.

의미 없는 고민이었다. 자신의 형제에게 살수를 쓸 순 없었다. 물론 레오프리드는 막아 내겠지만.

다만 레오프리드가 이렇게 집중을 못하는 것은 처음 보기에 신기했다. 그 무엇도 레오프리드의 마음을 사로잡지 못했다. 아주 잠깐, 찰나의 순간조차도 그의 머릿속을 차지하지 못했다.

케일라덴은 캐묻는 대신 자신의 이야기를 하기로 했다. 그런다고 해서 레오프리드가 본인의 생각을 털어놓을 리는 없지만 혹시 모른다. 이런 모습이 처음이니까.

"낮에 카일론 공녀와 티타임을 함께했습니다."

채앵! 검날이 엇갈리며 따가운 소리가 났다.

케일라덴은 인상을 찌푸렸다. 검면으로 공격을 흘려보내지 않고 날을 부딪치다니?

하물며 동시 공격도 아니었고 레오프리드는 분명 방어 자세였다. 다른 사람이었다면 막기 급급해서 실수했다고 생각하겠지만 상대는 레오프리드다. 아무리 정신이 딴 데 가 있다고 해도 이런 실수는 하지 않는다.

당황한 케일라덴이 멈칫한 사이 레오프리드가 궤도를 바꿔 검격을 날렸다.

물 흐르듯 자연스러운 공격에 케일라덴은 좀 전의 것이 상대를 당황시키려는 작전의 일환이었다고 결론 내리고 생각을 지웠다.

피하기엔 늦어 막아 냈다. 꽤 힘이 실린 공격이라 검자루를 잡은 손바닥이 아릿했다. 거센 공격을 해 온 레오프리드는 힘 하나 들지 않는 얼굴이었다.

그가 눈썹을 까딱했다. 더 이야기해 보라는 뜻이었다. 아무래도 좋을 일상 이야기에 그가 관심을 보인 건 의외였다. 오늘 정말 낯선 모습을 많이 본다고 생각하면서도 케일라덴은 순순히 입을 열었다.

"곧 있을 챈들럼 공작가 파티에 함께 가기로 했습니다. 형님께서도 가시죠?"

"그래."

대답하는 레오프리드의 얼굴은 언제나처럼 차분했다. 하지만 케일라덴은 오싹함을 느꼈다. 본능적인 감에 따라 그는 크게 물러나며 옆으로 몸을 뒤틀었다.

케일라덴이 서 있던 자리에 금이 갔다. 별다른 소리조차 나지 않았는데, 연무장 바닥에 가늘고 긴 선이 생겼다.

너무나 깔끔해서 비현실적이었다. 레오프리드는 아무렇지 않게 그 선에 파묻힌 검 끝을 꺼냈다.

"형님······."

케일라덴이 아연하게 레오프리드를 불렀다.

"잠시 다른 생각을 하다가."

짧은 변명 후 레오프리드는 검을 검집에 집어넣으려 했다. 대련 도중에 살수를 펼쳤으니 이제 그만하겠다는 뜻이었다.

하지만 케일라덴은 그에게 검을 내질렀다.

반사적으로 공격을 막은 레오프리드가 케일라덴과 눈을 마주쳤다. 의문이 가득한 시선도 아니고 짜증을 내는 눈빛도 아니다.

유리알처럼 감정이 배제된 눈동자를 보며 케일라덴은 미소를 지었다. 드문 미소였다.

"잡념을 떨치려고 검을 드신 것 아닙니까? 사라질 때까지 함께하겠습니다."

아무런 감정도 담겨 있지 않던 레오프리드의 얼굴에 미약하게나마 온기가 돌았다. 그는 맞부딪친 검을 밀어내고 자세를 바로잡았다.

연무장엔 한동안 검 부딪치는 소리만 났다. 하지만 레오프리드는 좀처럼 잡생각을 떨칠 수 없었다. 케일라덴이 샤르티아나와 함께 파티에 가겠다고 한 후로는 더욱 그랬다. 검을 부딪치고 몸을 움직일수록 머리가 복잡해지는 것 같았다.

"그만."

레오프리드의 말에 케일라덴이 검을 멈췄다. 생각이 많은 만큼 검도 거칠어져 두 사람의 어깨가 들썩거렸다.

"도움이 많이 됐다, 케이."

레오프리드의 얼굴에서는 감정 하나 묻어나지 않았으나, 검을 맞댄 케일라덴은 그가 평소와 전혀 다르다는 것을 알았다.

하지만 본인이 괜찮다는데 더 뭐라 할 순 없었다. 적어도 케일라덴에겐 그런 넉살이 없었다. 그저 속으로 무탈하길 바라며 그를 배웅했다.

간단하게 샤워를 마친 레오프리드는 내궁 도서관 비블리오로 향했다. 몸을 써서 번뇌만 얻었으니 머리를 쓸 때였다.

하지만 설마 그곳에서 번뇌의 원인을 만나게 될 줄은 몰랐다. 그리고 그 원인이 그런 모습으로 있을 줄은 더더욱 몰랐다.

핑글핑글 도는 드레스 자락이 시선을 확 사로잡았다. 순간적으로 여기가 도서관이 아니라 파티장인가 착각할 정도였다.

레지나 간택 이후로 항상 초연하면서 새침했던 얼굴이 환하게 풀어져 있었다. 처음 보는 얼굴이었다. 어째서인지 레오프리드는 기척을 숨겼다.

샤르티아나는 아주 신이 나서 책장과 책장 사이를 오갔다. 학구적인 의미로 오갔다는 것은 아니다. 리듬을 타며 이상하게 몸을 꼬고 한 번씩 박수를 짝, 치기도 하고 기묘한 율동을 반복했다.

그 후엔 마치 첩자라도 되는 양—실제 첩자가 그런 행동을 했으면 당장 들킬 정도로 요란했다— 몸을 숨겼다가 고개만 쭉 빼고 주변을 둘러보며 난리를 쳤다.

레지나 간택 축하연에서 박제된 것처럼 서 있던 것이나, 웃는 가면을 쓴 채 캐묻던 것과는 전혀 달랐다.

춤을 다 춘 것인지 샤르티아나는 다소곳한 자세로 책장을 둘러봤다. 곧게 핀 허리며 작은 보폭, 소리도 나지 않는 드레스 자락이 방금 그 난리를 친 사람과 동일 인물이 맞나 싶었다.

레오프리드는 샤르티아나가 살피는 서가를 확인하고 눈을 가늘게 떴다. 그녀는 새침한 표정을 지으며 책 한 권을 빼 들었다.

〈공작 부인은 왜 마구간지기에게만 밀빵을 줬을까?〉

힐끔 주변을 살피더니 책을 펴 들고 읽어 내리기 시작했다. 어찌나 집중했는지 책장을 넘기는 속도가 빠르다. 완전히 몰입한 얼굴과 꼴깍이는 목울대가 보였다.

레오프리드는 한심하다고 생각했다. 그러면서도 그는 샤르티아나에게서 시선을 떼지 않았다. 마침내 완독한 그녀가 책장을 덮을 때까지.

살짝 발갛게 달아오른 뺨을 감싸 쥔 샤르티아나가 숨을 내쉬었다. 더운 듯 부채질을 하면서 주변을 살폈다. 커다란 자색 눈동자가 바쁘게 돌아간다.

곧 그녀는 아무렇지 않은 척 시침을 뚝 떼곤 책을 제자리에 꽂았다. 그 모습에 레오프리드는 실소를 흘렸다.

샤르티아나는 무언가를 찾는 듯 주변을 둘러보더니 제국황실사록에 손을 뻗었다.

맨 위 칸까지는 손이 닿지 않는지 까치발을 들었다. 작은 손이 부들부들 떨리고 팔꿈치까지 내려왔던 소매가 젖혀지며 가느다란 팔이 다 드러났다.

레오프리드의 샛노란 눈동자가 가늘어졌다. 순식간에 그녀에게 다가간 그가 떨리는 손을 낚아챘다.

책장과 레오프리드의 사이에 갇힌 몸이 가늘게 떨었다. 그는 고개를 숙여 그녀의 귓가에 속삭였다.

"무슨 속셈이지?"

샤르티아나는 대답이 없다. 움찔한 어깨가 곧 딱딱하게 경직됐다. 레오프리드는 그 동그란 어깨를 내려다보다가 잡고 있던 손을 끌어당겼다.

연약한 몸은 아무런 저항도 없이 이끄는 대로 핑글 돌았다. 햇빛 같은 백금발이 눈앞에서 흩어지며 반짝거렸다. 그 사이로 샤르티아나의 얼굴이 드러나는 모습이 유독 느리게 보였다.

레오프리드는 균형을 잃은 가느다란 허리를 붙잡아 자기 쪽으로 끌어당겼다. 몸과 몸이 맞닿았다. 샤르티아나의 눈동자 한가득 레오프리드가 가득 찼다. 놀란 탓에 붉은 입술이 살짝 벌어졌다.

레오프리드는 가까스로 그녀의 손을 붙든 목적을 상기했다.

"제국황실사록에 손을 대다니 무슨 속셈인가, 공녀."

"그저 아름다워 보고 싶었을 뿐입니다. 제국황실사록인 줄은 몰랐습니다."

레오프리드로서는 이해되지 않는 답이었다. 진의를 가늠하는 시선 속으로 샤르티아나의 얼굴이 들어왔다.

한두 가닥씩 땋은 머리카락엔 진주가 박혀 있고 반만 틀어 올려 커다란 루비로 고정했다. 입술은 평소보다 더 붉고 두 뺨은 핑크빛으로 물들어 윤이 났다.

입은 드레스도 치맛단이 겹겹이 쌓여 아주 우아하면서 화려한 것이었다. 더운 여름에 평상복으로 입기엔 너무 과하다. 파티에서나 입을 법한 드레스다.

레오프리드는 평소보다 깊게 파인 네크라인을 응시했다. 가느다란 목선과 곧게 뻗은 쇄골, 그 아래로 살짝 드러난 가슴골이 보였다. 뽀얀 살결에서 전에 맡았던 향이 올라왔다.

불현듯 케일라덴의 말이 떠올랐다. 그는 샤르티아나와 함께 티타임을 가졌다고 했다. 샤르티아나가 평소와 다른 것은 그를 만나기 위해서인가?

어느 순간부터인가 래오프리드는 샤르티아나를 추궁하고 있었다. 케일라덴과 샤르티아나 사이에 있었던 일은 추궁할 거리도 아니다. 이성적이지 못한, 레오프리드답지 않은 화제 전환이었다.

하지만 레오프리드는 자각하지 못했다. 그저 샤르티아나의 입에서 확실한 답을 듣고 싶었다. 어떤 답인지는 그 스스로도 몰랐다.

"전하께서는 제가 첸들럼가의 파티에서 비웃음을 사길 원하시는 것인가요?"

순순히 대답하던 샤르티아나의 눈이 분노로 활활 타오르기 시작했을 때, 그는 무언가 잘못되었다는 것을 깨달았다.

샤르티아나는 자홍빛으로 타오르는 눈동자로 화사하게 웃었다. 막 피어오르는 꽃 같은 웃음이었다.

"지금이라도 전하께오서 제게 에스코트를 청하시면 전하와 함께 파티에 가도록 하죠."

그 말에 고개를 끄덕이고 싶은 욕구가 차올랐다. 레오프리드는 말도 안 되는 충동에 흠칫했다. 겉으로는 아무런 동요도 내보이지 않았지만 속은 진탕이었다.

레오프리드는 이성적인 남자였다. 하지만 그건 충동을 잘 자제한다는 뜻이 아니었다. 그는 충동 자체를 느껴 본 적이 없는 사람이었다.

하지만 샤르티아나와 만날 때면 밖으로 표출되지만 않을 뿐, 어김없이 이성이 깨졌다. 아무런 변화도 없는 정적인 세계였기에, 이런 자그마한 변화는 재해나 다름없었다.

샤르티아나와 함께 파티에 참석하는 것은 있을 수 없는 일이다. 지금 상황에서 한미한 스테나 백작가가 개국공신인 카일론 공작가를 견제할 순 없다. 한쪽으로 기울어진 저울을 수평으로 만들려고 하면 가벼운 쪽에 무게를 실어 주는 수밖에 없다.

정치적인 행보를 고려하고 주변 상황을 생각해야 하는데 샤르티아나의 입술에서 '케일라덴.' 하고 나오는 이름이 더 신경 쓰였다.

언제 그렇게 가까워진 것이지?

아니, 두 사람이 친밀해지는 것은 저와 상관없는 일이다. 그런데 왜.

레오프리드는 물러가겠다고 하는 샤르티아나를 잡지 못했다. 아니, 잡을 수 없었다.

홀로 남겨진 도서관이 괴이쩍은 정적에 휩싸였다. 레오프리드의 미간이 일그러졌다.

품에서 벗어나는 팔을 잡고 다시 자신을 보게 만들고 싶었다. 오늘따라 유난히 붉은 입술로 자신의 이름을 부르게 하고 싶었다.

습관적인 포커페이스와 뛰어난 절제력 덕에 어이없는 충동을 억누르는 것은 쉬웠다. 하지만…….

탁한 숨이 새어 나왔다. 레오프리드는 이마를 쓸었다. 그에게 충동은 낯선 것이었다. 샤르티아나를, 아니 레지나 샤르티아나를 만난 후부터 낯선 일의 연속이었다.

그는 낯선 것을 좋아하지 않는다. 지금 자신의 속에서 일어나는 일도 몹시 불쾌했다.

그러나 이제 시작일 뿐이었다. 그녀의 등장 자체가 그의 생애에서 열사보다도 더 뜨거운 여름의 시작이었다.

레오프리드가 본 모습이 거짓인 양 샤르티아나는 전처럼 시녀들에게 패악을 부리고 하녀들을 막 대했다.

뒷말이 돌았던 것엔 역시 이유가 있다며 궁인들은 아이린과 샤르티아나를 비교했다.

둘 다 레지나이니 비교는 당연하지만, 레오프리드는 이 빠르고도 편파적인 소문 뒤에 아이린이 있다는 걸 알았다. 사람과 사람 사이의 일에 있어서만큼은 수완이 좋은 여자였다.

의무적인 식사를 함께할 때마다 아이린은 아주 자신만만한 태도를 보였다. 샤르티아나가 알아서 사고를 쳐 주는 덕에 자신이 나서서 일을 꾸밀 필요가 없다고, 이대로 알아서 자멸해 갈 거라고 말했다.

하지만 레오프리드의 감상은 달랐다.

그는 샤르티아나에게 다른 꿍꿍이가 있을 거라고 여겼다. 적대적이고 날카롭게 빛나는 눈동자가 떠올랐다. 그러면서도 그녀는 결코 선을 넘지 않았다.

즉, 그녀는 얼마든지 자신의 태도를 정제할 수 있다는 뜻이다.

레오프리드는 그 꿍꿍이가 드러나길 기다리는 자신을 발견하고 조금 놀랐다. 거창하게 말하면 정적의 계략인데, 그것을 기다린다니.

그리고 마침내 챈들럼 공작가의 파티에서 샤르티아나가 숨겼던 발톱을 꺼내 들었을 때, 레오프리드는 자신의 기대가 어긋나지 않았다는 것을 확인하고 만족했다.

그러나 그와 별개로 기분은 몹시 안 좋았다. 아이린의 당황한 모습은 굉장히 실망스러웠다. 그렇게 자신만만하더니 고작 이것밖에 안 되는가? 그는 냉소적으로 자신의 대외적 연인을 평했다.

그래도 그때까진 큰 불만이 없었다. 그는 한발 물러서서 두 레지나의 공방을 바라봤다.

여태까지 아이린이 사교계에서 어떤 일을 벌여도 직접 관여하지 않았다. 그가 관여해야 할 수고로움이 생긴다면 그건 계약 종료를 뜻하는 거니까.

지난 3년간 아이린은 그를 귀찮게 하지 않았고 그래서 그의 연인 자리를 지킬 수 있었다. 그 결과 레지나로 간택됐다.

레오프리드는 이변이 없는 한 그녀가 자신을 크게 거스를 일은 없을 거라고 판단했다. 적어도 이 자리에선 아닐 거라고 생각했다.

"5황자 전하, 어째서 계속 카일론 공녀와 사적으로 만나시는 겁니까?"

아이린이 케일라덴과 샤르티아나의 관계를 추궁했을 때, 왜 그렇게 화가 났는지는 그조차 의문이었다. 그는 아주 간만에 분노했다.

열이 오른 머리에 이유는 중요하지 않았다.

가까이 다가가자 기척을 느낀 아이린이 반가운 얼굴로 레오프리드를 쳐다봤다. 설마, 편을 들어 줄 거라고 생각하나?

꽤 오랜 시간 계약을 유지했으면서도 그의 연인은 그를 잘 몰랐다. 아니면 진짜 특별한 사이라도 된 줄 착각하는지도 모른다.

어느 쪽이든 유쾌한 것은 아니다. 레오프리드는 오늘 동행한 것만으로 자신의 의무를 다했다고 판단했다.

떠먹여 줘야 하는 상대를 파트너로 둘 순 없다. 밥 차리는 것 정도는 스스로 해야 한다. 자신은 재료를 준비해 주는 걸로 족하다.

"그만. 감히 불확실한 사실로 제국의 5황자에게 흠집을 내려는 것은 아니겠지."

입으론 황실 모독을 말했지만 실상은 케일라덴과 샤르티아나가 엮이는 게 싫었다. 정말, 견딜 수 없을 정도로. 여전히 이유는 모른다.

이번에는 충동을 참지 않았다.

"더 즐길 게 남아 있나?"

그의 질문에 샤르티아나가 차분히 고개를 저었다.

레오프리드는 샤르티아나의 팔목을 끌어당겨 파티장에서 나왔다. 가느다란 허리를 잡고 끌어당기자 너무나 쉽게 그의 곁으로 끌려왔다.

그녀가 옆에서 걷는 것을 보니 그제야 끝 모를 분노가 가라앉았다. 샤르티아나는 기분이 안 좋아 보였지만 레오프리드는 만족스러웠다.

돌아가는 마차 안, 그녀는 화를 냈고 그는 그녀를 달랬다. 누군가를 달래는 것은 처음이라 별로 효과가 있어 보이진 않았다.

"존중하신다는 분이 제게 이러시나요?"

그녀는 결코 물러서지 않았다. 오히려 눈을 부릅뜨고 그를 쏘아봤다.

레오프리드에게 있어 그런 상대는 처음이었다. 그리고 그걸 용인하는 것 역시 처음이었다.

서부 지역 가뭄 때문에 바쁘냐고 묻는 목소리에는 비꼬는 기색 역력했다. 시안이 다급한 문제라 고양이 손이라도 빌리고 싶었지만 그보다는 궁금했다. 그녀는 어떤 생각을 가지고 있을지.

샤르티아나의 눈에는 한심하단 기색과 기묘한 우월감, 그리고 분노가 한데 뒤섞여 있었다.

저 우월감은 뭘까. 신기할 정도로 그녀가 자신을 깔보는 것에 분노가 일지 않았다. 그보단 호기심이 컸다.

레오프리드는 그녀가 흥미로운 답을 내놓을 거라곤 생각하지 않았다. 샤르티아나가 변했다는 것에는 이견이 없지만 그렇다고 한순간에 지적 능력이 올라가는 것은 아니다.

그러면서도 어느 한구석에선 기대가 일었다. 이렇게 신경 쓸 만한 이유가 있는 여자인지, 저렇게 빛나는 눈 속에 무엇을 숨기고 있는지.

한 번도 존중받지 못했다고 하는 그녀를 다그치기는 싫었다. 그래서 고개를 숙여 이야기를 듣길 청했다. 생각보다 거부감은 들지 않았다.

레오프리드는 피하지 않고 강하게 맞부딪쳐 오는 눈을 마주 봤다. 자색 눈동자 속에 분노와 연민, 상처 그리고 희망이 한데 섞여 반짝거렸다.

그를 쳐다보는 얼굴에는 적의가 가득했고 혐오감까지 배어나올 지경이었지만, 아름다웠다.

노려보다가도 가끔 시선이 모호해지며 무언가를 떠올릴 때, 골몰할 때, 그리고 답을 찾아낼 때. 그때마다 다변하게 빛났다.

이렇게 아름다운 얼굴이었나?

갑작스러운 깨달음에 레오프리드는 머리를 한 대 얻어맞은 것 같았다.

샤르티아나의 겉모습이 남을 홀릴 만하다는 것은 어렸을 때부터 알고 있었지만 예뻐 보인 적은 없었다. 적어도 레오프리드에게는 그랬다.

하지만 지금 그의 눈앞에서 시시각각 변하는 얼굴은 반짝반짝 빛이 났다. 사람을 보고 눈이 부신다는 생각을 한 것은 처음이었다.

"이건 오로지 지금 마실 물조차 없어 허덕이는 사람들을 위해 말하는 겁니다."

작은 얼굴엔 상처가 가득했으나 그 상처만큼 호의가 가득했다. 고통받는 사람들을 돕고 싶다는 마음 하나로 그녀는 상처와 적개심을 숨기지 않은 채 입을 열었다.

그의 생각과 달리 샤르티아나 역시 상처가 가득한 인생을 산 모양이었다. 꼭 레오프리드처럼. 하지만 그녀는 그와 달랐다.

레오프리드의 시선을 잡아끄는 것은 완벽한 비율로 자리 잡은 눈코입이나 길고 빽빽한 속눈썹 따위가 아니었다. 눈동자에 투영하듯 비치는 그녀의 감정, 그 본질이었다.

본질은 숨길 수 없는 것인데 왜 그 전엔 보이지 않았는지 의문이었다. 하지만 한 번 본 이상 절대 시선을 뗄 수 없었다. 레지나 간택 축하연 때부터.

레오프리드는 가까스로 인정했다. 그는 사로잡힌 것이다. 샤르티아나가 내뿜는 황홀한 불빛에.

"데려다주셔서 감사합니다. 시간이 늦었사오니 소녀는 이만."

마차 밖을 나가는 푸른 드레스 자락이 밤공기에 녹아들 듯 살랑였다. 그 위로 백금발이 반짝이며 바람에 흩날렸다.

레오프리드는 그 모습이 사라지고 나서도 한참 동안 빈자리를 바라보았다.

"전하."

차분한 목소리가 머리 위에서 들렸다. 레오프리드는 순식간에 현실로 돌아왔다. 눈앞에는 보다 만 서류가 펼쳐져 있었다.

처리해야 할 일이 산더미였다. 상념에서 헤어 나온 것은 좋지만 그 원인이 마음에 들지 않았다.

레오프리드는 불편한 심기를 숨기지 않고 고개를 들었다. 아이린이 자그마한 미소를 지은 채 그를 바라보고 있었다.

수정궁은 명성답게 아름다웠다. 바닥은 새하얀 대리석으로 이루어져 있는데 보석에 산란된 빛이 바닥 위에 오색 빛을 수놓았다.

레오프리드는 풍경에 감탄하는 타입이 아니었기에 어떠한 감상도 받지 못했다. 다만 이곳에 서 있는 샤르티아나의 모습이 머릿속을 살짝 스쳐 지나갔다.

꽤 잘 어울릴 것 같았다. 마음을 자각한 후로는 그녀를 떠올리는 게 아주 일상적인 일이 되었다.

"쉬어 가며 하세요. 모처럼 수정궁에 오셨잖아요."

책상 위에 찻잔이 놓였다. 페퍼민트 향이 시원하게 코끝에 닿았다. 머리를 식히기엔 좋은 차다. 이만한 눈치도 없었으면 애초에 계약하지 않았을 것이다.

지금 와서는 쓸데없는 계약이었다고 생각하지만.

레오프리드는 처음 아이린이 그에게 접근했던 때를 떠올렸다.

당시만 해도 꽤 솔깃했다.

그는 이상적으로 생각하는 황후상이 확고했다. 그리고 웬만한 귀족 영애는 그 이상에 부합하지 않았다.

모후의 일로 그는 외척을 경계했다. 황제가 되었을 때 황후가 친정에 권리를 몰아주겠다고 설쳐서는 곤란하다.

욕심 없는 여자가 좋다. 하지만 순진해서는 안 된다.

황제는 샤르티아나를 마음에 두고 있었다. 혹시 그녀가 후비로 들어온다면 그 패악을 감당할 수 있는 여자여야 했다.

게다가 다른 후비도 아니고 황후다. 펠론 제국은 공동통치나 다름없을 정도로 황후의 권한이 강하다. 황후의 자식에게 계승우선 권이 없는 만큼 그만한 보상이 주어지는 것이다.

현 황제와 황후는 사이가 좋지 않았다. 표면적으로는 여전히 황제파에 속해 있지만 스트라빈이 죽은 후로 자연스럽게 멀어졌다.

같은 편인 척, 혹은 아닌 척하며 간 보는 것은 딱 질색이었다. 든

든한 조력자도 필요 없다.

레오프리드가 원하는 황후는 본인 의사라곤 하나도 없는 인형이었다. 단, 겉보기엔 훌륭한 황후여야 한다.

"황태자 전하, 저와 특별한 관계가 되지 않으실래요?"

그때 아이린 루폰 스테나가 그에게 제안했다. 처음 보는 여자의 제안에 어이가 없었다.

안면이 없을 뿐, 그 역시 그녀에 대해 알고 있긴 했다. 많은 사람들이 그녀를 좋아했고 그녀에 대해 말했다. 그래서 그녀 수준에 이런 파티에 참여할 수 있었겠지.

조금 신기하긴 했다. 낮은 가문의 사람한테 높은 가문의 사람이 하나같이 호의를 보이는 것은 드문 일이었다.

듣던 것과 달리 아이린은 야망이 넘쳐 보였다. 레오프리드는 그 점이 마음에 들었다. 무엇보다 그녀는 제 주제를 잘 알았다. 레오프리드가 원하는 것이 무엇인지 정확히 파악하고 자신이 가진 게 하나도 없다는 단점을 그럴싸한 패로 삼았다.

"황후의 자리가 제게 과분하다는 것은 알고 있습니다. 평생 어떤 것도 바라지 않고 뜻에 따르겠습니다."

그 말만 덥석 믿기엔 레오프리드는 잔뼈가 굵은 남자였다. 게다가 펠론 제국의 황후는 일반적인 간택과 다른 과정을 거치는 만큼 그가 손 써야 할 일이 많다.

게다가 대체 아이린 스테나의 무엇을 보고 손을 잡는단 말인가. 가면 좀 잘 쓰고 사람들 사이에 녹아드는 것 좀 잘한다고?

"그런 황후가 필요하신 것 아닌가요? 결정은 전하께서 다 하시고 인가만 내리면 되는 황후. 그러면서 다른 사람들 앞에선 그럴싸하게 보이는 사람."

레오프리드는 한쪽 입꼬리를 비틀어 올렸다. 그녀에 대한 무시를 숨기지 않고 말했다.

"네가 아니어도 돼. 시끄럽다면 조용하게 만들 방법은 얼마든지 있거든."

"굳이 피곤한 방법을 쓰실 필요는 없죠."

"가진 것 하나 없는 널 황후로 만드는 것도 아주 피곤한 일이지."

사람들이 호의를 보인다고 네 주제를 착각하면 곤란해. 노란 눈동자가 잔혹하게 빛났다.

아이린의 녹색 눈동자가 흔들렸으나 그녀는 침착하게 말을 이었다. 모든 각오를 끝내고 온 얼굴이었다.

"최소한의 도움만 주시면 됩니다."

"왜 그렇게 황후가 되고 싶어 하는 거지?"

"지긋지긋하거든요."

여태까지 침착하게 말을 잇던 아이린의 얼굴에 처음으로 감정이 떠올랐다. 염증과 환멸이 하얀 얼굴 위로 내리깔렸다.

"똑같이 가면을 뒤집어쓰고 살아야 한다면 남들 밑에서 사는 것보다 위에서 사는 게 낫잖아요?"

그 되바라진 답이 오히려 레오프리드의 마음에 들었다. 제국을 바꾸고 싶다거나, 백성들을 위하고 싶다거나, 권력을 쥐고 싶다는 이야기보다 훨씬 나았다. 레오프리드가 원하는 황후는 그런 이유가 있어선 안 됐다.

레오프리드는 주판을 굴렸다. 스테나 백은 좋은 장기짝이었다. 그는 멍청했고 다행히 소심했다. 주어진 것 이상을 꿈꾸지 못하고 과시만 할 줄 아는 자였다.

스스로 어떤 일을 꾸미진 못한다. 황후가 된 딸이 날개를 달아 줘 봤자 제대로 날지도 못할 인간. 자신의 장인으로 그만한 인물은 없다.

"좋아. 정말로 최소한의 지원을 해 주지."

"감사합니다."

차분하게 대답하지만 고양된 목소리와 떨리는 입매가 그녀가 얼마나 긴장했는지 알려 줬다. 좋은 징조다. 그는 자신을 어려워하는 황후가 필요했다.

"지금처럼 네 주제만 잘 알고 있으면 돼. 내가 왜 네 제안을 받아들였는지."

그땐 그렇게 말했다.

레오프리드는 스스로의 결정에 후회한 적이 없지만, 이번만큼은 예외였다. 샤르티아나로 인해 자신의 동반자에 대한 생각이 바뀌었기 때문이다.

서부 지역 가뭄에 대해 조목조목 말하던 것이 꽤 괜찮았다. 의지가 없는 인형이 아니라 분명하게 자신의 의견을 말하는 황후도 좋지 않나. 그게 지금의 서부 지역처럼 긍정적인 결과를 내면 금상첨화다.

물론 샤르티아나를 황후로 삼겠다는 것은 아니다. 그녀가 어떤 사람인지 도통 종잡을 수가 없다. 바뀐 것은 확실하지만 그렇다고 해서 그 전의 일이 없어지는 것은 아니다.

무엇보다 그녀가 레오프리드에게 적대적이라는 것이 가장 큰 문제였다. 더 지켜보고 확신을 얻어야 했다.

레오프리드는 감성적이기보다는 이성적인 사람이었고, 스스로의 감정에 휩쓸리지 않을 자신도 있었다.

하지만 더 지켜보겠다는 핑계로 샤르티아나와 함께하는 시간을 합리화하고, 정적과 다름없는 자에게 지나치게 관대한 것은 자각하지 못했다. 이성이 제동을 걸 뿐 마음은 이미 기운 뒤였다.

그런 그보다 그의 감정에 민감하게 반응한 것은 아이린이었다.

챈들럼가의 파티에서 레오프리드가 샤르티아나의 편을 들었고, 그 후로 그녀를 챙기는 모습을 자주 목격해서 알아챈 것은 아니다.

그녀가 본 레오프리드는 감정이 있기나 한지 의심스러울 정도로 냉정한 사람이었다. 상대를 절벽에서 밀어 놓고도 필요하다면 누구보다 달콤하게 건져 올릴 사람이다. 아이린 역시 겪은 일이었다.

단순히 샤르티아나에 대한 대우가 변한 것이라면 그럴 만한 이유가 있겠거니 생각하고 염려하지 않았을 것이다.

하지만 단순히 행동이 변화한 게 아니었다. 행동에 비하면 아주 미약하고 미묘한 변화였으나 레오프리드이기에 파격적인 것이었다.

레오프리드가 샤르티아나를 볼 때 시선이 머무르는 시간이나 담긴 온도 같은 것. 다른 사람이라면 느끼지 못할 정도로 자그마한 감정의 표출이었다.

아이린은 충격을 받았다. 샤르티아나를 볼 때면 그 역시 감정이 있고 살아 있는 인간이라는 것을 알게 된다.

수년간 연인 행세를 하면서 아이린은 한 번도 레오프리드의 감정을 탐낸 적이 없다. 그저 필요에 의한 동반자 자리면 충분하다고 생각했다.

그도 그럴 것이 레오프리드가 타인에게 특별한 감정을 품는 것은 있을 수 없는 일이기 때문이다.

레오프리드와 함께 수정궁에서 지내며 그 불안은 가중되었다. 자신을 보는 레오프리드의 눈에서 온기라고는 찾아볼 수 없었다. 자꾸만 샤르티아나를 보던 눈과 비교됐다. 분명 자신은 그런 시선 따위 원한 적이 없을 텐데도.

같은 수정궁에서 지내지만 레오프리드는 자신의 집무실에서 나오는 일이 드물었고, 아이린은 항상 용건을 만들어 그를 방문해야 했다. 그마저도 용건이 끝나면 더 머무를 수 없었다. 레오프리드는 대놓고 축객령을 내렸다.

괜찮다. 아이린은 끊임없이 스스로를 다독였다. 수정궁에 와서 레오프리드가 일만 하고 있다는 건 아무도 모른다. 다른 이들에겐 너무나 사랑하는 연인과 함께 수정궁에 간 것으로 보일 거다.

그에 반해 샤르티아나와는 의무적인 여행조차 아까워서 시찰을 겸한 것이다. 이건 틀림없는 사실이다. 덕분에 불안이 가라앉았다.

아이린은 자신감을 갖고 생긋 웃었다. 상냥하고 온화한 미소였다. 어쨌든 자신은 황태자가 원하는 이상적인 황후에 가장 가까운 이였다.

그러니 레오프리드는 자신을 선택할 것이다.

다만 한 가지, 샤르티아나를 바라보는 레오프리드의 시선이 탐났다. 그녀는 나긋나긋하게 말했다.

"전하. 오늘은 날이 시원한 편이니 정원을 둘러보시는 게 어떤가요? 이곳의 절벽과 폭포수는 절경이라고 하지 않습니까."

레오프리드는 말없이 페퍼민트 차를 마셨다. 상쾌한 향이 목을 타고 넘어 갔지만 기분은 나아지지 않았다.

"모처럼 휴양을 오셨는데 쉬지도 않고 계속 일만 하시는 것 같아 염려됩니다. 전하께서 건강하셔야 나라가 건강합니다."

건강이라는 말에 저절로 샤르티아나가 생각났다. 지금쯤 카일론 공저에서 쉬고 있을 거다. 아프니 집에 다녀오겠다는 전언을 들었을 때 직접 찾아가지 않은 것이 후회됐다.

심각한 건 아니라고 했고 그렇게나 딸을 아끼는 카일론 공작이니 어련히 살뜰하게 보살피겠지만……. 머릿속에서 자꾸만 버석하니 창백해진 샤르티아나의 얼굴이 떠올랐다.

쉬러 와서 이렇게 일하는 것도 샤르티아나와 서부 지역에 갔을 때 최대한 시간을 벌기 위해서다.

생각해 보면 서부 지역에 가고 싶다고 한 것도 의외였다. 당연히 수정궁에 가고 싶다고 할 줄 알았다. 정치적인 잇속을 챙기려면 그게 당연하다.

하지만 그녀는 전혀 다른 답을 내놓았고, 레오프리드는 어쩐지 그 이유를 알 것 같았다. 그에게도 순수하고 열망에 가득 찼던 시절이 있었다.

탁, 소리 나게 잔을 내려놓고 고개를 들었다. 녹색 눈동자는 차분하고 안온하게 그를 바라보고 있었다.

선량하고 호의적인 표정이지만 그녀가 진심으로 자신의 건강을 걱정하는 건 아닐 것이다. 자신이 원하는 것을 채우기 위해 그를 위하는 척 포장하는 것일 뿐.

"내가 해 줄 수 있는 건 다 해 줬을 텐데? 그대는 너무 과한 것을 바라는군."

아이린과 수정궁에 온 것은 레지나가 되기 전부터 그녀가 요구했던 사항이다. 그것을 지킨 것으로 충분하다. 그녀의 욕망을 위해 자신의 시간을 원하는 것은 분수에 안 맞다.

아이린은 여전히 미소를 짓고 있었으나 살짝 희게 질린 안색을 감추진 못했다. 레오프리드는 아무런 감흥도 못 느꼈다.

"주제넘게 굴지 마."

그 말을 끝으로 레오프리드는 다시 서류로 고개를 돌렸다. 아이린은 한참 그 자리에 서 있다가 빈 찻잔을 갈무리한 뒤 공손히 인사하고 나갔다.

레오프리드는 갖은 노력 끝에 샤르티아나와 함께 여행하는 일정을 모두 비웠다.

물론 가뭄 지역을 방문하는 만큼 현장에서 지시를 내려야 할 사항은 분명 있긴 하지만 시간을 뺏을 정도는 아니었다.

모든 일정을 정리한 후, 그는 자신이 왜 그렇게까지 공을 들였는지 의문이었다.

아이트라 악시스와 환영술, 호위는 강화하되 거리를 돌아다닐 때 모습을 드러내지 말라고 했다. 묵는 여관부터 여행 일정까지 모두 다 그의 손을 거쳤다.

이것만으로도 과한데 샤르티아나와 함께 시간을 보내기 위해 스스로 일정을 몰아붙이다니.

그러한 의구심은 곧 한순간에 날아갔다. 마차가 낭떠러지로 떨어지는 줄 착각한 샤르티아나가 그의 품에 안겨 드는 바로 그 순간.

그를 꽉 붙잡은 팔에 힘이 잔뜩 들어가 덜덜 떨렸다. 세상에 의지할 것이라곤 그밖에 없다고, 오직 그만 믿을 수 있다는 것처럼 절절한 몸짓이었다.

가녀리면서 풍만한 몸이 그를 덮치자 자연스레 몸이 굳었다. 단한 번도 여체에 유혹을 느낀 적이 없었지만 지금은 온몸이 돌덩이처럼 단단해졌다. 근육에 힘이 들어가고 피가 빠르게 돌아 혈관이 팽창했다.

거세게 뛰는 심장을 누르며 어깨에 매달려 바르작대는 샤르티아나를 내려다본 순간, 무언가 잘못되었다는 걸 깨달았다.

원래도 하얀 얼굴은 새파랗게 질려 핏기가 하나도 없었다. 가느다랗게 내쉬던 숨이 기어코 끊어졌다. 크게 뜨인 자색 눈동자는 아무것도 담지 못하고 있었다.

꼭 금방이라도 죽을 사람 같았다.

아무리 불러도, 아무리 몸을 흔들어도 반응이 없다. 떨림만 더심해질 뿐이다.

"샤르티아나, 숨을 쉬어!"

레오프리드는 미칠 것 같았다. 새파랗게 질린 샤르티아나의 얼굴을 보는 것만으로 그의 숨도 끊길 것만 같았다. 도저히 이해할 수 없는 고통이었다. 이해할 여력도 없었다.

혹시라도 깨질까, 잘못될까 손에 힘이 들어가지 않았다. 파르스름한 입술은 꼭 깨물어 피가 배어 나올 지경이었다. 그는 몇 번이고 반복해서 그 연약한 얼굴을 매만졌다.

"숨을 들이마셔. 내쉬고, 다시 들이마시고. 그래, 그렇게."

앙다문 입술에서 점차 힘이 빠지고 자색 눈동자에 초점이 돌아오기 시작했다.

커다란 눈동자가 레오프리드를 담고 질렸던 안색에 서서히 온기가 돌기 시작했을 때, 그는 심장이 쪼개지는 아픔을 느꼈다.

"전하는 술을 좀 마시는 편이 좋겠어요."

여행 첫날 밤, 샤르티아나는 맹랑한 말을 하고 쓰러졌다. 레오프리드는 한순간에 허물어지는 가는 몸을 안아 들었다.

달콤한 와인 향이 코끝을 스쳤다. 자신의 입에서도 나는 향일 텐데 유독 강하게 느껴졌다.

술 취하는 편이 좋다니, 그 말은 무슨 뜻인가.

레오프리드는 음주를 즐기지 않았다. 술은 이성을 무디게 만들고 사람을 꼴사납게 만든다. 평소엔 목만 축일 정도로 마시는데 어쩌다 보니 본격적으로 대작을 해 버렸다.

샤르티아나는 얼굴을 발그레하게 물들인 채 계속 같은 말을 반복했다. 그런데도 지루하지 않았다.

두 사람은 별것 아닌 걸로 의미 없는 실랑이를 벌이기도 하고 사소한 것으로 크게 공감하기도 했다.

레오프리드로서는 상상도 못할 일이었다. 하지만 그는 취했고, 취한 상대를 보고서도 불쾌감을 느끼지 않았다. 오히려 붕 뜬 것같이 기분이 좋았다.

그는 무방비하게 드러난 흰 목과 옷깃 사이로 보이는 쇄골 그리고 와인에 젖어 한층 더 붉게 물든 입술을 바라보았다. 그의 품에 갇힌 몸은 지나치게 무방비하고 또 지나치게 매력적이었다.

"그대는 술을 마시지 않는 편이 좋겠군."

술에 취한 몸은 따끈따끈했다. 축 늘어져 어떤 의지도 없이 그의 손이 이끄는 대로 흔들렸다.

아주 잠깐 머리 한구석이 뜨거워졌다. 그는 그게 무엇인지 열어 보지 않았다. 대신 샤르티아나를 안은 채 그녀의 방으로 걸음을 옮겼다.

"정말 별일도 다 있군."

누군가가 술에 취해 쓰러진 모습을 본 건 처음이다. 당연히 부축하는 것도 처음이다.

침대 위에 몸을 눕혀도 미동조차 없다. 발그레한 얼굴을 쓰다듬던 손이 목으로 내려오고 블라우스 칼라를 잡았다. 샤르티아나는 여전히 아무런 반응이 없다.

이럴 거면 대체 잠금장치 확인은 왜 한 건지.

레오프리드의 눈이 가늘어졌다. 노란 눈동자가 부드러운 곡선을 그리는 여체를 훑었다.

같은 방을 쓴다는 것을 알고 펄쩍 뛰던 샤르티아나가 생각났다. 그렇고 그런 짓 운운하며 새빨개졌던 얼굴도.

레오프리드는 모든 것에 무감각했고 성적인 부분 역시 예외가 아니었다. 그러나 지금 이 순간 그는 분명하게 자신의 욕망을 인지했다.

커다란 창을 통해 달빛이 환히 들어왔다. 샤르티아나의 백금발이 달빛에 창백하게 반짝였다. 레오프리드의 손가락이 다시 목선을 쓸어 올렸다. 그대로 올라와 젖은 입술을 훑었다.

뜨겁고 말랑거린다. 레오프리드의 무게에 침대가 소리 없이 기울었다.

숨결에서는 여전히 달콤한 향이 났다.

샤르티아나와 함께 여행하며 레오프리드는 많은 것을 느꼈다. 그조차 스스로에게 그렇게 많은 감정이 있는지 몰랐다.

아무래도 좋을 시시콜콜한 이야기를 주고받고, 평범하게 거리를 걷고, 연인처럼 서로의 애칭을 불렀다. 지극히 레오프리드답지 않았으며 아무런 의미도 없는 행동이었다.

그러나 그 별거 아닌 것들이 레오프리드의 속에선 국정을 논하는 것보다 복잡하게 쌓여 갔다.

샤르티아나의 말로 자신이 장난기가 많다는 것을 깨달았고, 샤르티아나의 말로 자신이 그녀에게 깊은 상처를 줬다는 것을 깨달았다. 물론 샤르티아나가 아무런 말도 하지 않을 때도 많은 것을 깨달았다.

커다란 자색 눈동자에 비친 제 얼굴을 보고 그는 스스로가 이렇게 편안하고 긴장 풀린 표정을 지을 수 있다는 것에 놀랐다.

다른 사람이 보기엔 여전히 차갑고 냉엄한 얼굴일지도 모른다. 그 미묘한 변화는 본인만이 알 수 있을 정도였으나 확실했다.

그간 그 누구도 그의 내면에 파고들지 못했던 만큼 한 번 파고든 것은 깃털처럼 가볍더라도 무거운 자국을 남겼다.

눈 덮인 초원에 처음 찍은 발자국처럼, 샤르티아나는 레오프리드에게 그녀를 새겼다. 그 감각은 낙인처럼 고통스러우면서도 이상하게 벅찼다.

그 자신뿐만 아니라 샤르티아나에 대해서도 많은 것을 알 수 있는 시간이었다. 그녀는 그가 가지지 못한 것을 가지고 있었다.

거리를 둘러보는 그녀의 눈에는 고통이 가득했다. 물론 레오프리드 역시 고통을 느꼈다. 하지만 그 감각은 같아 보이면서도 다른 종류의 아픔이었다. 레오프리드가 막중한 책임감을 느꼈다면 샤르티아나는 깊은 공감을 느꼈다.

그러한 시각 차이 때문일까. 소매치기 소년 로니를 만났을 때, 샤르티아나는 레오프리드가 예상치 못한 반응을 보였다. 어린아이의 불행에 깊이 공감하면서도 그녀는 냉정했다.

천민 아이가 가난에 못 이겨 저지른 죄. 예전의 샤르티아나라면 몰라도, 지금 그가 본 샤르티아나라면 얼마든지 불쌍히 여기고 도움의 손을 뻗을 거라고 생각했다.

하지만 그녀는 아이를 꾸짖고 혼을 냈다. 샤르티아나는 범죄와 그 결과에 대해서 확고한 선을 가지고 있었다. 어떤 면에선 레오프리드보다 더 냉철했다.

겪을수록 신기한 사람이었다. 더 알고 싶었다.

그 후, 노예 거래 연루자를 일소할 명령에 대해 묻던 그녀가 그와 똑같은 결론에 도달했을 때, 그리고 원한다면 명령을 철회하겠다는 말에 고개를 저었을 때 레오프리드는 운명을 느꼈다.

그때까지 레오프리드는 단 한순간도 운명론자였던 적이 없었다. 그러기엔 그는 너무 무딘 감성과 너무 벼린 이성을 가지고 있었다.

그는 자신에게 닥친 불행과 기회를 인과적으로 나열해 정리했고, 자신이 원하는 미래를 만들기 위해 운명을 기다린 적이 없다.

그러나 그 순간, 그는 분명한 운명을 느꼈다. 왜 갑작스레 그녀에게 끌렸는지 설명할 수 없었던 게 설명이 되었다. 이성적으로 납득할 순 없었지만 이미 받아들인 후였다.

저도 모르게 하얀 귀를 깨물고 속삭였다.

"오늘 밤은 꼭 방문 잠그고 자도록 해."

내뱉고 나서야 레오프리드는 자신이 무슨 말을 했는지 깨달았다. 하지만 한 번 뱉은 말은 주워 담을 수 없다.

샤르티아나는 무슨 일이 일어났는지 자각도 못 하고 있다가, 곧 눈가를 새빨갛게 붉히고 화들짝 놀라 떨어졌다. 그 모습을 보니 절로 입맛이 돌았다.

그녀가 부디 방문을 잠그고 자야 할 텐데. 레오프리드는 그런 생각을 한 스스로를 믿을 수 없어졌다.

로니를 포기해야 한다고 말하는 샤르티아나의 모습은 레오프리드의 뇌리에 깊은 인상을 남겼다.

그녀의 속은 온갖 감정으로 소용돌이쳤지만 그것을 감싸는 겉껍질은 단호했다. 차가운 것이 아니라 지극히 합리적이었다.

다정하지도, 냉정하지도 않다는 그녀에게 그대만큼 다정한 사람은 보지 못했노라 말하고 싶었다.

다정하기 때문에 아픔을 느끼고 다정하기 때문에 당장 눈앞의 아픔이 아닌, 보지 못한 이들의 아픔도 헤아리는 것이다. 다정하면서도 강인하기에 가능한 일이다.

샤르티아나는 레오프리드가 꿈꾸는 황후의 이상향과는 정반대였다. 그러나 레오프리드는 확신했다.

샤르티아나는 황후다. 황제가 될 그의 반려.

아이린과 비교할 수 없다. 절대 누군가의 밑에서 보조할 사람이 아니다. 황비가 될 순 없다. 그렇게 만들고 싶지도 않았다.

샤르티아나로 인해 레오프리드의 이상이 바뀌었다. 그는 자신의 옆에 있는 샤르티아나를 그렸다. 지금껏 그가 그린 미래에서 그는 혼자였다. 황후는 동반자가 될 수 없는 존재였다. 다른 사람과 같이 걸을 수 없다.

하지만 처음으로 누군가와 같이 걷고 싶다는 생각을 했다. 차기 황제로서 뿐만이 아니라 그의 인생에서.

같은 생각을 하고 있다고 여겼던 샤르티아나가 하늘과 땅만큼이나 다른 생각을 하고 있다는 걸 깨달은 것은 얼마 지나지 않아서다.

"전하께서 노예로 팔려가 주세요."

당돌하게 그를 쳐다보는 얼굴에 무심코 웃음이 나올 뻔했다. 그는 그녀를 가장 높은 자리의 주인이라고 생각하는데 그녀는 그를 가장 비천한 신분으로 팔려고 한다.

이상하게도 기분이 나쁘지는 않았다.

그대가 원하는 대로. 그 말은 반쯤은 진심이었다.

레오프리드는 처음으로 역사 속 폭군이 왜 총비를 위해 잘못된 결정을 내렸는지 알 것 같았다. 그것이 나락으로 떨어지는 길이란 것을 알면서도 어쩔 수 없는 것이다. 다만 그 폭군과 다르게 그의 황후는 군주로서 흠이 없다.

단 한 가지 흠이라면 너무 스스로를 몰아간다는 점이다.

해풍이 인위적으로 형성된 것이라는 걸 깨달은 샤르티아나는 자괴감에 휩싸였다. 왜 자신을 존중해 주었냐며, 겁박해서라도 알아냈어야지, 그런 원망이 레오프리드를 향했지만 그 속엔 그녀 자신을 향한 극심한 책망이 있었다.

거리에서 봤던 강인한 면모는 타인을 향할 때만 발휘되었다. 그녀는 스스로에겐 한없이 엄격했다.

레오프리드는 가늘게 떨리는 샤르티아나의 손을 붙잡았다. 지독한 후회로 패닉 상태에 빠진 그녀를 붙잡아 주고 싶었다.

누군가를 지탱해 주고 싶은 것 역시 처음이다. 그리고 그것을 위해 모든 잘못을 그 자신에게 돌리는 것도.

그는 황태자답게 오만했다. 자책과는 거리가 먼 사람이었다. 하지만 이 문제의 책임이 샤르티아나가 아닌 자신에게 있다고 말했고, 진심으로 그렇게 생각했다.

하얗고 부드러운 손에 입술을 묻었다. 움찔, 떨리는 것이 느껴졌다. 안개 같은 혼란에 휩싸여 있던 눈이 점점 맑아지며 자홍색 눈동자가 레오프리드를 담았다.

"전하……."

붉은 입술이 속삭였다. 당장 끌어안아 주고 싶을 정도로 가냘픈 목소리였다. 레오프리드는 그 입술이 지난밤에 얼마나 부드러웠는지 알고 있었다.

홀린 듯 그가 그녀에게 입술을 가져다 대려는 순간, 노크 소리가 울렸다. 알베르였다.

레오프리드는 그의 등장 덕에 이성을 챙길 수 있었다. 안도하는 한편, 알베르가 사표를 던지고 싶을 정도로 괴롭혀 주자고 결심했다. 다행히도 알베르는 매우 유능했다.

예정에 없던 알베르의 합세에 샤르티아나는 당황했다. 거기다 알베르를 몹시 걱정하는 낌새를 보여, 레오프리드가 그를 굴리는 수위를 더 높이는 데 일조하기도 했다.

이때까지 레오프리드는 불법 노예상 소탕에 굉장히 여유로웠다. 다른 사람은 몰라도 그가 당황할 일은 없을 거라 생각했다.

현장이 현장인 만큼 변수가 있긴 하겠지만 레오프리드는 더 심각한 사건도 다룬 적이 있었다.

무력 충돌에도 큰 걱정이 없었다. 호위와 떨어지고 17 대 1로 붙었을 때도 그는 눈 하나 깜짝하지 않고 다 무찔렀다. 샤르티아나를 안전하게 지킬 자신이 있었다.

그러나 그는 아주 커다란 변수 하나를 간과했다. 다른 사람에겐 별것 아니나 그의 인생에선 유례없는 존재를 잊은 것이다. 익숙해지기에 너무 짧은 시간이었으니 그의 탓만은 아니다.

"자기야."

샤르티아나가 그렇게 그를 부르며 긴 속눈썹을 나풀나풀 팔랑거렸을 때, 레오프리드는 제국민의 안위가 걸린 중대하고도 심각한 작전을 수행 중이라는 것을 완벽히 잊어버릴 뻔했다.

"나 아직 어떤 노예 살지 못 정했눈뎅. 저 사람 넘 빨리 와쪙."

그가 정신이라는 것을 수습하기 전에 2연타, 3연타가 왔다.

"샤티 필요한 거 다 사면 안 돼여?"

레오프리드는 샤르티아나가 무슨 말을 했는지 정확히 인식하지 못했다. 그런데도 저절로 고개가 끄덕여지려고 했다.

전날 잘못된 걸 알면서도 총비의 투정을 받아 주다가 파멸하는 폭군의 심정을 알 것 같다고는 생각했지만, 지금 그는 이미 총비에게 눈 먼 폭군이 되어 있었다.

애교 있게 몸을 비틀며 그에게 달콤하게 속살거리는 모습이 심금을 울렸다. 당장 가느다란 몸을 껴안아 제 품으로 당기고 싶어 팔이 움찔거렸다.

갑작스레 허벅지를 꼬집는 손길에 그는 가까스로 정신을 차렸다. 큰일 날 뻔했다.

졸부와 꽃뱀 작전에 대해 들을 때 그는 굉장히 만족했다. 작전도 그렇지만 샤르티아나의 애교를 볼 수 있겠다는 사심 때문이기도 했다.

그런 자신을 깨닫고 그는 꽤 당황했다. 하지만 기대되는 것 또한 어쩔 수 없는 사실이었다.

그러나 그 애교로 혼이 나갈 줄은 생각도 하지 못했다.

레오프리드가 그간 여인의 유혹을 받아 보지 못한 것은 아니다. 그는 황태자였고 잘생겼다. 능력도, 지위도, 외모도 빠지지 않으니 아리따운 여인들이 그의 눈길 한번 받고자 몸을 내던졌다.

다들 귀족 영애로서 현숙한 모습을 보였지만, 개중에는 쓰러지는 척 그의 품에 안겨 가슴을 문지르는 여성도 있었다. 하지만 레오프리드의 서릿발 같은 냉정함에 기도 못 펴고 사라졌다.

그동안 그는 단 한 번도 흔들리지 않았다. 샤르티아나의 애교는 조금 다를 거라고 생각했지만 그 파급력이 이렇게나 클 줄이야.

샤르티아나는 평소와 달리 눈꼬리를 살짝 접어 가며 은근하게 웃고 있었다. 그러면서도 그를 바라보는 눈빛엔 무언의 재촉이 가득했다.

'쪽팔리니까 어서 빨리 대답해!'

그제야 레오프리드는 작전과 역할을 상기했다. 대답하긴 해야 할 텐데 아무것도 생각이 안 났다. 사교계에서 금슬이 좋다 소문 난 부부도 자기야 소리는 하지 않았다.

자기야라니. 대체 뭐라고 응수해야 한단 말인가.

평생 이성과 알콩달콩하기는커녕 마음을 허락한 적도 없는 모태 솔로는 고민에 빠졌다. 레오프리드 생애 가장 큰 난제였다.

그러나 천재의 뛰어난 뇌는 곧 예전에 잠행을 하며 길거리에서 들었던 말을 기억해 냈다.

여보야.

황태자로서의 위엄과 존엄이 금방 거부감을 보였다. 레오프리드의 겉가죽은 아무렇지 않았지만 대뇌피질에는 닭살이 돋았다. 도저히 그런 단어를 내뱉는 스스로를 용서할 수 없었다.

하지만 닭살커플 한쪽이 그보다 못한 반응을 보이면 이상하지 않을까?

샤르티아나의 애교 수위가 너무나 막강했다. 자기야라는 호칭과 혀가 반 토막 난 콧소리는 상상도 못 했다. 대체 어느 레이디가 그런 발언을 한단 말인가.

물론 듣기는 좋았다. 좋았다 뿐인가? 귀엽고 깜찍했다. 철벽같던 이성이 한순간에 무너진 것도 어쩔 수 없었다.

그러니 자신 역시 그에 걸맞은 반응을 보여야 한다. 샤르티아나를 여보야라고 부르고 싶은 마음을 그렇게 합리화하며 레오프리드는 굳은 결심을 다졌다.

"그럼, 우리 여보야가 원하는 건데."

막상 말을 하고 나니 생각보다 괜찮았다. 하지만 상대는 괜찮지 않았나 보다.

샤르티아나는 터져 나오는 웃음을 애써 수습하며 감기라고 무마했다. 입꼬리는 미묘하게 올라가 부들부들 떨렸고 커다란 눈동자도 정처 없이 흔들렸다. 그러면서도 눈가가 은은히 붉은 게 조금 부끄러워하는 것 같았다.

레오프리드는 그 눈가를 쓸었다. 흰 얼굴에 붉은 부분이 늘어나는 것을 보며 웃었다.

"저런, 우리 여보야가 자꾸 아파서 어떻게 하지?"

말을 할수록 입에 착 달라붙는 호칭이었다. 특히 그렇게 부를 때마다 샤르티아나가 움찔움찔 떠는 것이 마음에 들었다.

"우리 쟈기 걱정시켜서 미안해요."

샤르티아나가 속삭였다. 평소보다 작고 동그랗게 벌려져 움찔거리는 입술, 올려다보며 크게 뜬 눈이 깜빡거렸다.

레오프리드는 완전히 몰입했다. 두 사람 모두 그들을 부르는 노예상의 애처로운 목소리를 듣지 못했다.

"우리 사이에 미안하단 말은 하지 말랬잖아. 우리 여보야는 낫는 것만 생각해요."

샤르티아나의 목덜미까지 새빨개졌다. 눈동자가 뱅글뱅글 돌았다. 그녀는 와락 소리 지르듯이 말했다.

"댜기가 이떠서 저눈 갠탸나여!"

"갠탸긴 뭐가 갠탸아!!!"

노예상의 걸걸한 혀 짧은 소리에 레오프리드의 얼굴이 차갑게 굳었다.

못 들을 걸 들어 버렸다. 귀가 썩을 것 같았다. 본인이 지금껏 못들을 소리를 했다고는 전혀 생각도 하지 않은 채 그는 노예상을 노려봤다.

샤르티아나도 같은 생각인지 못 들을 것을 들었다며 고개를 저었다.

레오프리드는 새삼 그들의 본 모습을 가린 환상 마법에 감사했다. 평소보다 훨씬 더 사랑스러웠던 샤르티아나의 모습을 다른 사람에게 보일 순 없었다.

노예상 근거지로 향하며 둘만 남게 되자 샤르티아나는 언제 레오프리드의 팔에 매달렸냐는 듯이 시침을 뚝 뗐다.

아까와 너무 다른 태도에 레오프리드는 그만 속이 상해 버렸다. 황태자답지 않게 좁은 도량이었지만 기분 나쁜 건 나쁜 거다. 답삭답삭 안길 땐 얼마나 예뻤는데.

그러고 보니 샤르티아나의 태도가 너무나 자연스러웠던 게 떠올랐다. 그럴 리는 없겠지만 혹시나 다른 남자한테 그렇게 행동한 게 아닌가 의심이 싹텄다.

"생각보다 훨씬 능숙하더군. 마치 해 본 적 있는 것처럼."

기분 나쁜 것까지 더해서 괜히 과거를 캐물었다가 둘 다 타격을 받았다. 막상 몰입할 땐 몰랐는데 지나고 나니 엄청난 과오였다.

레오프리드는 후회하지 않는 성정이었으나 댜기야-여뽀양 사건을 무시하기엔 회한이 컸다.

그러면서도 괜히 아쉬운 이 느낌은 뭔지. 그 아쉬움 탓에 레오프리드는 과오를 반복했다.

"너 지금 우리 여보야 말 안 듣냐?"

결과는 아주 만족스러웠다. 잠시 멈칫한 샤르티아나가 그의 품에 또 답삭 안기며 콧소리를 냈다.

"잉잉, 댜⋯⋯."

"마스터! 마스터를 불러오겠습니다!"

감히 샤르티아나의 애교를 끊은 노예상이 허둥지둥 사라졌다.

레오프리드는 못마땅했으나 관대한 마음으로 용서하기로 했다. 그에게 안긴 샤르티아나의 허리를 감싼 상태였기 때문이다.

다른 데 정신이 팔린 건지 샤르티아나는 그의 품에 안겨 있다는 것도 잊은 듯했다. 당연히 빠져나오지도 않았다.

잠행 복장은 간소하다. 덕분에 가느다란 굴곡이 그대로 느껴졌다. 르웬다나의 축복을 개방하자 맨살을 만지는 것처럼 촉감이 생생했다.

여신의 축복을 변태 행각에 사용하고 있다는 자각도 하지 못한 채 그는 만족스럽게 웃었다.

같이 방을 쓴다고 했을 때와 충동을 참지 못하고 귀를 깨물었을 때의 반응으로 보아 샤티는 퍽 순진했다. 이렇게 은근히 스킨십을

늘려 익숙하게 만드는 게 좋으리라.

황태자답지 않게 음습하고 흑심 가득한 생각은 곧 샤르티아나에 대한 환상이 깨지며 사라졌다.

"허우대만 멀쩡하면 뭘 하나."

순진하고 스킨십에 전혀 익숙하지 않은 샤르티아나의 입에서 나온 말에 레오프리드는 순간적으로 비틀거렸다. 알베르가 의아한 표정으로 그를 올려다봤으나 수습할 정신이 없었다.

샤르티아나는 아무런 거리낌도 없이 레오프리드의 성기능에 대해 입에 담고선 한숨을 푹 내쉬었다.

작전상 샤르티아나가 다른 거래를 하는 척 노예상을 유인하겠다고 했지만 그게 무엇인지는 정확히 언급하지 않았다. 레오프리드는 불법 거래되는 사치품을 말하지 않을까 예상했었다.

설마 그게 성노예일 줄이야.

레오프리드는 털썩 소파에 주저앉았다. 물론 노예를 거래하는 곳이니 가장 좋은 거래 품목이긴 했다. 좋다. 탁월한 선택이다.

하지만 억울했다. 그의 성기능엔 아무런 문제도 없다. 오히려 너무 팔팔해서 문제다.

어젯밤만 해도…….

샤르티아나는 충고를 잊은 건지 문을 잠그지 않고 잤다. 성격이라며 말을 돌리긴 했지만 원래 뭘 뜻한 건지는 뻔했다. 레오프리드의 얼굴이 험악해졌다.

불쌍한 알베르만 거래 명부를 들고 식은땀을 흘렸다. 모든 게 잘 돌아가고 있는데 황태자가 왜 저런 얼굴인지 알 수 없어서 간이 쫄깃했다. 이미 그는 과로 중이었다.

레오프리드는 분노한 와중에도 샤르티아나가 말한 이상형을 새 겨들었다.

"키 크고 몸 좋은 거야 기본이고……. 고분고분하지만 가끔은 짐 승 같은 면모도 있었으면 좋겠어. 반전 매력이 있어야 해. 전형적 인 낮져밤이?"

고분고분한 성격은 모르겠지만 그녀가 팥으로 메주를 쑨다 해도 믿을 정도는 됐다. 이미 그녀의 말은 뭐든 들어 주고 싶다는 생각 을 했으니까.

조건 하나를 만족하고 기분이 조금 풀렸다. 키 크고 몸 좋은 것도 자신 있다. 하지만 '낮져밤이'라는 건 대체 뭔지 도통 알 수 없었다.

"코겐."

"예, 전하."

또 업무가 추가될까 조마조마한 알베르가 바로 대답했다.

"낮져밤이가 뭔지 아나?"

"……죄송합니다, 전하. 소신의 지식이 일천하여……."

알베르는 대답하며 레오프리드의 눈치를 살폈다. 심각한 얼굴이 긴 했으나 다행히 그에게 불똥이 튈 것 같지는 않았다.

모든 일이 마무리되고 노예상 근거지를 나온 후, 레오프리드는 친애하는 기사단에게 낮져밤이에 대해 물었다. 모두 심각하게 고 민을 했으나 아는 사람은 없었다.

수심이 가득한 레오프리드의 얼굴에 기사단은 깊은 우울에 빠졌 다. 충심이 깊은 그들은 주군의 고민에 아무 도움도 되지 못하는 스스로를 책망했다.

비탄에 젖은 기사단을 보고 레오프리드는 애써 기운을 차렸다.

낮져밤이가 뭔지는 몰라도 차차 알아 가면 될 것이다. 그리고 그의 성기능엔 어떤 문제가 없다는 것도 차차 알려 주면 될 것이다. 시간은 많다.

샤르티아나는 그날 밤도 문을 잠그지 않고 잤다.

바로 다음 날, 레오프리드는 차차 알아 가면 된다고 생각했던 어제의 자신이 얼마나 안일했는지 깨달았다.

가뭄 지역에 내린 단비에 샤르티아나는 환하게 미소 지으며 그를 불렀다.

레오프리드 역시 기뻤다. 하지만 샤르티아나를 보는 순간 얼굴을 굳힐 수밖에 없었다.

샤르티아나는 비에 흠뻑 젖은 상태였다. 하얀 블라우스는 안이 어렴풋이 비쳤고 젖은 옷이 몸에 달라붙기 시작했다. 가늘면서 풍만한 몸의 굴곡이 그대로 다 드러났다.

"잠시 이대로."

더 생각하기도 전에 레오프리드는 샤르티아나를 끌어안았다. 품에 가두고 주변을 살피자 비에 정신 팔렸던 사람들이 샤르티아나를 힐끔거리는 게 보였다.

사용하고 있는 환상 계열 마법은 범위가 얼굴로 한정되어 있다. 그녀의 몸을 다른 사람에게 보였다는 생각에 절로 이가 갈렸다.

그런데 정작 본인은 자각이 없는 건지 그를 올려다보면서 고개를 갸웃했다. 순진하고 무방비하게 그를 쳐다보는 얼굴과 속이 다 비치는 옷. 빗물이 목덜미를 타고 흘러내려 옷 사이로 들어갔다.

레오프리드는 애써 고개를 돌렸다. 그렇지 않으면 차차 알아 가는 게 아니라 지금 당장 그의 성기능에 아무런 이상도 없다는 것을 몸짓 언어로 알려 줄 것 같았기 때문이다.

이상이 없다 뿐인가. 너무 활발해서 다른 오해를 살지도 모른다. 그는 억울했다. 해당 기능에 문제가 있는 것은 아니지만 그는 건조하고 무감한 편이었다.

여태까지 무수한 여자들이 그에게 가슴을 붙이고 은근히 접촉했지만 조금이라도 반응을 보인 적은 없었다. 차갑고 경멸 섞인 얼굴에 접근했던 여자들이 얼굴을 붉히고 사라졌다.

하지만 과거가 무슨 상관인가. 지금 그는 위기에 처했다. 보지 않아도 맞닿은 몸으로 다 느껴졌다. 천재적인 두뇌 탓에 아까 봤던 모습과 닿은 감촉이 합쳐져 아주 고역이었다.

그렇다고 몸을 뗄 수도 없었다. 다른 사람에게 그녀의 몸을 보이느니 성기능에 다른 방향으로 문제가 있는 취급을 받는 게 낫다.

호위기사가 몸을 가릴 천을 가져오고 나서야 레오프리드는 샤르티아나를 놓아줬다.

감기 걸릴까 봐 그러냐고 묻는 그녀에게 그는 애매하게 고개를 끄덕였다. 이쯤 되자 그도 고민에 빠질 수밖에 없었다. 노예상에게 성기능에 문제가 있다는 식으로 말한 게 과연 순수하게 시간을 끌기 위해서인가.

조금이라도 그를 신체 건강한 남자라고 생각하면 이렇게까지 무방비하진 않을 것이다. 게다가 그는 직접적으로 샤르티아나에게 경고까지 했다.

같은 방을 쓴다는 걸 알고 당황했던 모습과 잠금장치를 확인하던 걸 보면 남자라는 생각은 하는 것 같다. 그런데 정작 하는 행동엔 경계심이 하나도 없었다.

결과적으로 여행 기간 동안 샤르티아나는 단 한 번도 문을 잠그지 않았다.

레오프리드는 작게 한숨을 쉬었다. 몸을 숨긴 호위기사들과 눈이 마주쳤다. 시선이 어쩐지 안쓰러웠다.

그 누가 알았을까. 가장 고귀한 혈통이며 천재적인 능력으로 모든 이의 선망을 받는 차기 황제, 레오프리드 에피라 페레칼로닌이 이렇게 동정을 받을 줄이야.

그 동정의 원인은 아무것도 모른 채 웃으며 가뭄의 끝을 알리는 단비를 환영했다.

그렇게 레오프리드의 인생에 다시없을 여행이 막을 내렸다. 불법 노예상을 소탕하겠다고 현장에 뛰어드는가 하면, 난생 처음으로 아무것도 안 하고 시간을 보내기도 했다.

극과 극을 달리는 일정이었다. 매 순간이 아찔할 정도로 그에게 깊은 흔적을 남겼다.

그는 제 어깨에 기댄 샤르티아나를 내려다보았다. 가느다란 백금발이 그의 목덜미를 간지럽혔다. 머리카락을 쓸어 넘기자 긴 속눈썹이 내려앉은 눈가와 오똑한 코, 붉은 입술이 보였다. 뺨이 보들보들했다.

그녀는 그에게 없는 것을 가지고 있었다. 샤르티아나가 레오프리드를 보고 자신만만하게 씨익 웃을 때마다 그의 가슴이 찢어졌다. 그는 상처를 보듬을 생각도 하지 못했다.

그건 그가 살아 있는 사람이라는 증거였다. 그 역시 다른 사람과 다름없이 느낀다는 증거.

레오프리드는 감정을 느끼는 것을 수치로 알았다. 느껴서는 안 된다고 배웠고, 모두 냉철한 그를 우러러봤다.

하지만 정작 그리 가르친 모후는 감정의 극단에 서서 스스로를 몰아붙였다.

레오프리드는 자신의 경험과 가르침 그리고 모후의 모습을 보고 결론 내렸다. 감정은 제거해야 하는 것이다. 그 후로 그는 쭉 그렇게 살았다. 단 한 번의 흔들림도 없이.

하지만 샤르티아나와 함께 지내면서 그는 어쩔 수 없이 자기 안에서 휘몰아치는 감정을 느꼈다. 그건 제거한다고 없앨 수 있는 게 아니었다. 자연재해 앞의 인간처럼 그가 할 수 있는 일은 없었다.

문제는 그 무력감이 달가웠다는 점이다. 오랜 시간 느끼지 못했던 감정을 다시금 새롭게 느끼는 것은 생각보다 충격적이고 고통스러운 과정이었다.

그래도 좋았다.

샤르티아나가 좋다. 감정은 흘러넘쳐 그냥 좋다는 말로도 부족했다.

레오프리드는 샤르티아나를 사랑한다.

평생토록 사랑과는 연이 없을 줄 알았다. 아니, 연이 없을 거란 생각조차 하지 않았다. 사랑은 그에게 논외였다.

레오프리드는 어깨에 고인 무게만큼 행복했다. 언젠가 한쪽 어깨만이 아니라 온몸으로 그녀의 모든 것을 지탱하고 싶었다.

그는 눈을 감았다. 제도로 돌아가는 이 순간이 영원했으면, 하고 감상적이고 비이성적이며 낭비적인 희망을 품었다. 그런 쓸모없는 바람도 좋았다. 바보가 된 건지도 모른다.

그의 바람과 달리 그들은 곧 제도에 도착했고 여행처럼 가깝게 지낼 순 없었다. 그래도 여행 전보단 훨씬 친밀한 관계가 되었다.

분명히 그들 사이엔 무언가가 있었다. 첫사랑에 들뜬 레오프리드만의 착각은 아니었다. 그건 누구도 부정할 수 없는 사실이었다.

레오프리드는 매일 밤 통신구를 통해 샤르티아나의 일상을 들었고 그의 일상을 공유했다. 샤르티아나는 그의 옷을 입고 군중 앞에 나서기도 했고 온통 붉게 물든 가을 산에서 첫 키스를 나누기도 했다.

엄밀히 말하자면 첫 키스가 아니긴 하다. 레오프리드는 세베리다에서 몇 번 샤르티아나의 입술을 훔쳤고, 가을 산에서의 키스는 사고에 가까웠으니까.

그러나 샤르티아나의 입장에선 첫 키스다. 사고에 가깝다는 건 굉장히 사소한 일이다. 그렇기 때문에 레오프리드는 도저히 샤르티아나의 말을 이해할 수 없었다.

"케일라덴 전하와 함께 가기로 했어요."

그 말을 듣기 전까지 레오프리드는 아주 기분 좋게 식사 중이었다. 레지나와 황태자의 의무적인 식사였지만 그에게는 의무가 아니게 된 지 오래였다.

"케이와?"

"네."

한 번 더 확인했지만 돌아오는 대답은 같았다. 밥맛이 뚝 떨어진 레오프리드와 다르게 샤르티아나는 여상하게 식사 중이다.

치커리를 야무지게 접어 입에 넣고 오물오물 씹는다. 흠 잡을 데 없는 완벽한 식사 예절이었다. 동시에 굉장히 사랑스러웠다. ……라고 생각한 레오프리드는 좌절했다.

자신의 생일에 다른 남자를 파트너로 삼겠다는 말을 듣고 난 직후에 그런 생각을 하다니. 어디 가서 말도 못할 일이다. 다행히도 표정으로는 드러나지 않았다. 말끔하고 완벽한 얼굴은 평소와 다름없었다.

"……어째서?"

레오프리드는 어조에 신경을 썼다. 예전 케일라덴과 파트너로 참석하는 것에 대해 추궁했을 때가 생각났기 때문이다.

그땐 둘이 파트너인 게 왜 거슬렸는지 몰랐다. 깨닫기엔 감정이 녹슨 상태였다. 이성은 샤르티아나에게 그 탓을 돌렸다. 당연히 샤르티아나는 날카롭게 반응했다.

관계가 변한 덕인지, 어조에 신경 쓴 덕인지 샤르티아나는 아무런 유감없이 그의 말을 받아들였다. 눈치 빠르게 그의 의도를 알아채고 고개를 갸웃거렸다.

"그렇지만 전하께서는 항상 스테나 영애와 파트너셨잖아요?"

이전까지 그랬다고 해서 이번에도 그렇다는 보장은 없지 않은가.

그의 생일은 두 사람이 가까워지고 난 후 처음으로 맞는 파트너 동반 행사였다.

둘 사이에 무언가 변했다고 생각한 것은 자신뿐인가. 연인 사이나 다름없다고 생각했던 레오프리드는 극심한 타격을 입었다. 그간의 연애는 그 혼자 했던 것이었을 뿐이다.

첫사랑의 실패는 자각보다 비교할 수 없을 정도로 날카롭게 그를 후려쳤다.

신경이 마비된 것처럼 모든 것이 멀게 느껴졌다. 세상에서 유리된 것 같았다. 그나마 몸에 밴 가면과 태도가 그를 구제했다.

샤르티아나를 방까지 데려다주고 난 뒤 그는 남은 일정을 모두 물렸다. 도저히 맨 정신으로 있을 수 없어 즐기지 않는 술까지 마셨다. 그러다가 술에 취했던 샤르티아나의 모습이 생각나 통신구를 만지작거렸다.

술로 마비된 이성이 통신구를 조작하려던 순간, 아주 자연스럽게 아이린과 자신을 엮던 샤르티아나의 모습을 떠올랐다.

돌이켜 보면 오늘뿐만이 아니다. 샤르티아나가 아이린을 언급한 적은 손에 꼽지만 어딘지 석연찮은 태도를 보일 때는 많았다. 연인이 있으면서 내게 왜 이러느냐는 것처럼.

레오프리드는 그가 간과한 가능성 하나를 떠올렸다. 샤르티아나가 아이린과 그를 진짜 연인 사이라고 오해하고 있을 가능성.

레오프리드에겐 너무나 당연한 사실이었기에 크게 생각해 본 적이 없었다. 또 샤르티아나에겐 정치적 감각과 총명한 머리가 있다. 그 정도는 눈치로 다 알 것이라고 생각했다. 아이린과 그녀를 대하는 태도만 해도 천지 차이인데.

애초에 샤르티아나는 그와 아이린이 연인 사이라고 처음 소문났을 때도 개의치 않았다. 지금과 달리 노골적으로 그에게 관심을 보이며 접근했다.

그때는 본인밖에 모르는 여자라고 생각했지만 레지나가 된 후 겪어 보고 생각이 바뀌었다. 처음부터 계약관계라는 것을 꿰뚫고 신경 쓰지 않았다는 게 타당했다.

그렇다면 계약관계라는 것을 알기에 꺼리는 것인가?

레오프리드가 계약을 유지하고 싶어 한다고 생각할지도 모른다. 그래서 공적인 파트너는 무조건 아이린이라고 여기는 것일 수도 있었다.

복잡하다. 술이 올라 살짝 붉어진 얼굴로 레오프리드는 뜨거운 숨을 토해 냈다.

그는 감정에 서툴 수밖에 없었다. 하물며 첫사랑이다. 술과 혼란에 젖은 금빛 눈동자가 복잡하게 엉킨 실을 거슬러 올라갔다. 영민한 머리는 곧 꼬인 지점을 찾아냈다.

샤르티아나는 레오프리드의 마음을 모른다.

조금 힘이 빠지는 결론이었다. 여태까지 그가 그녀에게 보였던 수많은 행동과 눈빛, 속삭임은 닿지 않았다.

메말랐던 감성은 한번 차오르자 억누를 수 없을 정도로 흘러넘쳤다. 직접적인 언어로 말하지 않았을 뿐, 그의 모든 것이 샤르티아나에게 사랑한다고 외치고 있었다. 그녀와 함께 있는 모습을 지켜본 사람은 다 알았다. 그녀를 제외한 모두가.

들리지 않은 것은 그녀가 들을 생각이 없기 때문일까. 폐가 눌린 것처럼 숨쉬기가 힘들어졌다. 레오프리드는 그 고통을 술로 넘기려 했다. 하지만 넘겨지지 않았다.

처음으로 겪는 사랑의 열병에 그는 보통 인간처럼 나약하고 초라해졌다.

테이블에 쌓인 병이 세 병쯤 되었을 때 그는 결심했다.

레오프리드는 원래 모든 것을 스스로 쟁취했다. 그는 굉장히 공격적이고 호전적인 사람이었다. 황태자 자리를 위해 노력했을 때도 그랬고, 그 이후 국정을 보면서도 마찬가지였다. 투쟁은 그의 삶이었다.

샤르티아나가 듣지 않으려 눈을 감고 귀를 막는다면 억지로 눈을 뜨게 하고 그 손을 잡아떼어 외면할 수 없도록 각인시키면 된다.

흔들리던 눈동자가 단단하게 자리 잡았다. 레오프리드는 마지막 한 모금을 삼켰다.

이렇게 술에 의지하는 밤은 오늘로 충분하다.

"그러니 계약은 끝이야."

아이린은 웃었다. 레오프리드는 웃지 않았다. 웃을 필요가 없었다. 남들이 그들 사이를 연인이라고 착각하지 않아도 된다. 아니, 이제는 착각해선 곤란한 사람이 생겼다.

반면 아이린의 미소는 그 어느 때보다 완벽했다. 자애로웠고 온화했다. 레오프리드의 손을 잡고 있는 손에도, 연회장으로 향하는 발걸음에도 흔들림이 없었다.

도저히 방금 계약이 끝난 걸 통보받은 사람 같지 않았다. 너무 아무렇지 않아 레오프리드의 말을 전혀 듣지 못한 걸로 보일 정도였다. 하지만 아이린은 그의 입에서 나온 모든 말을 들었다.

"어째서죠?"

곱게 호선을 그린 입술 사이로 한껏 소리를 낮춘 음성이 들렸다.

레오프리드의 눈이 가늘어졌다. 금빛 눈동자엔 귀찮은 기색이 가득했다. 그는 아이린을 쳐다보지도 않고 앞만 보고 있었다.

"지금까지 한 말을 뭐로 들은 거지?"

관계의 끝을 선고하며 레오프리드는 이유를 읊었다. 그동안 아이린은 몇 번이나 그가 만든 선을 넘었다.

주제넘게 굴지 마라, 기본적인 능력만 갖춰라. 계약에서 그가 요구한 것은 이 두 개뿐이었다.

굉장히 모호한 조건이었으나 고개를 끄덕인 건 아이린 본인이었다. 레오프리드는 단 한순간도 강요한 적이 없었다.

지난 3년간 아이린은 그 모호한 조건이 무엇인지 완벽히 아는 것처럼 행동했다. 때문에 레오프리드는 큰 고민 없이 계약을 유지했고, 그녀를 레지나에 봉했다.

하지만 레지나궁에 들어온 후부터 아이린은 시간이 갈수록 그에게 더 많은 것을 요구했다. 아이린은 정말 연인이라도 된 것처럼 레오프리드를 닦달했다.

사실 그녀가 그에게 보인 반응은 닦달이라기엔 너무 온건했지만, 일평생 그런 식으로 행동에 제약을 받아 본 적이 없는 레오프리드로서는 충분히 닦달로 느껴졌다. 아이린에겐 그의 행동에 참견할 권리가 없다.

그때마다 레오프리드는 친절히 경고했다. 경고를 받고 며칠간 잠잠하다 싶으면 또다시 선을 넘었다.

레오프리드는 학습 능력 하나 없는 계약 상대에게 환멸을 느꼈다. 천재답게 그는 멍청하고 능력 없는 사람을 경멸했다.

그뿐만이 아니다. 레지나로서의 행보도 굉장히 실망스러웠다.

처음부터 레오프리드는 아주 기본적인 지원만 하겠다고 했다. 연인 행세는 파티 파트너 정도로 국한되었다. 그 조건을 어떻게 이용하고 써먹는지는 온전히 아이린의 몫이었다.

황후가 되는 것은 온전히 그녀의 책임이라고 못을 박았고 아이린도 동의했다. 그에겐 그녀를 도와줄 의리가 없었다.

신경 써서 황후로 만들어야 하는 여자였다면 처음부터 계약하지 않았을 것이다. 그러니 진정으로 황후가 될 야망을 가졌다면 아이린은 적어도 가을 구휼을 잘 처리했어야 한다.

라하딘의 가을은 레지나가 처음으로 자신의 능력을 선보이는 자리다. 샤르티아나에 비하면 아이린은 굉장히 쉬운 카드를 집었다. 예년같이만 처리했어도 무난하게 끝났을 것이다.

하지만 그녀는 엉망으로 구휼을 했다.

구휼받은 백성들의 반응만 살피자면, 굉장히 좋다. 아이린은 자비로운 성정으로 가난한 이들을 보고 넘기지 못했다. 그녀는 지체 없이 곡창을 풀었고 더 많은 백성들이 더 많은 곡물을 얻었다.

그 결과 동곡창은 바닥을 드러냈다. 물론 서곡창처럼 아예 텅텅 비진 않았다. 하지만 내년에도 동쪽에 가뭄이 온다면 지금 동곡창에 있는 곡물만으로는 버티지 못할 것이다. 결국 다른 곡창에서 빌려오는 수밖에 없다.

아이린의 자비심은 자생이 가능했던 곡창을 엉망으로 만들었다. 너무 잘하려는 열의에서 비롯된 잘못이었으며 처음으로 실제 행정을 접한 자가 흔히 하는 실수다.

아이린은 한시적으로 곡창을 맡은 것이니 다음 해를 생각하기 힘들었을 것이다. 다음을 생각해야 하는 관리조차 당장의 실적을 위해 틀어막기식의 처리를 보이기도 한다.

하지만 백성의 삶을 건 결정에 너무 잘하려고 했다는 핑계는 아무런 소용도 없다. 의도보다는 결과가 중요하다.

무엇보다 레오프리드는 그 결정이 전적으로 자비심에서 나왔다고 생각하지도 않았다.

그가 본 아이린은 야망에 가득 찬 사람이었다. 그건 나쁘지 않다. 그 자신 역시 야망이 넘치는 사람이었다.

하지만 능력이 받쳐 주지 않는 야망은 본인뿐만 아니라 다른 사람까지 고통스럽게 만든다.

아이린은 그 부족한 능력을 자비심으로 포장하려 했다. 자애롭고 다정하고 현숙한, 성녀라는 이름이 아깝지 않은 아이린 루폰 스테나. 그녀가 가진 최고의 무기였다.

문제는 아이린이 자신의 무기에 집착했다는 것이다. 물론 귀족, 그것도 정치적인 입지를 다지는 귀족에겐 이미지가 중요하다. 하지만 절대적이진 않다. 더 중요한 것은 따로 있다.

레오프리드는 아이린이 몰랐을 거라고 생각하지 않았다. 집착 때문에 잊었을 뿐이지. 아이린은 성녀에 걸맞게 더 많이 주려 했고 그 결과 구휼에 실패했다.

자비심에 대한 집념이 만들어 낸 패전이다. 한없이 얄팍한 자비심의 결과이기도 했다.

레오프리드는 서부 지역에서 천민 소년과 불법 노예들을 보던 샤르티아나를 떠올렸다. 그 뜨겁게 타오르면서도 한없이 냉정한 다정함이 군림하는 자가 갖춰야 할 진정한 자비라고 생각했다.

구휼제까지 마무리된 후, 황제는 구휼 결과를 놓고 두 레지나를 비교하며 샤르티아나를 치켜세웠다. 그럴 수밖에 없었다.

여름에 입궁하고 이제 겨우 가을의 끝물이다. 그 짧은 시간 동안 샤르티아나는 서부 지역 가뭄과 불법 노예 문제를 해결하는 데 일조했다.

뿐만 아니라 그녀가 해결할 수 없을 거라 여겼던 서곡창의 구휼까지 훌륭히 처리했다. 이것만 해도 대단한데 구휼제 와중에 고아원 학대 문제까지 밝혀냈다.

황제는 이토록 백성을 아끼고 사랑하는 레지나는 보지 못했다며 웃었다. 구휼제에서 고아들을 접한 시간은 고작 한두 시간 남짓. 얼마나 세심하고 자애가 넘치면 그럴 수 있냐며 놀라워하기까지 했다.

물론 당일 샤르티아나가 입었던 남복에 대한 칭찬도 빼놓지 않았다.

레오프리드는 황제의 치하에서 정치적인 의도를 느꼈지만 아무런 반응도 하지 않았다. 황제의 의도가 곧 그의 의도이기도 했다. 그역시 샤르티아나를 자신의 반려이자 평생의 파트너로 생각하니까.

황제가 나서서 자신의 속내를 비친 덕에 샤르티아나를 대하는 귀족들의 태도가 달라졌다. 신흥 세력에 편승하려던 자들은 당황했고, 이것저것 재던 사람들의 추는 카일론 쪽으로 기울었다.

레오프리드는 그 반응을 보고 안도하는 스스로에게 당황했다. 그는 귀족들의 태도에 크게 신경 쓰는 사람이 아니었다.

의회에서 귀족들의 반대를 처리할 때도 환심을 사거나 회유하기보다는 천재적인 머리를 쓰는 걸 택했다. 반박할 수 없는 자료를 들이밀고 강하게 밀어붙이듯 추진하는 게 그의 스타일이었다.

곧 그는 자신이 안도한 이유를 깨달았다. 황제의 공로 치하가 끝나자 사람들은 샤르티아나에게 다가가고 싶어 안달이었다.

레지나 간택 축하연에서 홀로 서 있던 모습과는 딴판이었다. 그때는 모진 수모를 감내하듯 하얗게 질렸던 얼굴이 지금은 여유롭게 미소 짓고 있었다.

그러고 보면 그때가 레오프리드가 샤르티아나를 처음 제대로 인식한 순간이었다. 그 창백하게 깨질 것 같던 얼굴에서 형형하게 타오르던 눈빛이 그를 사로잡았다.

어쩌면 그때부터 반했던 건지도 모른다. 그래서 그날 샤르티아나가 받았던 상처가 이렇게 그의 가슴에까지 남아 아릿한 걸지도.

"카일론 공녀를 사랑하시나요?"

갑작스레 파고든 목소리에 레오프리드는 짧은 회상에서 벗어났다. 무슨 생각이든 샤르티아나와 연결시키는 것이 아주 중증이었다.

레오프리드는 고개를 돌려 아이린을 내려다보았다. 녹색 눈동자가 흔들림 없이 그를 바라보고 있었다.

고민할 필요도 없는 질문이었다.

그제 밤, 샤르티아나와의 관계가 일방통행이었다는 것을 깨달았다. 타는 고통에 술을 마시다가 문제점을 깨달았다. 그리고 확실하게 다가가겠다고 결심했다.

"그래."

짧지만 단호한 대답에 아이린이 눈을 지그시 감았다가 떴다. 예상했던 대답이었다. 하지만 직접 들으니 폐에 바늘이 돋는 것 같았다.

비틀거릴 것 같았으나 비틀거릴 수 없었다. 그녀가 중심을 잃어도 레오프리드는 잡아 주지 않을 것이다.

레오프리드는 자신의 시선이 누구를 향하는지 감출 생각도 하지 않았다. 그의 행동반경에 촉각을 세우고 있는 아이린으로선 모를 수 없었다.

계약을 한 이후, 지난 몇 년간 누구보다 레오프리드와 가깝게 지냈다고 생각했다. 레오프리드는 워낙 주변에 사람을 두지 않는 성격이었다. 마음을 연 사람이라곤 5황자 케일라덴 정도가 전부였다.

그 긴 시간 동안 아이린은 레오프리드가 사람에게 새로 마음을 여는 것을 보지 못했다. 그래서 욕심내지 않았다.

어차피 레오프리드는 그 누구도 사랑하지 않을 것이다. 그렇다면 그에게 특별한 여자는 그녀 자신뿐이다. 그것이 계약 대상을 보는 정도의 무심함이라도 좋았다. 어쨌든 그의 손을 잡고 있는 것은 그녀였다.

하지만 레오프리드가 전혀 관심에 두지 않던, 아이린이 속으로 경멸하고 무시했던 샤르티아나가 그의 마음을 사로잡을 줄은 전혀 몰랐다.

레오프리드가 누군가를 사랑하는 것조차 말이 안 되는 일이었다. 그런데 그 상대가 샤르티아나라니.

레지나가 된 후 아이린은 초조함을 느꼈다. 샤르티아나를 대하는 레오프리드의 태도가 달라졌기 때문이다.

하지만 샤르티아나가 레지나로 간택되었으니 전처럼 무시할 수 없는 것뿐이라고 스스로를 달랬다. 샤르티아나 본인은 몰라도 카일론 가문은 무시할 수 없었다.

샤르티아나가 보란 듯이 레오프리드의 손을 잡고 웃을 때마다 언젠가 그 잘난 가문을 패망시키겠다고 다짐했다. 어차피 황후 자리는 그녀의 것이었다.

아이린은 처음 황후가 되려고 했던 순간을 잊었다. 그녀는 이제 권력이 주는 달콤함을 알았다. 고개도 못 든 채 이리저리 휘둘리는 삶이 싫어서, 휘둘리더라도 고개를 빳빳이 들고 싶다던 마음은 퇴색했다. 계약의 조건을 잊고 더 많은 것을 욕심냈다.

내가 황후만 되면, 황후만 된다면……! 그런 생각을 하며 이를 갈았다.

권력을 누리는 것이 나쁜 것은 아니다. 욕심도 마찬가지다. 하지만 그녀는 그에 따른 책임을 외면했다. 오로지 그녀가 누릴 것만 바라봤다.

무엇보다 그녀는 황후가 되는 조건을 잊었다. 레오프리드에게 계약을 제안했을 때, 그녀는 황후로서의 통치권을 포기하고 오로지 그의 의사에 따라 인가를 내리겠다고 했다. 그래서 레오프리드는 계약을 받아들였다. 가장 중요한 조항이었다.

망각은 결국 행동으로 나타났다. 계약을 잊고 레오프리드의 연인 행세를 하려 했다. 받아 주지 않는 레오프리드에게 섭섭함을 느꼈고 섭섭함을 이해해 주지 않는 그에게 더 화가 났다.

그 순간 그녀는 깨달았다. 언제부터인가 레오프리드를 좋아하기 시작한 것이다. 어쩔 수 없는 일이긴 했다. 레오프리드는 제국의 황태자였으며 능력도 우월했다. 거기다 잘생기기까지 했다.

곧은 눈썹과 번뜩이는 금빛 눈동자. 단단하고 날카로운 턱 선. 피가 흐를지 의심될 정도로 차갑고 무감한 사람이라는 걸 알면서도 막상 얼굴을 마주하면 설레었다.

그런 남자가 그녀에게 손을 내밀고 함께 춤을 췄다. 연기여도 상관없었다. 레오프리드 곁에 있으면 망해 가는 백작가의 여식이 아니라 아주 고귀하고 특별한 사람이 된 것 같았다.

어차피 그는 그녀의 것이다. 사랑은 받을 수 없어도 그의 옆에 설 수 있는 사람은 자신뿐이었다. 황후가 되기로 했으니까.

에스투스 기간 동안 아이린은 샤르티아나에 대한 불안감을 가라 앉혔다.

그녀가 간 수정궁은 대대로 황후가 될 레지나가 가는 행궁이었다. 그에 반해 샤르티아나가 갔던 서부 해안궁은 바로 옆이 가뭄 지역이었다.

레지나 간택 후 레오프리드가 샤르티아나에게 다정해진 것은 역시 가문 때문이다.

하지만 샤르티아나와 여행을 다녀온 후 레오프리드가 보인 태도는 애써 외면했던 사실을 직면하게 만들었다.

의무적인 식사 시간이 아니어도 종종 함께 식사를 하는 건 그럴 수 있다고 생각했다. 하지만 정원에서 샤르티아나와 함께 걷는 레오프리드를 보고 깨달았다.

저런 표정을 지을 수 있는 사람이었나.

아이린은 숨을 삼켰다. 샤르티아나를 보는 레오프리드의 얼굴에선 숨길 수 없는 절절한 감정이 새어 나왔다.

그의 눈이, 귀가, 입술이, 모든 것이 샤르티아나를 향해 열려 있었다. 그녀만을 느끼기 위해 모든 감각이 존재하는 듯했다.

황홀한 표정도 아니고 행복에 겨운 표정도 아니었다. 한없이 무표정에 가까운 얼굴이었다. 평소보다 깊어진 눈매와 아주 살짝 올라간 입꼬리만이 가시적인 차이점이었다. 그러나 일상 같던 경직된 긴장을 찾아볼 수 없었다.

레오프리드가 부드럽고 따뜻해 보이는 것은 처음이었다. 보통 사람과 똑같이 숨 쉬고 느끼는 사람 같았다.

예민하고 날카롭게 주변을 삼키는 평소와 달리, 그는 그녀가 자신을 보고 있다는 것조차 깨닫지 못한 채 오로지 샤르티아나만을 보고 있었다.

3년도 더 넘는 시간 동안 아이린은 그의 옆에서 연인으로 살아왔다. 하지만 단 한 번도 저런 얼굴을 본 적이 없었다.

평생토록 보지 못할 거라고 생각했다. 그녀가 아는 레오프리드는 감정이 없는 존재였다. 그랬기에 욕심낸 적도 없었다.

샤르티아나는 레오프리드의 옆에서 그의 재킷을 걸친 채 환하게 웃고 있었다.

아이린은 커튼을 움켜쥐었다. 그럴싸한 연인 행세를 할 때조차 레오프리드는 자신에게 옷 한번 둘러 준 적이 없었다. 추위에 떨어도 신경 쓰지 않았다.

얼마 지나지 않아 샤르티아나는 제국민들 앞에서 레오프리드의 옷을 입고 당당하게 미소 지었다. 백성들은 차기 황제의 옷을 입은 그녀에게 열광했다. 환호성이 아이린의 귀를 먹먹하게 때렸다.

원래 그 환호성은 아이린의 것이었다. 황태자의 옷이 그녀의 것이니 당연하다. 자신이 그 재킷을 걸쳤다면 더 큰 함성을 받았을 것이다.

처음부터 황후 자리는 그녀의 것이었다. 처음 레오프리드와 만난 날, 그 역시 고개를 끄덕이지 않았나. 황후 자리도, 레오프리드의 사랑도 모두 자신의 것이었다.

샤르티아나가 그녀의 것을 빼앗아 갔다. 지금 샤르티아나가 누리고 있는 모든 것은 응당 그녀가 누려야 할 것이었다. 그녀가 염원하고 노력해서 얻어 낸 것이었다.

"황태자 전하와 스테나 백작 영애 드십니다!"

높은 외침에 아이린은 굳었던 표정을 풀었다. 익숙하게 자애로운 레지나의 가면을 썼다. 빼앗긴 것은 다시 돌려받으면 된다.

그녀는 제 옆에 선 레오프리드를 봤다. 어쨌든 지금 그의 파트너는 그녀였다. 아이린은 레오프리드의 손 위에 얹은 자신의 손을 만족스럽게 바라보았다.

그러다 소매에 달린 커프스를 보고 멈칫했다.

레오프리드는 황태자의 위엄에 걸맞게 머리끝부터 발끝까지 완벽하게 꾸민 상태였다. 하지만 그가 한 커프스는 도저히 황태자를 비롯해 그를 모시는 시종들의 안목이라고 볼 수 없었다.

은제 커프스는 소매 옷감에도 밀릴 정도로 초라해 보였다. 모두 최고급품이라는 게 한눈에 알아볼 정도인데 커프스만 하등품이라 위화감이 굉장했다. 차라리 없는 게 나을 정도였다.

레오프리드답지 않았다.

하지만 생각은 오래가지 않았다. 연회장 안의 수많은 사람들이 그녀와 그를 주목하고 있었다.

황제의 축사가 끝나고 본격적인 파티가 시작될 시간이었다. 연회는 오로지 연회였다. 황태자에게 바치는 선물은 이미 다 받았고 의례 역시 낮에 끝났다.

생일 밤은 자유롭게 노는 것으로 끝난다. 물론 진짜 자유로울 리는 없지만.

파티는 주인공인 레오프리드의 첫 춤으로 시작한다. 파티장 안에 있는 귀족과 황족 할 것 없이 모두 그가 아이린에게 춤을 신청할 것이라고 생각했다.

원래 첫 춤은 함께 온 파트너와 추는 게 정석이다. 뿐만 아니라 그는 참석했던 파티에서 항상 아이린과 춤을 췄다.

하지만 그가 손을 내민 것은 아이린이 아니었다.

샤르티아나는 제 앞에 곱게 내밀어진 손을 보고 조금 놀라 눈을 둥글게 떴다. 곧 그녀는 밝게 미소를 지었다.

잔잔한 음악이 흐르고, 두 사람은 중앙에 마련된 홀에서 서로의 어깨와 허리를 잡았다.

레오프리드가 샤르티아나를 이끌었다. 두 사람의 호흡이 겹칠 때마다 새하얀 드레스 자락이 허공에서 흩날렸다.

그 외엔 아무런 소리도 나지 않았지만 지켜보는 이들이 생각하는 게 많아 시끄러울 정도였다. 어린 남녀가 선망의 눈으로 두 사람을 보는 것을 제하면 다들 레오프리드의 심경 변화에 대해 추측하고 있었다.

구휼제 전까지만 해도 모두 황태자가 흔들림 없이 아이린을 사랑하고 지지한다고 생각했다. 레지나 간택 축하연과 에스투스 행궁, 그리고 구휼 곡창의 배분이 그 증거였다.

하지만 구휼제에 레오프리드의 옷을 입고 나온 샤르티아나를 보고 둘 사이에 어떤 변화가 있을지도 모른다고 짐작했다. 하나 그것만으로 레오프리드가 마음을 바꿨다고 단언하기는 힘들었다.

샤르티아나가 서부 지역 구휼을 완벽하게 처리함으로써 황제의 신임을 얻은 건 확실했지만 레오프리드의 의중은 파악하기 어려웠다.

오늘 아이린과 함께 입장하는 레오프리드를 보며 다들 그럼 그렇지, 하고 고개를 끄덕였다. 구휼제의 일은 다른 이유가 있을 것이다. 황태자가 한 명의 레지나만 지지하는 것도 보기 안 좋으니.

그런데 그의 생일. 레오프리드는 파트너도 내팽개친 채 샤르티아나와 첫 춤을 추고 있다.

그가 샤르티아나에게 춤을 신청하기 전까진 누구도 상상하지 못한 일이었다. 그리고 저렇게 즐겁게 춤을 추는 레오프리드 역시 누구도 상상하지 못했다.

뭐든 잘하는 천재답게 레오프리드의 춤 실력이야 정평이 나 있었다. 하지만 그의 춤을 보고 감탄하는 사람은 없었다. 완벽한 자세로 완벽하게 스텝을 밟았지만 상대방을 전혀 배려하지 않았기 때문이다.

춤은 남녀 간의 호흡이 중요하다. 리드하고 리드를 따라가고 남성이 여성을 받쳐 주는 것도 다 호흡의 일환이다.

하지만 그것보다 훨씬 모호한 것이 포함되기도 한다. 두 사람 사이에 흐르는 공기가 어떤가에 따라 보는 사람마저 숨을 죽이게 된다.

두 레지나를 저울 위에 올려놓고 주판알을 튕기던 사람들은 점차 생각을 잊었다. 홀린 듯이 너른 홀을 가로지르는 두 사람을 바라보았다.

시선을 마주치고 멀어졌다가 가까워지길 반복하며 두 사람을 감싼 공기가 달라졌다. 고혹적이면서도 애틋했다.

이렇게 끈적이는 춤이었나?

연회의 시작을 알리는 춤답게 우아하면서 산뜻해야 정상이다. 그런 의미에서 지금 눈앞에 펼쳐진 춤은 비정상이었다. 그러나 눈을 뗄 수 없다는 것은 분명하다.

두 사람이 가까이 붙을 땐 아예 서로의 얼굴이 맞닿을 것 같았다. 콧날이 스칠 정도로 가까운 상태에서 샤르티아나는 눈을 살포시 내리깐 채 레오프리드의 입술을 바라보고 있었다.

물기 가득한 눈과 속눈썹이 만들어 낸 음영이 묘했다. 레오프리드는 그런 그녀의 눈에서 시선을 떼지 않았다. 강렬한 눈이었다.

'이, 임신할 것 같아!'

두 사람의 춤을 지켜보던 마일러트 남작은 몸을 배배 꼬았다. 몸속에 없는 기관이 생길 것 같은 눈빛이었다.

음악이 끝나는 순간, 샤르티아나의 허리가 휘고 그 위로 레오프리드가 몸을 숙였다.

내내 시선을 내리깔고 있던 샤르티아나가 눈을 들었다. 필연적으로 두 사람의 눈이 마주쳤다. 그들은 한동안 그 상태로 호흡을 멈추고 있었다.

마일러트 남작은 억울했다. 자신이 만든 옷을 누구보다 완벽하게 소화하는 두 사람이 함께 춤을 춘다는 기대감만 갖고 있었을 뿐인데 어느새 상상임신을 해 버렸다. 그는 총각이었다.

레오프리드는 자신을 담고 있는 자색 눈동자를 바라보았다. 평소보다 크게 확장된 동공에 자신의 얼굴이 비쳤다. 그녀의 안에 있는 자신이 보기 좋았다.

"생일 축하드려요."

움직이지 않는 레오프리드 대신 샤르티아나가 입을 열었다. 작은 속삭임에 영원 같던 마법이 끝났다. 레오프리드는 몸을 일으켰다.

박수소리가 연회장을 먹먹하게 채웠다. 레오프리드는 샤르티아나의 약지에 걸린 반지를 봤다.

그가 그녀에게 뭐라 말을 건네려는 순간, 몰려온 귀족들이 그에

게 인사를 하기 시작했다. 짧게 인사를 받아 주는 사이 샤르티아나
는 케일라덴과 함께 멀어졌다.

두 사람은 댄스플로어로 갔다. 샤르티아나가 케일라덴과 함께 춤
을 추는 것은 당연하다. 두 사람은 파트너로 왔다. 예의로라도 추
는 게 정상이다.

이성적으로는 잘 알고 있지만 기분이 나쁜 것은 어쩔 수 없었다.

두 사람을 바라보는 사이 아이린이 그의 곁에 다가왔다. 레오프
리드는 춤을 신청하지 않았다. 애초에 파트너로 참석한 것도 샤르
티아나가 거절했기에 한, 대안 없는 선택이었다.

다시 곡이 시작되고 춤이 시작되었다. 색색이 화려한 드레스 자
락 사이에서 샤르티아나는 단연 돋보였다. 레오프리드는 그녀에게
서 눈을 떼지 않았다.

축하 인사를 하던 귀족들은 황태자의 굳은 얼굴과 곁에 선 아이
린을 보고 나중을 기약했다. 기분이 나쁜 게 뻔히 보이는데 말을
붙일 사람은 없다.

주변 사람들이 물러나자 아이린은 작게 말을 걸었다.

"춤 안 추시나요?"

"다 췄다."

"저와도 추셔야죠."

부드러운 목소리에 레오프리드는 아이린을 돌아봤다. 무표정한
그의 얼굴엔 짜증과 귀찮음이 가득했다.

"분명 계약은 끝났다고 말했을 텐데? 방금 했던 말도 기억 못하
다니, 그 정도로 멍청할 줄은 몰랐군."

"그래도 전 레지나입니다."

"내가 레지나라는 이유만으로 춤을 췄던가?"

레오프리드가 사납게 말했다. 레지나 간택 축하연 때 관례를 깨고 아이린과 파트너로 입장하고 그녀하고만 춤을 춘 것은 아이린의 요구였다.

그때는 아무래도 상관없는 제안이라고 생각했다. 하지만 지나고 나니 그 말에 고개를 끄덕였던 자신을 한 대 후려치고 싶었다.

레오프리드 본인이 동의했던 문제기에 아이린을 탓하진 않았다. 책임을 떠넘기기보다는 자신의 선택을 후회하고 샤르티아나에게 보상해 주고 싶었다.

그렇다고 해서 관련자인 아이린이 그 일을 들추는 것까지 참아 줄 생각은 없었다.

"그건 정치적인 의사 표명이었죠. 안 맞는 균형을 맞추기 위한 일이었고요. 본디 레지나와 함께 춤을 추는 것은 기본적인……."

"예의도 차릴 사람한테 차리는 것이다."

레오프리드는 차갑게 아이린의 말을 끊었다. 주제넘게 군다는 이유로 계약을 파기당한 사람치고 너무 당당한 요구였다.

과연 네가 예의치레와 진심을 구분할 수 있겠냐는 조소가 레오프리드의 얼굴에 떠올랐다. 아이린은 치맛자락 사이로 주먹을 꽉 쥐었다.

"다급한가 보군."

노란 눈동자가 차근히 아이린을 훑었다. 머리끝부터 발끝까지 훑고 다시 올라오는 시선에 아이린이 얼굴을 붉혔다. 춤을 춰 달라 매달린 것이나 다름없는 본인의 행동을 자각한 것이다.

레오프리드의 앞에선 연기할 필요가 없었다. 계약을 제안했을 때처럼 오히려 노골적으로 말하는 게 더 잘 통했다. 하지만 여긴 파티장이고 거리가 있다지만 보는 눈이 많았다.

음악이 끝나고 레오프리드는 자리를 떴다. 아이린은 혼자 남아 그 뒷모습을 뚫어져라 쳐다봤다. 녹색 눈동자가 점점 차분하게 가라앉았다. 레오프리드 덕에 여유를 되찾았다.

레오프리드가 샤르티아나를 사랑한다는 확인 사살에 동요한 것은 실수다. 감정적일 필요가 없다. 중요한 것은 황후의 자리다. 그 자리는 감정만으로 가질 수 없는 자리다.

황후가 되면 자연스레 레오프리드 역시 그녀의 것이 될 수밖에 없다.

"다급한 게 아니에요. 마지막 기회를 준 것이지."

아이린은 이미 사람 사이에 가려 안 보이는 등을 향해 작게 말했다. 그녀는 제게 박히는 시선에도 굴하지 않고 미소를 지었다.

동정심과 호기심, 약간의 조소. 레오프리드가 자리를 뜸으로써 그녀와 춤을 추지 않을 것이라는 게 확실해지자마자 사람들의 시선이 따끔하게 느껴졌다.

아이린은 신경 쓰지 않았다. 어차피 모두 우러러보는 시선으로 바뀔 것이다.

"스테나 영애."

레오프리드가 자리를 뜨길 기다렸다는 듯 영애 몇몇이 다가와 인사를 했다. 아이린은 온후하게 웃으며 그들을 반겼다.

"오랜만이네요, 시르 영애, 로리스 영애."

"저어, 괜찮으세요?"

시르 영애가 조심스레 눈치를 보며 물었다. 악의는 없고 오히려 걱정스러운 기색이었지만 짜증 나는 것은 어쩔 수 없다. 굳이 와서 묻는 이유는 뭔지.

아이린은 겉으로 내색하지 않고 눈을 동그랗게 떴다.

"네? 아……. 오늘은 제가 몸이 좋지 않아서요."

무슨 뜻인지 깨달았다는 듯 부드럽게 웃으며 말하자 두 영애가 고개를 끄덕였다.

"그러셨군요."

"전하께서는 항상 스테나 영애를 배려하시네요."

"감사할 따름이죠."

수줍게 미소 짓는 아이린의 모습은 레오프리드의 사랑을 듬뿍 받고 있는 것 같았다. 당황스러움이나 모욕감은 찾아볼 수 없었다.

두 영애는 서로 눈빛을 교환했다. 역시 기우였을 뿐이다. 일찌감치 아이린에게 줄을 대놓길 잘했다. 확인했으니 아이린과의 관계를 더 돈독히 할 차례다. 둘은 부채로 입을 가리며 종알거렸다.

"그나저나 카일론 공녀가 하고 있는 반지 보셨나요?"

"정말 깜짝 놀랐어요."

"모처럼 폐하께옵서 하사하신 그 비싼 장신구를 하고서 그런 싸구려 반지라니."

"……싸구려 반지요?"

아이린이 반응하자 두 영애는 신나서 고개를 끄덕였다.

"네, 찾아보려 해도 그런 반지를 구하긴 힘들 거예요. 제도 어느 장신구점에 가도 안 팔 정도였어요."

"성격이 그래도 입는 옷과 장신구는 카일론 공가답게 안목이 높다고 생각했는데……."

"그 반지는 영 아니죠."

"폐하께서 하사하신 것과 차이 나서 더더욱 이상해 보여요."

"하사받은 목걸이는 정말 예쁘지 않나요? 저는 그런 빛깔의 다이 아몬드는 처음 봤답니다!"

"저도요. 크기도 그렇지만 색이 정말……."

"새하얀 드레스랑 너무 잘 어울렸어요. 드레스 장식을 최소화해 서 목걸이랑 귀걸이, 팔찌가 더 눈에 띄었죠. 그렇다고 드레스가 단 출한 것도 아니고……. 직물 자체가 레이스를 겹친 것 같더라고요."

"아무래도 마일러트 남작이 만든 거겠죠?"

"그렇겠죠."

"정말 부러워요."

재잘대며 떠들던 두 영애는 아이린이 말이 없다는 것을 깨닫고 아차 했다. 험담으로 시작했는데 드레스와 장신구에 눈이 팔려 옆 길로 새 버렸다.

로리스 영애가 뒤늦게 아이린이 받은 브로치를 칭찬했다.

"물론 스테나 영애께서 받으신 루비 브로치도 참 아름답죠."

"그럼요. 이 불꽃을 봐요. 색도 그렇지만 안에서 불꽃이 이는 루 비라니……. 이런 세심한 데서 폐하의 마음이 느껴져요."

그렇게 말하는 영애들의 표정은 애매했다. 브로치는 분명 아름다 웠지만 너무 화려하고 정열적이라 아이린과는 잘 어울리지 않았다.

아이린이 입은 옷은 평소 즐겨 입는 드레스보다는 조금 더 화려 했지만 브로치에는 묻힐 정도였다. 차분한 드레스가 브로치의 화 려함을 돋보이게 만든다기보다는 브로치 홀로 붕 뜬 느낌이었다.

여러모로 샤르티아나와 비교될 수밖에 없다.

일부러 말은 안 했지만 샤르티아나가 받은 목걸이와 귀걸이는 그녀의 눈 색과 절묘하게 맞아떨어져 조화로웠다. 화려한 액세서리지만 그 모든 것이 샤르티아나를 위해 빛나는 것 같았다.

"감사합니다."

아이린은 영애들의 얼굴에서 그런 기색을 읽었지만 모른 체했다.

그녀가 생각해도 브로치와 자신은 어울리지 않았다. 그렇다고 브로치에 맞춰 화려하게 치장하면 그게 더 우스꽝스러울 뿐이다. 추구하는 분위기와도 전혀 맞지 않다.

안 그래도 최근 샤르티아나와의 일 때문에 그간 쌓아 왔던 이미지가 무너지고 있다.

브로치를 하지 않는 게 최선이지만 황제가 하사품을 내린 후 처음으로 갖는 공식 연회다. 착용하지 않으면 황제의 호의를 무시한 게 된다.

샤르티아나와 비교당하는 게 짜증 나긴 하지만 처음부터 예상했던 일이다. 지금 아이린의 마음을 어지럽히는 것은 다른 문제였다.

샤르티아나가 하고 있다는 그 초라한 반지. 연회장에 입장하기 전 봤던 커프스가 생각났다.

제도에서 찾아볼 수 없는 반지라고 했던 것처럼, 레오프리드가 하고 있던 커프스 역시 그의 손에 들어오는 게 요원할 정도의 디자인이었다. 황족에게 들어오는 물건은 아무리 못한 것이라고 해도 급이 있다.

우연이라고 하기엔 두 사람이 평소 착용하는 물건이 워낙 고급스러웠다. 아이린은 저도 모르게 레오프리드와 샤르티아나를 확인했다.

샤르티아나는 귀족 영애들 틈에 둘러싸여 웃고 있었고, 레오프리드는 조금 떨어진 위치에서 고위 관리들 틈에 둘러싸여 있었다.

각자 다른 무리에서 다른 이야기를 하는 것 같아 보이지만 아이린은 눈치챘다. 레오프리드는 샤르티아나에게 집중하고 있다.

아이린과 연인 행세를 할 때도 둘이서 시간을 보내는 척하며 귀족들의 동향을 살피는 일이 많았다.

레오프리드의 마음이 샤르티아나를 향한 것은 이미 알고 있다. 확인 사살도 당했고 더 이상 동요하지 않기로 했다.

하지만 이렇게 들리는 이야기와 보이는 장면이 모두 그 사실을 상기시키니 어쩔 수 없이 가슴이 타들어 갔다.

아이린은 그녀와 함께 있을 때와 달리 유쾌한 미소를 걸치고 있는 레오프리드를 응시했다. 어차피 결심은 마쳤다.

그녀는 그에게 마지막 기회를 줬다.

"전하께서 서부 해안궁에 가셨을 때 선물로 주셨지요."

반지에 대한 물음에 샤르티아나가 미소 지으며 약지를 쓸었다. 레오프리드는 피식 웃었다. 당돌한 영애가 반지에 대해 묻지 않았으면 어쩔 뻔했나 싶었다.

사람들은 샤르티아나가 낀 반지에 대해 의아하게 생각하면서도 대놓고 묻지 못했다. 보통 액세서리는 칭찬하면서 언급하는데, 칭찬하기엔 비꼬는 걸로 들릴 여지가 다분한 반지였다.

전과 달리 사람들은 샤르티아나를 함부로 대하지 못했다.

그 전에도 경우 모르는 어린 사람이 아니면 대놓고 막 대하지는 않았지만, 은근하게 무시하는 경우는 있었다. 샤르티아나가 말의 저의를 눈치채지 못했기에 가능한 일이기도 했다.

하지만 지금 그녀 곁에 모인 사람들은 어떻게든 연을 만들어 보려는 의도가 빤했다. 그간 샤르티아나가 사교계를 활보하며 바꿔 놓은 인식이었으며, 첫 번째 라하딘을 훌륭히 마무리하며 일어난 변화였다.

레오프리드의 관계에 의지해야 했던 아이린과 달리 샤르티아나 본인이 이뤄 낸 성과다.

오늘 레오프리드가 샤르티아나와 오프닝 춤을 같이 추지 않아도 그녀 곁에는 호의를 가진 사람이 지금처럼 많았을 것이다. 오프닝을 함께 연 효과가 없진 않겠지만 그건 작은 도움일 뿐이다.

애초에 레오프리드가 샤르티아나와 함께 춤을 춘 것은 그런 정치적인 것을 고려한 게 아니었다. 그녀와 춤을 추고 싶었고, 그래서 춘 게 전부다.

반지에 대해 물은 호기심 많은 영애 덕에 샤르티아나는 신이 나서 말을 이었다.

"아시다시피 서부 지역은 가뭄 때문에 힘든 상태잖아요? 장신구를 사러 갔는데 악성 재고만 남아 있는 상황이었죠. 그 틈에서 산 거예요. 우리의 첫 여행을 기념하자고."

후후, 낮게 웃는 샤르티아나의 얼굴은 그때를 회상하듯 즐거움과 아련함에 물들었다.

레오프리드 역시 그 순간을 회상했다. 쇼핑에 끌려 다닌 것은 처음이었다. 거기에 짐꾼과 지갑처럼 취급당할 줄은 몰랐다.

첫 여행을 기념하자는 뜻이 아니라 레오프리드를 부려 먹기 위해 산 것 같았지만, 결과적으로 기념이 되긴 했다.

레오프리드는 소매에 달린 커프스를 내려다봤다. 샤르티아나가 그를 위해 손수 고른 것이다. 물론 돈은 그가 냈다.

"가지고 있는 아름다운 반지는 많지만 전하께서 직접 골라서 사주신 것만큼 제게 값진 것은 없지요."

레오프리드는 샤르티아나가 반지를 한 이유가 그가 커프스를 한 이유와 다르다는 것을 알고 있었다.

그가 커프스를 한 이유는 단순하다. 샤르티아나가 고른 것이기 때문이다. 세공도 전혀 섬세하지 않고 소재도 평범한 은이지만 그에게는 특별했다. 볼 때마다 세베리다에서 밝게 미소 짓던 샤르티아나의 얼굴이 떠올랐다.

그에 반해 샤르티아나의 이유는 복잡하다. 지금 저렇게 보란 듯이 자랑하는 게 반지를 끼고 나온 이유일 것이다. 무엇 하나 허투루 하는 법이 없는 사람이다. 이용할 수 있는 건 다 이용하는 영리함이 지금의 입지를 만든 것이다.

그녀가 그처럼 그때를 그리기 위해, 그를 생각하며 착용했으면, 하는 마음이 없는 건 아니다.

"황제 폐하께서 하사하신 다른 액세서리에 지지 않을 정도로 제겐 소중한 반지랍니다."

그래도 좋았다. 어떤 의도든 샤르티아나가 소중하다고 말하는 것이.

"전하, 아까부터 계속해서 커프스를 보시는데 무슨 이유라도 있습니까?"

이르그 후작의 질문에 레오프리드는 고개를 들었다. 그의 반응이 나쁘지 않자 다른 귀족들도 합세했다.

원래 평소와 다른 걸 착용하고 대놓고 눈짓하는 이유야 뻔하다. 자랑하려고. 다만 그 속셈이 레오프리드와 너무 안 어울려서 다들 주춤하던 차였다.

"저도 평소 전하께서 착용하시는 것과 너무 달라서 궁금하던 차였습니다."

귀족들의 시선이 커프스에 모였다. 레오프리드의 입매가 올라갔다.

"카일론 공녀와 함께 서부 지역에 갔을 때 그녀가 골라 준 것이다."

짧게 사실만 말했을 뿐이지만 주변에 있던 귀족들은 놀라서 말을 잊었다.

설마 했는데 그 황태자가 자랑질을 하다니!

원래 윗사람이 자랑질을 하면 당장 고개 끄덕이며 부러워해 주는 게 정석이다. 하지만 다들 당황해서 타이밍을 놓쳤다.

모두 사교계나 정치판에서 잔뼈 굵은 사람들이지만 레오프리드의 자랑질은 상상도 못한 것이라 어쩔 수 없었다.

"그렇군요! 카일론 공녀께서 고른 커프스군요."

"서부 지역 행궁에서 즐거운 일이 많으셨나 봅니다."

한 박자 늦게 웃음이 터져 나왔다. 레오프리드는 그들의 반응이 늦은 걸 알았지만 개의치 않았다. 오히려 기분 좋았다. 자랑하고 부러움을 사니 이보다 기분 좋을 수가 없었다.

평소 술자리에서 아랫사람한테 자랑하고 억지 부러움을 받는 귀족들을 보며 왜 저러나 싶었는데 이 맛에 하는 거였다.

레오프리드는 황태자다. 가만있어도 사람들이 추켜세워 줬고 본인이 자랑하지 않아도 충분히 잘난 사람이었다. 입바른 말은 수없이 들었지만 그게 기분 좋았던 때는 없다.

그러나 지금은 다르다.

"카일론 공녀의 안목이 남다른 데가 있죠."

화기애애한 분위기에 미묘한 말이 섞여 들었다. 언뜻 듣기엔 샤르티아나를 칭찬하는 것 같지만 그런 볼품없는 커프스를 고르는 안목이라 꼬집는 말이었다.

레오프리드는 상대를 향해 고개를 돌렸다. 마르켈 후작가의 차남, 린타베르였다.

그는 거리낌 없이 당당한 표정이었다. 레오프리드의 찌를 듯한 시선에 불편해진 건 다른 사람들이었다. 귀족들은 린타베르에게 눈짓했지만 그는 못 본 척 턱을 치켜들었다.

그에게 뭐라 하기도 애매한 문제였다. 저 커프스를 보고 안목이 높다 할 수도 없고, 결국 커프스가 초라하다는 전제하에 말려야 하는데 과연 레오프리드가 어떻게 받아들일지. 저렇게 좋아하는데 말리다가 불똥이 튈지도 모른다.

"정말 남다르시죠. 저번 구휼제 때 남복을 입으신 걸 보고 깜짝 놀랐습니다."

결국 처세에 노련한 이르그 후작이 말을 돌렸다.

"그렇게 남장한 영애나 부인은 여태 아무도 없었죠. 처음 봤지만 아주 멋지더군요. 백성들도 열광했죠."

"겨울 사냥제가 기대됩니다."

필사적인 화제 전환으로 다시 화기애애한 분위기가 됐다. 레오프리드는 입매 한쪽을 비틀어 올렸다. 그는 뭐가 잘못이냐는 듯 뻔뻔하게 구는 린타베르를 바라봤다.

추궁해 봤자 고귀한 황태자 전하께 바치는 물건이 그리 초라한 건 모욕하는 의도가 있는 게 분명하다며 물고 늘어질 인간이다.

그에 대해 해명할 가치도 없다. 말하면 할수록 샤르티아나와 함깨했던 서부 여행이 퇴색하는 느낌이다.

군이 분위기를 망칠 필요는 없다. 하지만 자신의 가문과 황후의 조카이며 황태자의 사촌이라는 점만 믿고 까불거리는 입을 다물게 할 필요성은 느꼈다. 레오프리드는 오늘 일을 잊지 않기로 했다.

"전하, 잠시."

친위대장 라티스의 부름에 레오프리드는 무리에서 빠져나왔다. 그의 시선이 잠시 샤르티아나에게 머물다 떨어졌다.

"폐하께서 부르십니다."

그는 고개를 끄덕이고 걸음을 옮겼다. 친위대장은 함께하며 계속 힐끗힐끗 레오프리드를 쳐다봤다.

"왜."

"그걸 그렇게 자랑하실 줄은 몰랐습니다."

솔직한 말에 레오프리드는 대놓고 인상을 찌푸렸다.

라티스는 당연히 세베리다에도 따라왔다. 레오프리드가 어떤 식으로 커프스를 받게 되었는지 다 아는 사람이었다.

그는 히쭉 웃으며 말을 이었다.

"공녀의 안목이 남다르다는 것엔 저도 동의합니다. 세베리다에서 하신 행동도 그렇고 구휼제 때 남장도 그랬지요. 여러모로 파격적인 분입니다."

"그래서."

"예뻤다고요."

짜증 난다는 티는 팍팍 내면서도 수다를 받아 주던 레오프리드가 걸음을 멈췄다.

날 선 노란 눈동자가 라티스를 찌를 듯이 노려봤다. 어떤 위험에도 물러나는 법 없이 황태자의 안전을 지켜야 하는 친위대장은 호위 대상의 눈빛에 주춤주춤 뒷걸음질 쳤다.

"그냥 아무 감정 없이 예뻤다는 소립니다."

변명하고 나서야 자존심이 상했다. 그는 뒤로 물러나려는 다리를 애써 붙들었다. 억울하단 눈으로 바라봐도 황태자의 눈빛은 풀릴 기미가 안 보였다.

라티스는 여우 같은 마누라와 토끼 같은 자식들이 있는 유부남이었다. 귀족 간의 혼인이 그렇듯 정략혼이었지만 그는 아내를 사랑했다. 단 한 번도 한눈 판 적이 없다. 그건 그의 긍지였다.

게다가 그의 나이는 샤르티아나의 두 배였다. 더도 말고 덜도 말고 딱 두 배. 샤르티아나가 젖먹이였을 시절 그는 검을 휘둘렀다. 그는 변태가 아니었다.

그런데 그를 바라보는 주군의 눈빛은 변태를 보는 것 같았다.

변태는 본인이면서! 여태 샤르티아나와 레오프리드 사이에 있었던 모든 일을 목격한 사람으로서 몹시 억울했다.

"예쁘다고 생각하는 것도 안 됩니까?"

"안 돼."

지체 없이 단호한 대답이었다. 라티스는 할 말을 잊었다. 전의를 상실한 그를 보고 레오프리드는 다시 걸음을 옮겼다. 뒤따라가면서도 믿기지가 않았다.

'주군께서 이런 팔불…… 아니, 이런 분이셨나? 아니었잖아.'

라티스는 황태자가 황자였을 시절부터 모셨다. 그때 라티스는 친위대장이 아니라 말단 기사였다. 어린 나이에도 번뜩이는 천재성과 인간 같지 않은 냉철함이 그를 사로잡았다.

가장 가까이에서 지켜보며 그 성격이 타고난 절제에서 비롯된 게 아니라, 감정의 결여로 인한 것이라는 걸 깨달았다.

안타까웠지만 감히 그가 상관할 일이 아니었다. 그저 뒤를 따르는 것이 그가 할 수 있는 최선이었다.

그런데 최근 샤르티아나와 함께하며 변했다. 세베리다에서 황태자의 표정과 행동을 보며 라티스는 놀람을 감출 수 없었다.

그에게 결여되었던 감정이 생겨났다. 아니, 이제 막 생겨났다고 하기엔 너무나 다채로운 감정이었다. 레오프리드 본인조차 들여다볼 수 없는 깊숙한 곳에 원래부터 있던 감정일 것이다.

그 누구도 몰랐던 레오프리드의 본연. 억눌린 채 나갈 때만 기다리며 소용돌이치던 그의 본질이 새어 나온 것이다.

그 단단한 껍질을 부순 건 샤르티아나다. 밖으로 휘몰아치는 격랑에 틈새가 점점 더 벌어지며 레오프리드에게서 점점 더 사람 냄새가 나기 시작했다.

샤르티아나에게 받은 커프스를 자랑하고 예쁘다는 말에 철저하게 경계를 한다.

라티스는 주군의 그런 모습이 보기 좋았다. 몇 달 전만 해도 레오프리드와 이런 잡담은 나누지 못했을 것이다.

그를 둘러싼 분위기가 변했다. 여전히 건조하고 여전히 싸늘했지만 다가오는 모든 사람을 찌를 것처럼 날 서 있지는 않았다.

라티스는 그게 성장이라고 생각했다. 하지만 그와 달리 그 모습을 좋게 보지 않을 사람을 알고 있다.

나오려는 한숨을 속으로 갈무리하며 안쪽 문을 열었다.

"어서 오너라, 레오프리드."

황제가 아들을 반겼다. 그의 얼굴엔 기쁨이 가득했다.

후계인 아들의 생일이니 기쁜 게 당연하다고 생각할 수는 없었다. 지난 수년 동안 황제는 근엄하게 축사한 게 전부였다.

황제에게 레오프리드는 언제나 탐탁지 않은 아들이었다. 완벽하게 일을 처리해도 잘했다는 칭찬 한번 없었다. 잘하는 건 당연한 일이었다.

"부르셨다 들었습니다."

"그래, 별일은 아니다. 카일론 공작과 이야기를 나누다 보니 그저 아비로서 네 얼굴을 보고 싶더구나."

레오프리드는 무표정하게 고개를 숙였다. 그는 황제의 말을 곧이곧대로 받아들이지 않았다. 그러기엔 너무 많은 일이 있었다. 그리고 그 사실로 새삼 상처받지도 않았다.

"연회의 주인공을 오래 독점하고 있을 순 없지. 짧게나마 아비와 담소를 나누자꾸나. 그리고 사적인 자리인 만큼 군신 관계가 아니라 네 장인으로 카일론 공작을 대해 보고."

레오프리드는 나오려는 조소를 눌렀다. 황제의 속셈은 뻔했다.

황제가 샤르티아나를 황후로 지지하는 것은 첫 번째 라하딘을 마무리하며 만천하에 드러났다. 그간 중립을 유지하는 척했지만 레오프리드가 샤르티아나를 받아들이는 게 보이자 바로 입장을 바꿨다.

그 전까진 조용히 네 뜻을 존중한다며 한발 물러나 있었지만 기회가 보이니 바로 잡으려 하는 것이다. 그는 아버지 이전에 정치가였다.

황제가 샤르티아나를 지지하는 이유는 여러 가지가 있겠지만 그중 카일론 공작에 대한 것을 빼놓을 순 없다.

예전 7황자 스트라빈에 관한 건으로 카일론 공작과 레오프리드의 사이가 나쁠 것을 걱정해 이리 자리를 마련한 것이다. 빤한 의도를 숨길 생각조차 하지 않고.

"폐하, 소신이 어찌 황태자 전하를 그리 대하겠습니까. 부족한 소신의 딸이 전하와 맺어지더라도 저는 언제나 제국에 봉사하는 신하일 뿐입니다."

카일론 공작의 매끄러운 겸양이 나오고 황제는 레오프리드를 쳐다봤다. 어서 부정하며 장인에 대한 대접을 해 주라는 게 보였다. 레오프리드는 무시했다.

샤르티아나를 사랑한다. 그녀를 자신의 황후라고 생각한다. 카일론 공작을 좋아하는 건 아니지만 싫어하는 것도 아니다.

처음에는 카일론 공작이 사익을 챙기는 귀족이라 생각했다. 혈육조차 본인의 이득을 위해 아들, 손자를 이용하는 마당에 무슨 대수인가 싶었다. 후에 그것이 신념에 따른 결정이라는 것을 알고서는 조금 힘들었다.

그러나 국정 보며 재상인 카일론 공작과의 대면을 피할 수 없었다. 협업하며 그 뛰어난 능력에 고개를 끄덕이기도 했다.

레오프리드는 군신 관계에서 감정을 쌓지 않았다. 그에게 가장 중요한 것은 얼마나 일을 잘 하는가, 그것뿐이었다.

황제의 생각과 달리 레오프리드는 카일론 공작에게 악감정이 없다. 있더라도 샤르티아나를 황후로 삼았을 것이다.

카일론이라는 이유로 그녀를 외면하기엔 사랑이 너무 컸다. 생각하는 것만으로도 숨이 막히고 아까운 사람이었다. 거기에 능력까지 뛰어나니 거부할 이유가 없다.

하지만 그렇다고 해서 황제의 태도가 마음에 드는 건 아니다. 예의상 사양하면서도 좋다고 앉아 있는 카일론 공작 역시.

딸의 황궁 생활을 걱정하는 아비의 마음이겠지만 그걸 자신이 이해해야 하는가?

샤르티아나는 카일론 공작의 손을 떠났다. 이제 온전히 레오프리드의 여자였다.

황제는 자신의 말을 지켰다. 세 남자의 담소는 정말 짧게 끝났다. 그게 담소라고 할 수 있다면.

황제는 강압적으로 레오프리드에게 카일론 공작과 대화를 나누길 종용했고, 레오프리드는 모르쇠로 일관했다.

그 가운데 카일론 공작은 가면처럼 미소 지은 채 레오프리드를 관찰했다. 정무를 볼 때와 다른 시선이었다. 딸의 신랑감이 어떤지 가늠하는 눈길에 레오프리드는 실소를 감췄다.

감히 어느 누가 펠론 제국의 황태자를 놓고 저울질하겠는가. 아무리 개국공신 가문에 명망 높은 공작가라고 해도 있을 수 없는 일이었다.

하지만 레오프리드는 크게 개의치 않았다. 카일론 공작은 그래선 안 되지만 샤르티아나의 아비라면 그럴 수 있다.

카일론 공작에게 특별히 악감정은 없지만 황제의 태도는 거슬렸다. 게다가 오늘 그에겐 중요한 볼일이 있다.

이렇게 한가로이 수다 떨 시간도 아까웠다. 애초에 사교를 위한 수다를 즐긴 적도 없다.

자연히 분위기는 침체되었고 황제는 혀를 차며 레오프리드를 놓아주었다.

레오프리드는 미련 한 톨 없이 방에서 나왔다. 대기하고 있던 라티스는 생각보다 그가 빨리 나와 놀랐지만 무슨 일인지 묻진 않았다.

연회장으로 향하는 레오프리드의 머릿속엔 이미 황제와 카일론 공작은 사라졌다. 오로지 샤르티아나만이 가득했다. 가슴이 찌르르 울리며 명치가 조여 왔다. 손발이 살짝 차갑다.

레오프리드는 아무렇지 않은 척 여상히 걸으면서 자신의 상태를 점검했다. 기묘한 감각이었다.

샤르티아나와 함께하면서 항상 새로운 자극을 받았지만, 이런 건 또 처음이었다. 이전까지 느꼈던 것들과 비슷하면서도 또 전혀 달랐다.

손끝이 저리고 맥박이 빠르다. 속은 살짝 울렁거리고 갈비뼈가 기분 나쁘게 간지럽다.

그는 연회장 안으로 들어섰다. 한눈에 담을 수 없는 넓은 홀에서 단번에 샤르티아나를 찾아냈다.

노란 시선이 즐겁게 웃고 있는 하얀 얼굴에 박힌다. 케일라덴에게 뭐라 속삭이는 눈동자가 반짝였다.

'아……'

레오프리드는 속으로 탄식을 흘렸다. 샤르티아나를 보는 순간 그는 자신의 상태에 대해 정확히 진단을 내렸다.

그는 떨고 있다. 겁이 나고 자신이 없다.

사랑 앞에서 레오프리드는 고통받고 나약해졌다. 하지만 그것이 레오프리드의 타고난 본질을 훼손시키진 않았다.

고통받는 순간에도 그는 레오프리드였으며, 적통 황태자이며, 세기의 천재였다. 타는 가슴을 움켜쥐지도 못한 채 고통을 방관할지언정 움츠러들진 않았다.

하지만 지금 그는 움츠러들었다. 몸이 굳는 것 같았다. 샤르티아나가 눈을 감으면 눈을 뜨게 하고, 귀를 막으면 귀를 열게 해 직시하게끔 만들겠다고 결심했다.

그녀가 직시할 것은 아무런 막도 없는 날것의 진심이었다.

굳이 사랑이 아니더라도 레오프리드는 타인에게 제 본질을 내보인 적이 없다. 그것을 온전히 내보이는 것은 그의 짐작보다 훨씬 더 많은 용기가 필요했다.

만약 그녀가 고개를 젓는다면, 지금 웃고 있는 저 얼굴이 굳어진다면.

그 생각만으로도 목이 졸렸다. 예전 정적에 떠밀려 들어갔던 겨울 산, 목에 죽음이 드리웠을 때보다 더.

그럼에도 물러서지 않았다. 그렇기에 그는 레오프리드였다. 끝끝내 투쟁해 원하는 모든 것을 이뤄 내고 손에 넣었다.

한 발짝 걸음을 옮길 때마다 샤르티아나가 가까워졌다. 그게 벅차서 물러설 수가 없었다.

사실 이렇게 할 필요는 없다. 이변이 없는 한 그녀는 그의 아내가 될 것이다. 그러나 그가 원하는 것은 그런 게 아니다. 고작 그런 걸로 만족할 수 있을 리가 없다.

그는 자신이 샤르티아나의 전부가 되길 원했다. 그의 모든 것이 그녀에게로 흐르는 것처럼 그녀 역시 그러길 바랐다.

불필요하고 비이성적인 욕심 때문에 그는 처음으로 자존심을 내려놨다. 칼끝에 목을 내민 심정으로 발걸음을 옮겼다.

멈출 수는 없다. 레오프리드는 도전하지 않으면 아무것도 얻을 수 없다는 것을 알고 있다.

만약 오늘 샤르티아나의 얼굴에 경멸과 혐오감이 떠오르더라도 그는 포기하지 않을 것이다. 내일, 그리고 내일의 내일에도 끝없이 그녀의 애정을 구할 것이다. 그의 평생 이런 날이 올 줄은 몰랐다.

"전하."

아이린이 그의 앞을 가로막았다. 시야가 가려 샤르티아나가 보이지 않는다. 레오프리드는 미간을 찌푸렸다.

아이린은 신경 쓰지 않고 미소를 지었다. 어차피 좋은 반응이 돌아오지 않을 거란 걸 알고 있었다.

"잠깐 이야기를 나누고 싶습니다."

"계약은 끝났다고 말했을 텐데?"

"계약이 끝났더라도 이야기는 나눌 수 있죠."

레오프리드가 짜증스럽게 아이린을 훑었다. 계약이 아니면 네가 감히 내게 시간을 요구할 수 있느냐, 라는 시선이었다.

아이린은 기꺼이 그 시선을 받았다. 그의 생각이 맞다. 아이린은 아무런 힘도 없는 백작가의 여식이었고 그녀 자신 역시 어떤 직위나 작위를 받지 못했다.

평범한 귀족 영애. 그리고 평범한 영애는 감히 황태자의 시간을 요구하지 못한다.

레지나라는 타이틀이 그걸 가능하게 해 줬지만 애초에 계약이라는 모래성 위에 쌓은 것이었다. 이제 모래성이 무너졌으니 이름뿐인 레지나는 아무 권리도 없다.

인정하면서도 아이린은 당당하게 그를 바라봤다. 다음을 기약하며 물러설 수는 없었다.

레오프리드는 계속해서 샤르티아나를 바라봤다. 그 절절하게 닿는 시선의 의미를 못 알아챌 정도로 둔감하진 않다. 레오프리드가 계약을 파기함으로써 자신과의 관계를 청산했을 때 예상했던 일이다.

"비켜."

레오프리드가 오만하게 말했다. 아이린은 물러나려는 발끝에 힘을 주었다.

한때 그녀에게 황태자는 말도 섞을 수 없는 존재였다. 그런 존재에게 도박하는 심정으로 계약을 제안했고 기적처럼 계약이 성사됐다.

그에게 유일한 존재가 되어 아주 당연하게 그의 옆에서 그와 말을 할 수 있었다. 허상이었지만 아이린은 만족했다.

모래성이 무너졌다면 다시 쌓으면 된다. 전보다 더 강고하게, 쉽게 무너지지 않도록.

"후회할 거예요."

"후회?"

레오프리드가 입매를 비틀어 올렸다. 피식, 바람 빠지는 소리가 났다. 노란 눈동자가 가늘어지며 위협적으로 빛났다.

그는 평생 후회 없는 삶을 살았다. 단 한 번 후회가 생긴 건 샤르티아나로 인한 것이었다.

지금 눈앞의 주제도 모르는 여자가 그의 심장과도 같은 샤르티아나와 같다는 식으로 구는 게 그를 분노케 했다.

아이린은 두 손을 꽉 쥐었다. 온몸이 부들부들 떨렸다. 손바닥 안에 있는 물건이 그녀에게 용기를 주었다.

"차분히 이야기를 나누고 싶지만 전하께서는 아닌 것 같으니 여기서 말씀드리지요."

그녀는 주변을 살폈다. 몇몇 사람들이 지켜보고 있었다.

그럴 것이다. 아이린과 레오프리드는 연인 사이로 알려져 있다. 오늘 파트너로 등장했을 때까지만 해도 사람들은 둘 사이에 어떤 불화도 없다고 생각했을 것이다.

하지만 레오프리드는 연회의 시작을 샤르티아나와의 춤으로 열었고, 그 후 아이린과는 춤추지 않았다.

몸이 좋지 않은 그녀를 배려한 것이라 말을 흘렸지만 그 말을 믿는 사람은 적다. 과연 그게 진실인지 의심하는 사람들이 아닌 척 두 사람을 살피고 있다.

몇몇 사건으로 저울추는 샤르티아나에게 기울었다. 지금 레오프리드가 아이린을 무시하고 지나가면 돌이킬 수 없다. 그러니 어쩔 수 없다.

아이린은 입을 열었다.

"……."

수많은 사람들의 말소리와 그 뒤로 흐르는 음악소리에 아이린의 목소리가 묻혔다. 조용한 곳에서도 겨우 그녀 자신에게만 들릴 정도의 목소리였다.

하지만 아이린은 레오프리드가 들었다고 확신했다. 그녀가 말을 잇는 동안 점점 굳어지는 표정이 그랬다.

"잠시 이야기를 나눌 수 있을까요?"

아이린이 미소 지었다. 처음 그에게 말을 붙였을 때와 똑같은 표정이었다.

레오프리드는 소름이 돋을 것 같은 기분에 휩싸였다. 아이린은 그의 대답을 듣지 않은 채 몸을 돌렸다. 아이린이 시야 밖으로 나가자 샤르티아나의 모습이 보였다.

방긋 웃는 얼굴은 언제나처럼 생기가 넘쳤다. 보석 같은 눈동자는 그를 매료시켰던 불꽃으로 여전히 타오르고 있었다. 흰 뺨이 보드라워 보였다. 당장 다가가 입 맞추고 싶을 만큼.

그러나 레오프리드는 그녀에게 다가가지 않았다. 그 대신 연회장 밖으로 걸어가는 아이린의 뒤를 따랐다.

마지막으로 다시 한 번 샤르티아나의 모습을 눈에 담을 때 입안에 찝찔한 쇠 맛이 느껴졌다.

터진 입술에서 배어 나오는 피를 핥으며 그는 눈을 감았다.

"벌써 바람이 차네요."

회랑을 지나며 아이린이 느긋하게 말했다. 레오프리드는 답하지 않았다. 아이린은 상관하지 않고 후후 부드럽게 웃었다.

어쨌든 그는 그녀의 옆에 있다. 황후의 자리도, 레오프리드도 결국 그녀의 것이다. 만족스러웠다.

아이린은 살짝 어깨를 움츠렸다. 겨울이 가까운 가을밤은 연회용 드레스 차림으로 돌아다니기엔 추웠다.

그녀의 눈에 레오프리드가 입고 있는 옷이 들어왔다. 그가 샤르티아나에게 겉옷을 벗어 걸쳐 주던 게 생각났다. 슬쩍 시선을 들어 그의 얼굴을 보았지만, 그녀가 추운지 더운지 신경도 쓰지 않고 있다.

'괜찮아. 시간은 많으니까.'

그 많은 시간 동안 레오프리드는 그녀의 옆에 있을 것이다. 마음은 옆에 있는 사람에게 기울기 마련이다.

다가오는 겨울은 분명 가을보다 따뜻할 것이다. 아이린의 입술이 진한 호선을 그렸다.

15장

아이들의 장난감

아이들의 장난감

날씨가 많이 추워졌다. 이제 초겨울이라고 해도 무방하다. 나는 이불에 몸을 파묻고 꼼지락거렸다.

자취할 땐 날이 추워지면 눈을 뜨고 나서도 한참 이렇게 이불 속에서 가만히 있었다. 난방비를 아끼기 위해 전기장판만 켜 놔서 이불 밖은 서리가 내린 것처럼 싸늘했기 때문이다. 최대한 이불 안에서 보내다가 아슬아슬하게 나갔다.

이불 밖으로 비죽 손을 내밀었다. 공기가 차갑기는커녕 훈훈하다. 이대로 이불을 젖혀도 전혀 춥지 않을 것이다.

아주 쾌적하고 풍족한 생활이다. 더 이상 수도관이 얼 걱정을 할 필요도 없고, 전기세 생각에 전기장판을 켰다 껐다 하지 않아도 된다.

물론 실내 온도가 적정이라고 해서 이불 속이 싫어지는 건 아니다. 이불은 여전히 유혹적이다. 특히 이곳의 침대는 정말 한번 누우면 다시 일어나기 힘들 정도로 매력적이다.

나는 느긋하게 게으름을 피웠다. 추워서 이불 속에서 지내던 것
과는 천지 차이였다. 이대로 있다가 슬쩍 잠들어도 좋을 것 같다.
그렇게 생각하며 눈을 감은 순간, 우렁찬 소리와 함께 빛이 내 눈
꺼풀을 찔렀다.

"아가씨! 어서 일어나세요. 해가 중천이에요!"

좍좍, 이중 캐노피가 한 번에 걷히는 소리가 요란했다. 유모가
등진 햇살이 눈부셨다. 나는 눈을 찌푸리며 돌아누웠다. 유모가 혀
를 차며 이불을 걷었다. 역시나 전혀 춥지 않았다.

"세상천지 대체 어느 공녀님이 이렇게 늦잠을 잔답니까."

"유모 앞에 있는 공녀님이."

습관적인 유모의 한탄에 여상히 대답하며 몸을 일으켰다. 내심
챈들럼 공작가에 딸이 없어서 다행이라고 생각했다. 만약 있었으
면 다른 공녀님은 어쩌네, 하며 잔소리가 늘었겠지.

새삼 제국의 유일한 공녀라는 게 참 든든했다. 공국에 있는 공녀
의 늦잠 소식은 여기까지 들려오지 않으니까.

"몇 시인데?"

기지개를 켜며 묻자 유모가 이불을 정리했다. 어서 빨리 일어나
침대 밖으로 나오라는 무언의 손길에 입을 비죽대며 침대에서 내
려왔다.

"9시요."

"9시?"

유모가 깨우는 걸 보고 한 11시나 12시쯤 된 줄 알았다. 평소보다
늦긴 했지만 이제 9시인데 이렇게 사람을 닦달하다니. 눈을 가늘게
뜨고 유모를 쳐다보자 그녀가 덧붙였다.

"그보다 살짝 전이지만요."

"……."

뭐라 하는 대신 몸을 돌려 시계를 봤다. 9시 살짝 전이라기보다는 8시 반을 살짝 넘겼다고 해야 하지 않나. 원망을 담아 유모를 쳐다봤지만 그녀는 베개의 각을 살리고 있었다.

신경도 쓰지 않는 모습에 한숨을 쉬었다. 뭐라고 해 봤자 나만 힘 빠질 뿐이다.

"뭘 늑장 부리세요. 어서 가서 씻으세요."

하지만 이 말에 억울해지는 건 어쩔 수 없다. 세숫물 떠다 주진 못할망정!

"평소보다 30분 정도 늦게 일어났다고 너무 구박하는 거 아냐? 그럴 수도 있지!"

나는 카일론 공녀에다가 미래에 황후가 될 레지나인데 고작 30분 늦잠 잤다고 이렇게 구박받다니! 서러워서! 자리엔 책임이 따르는 법이라지만 내가 원하면 하루쯤은 늦잠 자도 되는 거 아닌가? 30분이 아니라 오후까지 자고 한밤중에 일어나도 그런가 보다 해야지!

"오늘 오전에 고아원에 가시기로 한 것 잊으셨어요?"

"아, 맞다."

혼자 흥분하다가 유모의 말에 정신을 차렸다. 완전 까맣게 잊고 있었다. 유모가 날 급히 깨운 것도 이해된다.

"세상에 어느 공녀님이……."

"여기! 여기! 유모 눈앞에! 잔소리 그만! 나 씻으러 갈래!"

잔소리 폭격을 피해 욕실로 피신했다. 고개를 들다 깜짝 놀랐다.

"이럴 수가……!"

막 일어나 무방비한 상태에서 잔소리 공격을 받아 정신없는 모습조차 이리 예쁘다니! 거울에 비친 청초하면서도 섹시하고 그러면서도 귀엽고 사랑스러운 소녀를 보다가 심장을 부여잡았다.

"허억, 허억……."

갑작스러운 심부전 증상에 거친 호흡을 내쉬었다. 날이 갈수록 아름다워지니 나도 내 미래가 두렵다. 벌써부터 미모로 사람의 심장을 쥐어짜는데 더 크면 대체 어느 정도가 될지.

"……뭐 하세요?"

"으악!"

갑자기 등 뒤에서 들린 목소리에 돌아보니 이디스가 욕실 문간에서 날 쳐다보고 있었다. 언제나처럼 도도한 얼굴엔 한심하단 기색이 배어 있었다.

내 착각이겠지? 이 미모를 보고 한심하다는 생각을 하다니!

'……라고 생각할 때가 아니잖아!'

이제 흑역사에 너무나 익숙해져서 이게 흑역사인지도 모르고 지나갈 뻔했다. 그뿐만 아니라 속생각으로 새로운 흑역사를 적립했다.

"봤어?"

"뭘 묻는 건지는 모르겠지만 저하께서 거울 속 자기 자신을 헤어진 연인 보듯 애틋하게 쓰다듬으며 가슴을 붙잡는 건 잘 봤어요."

담담히 대답하는 말에 얼굴이 하얗게 질렸다. 내가 언제 그런 눈으로 봤단 말인가.

"그것도 변태처럼 숨을 헉헉 내쉬면서요."

"변태라니!"

난 멀쩡하다. 정상이다. 아니, 원래 다들 예쁜 걸 좋아하잖아? 이왕이면 다홍치마라는 말도 있고.

"확실히 저하께서 예쁘시긴 하죠."

나는 눈을 동그랗게 떴다. 천하의 이디스가 내 미모를 칭송하다니.

그녀가 화장대에서 나 몰래 퍼프를 던진 게 몇 번이던가. 옷 입은 후 거울 보는 내 뒤에서 고개를 절레절레 저은 게 몇 번이던가!

역시 두려운 내 미모. 이디스마저 함락시키다니. 내가 심장을 부여잡은 건 어쩔 수 없는 일이다.

"후후, 이디스. 드디어 나를……."

"그렇지만 좀 아프신 것 같아요."

단호한 말에 나는 웃는 얼굴 그대로 굳었다. 이디스는 표정으로 내 환부를 집어 줬다. 정신이 아픈 것 같다는 얼굴을 보고 발끈하는 대신 픽 웃었다.

"뭐야, 내 미모를 질투하는 거야? 나 정도까진 아니어도 이디스도 훌륭해."

은근하게 붙어 서서 말하자 이디스가 질색했다.

"어딜 보는 거예욧! 저하, 이번엔 진짜 변태 같아요!"

"어딜 보긴? 난 그냥 칭찬한 건데 왜 과민 반응이야?"

"제, 제 가슴을……!"

항상 도도하게 굴던 이디스가 얼굴을 새빨갛게 물들이는 게 정말 귀여웠다. 웃음이 나오려는 걸 참으며 눈을 크게 뜨고 입가를 손으로 가렸다.

"어머, 자의식 과잉 아냐? 난 그냥 예쁘다고 하며 널 본 거지 특별히 어느 부위를 본 건 아닌데? 가슴 크다고 자랑하는 거야?"

"아니에욧!"

크게 소리치고 나서야 이디스는 내 페이스에 말려들었다는 걸 깨달았다. 아차 하는 표정으로 어쩔 줄 몰라 하다가 원망 어린 눈으로 날 보는데 웃음을 참을 수가 없었다.

"저하……!"

깔깔대며 웃는 나를 이디스가 불만스레 불렀다. 뾰족한 시선에 웃음을 멈춰 보려 했지만 마음대로 되는 게 아니다.

"너무 그렇게 쳐다보지 마. 네가 귀여워서 그런 거니까."

지금은 또래 친구처럼 보이지만 내게는 대여섯 살은 어린 소녀였다. 귀엽지 않을 수가 없다.

내 말에 이디스가 다시 얼굴을 붉혔다. 입술이 열렸다 닫혔다 부산스럽더니 꾹 다물곤 고개를 돌린다.

"……어서 씻죠."

그렇게 말하며 다가오는 이디스는 평소처럼 도도하니 하얀 얼굴이었지만 귓등은 아직도 새빨갛다. 나는 한 번 더 놀리고 싶은 마음을 꾹 참고 고개를 끄덕였다.

이미 욕조에 물은 가득했다. 물 위에는 향초가 둥둥 떠다니고 물색도 뽀얀 게 온천수를 가져온 것 같았다. 외부 행사까진 아니어도 외부 일정이다 보니 평소보다 공들여 준비시키겠다는 마음이 느껴졌다.

"이렇게까지 안 해도 될 텐데."

누가 보면 황실 파티에 가는 줄 알겠다는 말은 꾹 삼켰다. 고아원에 가는 데 깔끔하게 하고 가면 됐지.

"제도 시민들을 만나는데 잘 준비해야죠."

유모가 욕실에 들어서며 말했다. 나는 순순히 욕조 안에 들어갔다. 어쨌든 목욕은 기분 좋다.

살짝 미끄럽고 따뜻한 물이 몸을 감고 향긋한 내음이 정신을 맑게 했다.

"남복하고 갈 거야."

"네?"

당황한 기색이 역력한 유모를 보고 씩 웃었다.

"구휼제에 남복 맞추면서 비슷한 거 여러 개 샀잖아?"

"그야 그렇지만 왜 남복을……. 그때의 모습이 좋게 비춰졌기 때문인가요? 걱정마세요. 드레스 입은 아가씨 모습도 좋게 보일 거예요. 너무 남성적으로 굳어지는 게 더 안 좋고요."

나는 고개를 저었다. 이미지 때문에 이러는 게 아니다.

"아이들하고 놀아 주는 데는 그게 더 편해."

유모는 입을 벌렸다. 먼저 정신을 수습한 이디스가 물었다.

"직접 놀아 주시게요?"

"응, 놀아 달라던데. 봤잖아?"

고아원에서 아이들이 보낸 감사 편지는 모두 함께 봤다. 너무 귀여워서 자랑했기 때문이지만. 이디스는 입을 다물었다. 유모 역시 정신을 수습하고 한숨을 쉬었다.

"체통은 지키셔야 합니다."

"알아."

"구휼제 때 하신 걸 보면 잘 놀아 주실 거라고 생각하지만요."

잘할 거라면서도 어조는 잔소리할 때와 똑같다. 잔소리하지 말라고 하면 더 귀찮아지기에 나는 잠자코 있었다.

내 팔을 문지르던 유모가 갑자기 감상에 젖은 얼굴로 고개를 들었다.

"우리 아가씨께서 언제 이렇게 커서 아이들을 다 보살펴 주시는지. 그 또래였던 때가 엊그제 같은데."

나는 뺨을 긁적였다. 가슴이 따뜻해지면서도 조금 따끔거렸다. 그 샤티가 아니라서 이럴 때마다 어쩔 수 없이 죄책감에 가슴이 갑갑했다.

앞으로 더 많은 추억을 쌓자는 생각으로 갑갑함을 물리치는데 유모가 내 손을 꽉 붙잡았다.

"다른 아이를 보는 게 아니라 아가씨 아이를 봐야 할 텐데요. 어서 귀한 황손을……."

"유모!"

깜짝 놀라 유모를 불렀다. 나보고 아이를 봐야 한다니. 그것도 귀한 황손이라니! 결혼도 안 한 순결한 처녀한테 이 무슨……!

"왜요. 제가 틀린 말 했습니까? 어서 황태자 전하와……."

"유모!"

내 광폭한 부름에 유모가 입술을 삐죽 내밀었다. 내 몸을 문지르는 손길이 아까보다 거칠다. 미간을 찌푸리자 이디스가 고소하다는 듯이 날 쳐다봤다.

"체통을 지켜야 할 건 내가 아니라 유모야."

말끝에 한숨이 붙었다. 얼굴이 절로 뜨거워졌다. 물이 너무 뜨거워서 그렇다. 김이 모락모락 나는 게 숨쉬기도 힘들다. 나도 모르게 손을 들어 입술을 매만졌다.

이디스의 붉은 머리카락이 단풍으로 가득했던 산처럼 보였다. 그

속에서의 입맞춤. 그 뜨겁고 부드러운 감촉.

"으아아아!"

"저, 저하?"

"아가씨, 물 다 튀잖아요!"

두 사람이 뭐라 했지만 들리지 않았다. 나는 뜨거운 물에 그대로 얼굴을 처박았다.

고아원은 생각보다 훨씬 깔끔하고 쾌적했다.

작은 규모의 고아원이라고 해도 구휼제에 초빙되어 올 정도로 명성이 높은 곳이다. 귀족들의 후원도 활발하고 꽤 오래전이지만 황실에서 훈장도 받은 적이 있다.

황궁이나 카일론 공작저와는 물론 비교할 수조차 없지만, 햇볕이 비치는 붉은 벽돌 위로 담쟁이넝쿨이 타고 올라가 있는 모습이 평화로웠다.

정원은 넓진 않아도 잔디가 푹신하게 깔려 있고 한쪽에는 놀이터도 있었다. 칠이 군데군데 벗겨진 건 어쩔 수 없으나 손 볼 곳은 없을 정도로 관리가 잘 되어 있었다.

아니면 최근에 손을 봤을 수도 있지. 나는 성 페리야드 고아원의 원장이 파면되었던 사건을 떠올렸다. 저절로 주먹에 힘이 불끈 들어갔다. 횡령 정도였다면 이렇게까지 화가 나진 않았을 것이다.

구휼제가 끝난 후, 황태자의 명에 따라 감찰관들이 제도에 있는 고아원을 조사했다. 그 결과 스물한 곳의 고아원 중 아홉 군데가 횡령하고 있다는 사실이 드러났다. 심지어 어떤 곳은 후원 귀족이 나서서 돈세탁 용도로 사용 중이었다.

이를 계기로 제국 전체에 대대적으로 고아원 및 요양원 감사가 추진되었다. 그래도 다른 곳에선 아동학대가 일어나진 않았다. 오직 이곳, 성 페리야드 고아원을 제외하고는.

성 페리야드 고아원은 시설도 좋고 돈도 많은 축에 속했다. 옛 명성이 있기에 그만큼 후원금이 모였다. 그런데 이보다 더 열악한 곳에서도 일어나지 않는 학대가 빈번했다니 기가 막혔다.

원장은 아이들의 행동에 트집을 잡아 벌주기를 즐겼다고 한다. 식사 전에 손을 씻지 않았다거나 제때 잠자리에 들지 않았다는 이유로 폭력을 휘둘렀다.

처음에는 손으로 손바닥을 내려쳤지만 점점 심해져 나중엔 혁대를 끌러 채찍처럼 갈겼다.

그뿐만이 아니다. 돈을 받고 변태들에게 어린아이들을 입양 보냈다. 입양된 아이가 무슨 일을 당했을지 상상하는 것만으로도 이가 으드득 갈렸다. 그런 놈들은 다 고자로 만들어야 한다.

내게 도움을 청했던 골목대장은 아직 자유 외출이 허락되지 않는 나이인데도 개구멍을 통해 바깥나들이를 즐겼다. 그러다 우연히 변태에게 입양되었다가 도망친 아이를 만나 그 사건에 대해 알게 되었다.

고아원에서 나이가 꽤 있는 형과 누나에게 말했지만 어쩔 수 없다면서 고개를 저었다. 오히려 그들을 통해 이런 일이 빈번하다는 것을 알게 됐다. 분개해서 그들을 다그쳤으나 변화는 없었다.

골목대장에겐 어른처럼 보이지만 그들 역시 아이일 뿐이고 원장은 고아들의 의식주와 관련된 모든 것을 총괄하는 사람이었다.

그러던 와중에 골목대장의 첫사랑에게 입양이 결정되었다.

골목대장은 더 거칠어졌고 고아원에 손님들이 올 때마다 훼방을 놨다. 원장이 혁대를 채찍처럼 휘두른 것도 이 시기부터다. 골목대장의 갖은 노력에도 예정된 입양은 파기되지 않았다. 체벌만 더 거세졌을 뿐이었다.

지친 아이는 지푸라기라도 잡는 심정으로 내게 도움을 요청한 것이다.

사실 구휼제 때 고아원에서는 골목대장을 내보내지 않으려 했다. 그런 행사에 참여시키는 아이들은 얌전하고 조용하고 말 잘 듣는 아이들로만 구성하기 마련이다.

하지만 얼마 없는 고아원 사람들이 구휼제 준비로 정신없는 사이, 골목대장은 골목대장답게 또래 애들을 윽박질러 바꿔치기에 성공했다. 사람들이 알아차렸을 땐 이미 늦은 뒤였다.

"어서 오십시오, 공녀 저하."

새로 취임한 원장이 날 향해 웃었다. 껑충하니 큰 키와 마른 몸매, 신경질적으로 올라간 눈썹으로 인해 넉넉하고 푸근한 인상은 아니었다. 하지만 나쁜 사람 같진 않았다. 나는 고개를 끄덕였다.

"반가워요."

원장의 뒤로 고아원 아이들이 열을 맞춰 서 있는 게 보였다. 내 시선이 닿자 아이들이 환히 웃으며 고개를 숙였다. 인사 소리가 우렁찼다.

그러고 나서 환영하는 노래를 부르기 시작했다. 텔레비전에 나올 법한 모습이었다. 나는 조금 당황해서 그 모습을 보았다.

질서 정연하게 박자에 맞춰 몸을 좌우로 흔드는 아이들 속에서 유독 통통 튀는 아이가 있었다. 살펴보니 골목대장이었다.

그는 반가움을 주체하지 못하는 것처럼 계속해서 발뒤꿈치를 들며 몸을 들썩거렸다. 얼떨떨한 가운데 그 모습을 보니 웃음이 나왔다.

노래가 끝난 뒤 토끼처럼 귀여운 여자애가 나와 내게 화관을 선물했다. 아이들과 사람들이 박수를 쳤다. 화관을 쓰자 박수가 거세졌다.

골목대장도, 토끼 같은 여자애도 몹시 귀여웠지만 이 짜여진 연극 같은 상황이 달갑지는 않았다. 나는 이런 걸 보기 위해 온 게 아니다.

생각해 보면 당연했다. 지금 방문하는 사람은 카일론 공작가의 직계이자 황후나 황비가 될 레지나다. 전생에서 그렇듯 대학생이 자원 봉사할 때와는 차원이 다를 수밖에 없다.

"안으로 드시지요. 아이들이 공녀 저하를 위해 준비를 많이 했습니다."

"준비요?"

원장의 말에 나는 날카롭게 들리지 않도록 어조를 조절하며 물었다.

"네, 노래도 있고 짤막한 극도 있습니다. 공녀 저하의 눈높이에는 맞지 않을 수도 있지만 정말 열심히 준비했지요. 아이들이 공녀 저하를 많이 좋아합니다. 저하께서도 아이들을 좋아하신다고 들었습니다. 구휼제에서 참 잘 놀아 주셨다고."

"항상 동생이 있었으면 좋겠다고 생각해서요."

입바른 말을 하는 원장에게 적당히 대답했다. 지구에 있는 그 건방진 동생이 그리워서 더 잘 놀아 준 건 사실이니까.

다시 말해 재롱 잔치를 준비했다는 소리다.

원장 뒤로 선 고아원 사람들은 나와 눈이 마주치기 무섭게 미소를 지었다. 바짝 긴장한 티가 역력했다. 그들을 책하러 온 건 아니었지만 마주 웃진 않았다.

그들이 긴장하는 것이야 당연하다. 상사이던 원장이 하루아침에 파면됐으니까. 기존에 일하던 사람들이 모두 물갈이 되진 않았지만 불안할 것이다. 죄책감도 있겠지.

윗사람의 횡포에 저항하지 못한 것뿐이지만 어쨌든 그들은 아이들이 학대당하고 돈받고 팔려 가는 걸 방관했다.

안타까워했던 사람도 있었을 테고 뒤바꿀 힘이 없어 좌절했던 사람도 있었을 것이다. 그렇다고 해서 방관했던 게 없던 일이 되진 않는다.

물론 상사를 고발하는 게 쉬운 일은 아니다. 생계가 달린 문제이니 이해하지 못하는 건 아니다. 그랬기에 파직하지 않았다. 하지만 아이들의 삶이 걸린 문제였다.

나는 관리자들과 하하호호 하며 아이들의 재롱을 관전할 생각이 없다.

"많은 준비를 하신 것 같네요. 오늘 일정이 어떻게 되는지 궁금하군요."

"아이들이 준비한 것을 다 보신 다음에는 원내를 둘러보시고, 이후에 제가 차를 대접할까 합니다."

"차만 마시진 않겠죠."

직설적인 말에 원장은 잠깐 눈썹을 올렸다가 어쩔 수 없다는 듯이 웃으며 고개를 끄덕였다. 신경질적인 인상과 다르게 소탈한 웃음이었다.

"예, 이제 막 이 고아원을 맡게 되었으니 여러 계획을 세웠습니다. 공녀 저하의 도움을 받고 싶습니다."

대놓고 후원받고 싶다는 말을 들으니 차라리 시원했다. 돈만 밝히는 속물로는 보이지 않았다.

이미 황실과 귀족에게 찍힌 고아원이다. 향후 몇 년간은 특별 감사가 붙을 테고 조금만 의심스러운 구석이 있어도 귀찮을 정도로 따질 것이다. 그 상황에서 불평 없이 고아원을 맡은 사람이다.

아이들을 키우는 데는 돈이 필요하다. 아껴 쓰고 돌려쓴다고 해도 지출은 크다. 성 페리야드 고아원은 이번 일로 명성을 잃었기 때문에 전처럼 귀족들이 후원해 주지 않을 게 자명하다.

전 원장이 횡령한 돈을 고아원에 돌려주긴 했지만, 이미 써 버린 돈은 어쩔 수 없다.

"그것도 나쁘진 않죠. 하지만 난 아이들이 평소에 어떻게 생활하는지 궁금해요."

"예?"

"아이들의 재롱을 보는 건 그 후로 미루죠. 시간이 허락한다면요."

열심히 준비했을 아이들을 생각하면 꼭 보고 싶었지만 하루 종일 고아원에 있을 수도 없다.

라하딘이 시작되며 이런저런 일감이 레지나에게 내려오기 시작했다. 이제 겨울. 곧 있으면 겨울의 경합이 시작될 것이다. 그 전에 맡은 일을 빨리 처리해야 한다.

그리고 아이들이 과연 열심히 준비했을지도 의문이고. 하기 싫고 귀찮은 거 선생님들이 시키니 억지로 했으면 모를까.

그래도 그 노력이 헛되이 사라지는 건 싫었다.

"평소라면……."

원장은 난감한 듯 말끝을 흐렸다. 당혹스러워 보이긴 했지만 켕기는 곳이 있어서가 아니라 뜻밖이어서 그런 듯했다. 미처 준비를 못했다는 티가 역력했다.

그럴 만도 했다. 이곳엔 자원봉사라는 개념이 없다. 귀족들이 하는 봉사가 있긴 하지만 다 신전에서 하는 봉사일 뿐이다.

고아원에서 아이들의 모습을 지켜보며 놀아 준다는 개념이 아예 없다. 자기 자식도 그렇게 안 키우는 마당에 누가 그러겠는가. 대신 귀족들은 자선 활동을 했다. 이건 결국 돈과 관련된 일이었다.

나는 당황한 원장에게 싱긋 웃어 보였다.

"걱정하실 필요 없어요. 정말 평소의 모습을 보고 싶은 거니까."

"예에……."

아무런 준비도 필요 없다는 말에 원장은 한층 더 난처한 얼굴이 되었다. 억지웃음을 흘리는 그를 의아하게 바라봤다. 이렇게까지 곤란할 이유가 있나?

하지만 정확히 한 시간 뒤, 난 그 난처한 웃음의 의미가 뭔지 깨달았다. 아주 확실하게.

"으에에에에에엥!!"

울음소리가 먹먹하게 내 귀를 후려쳤다. 고막이 떨어져 나갈 것
같은 느낌과 함께 두통이 일었다. 나는 달래고 있는 아이를 팽개치
지도 못한 채 새로 울음을 터뜨린 아이를 멍하니 바라봤다.

이건 정말…… 완전 장난 아니다. 추억 보정 때문에 완전히 잊고
있었다. 아이들은 귀엽다. 귀엽긴 한데…… 정확히는 빌어먹게 귀
엽다. 망할 것들.

한 아이가 울자 합창하듯 따라 우는 아이들을 보며 나까지 울고
싶은 심정이 되었다. 영아는 고작해야 다섯 명인데 이 다섯 명이
일당백이었다.

그나마 남복한 것이 신의 한수였다. 아니었으면 무거운 드레스의
압박과 달라붙는 아이들의 콤보에 탈진해서 쓰러졌을 것이다.

"하하. 공녀님, 밖에서 노는 아이들이 공녀님 뵙고 싶다고 하는
데 나가 보시는 건 어떠세요? 다들 가까이서 뵙고 싶어 하는데 이
쪽에만 있으면 섭섭해할 거예요."

고아원 선생님이 내게 구원의 손길을 뻗었다. 그래도 500명 같
은 아기들을 한 사람한테 맡기고 가려니 양심이 쿡쿡 찔렸다.

매우 평화로워 보이지만 이건 전쟁이나 다름없다. 지금 그녀는
내게 '크윽……. 여긴 내가 맡을 테니 넌 어서 가!' 이런 소리를 하
고 있는 것이다.

나는 짠한 눈으로 전우를 바라보았다. 그녀의 눈빛이 더 간절해졌다. 우리는 시선으로 서로의 마음을 읽었다. 만난 지는 고작해야 한 시간 남짓이지만 우린 생사를 함께한 전우다.

나는 그녀의 굳은 뜻에 결국 고개를 끄덕였다.

"그럼 맡길게."

꼭 무사해야 해! 곧 돌아올 테니까⋯⋯! 눈물을 삼키며 그녀의 명운을 빌고 밖으로 나갔다.

지키지 못할 약속이라는 건 이 전쟁을 치르는 그녀도, 나도 알고 있었다.

밖으로 나가니 아이들이 뛰어놀고 있었다. 푹신하게 깔린 잔디 덕분에 아이들이 상처 없이 자유롭게 뛰고 뒹굴 수 있었다.

물론 빨래를 담당하는 사람이 보면 기겁할 광경이지만 내 일이 아니었기에 흐뭇하게 그 광경을 바라보았다. 뛰놀고 있는 아이들을 보는 건 즐거웠다.

이렇게 한 걸음 멀찍이 떨어져서 지켜보기만 하려고 온 것은 아니기에 두려움을 감추고 애써 발걸음을 옮겼다.

나는 할 수 있다! 남겨 두고 온 전우를 생각해! 여기서 나 혼자 물러설 순 없어!

날 발견한 아이들이 놀던 것을 멈추고 날 쳐다보았다. 쭈뼛거리면서 다가오지도 못하고 멀어지지도 못하길래 눈을 맞추고 싱긋 웃었다. 화들짝 놀란 아이들이 고개를 돌렸다.

더 다가가지 않고 조금 기다리자 힐끔힐끔 날 쳐다봤다. 호기심이 가득하긴 하지만 부끄러운 기색이 역력했다.

걱정과는 달리 이 아이들이라면 얌전하게 놀 수 있을 것 같았다. 아이들한테 바뀐 원장이나 고아원 생활이 어떤지도 들어 볼 수 있을 것 같고.

하지만 희망찬 기대는 10분도 안 되어서 산산조각 났다.

구휼제에서 봤던 여자애들이 얼굴을 발갛게 붉힌 채 다가올 때까지만 해도 좋았다. 그중에는 골목대장의 짝사랑 상대, 사과머리도 있었다.

오늘은 노란 리본이 아니라 하얀 바탕에 남색 땡땡이가 박힌 리본을 하고 있었는데 너무 귀여웠다.

"안녕하세요, 공녀님."

들릴 듯 말 듯 작은 목소리로 수줍게 인사를 건네는 모습이 정말 깨물어 주고 싶었다.

"응, 안녕! 잘 지냈어?"

무릎을 굽혀 눈높이를 맞추며 묻자 아이의 얼굴이 더 빨개졌다. 주변 여자애들도 눈을 깜빡거리며 인사해 주길 기다리고 있었다. 그 모습이 사랑스러워서 한 명 한 명 붙잡고 이야기를 들어 줬다.

아이들은 잘 지내고 있었다. 그때 느꼈던 그늘은 찾아볼 수 없었다.

새 원장에 대해서도 긍정적인 반응이었다. 다정다감하게 아이들을 감싸는 성격은 아니지만 합리적으로 일을 처리하는 사람인 듯했다.

고아원을 경영하려면 그런 사람이 나을지도 모른다. 그리고 이런 미묘한 상황에 있는 고아원을 맡았다는 것 자체가 아이들을 사랑한다는 증거였다.

앞으로 고아원은 잘 운영될 것 같았다.

스스럼없이 이야기를 나누고 있자, 어느새 지켜만 보던 아이들도 가까이 다가오기 시작했다. 주로 여자애들이었다. 얼굴을 새빨갛게 붉힌 채 눈을 빛내는 걸 보니 이 아이들 역시 날 오스칼쯤으로 보는 듯했다.

역시 성별과 나이를 막론하고 치명적인 나의 미모란……! 하, 나조차도 두렵다.

내가 자화자찬에 취해 있어도 아이들은 내 팔과 다리를 잡고 자신의 말에 집중해 주길 원했다. 정신은 없었어도 생각했던 만큼 최악의 상황은 아니었다.

귀가 따갑고 이리저리 휘둘려서 휘청거리긴 했지만, 전생에서 봉사활동 갔을 때 애들이 내 위에 올라탄 채로 들썩거렸던 것에 비하면 이 정도야 아무것도 아니다. 그땐 그대로 죽을 수도 있겠다는 생각을 했다.

적어도 이 아이들은 날 어려워했다. 발로 차고 때리지도 않았고 머리를 잡아당기며 소리 지르지도 않았다. 이대로라면 그래도 버틸 만하다고 생각하자마자 몸이 한쪽으로 쏠렸다.

내가 말을 안 들어 주자 여자애 한 명이 내 팔에 매달린 것이다.

연약하고 섬세한 나로서는 그 무게를 감당하기 힘들었다. 휘청거리며 넘어지려 하자 반대편 손에 다른 아이가 매달렸다.

까르륵거리는 웃음소리가 지옥견의 하울링처럼 들렸다. 애들은 내 관심을 끌려던 본래의 목적을 망각하고 내 팔에 매달려서 붕붕 몸을 흔들었다. 그럴 때마다 까르륵까르륵 소리가 울려 퍼졌다.

한순간에 아이들의 놀이기구가 된 나는 팔이 빠질지도 모른다는 두려움에 시달렸다.

어찌어찌 팔에 매달린 애들을 떼어 내자 '나도, 나도' 하며 울먹이는 소리가 들렸다. 금방 울음을 터뜨릴 것 같지만 나도 어쩔 수 없다. 이건 생존의 문제였다.

"크헉!"

갑작스럽게 등허리에 가해지는 극심한 고통에 나도 모르게 신음을 흘렸다. 손을 안 내주자 한 아이가 내 허리에 매달린 것이다. 앞으로 쓰러지려는 몸을 다리를 벌려 버텼다.

기시감이 들었다. 나는 이다음에 올 것을 알고 있다. 이대로 쓰러졌다간 아이들이 올라타서 내 위에서 방방 뛰기 시작할 것이다.

'죽을지도 몰라!'

정말로 생명의 위협을 느꼈다. 타일러서 매달린 아이를 떼어 놓자 삐져서는 빽 소리를 질렀다. 육탄 공격에 이은 초음파 공격에 몸도 마음도 너덜너덜해졌다.

당장 귀를 막고 싶었으나 진짜 귀를 막았다간 뿔이 난 아이들이 어떤 공격을 할지 모른다. 울고 싶다.

너희 조금 전까지만 해도 날 좀 어려워하지 않았니? 아이들이 순수해서 좋은 거지만 이건 좀 너무 순수한 거 아니니?

너희도 마음의 벽 정도는 있을 법하잖아. 이런 오픈 마인드는 하나도 달갑지 않다고.

나도 모르게 아이들에게 때가 묻었으면 좋겠다고 생각할 정도였다.

이래 봬도 권력자에다가 나름대로 악녀로 손가락질받은 전적이 있는데 좀 어려워해 줄래? 언니는 다른 사람한테 손을 자르겠다고 한 적도 있는 무시무시한 사람이라고?

나는 공황 상태에 빠졌다. 예전에 봉사 활동 갔을 때 이런 애들

어떻게 다뤘지? 과거의 나는 내 생각보다 훨씬 더 위대한 사람이었다. 그 상태에서 생각나는 대로 아무 말이나 외쳤다.

"박수 세 번 시작!"

짝, 짝, 짝! 거짓말처럼 박수소리가 울렸다. 나는 조금 놀란 눈으로 아이들을 봤다. 이게 만국 공통이긴 하지만 여기서도 통할 줄이야.

"박수 다섯 번 시작!"

짝짝짜자작! 아이들은 조용해져서는 날 올려다봤다.

"합죽이가 됩시다!"

"합!"

날 잡아당기던 것도, 골이 울릴 정도로 시끄럽던 것도 다 사라졌다. 참 좋긴 한데 초롱초롱한 눈을 보니 할 말이 없어졌다.

예전 성격 같으면 '사람 힘들게 배려 없이 뭐 하는 짓이냐'며 당장 아이들을 윽박지르고 혼냈을 거다. 하지만 이곳에 와서 나도 많이 변했다.

유화영이었을 때 나는 모든 것을 내 틀에 맞춰서 판단했고, 거기서 벗어나면 가차 없이 비난했다. 워낙 뒷담화가 성행했다곤 하지만 그 빌미를 제공한 건 나다.

나는 내가 가진 틀이 옳고 객관적이라고 생각했는데 지금 와서 보니 허상에 불과했다. 그 틀대로 판단했다면 바뀐 나 자신부터 비난받아야 한다.

그땐 날 제대로 봐 주는 사람이 없었다. 가족한테도 사랑받지 못했고, 남자 친구와 한때 그럭저럭 잘 지내긴 했어도 모든 걸 뒤덮는 불같은 사랑을 한 건 아니다.

자신감은 가득했지만 자존감은 바닥이었던 것 같다. 그래서 그

틀에 더욱 집착하며 난 공정하고 똑바르게 살고 있다고 끊임없이 스스로를 점검했다. 그리고 틀에 어긋난 사람을 가차 없이 비난함으로써 내 가치를 증명했다.

난 애써 웃음을 지었다. 과거의 허물을 바라보는 건 씁쓸한 일이지만, 그만큼 발전한 것이니 기쁘게 받아들이려고 노력했다.

아이들에게 화를 내는 대신 미소를 머금고 타일렀다.

"이렇게 매달리고 소리를 지르면 내가 아야~ 해. 너무 힘들어."

허리와 팔을 툭툭 치며 울상을 짓자 아이들의 눈동자에 걱정이 일렁이기 시작했다. 그 모습을 보니 힘들었던 게 조금쯤 가셨다.

"앞으로는 그러지 않을 거지?"

"안 그럴게요."

도리도리 고개를 젓는 아이들에게 씩 웃었다.

"앞으로 다른 사람들한테도 아플 것 같으면 하지 말기야?"

고개를 끄덕이는 아이들을 쓰다듬어 줬다. 한 명만 쓰다듬으니까 다른 아이들의 몸이 들썩거렸다. 아까처럼 나도, 나도 소리는 안 지르는 게 장하긴 했다.

결국엔 주변 아이들을 다 쓰다듬어 줬다. 구휼제 때 초대받은 아이들이 얼마나 엄선된 아이들인지 알 수 있었다. 그 애들은 정말 얌전한 축이었다.

그 후로는 평화로웠다. 아이들이 준비했다는 노래를 불러 줬고 그동안 나는 좀 쉴 수 있었다. 하지만 이것 역시 오래가진 않았다.

"꺄악!"

노래 소리 와중에 비명이 섞여 들었다. 가까이 오지 않던 남자애들이 주변에서 살금살금 지켜본다 싶더니 여자애들 치마를 올리고 도망간 것이다.

"미셸 팬티는 노란색이래요~ 노란색이래요~."

아주 유치찬란한 노래가 울려 퍼지기 시작했다. 미셸이 주저앉더니 와앙 울음을 터트렸다.

다른 여자애들이 남자애들한테 씩씩대며 뭐라고 했지만, 곧 아이스께끼를 당하고 울음을 터뜨리는 신세가 되었다.

그 전까지는 함께 소꿉놀이하던 여자애들이 내 곁에 모여서 자기들 쪽으론 눈길도 안 주니 섭섭해서 그런 것 같았다.

함께 놀고 싶으면 그냥 함께 놀면 될 것을. 관심을 저렇게 밖에 표현 못하는 건 참 어디를 가나 똑같다.

"너희들!"

허리에 손을 얹고 엄하게 부르자, 남자애들이 움찔거렸다.

"친구를 이렇게 울리면 돼, 안 돼!"

"되는데요!"

"맞아!"

눈을 도록 굴리며 뺀질거리며 말하는 꼴을 보니 엎어 놓고 궁디를 팡팡 때리고 싶었으나 속으로 삭이는 수밖에 없었다.

봐줘야 해서가 아니라 날 위해서다. 지금 깎인 체력으로는 저 비글들을 잡는 것만으로도 쓰러질 거다.

게다가 이 아이들은 얼마 전까지만 해도 학대받던 아동들이다. 이런 일은 제대로 혼을 내야 한다고 생각하면서도 큰 소리를 내는 것조차 살짝 불안했다. 트라우마가 되진 않을까, 괜히 생각이 많아진다.

내가 주춤하자 이 악동들은 더욱 대범해졌다. 지척까지 다가와 보란 듯이 여자애들을 괴롭히고 도망갔다. 만약 내가 치마를 입고 왔으면 내 치마까지 들출 기세다.

요 비글들을 대체 어떻게 관리해야 하나 막막했다. 주변에 고아원 사람들도 없었다. 고아원에 대한 아이들의 솔직한 생각을 듣고 싶어서 아까 이야기 나누며 물렸기 때문이다.

그때 시시덕거리던 남자애가 악, 소리를 냈다. 골목대장이 나 대신 비글의 궁둥이를 때리고 있었다.

"공녀님의 힘은 우정에서 나온단 말이야! 사이좋게 지내야 해!"

"으아아! 이거 놔!"

골목대장은 골목대장답게 비글들을 제압했다.

"앞으로 여자애들 괴롭히지 마!"

"알았어! 안 괴롭힐게!"

멋지게 비글을 처단한 골목대장이 내게 다가왔다.

"이제 힘 돌아왔어?"

날 바라보는 곧은 시선이 정의로운 영웅을 보는 듯했다. 나는 찔림 반, 감동 반인 상태로 고개를 끄덕였다.

"응, 덕분에. 고마워."

골목대장은 쑥스러운 듯 시선을 돌리고 잔디를 발로 찼다.

"오늘 영웅은 내가 아니라 너야. 앞으로도 고아원의 정의로운 영웅이 되어 줘."

내 말에 골목대장은 눈을 커다랗게 떴다. 맑은 시선이 한번 벅차게 물결치더니 힘차게 고개를 끄덕였다.

"응! 나만 믿어!"

정말 믿음직스러웠다. 반짝반짝한 시선이 내게서 떠나지 않았다. 그런 시선을 받으니 나 역시 정의롭게 살아야 할 것 같았다.

권력의 최정점에 서기 위해 모략을 짜고 적대 세력을 쓰러뜨릴 계책을 세우지만 그래도 정의롭게 살려는 노력을 잊지 않기로 했다.

허리를 펴다가 골목대장을 멍하니 응시하는 사과머리가 눈에 들어왔다. 뺨이 발그레했다. 오호라? 웃음이 나왔다. 어쩌면 골목대장의 짝사랑이 끝날지도 모르겠다.

골목대장이 남자애들을 윽박지르더니 여자애들에게 사과시키기 시작했다. 그 모습을 흐뭇하게 바라보다가 슬그머니 멀어졌다.

흐뭇한 건 흐뭇한 거고 좀 쉬지 않으면 진짜로 죽을 것 같았다. 내일은 침대에만 누워 있어야지.

오늘의 체력은 이미 다 쓰고 내일의 체력까지 끌고 와서 그나마 움직이는 느낌이다.

정원 구석에 있는 등나무 벤치 아래로 향했다. 곧 앉을 수 있다는 생각에 긴장이 풀려서일까, 다리에 힘이 빠지며 무릎이 덜컥 꺾였다.

쓰러진다. 눈을 꾹 감는 순간 얼굴에 부드러우면서 단단한 게 와닿았다. 따뜻한 체온이 등을 감쌌다. 살며시 눈을 뜨니 단단한 가슴이 보였다.

고개를 들자 처음 보는 남자가 날 내려다보고 있었다. 얼굴이 가까운 걸 보고 남자의 품에 안겨 있다는 것을 깨달았다. 화들짝 놀라 그에게서 벗어났다.

"고, 고마워요."

남자가 잡아 준 덕분에 볼썽사납게 넘어지지 않았다. 내 인사에 그가 조용히 고개를 끄덕였다.

'응……?'

나는 거친 소재로 만든 남자의 빳빳한 셔츠를 쳐다보았다. 행색을 보아 평민이 확실한데 고개만 끄덕이는 게 이상했다. 아무리 남복을 하고 있다지만 한눈에 봐도 난 귀족이다. 그리고 오늘 카일론 공녀가 방문한다는 사실을 이 고아원 사람이라면 모를 리가 없다.

'말을 못하는 사람인가?'

그렇다고 해도 어떤 예도 취하지 않는 남자의 모습은 퍽 수상했다.

내가 신분 가지고 갑질이나 하는 사람이 아니라 다행이긴 하지만, 이 남자 이렇게 살아도 되나? 로니처럼 아예 귀족과 만날 기회가 없는 사람도 아닐 텐데.

제도 상업지구에는 성시민城市民과 귀족이 얽혀 있기도 하고, 무엇보다 이곳은 귀족으로부터 많은 후원을 받는 고아원이다.

잘못 엮이면 태도가 마음에 안 든다고 패악을 부리는 귀족들이 있기 마련이다. 멀리 가지 않아도, 샤티 역시 그런 사람들 중 한 명이었다.

그는 말없이 서 있었다. 다른 곳으로 가는 것도 아니어서 나 역시 멀뚱히 그와 마주 보고 서 있었다. 내게 볼일이 있는 것 같기도 하고 없는 것 같기도 하고, 파악하기 힘든 남자였다. 표정에서는 아무것도 읽히지 않는다.

나는 남자를 찬찬히 바라보았다. 아까부터 위화감이 느껴졌다. 남자가 날 잡았을 때부터 알 수 없는 이상한 감각이 손끝을 저릿하게 만들었다. 기시감과 닮은 묘한 감각.

왠지 이 낯선 남자가 익숙했다.

하지만 내가 평민과 접촉할 기회는 전무하다. 살롱이나 파티 때문에 황궁 밖으로 외출할 때도 많았지만, 마차를 타고 다녔으니 사람과 마주칠 일은 없었다. 그나마 꼽으라면 세베리다를 여행할 때와 구휼제 정도?

구휼제에 생각이 미치자 납득했다. 고아원 사람이라면 그때 봤을 수도 있다. 언뜻 시야 끝에 스친 수많은 사람들 중에 한 명일 것이다.

남자의 인상은 지극히 평범했다. 그때 봤다고 해서 유별나게 기억에 남을 사람은 아니다. 그런데도 기시감을 느끼는 나 자신이 신기했다.

역시 난 정말 똑똑하다니까? 기억력도 좋지.

그때 남자가 손을 뻗어 내 팔을 잡았다. 나는 움찔했다. 낯선 남자의 갑작스러운 스킨십에 당황하거나 불쾌해서가 아니었다. 내 손목을 감싸고도 한참 남는 그 커다란 손이 익숙했다.

고생이라곤 하나도 모를 것처럼 곧고 길게 뻗은 모양과 달리 맞닿은 손바닥 쪽엔 딱딱하게 못이 박인 게…….

남자의 손에 정신이 팔린 사이 그가 날 벤치에 앉혔다. 짧은 시간 강력하게 혹사당한 다리가 노글노글 풀어지며 발끝이 저릿했다.

편히 앉은 내 모습을 본 그가 만족한 듯 작게 미소 지었다. 나는 그 미소를 보며 미간을 찌푸렸다. 분명 처음 보는 남자다. 평범하다 못해 흐릿한 인상이 과연 기억에나 남을까 싶을 정도다.

'설마?'

일어서 있는 남자 때문에 바짝 들었던 고개를 내려 손을 쳐다봤다. 섬세하게 쭉쭉 뻗은 모양과 손등 위로 살짝 불거진 힘줄. 내가 아는 손과 무척 비슷했다.

의심을 담아 다시 시선을 위로 올리자 남자가 돌아섰다. 멀어지기 시작하는 그를 바라보며 나도 모르게 벌떡 일어났다.

"전하?"

익숙한 그 사람을 불러 보지만 남자는 뒤도 돌아보지 않았다. 그저 흔들림 없이 꾸준히 멀어졌다.

'역시 그럴 리가 없나.'

당연하다고 생각하면서도 살짝 아쉬운 마음이 들었다. 나는 벤치에 도로 주저앉았다.

성 페리야드 고아원을 비롯해서 다른 고아원의 실태를 조사하라고 명한 사람이 황태자다. 학대 문제에 대해 나보다도 더 자세히 알고 있고 내 방문 일정 역시 알고 있다.

올 거였으면, 아니 올 수 있었다면 처음부터 같이 왔을 거다.

황태자는 고아원 문제 때문에 나의 통신구 반납을 미뤘다. 그만큼 그는 이 문제를 심각하고 중요하게 생각하고 있었다. 그럼에도 불구하고 동행하지 않은 것은 바쁘기 때문이리라.

원래 황태자의 직위라는 게 바쁜 건 당연하지만 그는 최근 들어 얼굴 보기도 힘들 정도로 바빴다.

물론 며칠에 한 번씩 꾸준히 식사를 하고 세 번에 한 번은 식후 산책을 했지만, 전에 비하면 얼굴 보기 힘들다는 말도 무색하다.

매일매일 통신구를 통해 이야기를 나눴는데 이제는 통신구가 깜빡이는 날이 더 적다.

일정으로 잡힌 것도 아닌데 불쑥 찾아와서는 함께 식사하자, 차를 마시자, 정원을 걷자 말해서 참 곤란했었는데.

갑자기 쓸쓸해졌다. 내 위로 가지를 드리운 등나무가 만든 그늘 아래에서 간간이 들리는 아이들의 웃음소리를 듣고 있는데도 굉장히 쓸쓸했다.

이제는 멀어져서 손바닥만 해진 남자의 뒷모습을 바라봤다.

흔한 갈색 머리카락이 햇빛을 받아 밝게 빛났다. 너른 어깨 아래로 견갑골이 정교하게 움직이는 것이 셔츠 위로 도드라지게 보였다. 곧게 편 등과 긴 다리가 걸음을 옮길 때마다 차분히 중심을 바꿨다.

남자의 손처럼 많이 본 뒷모습과 많이 본 걸음걸이다. 그가 몰래 올 일은 없잖아. 한쪽에서 논리와 이성이 속삭였다. 나 역시 동의했다.

하지만 어쩔 수 없이 남자의 뒷모습이 눈에 밟혔다. 나는 지면을 박찼다. 다 죽어 가는 상태였는데 어디에서 그런 힘이 솟았는지, 바람처럼 달려 순식간에 남자를 따라잡았다.

"안녕!"

그의 옆에서 고개를 내밀며 활기차게 인사했다. 남자는 날 가만히 내려다보았다. 별 표정 변화는 없지만 그가 당황했다는 것을 알 수 있었다. 그와 걸음을 맞추며 아무렇지 않은 척 물었다.

"이름이 뭐예요?"

"……레오."

한참의 침묵 끝에 그가 답했다. 나는 놀라지 않았다. 한편으론 그가 이곳에 올 리 없다고 생각하면서도 그 대답이 당연하게 느껴졌다.

나는 빙긋 웃으며 짧은 감상을 말했다.

"내가 아는 사람과 이름이 비슷하네요."

"그런가."

"내가 아는 사람과 목소리랑 말투도 비슷해요."

"……."

레오가 입을 꾹 다물었다. 나는 신분 가지고 갑질하지 않는 착한 사람이지만, 황태자라는 레오뭐시기 님한테 갑질을 당한 불쌍한 을로서 눈앞의 레오한테는 갑질 좀 해도 될 것 같았다.

"존대를 하고 대답도 꼬박꼬박해야죠. 내가 아는 사람이 아니면."

그가 날 내려다봤다. 평소보다 훨씬 못한 미모 때문에 그렇게 쳐다보든 말든 심드렁한 기분이었다.

여태까지 황태자의 눈빛에 카리스마가 있어서 그렇게 시선 하나로 모든 것을 말하는 줄 알았는데, 알고 보니 잘생김 버프였나. 내가 얼빠라서 이렇게 느끼는 건 아닐 거야.

어쩌라고, 하는 생각으로 눈을 크게 뜨자 그가 입매를 꿈틀거렸다.

"……죄송합니다."

"어머, 사과를 받고 싶었던 건 아니에요."

웃음이 절로 나왔다. 굳이 웃음을 참을 생각도 없었기에 나는 깔깔 웃었다. 정말 재밌다. 레오는 그런 나를 보더니 시선을 돌리며 한숨을 내쉬었다.

내 손과 가까이 있는 그의 손을 붙잡아 올렸다. 그가 굳는 게 손바닥으로 느껴졌다. 나는 그의 손을 들여다보며 말했다.

"내가 아는 사람과 손이 비슷해요."

레오는 말이 없었다. 나는 손을 놓아줬다. 자연스레 눈이 손을 타고 올라가 강고하게 연결된 팔과 어깨에 닿았다.

"걸음걸이도, 뒷모습도."

그가 걸음을 멈췄다. 내 쪽으로 몸을 틀기에 나 역시 그를 향해 돌아 섰다.

마주 보자 시선이 섞였다. 노랗게 빛나는 금안이 아니라 평범한 갈색 눈이 날 바라본다.

"내가 아는 사람과 얼굴은 많이 다르지만요."

싱긋 웃으며 장난처럼 속삭이자 레오가 웃었다. 나는 턱을 치켜들고 손등을 내밀었다.

"나는 샤티라고 해요. 원래 당신이 감히 부르지 못할 이름이지만 이 우연이 신기하니 특별히 허락해 드리도록 하죠."

"이것 참 평생의 영광입니다, 샤티."

그가 답하며 내 손등에 입을 맞췄다. 매끄럽고 부드러운 입술이 뜨겁게 내 살갗을 눌렀다.

얼굴이 화끈거려 재빨리 손을 빼냈다.

"그럴 거예요."

아무렇지 않은 듯 새침하게 말하자 그가 미소 지었다.

"당신도 내가 아는 사람과 비슷합니다."

"그런가요?"

전혀 예상하지 못했다는 듯이 눈을 깜빡이며 물었다. 장단을 맞춰 주기로 한 듯 그는 점잖게 고개를 끄덕였다.

"예. 정말 비슷합니다."

"어디가요?"

내 물음에 그가 내 얼굴을 감쌌다. 단단한 손바닥이 부드럽게 뺨을 문지르고 흘러내린 머리카락을 귀 뒤로 넘겼다. 그의 입술이 달싹였다.

"······스러운 것이."

"네?"

잘 들리지 않아 되물었다. 그는 한참 동안 가만히 날 바라보았다. 옅은 갈색 눈동자가 내 얼굴을 섬세하게 훑었다.

이상한 일이다. 레오는 못생겼는데······라고 하기엔 평범한 얼굴이지만, 진짜 얼굴과 비교하면 오징어가 아니라 심해어가 될 정도인데.

그의 시선이 너무 깊어서일까. 뺨이 뜨거워졌다. 부끄럽다.

"아름다운 것이 비슷합니다."

레오가 속삭였다. 낮은 목소리가 스며들 듯 내게 닿았다.

시간이 멈춘 것 같다. 정말 멈춘 건지도 모른다. 바람이 낙엽을 휘젓는 소리와 아이들이 웃음을 터뜨리는 소리, 담장 너머로 들리던 다그닥 하는 말발굽 소리가 일순 사라졌다.

모든 자극이 멀어지고 그의 손이 닿는 감각만이 날카로울 정도로 선연하게 느껴졌다. 두근두근 심장 소리가 귀를 울리고 갈비뼈 아래는 울렁울렁 파도쳤다.

뺨을 쓰다듬은 그의 손가락이 미끄러져 내려 턱을 살며시 쥐었다. 깃털같이 정중한 손짓이었다. 엄지가 내 아랫입술을 살며시 눌렀다.

"아······."

입이 열리며 신음인지 탄식인지 모를 무언가가 새어 나왔다. 입안이 바짝 말랐다.

나는 그를 쳐다보지 못했다. 길게 드리운 속눈썹 사이에 눈동자를 꼭꼭 숨긴 채, 그저 이 순간의 끝이 어서 오길 기다렸다. 그 끝이 어떤 끝인지는 생각하지 않았다.

눈을 내리깐 채로도 내 위로 그림자가 생기는 걸 알 수 있었다. 그리고 그 순간—.

"얼레리 꼴레리!"

공간을 찢듯이 들려온 쩽한 소음에 눈을 깜빡였다. 주변을 둘러보니 어느새 가까이 온 아이들이 보였다. 허벅지에 오는 아이들이 개구지게 눈을 빛냈다.

"얼레리 꼴레리~ 공녀님은……."

기세 좋게 합창하던 아이들이 입을 다물었다. 그러곤 눈을 끔뻑이며 레오를 보더니 고개를 갸웃거린다. 뭐라고 불러야 할지 모르겠다는 듯이.

"……아저씨를 좋아한대요~ 좋아한대요~ 좋아한대요~."

짧은 순간 눈빛으로 합의를 본 아이들이 합창을 재개했다. 나는 레오에게서 한 발짝 멀어졌다. 그를 슬쩍 보니 왜인지 만족하는 표정이다. 설마, 내 착각이겠지?

"너희들!"

나는 짐짓 엄하게 아이들을 부르며 허리에 손을 얹었다. 큰 소리를 낸 것은 처음이라 아이들이 놀라서 날 쳐다봤다.

"완전 틀렸어! 내가 이 아저씨를 좋아하는 게 아니라 이 아저씨가 날 좋아하는 거야!"

"정말요?"

"아저씨, 공녀님 좋아해요?"

아이들이 순수한 눈망울을 깜빡이며 레오에게 달라붙었다. 평소 엄청난 외모라면 아이들이 감히 다가가지 못했을 텐데 지금은 아무런 거리낌 없이 양다리에 대롱대롱 매달렸다.

'역시 그 카리스마는 외모에서 나오는 거였어.'

어디서 한번 봤을 법한 얼굴이 아이들의 경계심을 푼 듯했다. 아이들이 까르르 웃으며 레오를 놀렸다.

아무런 위화감도 없는 광경이었다. 어쩐지 고소했지만 나는 착하니까. 겉으론 위화감이 없어도 속은 위화감 가득할 그를 위해 대신 입을 열었다.

"그러엄! 이 아저씨가 날 얼마나 좋아하는데. 너무 부끄러워서 말 못하는 것 좀 봐."

물론 내 말이 그의 입장과 마음을 대변하는 것은 아니다. 황당함에 굳은 레오를 보고 씩 웃었다. 역시 고소하다. 어디서 참기름 냄새 안 나요?

드문 기회를 잡았으니 한술 더 뜨기로 했다.

"이 공녀님은 보기와 똑같이 인기가 아주 많단다! 다들 날 좋아해서 난리야, 아주. 이 아저씨도 공녀님의 포로랄까? 하, 인기 많은 것도 참 괴로워. 예쁜 것도 힘든 일이야."

마무리로 머리카락을 촤라락 쓸어 넘겼는데 어째 아무 반응도 없다. 아이들을 살피자 하나같이 얼굴이 떨떠름했다. 더 이상 순수한 얼굴이 아니었다. 세상의 쓴맛을 본 얼굴이었다.

"아저씨 취향 참……. 힘내세요."

"공녀님이 저런 분이었다니."

레오를 토닥여 주며 위로하는 아이가 있는가 하면 쑥덕대며 날 힐끔대는 아이들도 있었다. 그중에는 나의 소녀팬들도 있어 충격이었다. 너희들이 날 배신할 줄이야……!

상처받은 가슴을 극적으로 부여잡자 아이들이 또 까르르 웃었다.

나는 눈물을 훔치는 척 피식 웃었다.

학대받은 상처는 분명 쉽게 치유되지 않겠지만 그래도 이렇게 웃는 모습을 보니 한시름 놓았다. 상처에 매몰되지 않고 웃어 주는 아이들이 고맙기도 하고.

그때 발걸음 소리와 함께 고아원 원장과 내 수행원이 나타났다. 돌아갈 시간이 됐구나. 나는 쓴웃음을 지었다.

"가장 원하는 것을 못 들어 드리고 가서 죄송하네요."

내 말에 원장이 고개를 저었다.

"아닙니다. 공녀 저하께서 찾아와 주신 것만으로도 큰 도움이 되었습니다. 무엇보다 아이들이 좋아했고요."

학대 건으로 잃은 명성을 내 방문으로 회복시키겠다는 의지가 보였다. 나는 고개를 끄덕였다. 그런 식으로 이용당하는 거라면 얼마든지 묵인해 줄 수 있다.

사실 원원이나 다름없다. 그가 내 이름을 팔수록 내 명성 또한 높아질 것이다. 특별히 계산하고 행동한 건 아니지만, 고아원에 방문했다는 것은 널리 회자될수록 좋으니까.

마차는 출발할 준비가 다 되어 있었다. 나는 마지막으로 아이들을 둘러봤다.

몇 시간 본 것에 불과한데도 눈물을 글썽이는 얼굴들이 보였다. 골목대장이 인상을 쓴 채 눈가를 박박 문지르는 모습을 보자 웃음이 나왔다.

또 오고 싶었고 아이들도 또 보자는 말을 기다리고 있었으나, 나는 그 말을 하지 않았다. 또 올 수 있을지 모르겠다.

앞으로는 점점 더 바빠질 것이다. 고아원을 또 방문한다면 다른 고아원에 가는 것이 나라 전체엔 좋을 것이다. 나조차 지킬 수 있을지 모르는 약속은 하지 않는 것이 좋다.

"날 다시 만나고 싶어?"

아이들이 고개를 주억거렸다. '네!' 하는 대답에는 울음기가 가득했다.

"그렇다면 날 보러 와."

"가도 돼?"

골목대장이 다급하게 물었다. 나는 그에게 미소 지으며 고개를 끄덕였다.

"그럼 물론이지. 단, 자격을 갖춰서. 훌륭한 사람이 되면 황궁에 올 수 있겠지. 그럼 날 만날 수 있어."

평민이 관리나 기사가 되는 것은 어렵다. 고아가 관리가 되는 것은 더더욱 어렵다. 능력이 정말 뛰어나야 한다.

"그러니 열심히 노력해서 훌륭한 사람이 되도록 해."

나도 열심히 노력해서 차별과 인사 비리를 줄이도록 할 테니까. 속으로 다짐했다.

"선생님 말씀을 항상 잘 들을 필요는 없어. 하지만 왜 그런 말씀을 하셨는지는 꼭 생각해 봐야 해. 그리고 꼭 훌륭한 사람이 될 필요도 없어. 만날 운명이면 언제든 만날 수 있으니까. 그것보단 행복한 게 가장 중요해. 상상도 안 되는 먼 미래를 위해서 오늘을 희생하지는 마."

말하고 나서 내가 놀라 입을 다물었다.

훌륭한 사람이 되겠다며 굳게 결심하는 아이들을 보니 너무 얽매이지 말았으면 했다. 그래서 그런 것보다 행복하라고 말해 주고 싶었다.

그런데 미래를 위해서 오늘을 희생하지 말라니. 미래를 위해 오늘을 희생한 사람이 그런 말을 입에 담을 자격이나 있을까?

이 순간까지 나는 단 한 번도 오늘을 희생한다고 생각한 적이 없다.

미래지향적으로 생각한다는 건 알고 있었다. 집에 있을 땐 대학 가서 독립할 수 있길 꿈꿨고, 대학에 가서는 취직해서 집과 연을 끊길 바랐다. 그런 걸 희망으로 붙들 수밖에 없는 삶을 살았으니 당연하다.

나는 그게 내 꿈이자 희망이라고 생각했다. 그래서 밤을 새우고 코피를 쏟으며 하루하루 괴롭게 살았다. 꿈, 희망, 미래라고 불리는 것이 현실을 잡아먹고 있다는 사실도 모른 채.

하지만 나는 대학을 졸업하기도 전에 죽었고, 그렇게 희생한 오늘은 의미가 없어졌다.

물론 내가 꿈꾼 그 미래가 진창을 구르는 현재의 날 살 수 있게 해 준 원동력이긴 했다. 그게 정말로 아무 의미도 없다고 생각하진 않는다.

그래도 조금은 후회하고 있었던 걸까? 숨 돌리지 못하고 살아온 현실이 아무런 결실도 못 맺고 스러진 것에. 이곳에 와서 그보다 더 나은 삶을 살고 있지만, 그래도.

나도 몰랐던 내 마음에 기분이 복잡해졌다.

수행원의 에스코트를 받아 마차에 오르고 나니 레오가 보였다. 어차피 궁으로 가야 할 텐데 싶어 나는 더 안쪽으로 자리를 옮겼다. 어쩌면 혼자 있기 싫은 건지도 모른다. 과거를 반추하며 후회하는 것은 유쾌한 일이 아니다.

"타세요."

"저하?"

"황태자 전하의 지인분이랍니다. 황태자 전하와 약속이 있으시 대요."

수행원의 당황한 물음에 내가 대답하는 사이 레오가 냉큼 마차에 올라탔다. 수행원이 더 뭐라고 하기 전에 문을 탁 닫는 그를 보니 조금 웃음이 나왔다. 역시 태우길 잘 했다.

배웅하는 아이들에게 손을 흔들어 주다가 멀어져 보이지 않게 되자 커튼을 쳤다.

"굉장히 한가하신가 보네요? 제가 아는 사람은 무척 바쁘거든요."

바쁜데 왜 왔냐, 올 거였으면 처음부터 같이 오지 그랬냐, 사실은 안 바빴던 거냐 등등 물을 게 많았다.

레오는 궁금증이 가득한 내 얼굴을 보더니 피식 웃었다. 잘생김이 사라지니 그 웃음도 어딘지 재수 없어 보였다.

"저도 굉장히 바쁩니다, 샤티."

그의 대답에 눈썹을 모았다. 그런데 왜 온 거지? 그것도 환시까지 써서.

"……보고 싶었다고 하면 믿으실 겁니까?"

나는 레오의 얼굴을 빤히 바라보았다. 그는 아무런 부연 없이 날 마주 보았다.

나는 한숨을 푹 쉬었다. 대답하기 싫나 보다. 싫으면 싫다고 하지 왜 저렇게 말한담. 여기 화법은 알 수가 없다니까. 아니, 이 경우는 보편적인 것 같지 않지만.

"오늘 처음 만났는데요?"

"당신을 닮은 사람이 보고 싶었습니다."

"아, 그 엄청나게 아름다운 분이요."

픽 웃으면서 말하자 그가 어쩔 수 없다는 듯이 웃으면서 고개를 끄덕였다.

"엄청나게라고는 안 했지만, 틀린 말은 아니군요."

"그 깜짝 놀랄 정도로 매우, 몹시, 굉장히, 대단하게 아름다운 분이 어떻게 아름다운지 궁금해요. 얼마나 아름다우면 바쁘신 분이 못 참고 다른 사람을 찾아오는 걸까요?"

대놓고 아부하라고 하자 그가 느긋하게 입꼬리를 올렸다.

"글쎄요……."

그렇게 말한 레오가 조금 더 가까이 다가왔다.

"머리카락은 지금 당신의 머리카락이 그런 것처럼 빛을 받지 않아도 환히 빛납니다. 지금 당신과 같은 장밋빛 뺨은 파라스의 백자처럼 유려한 곡선을 그리고 눈은……."

바짝 붙어 시선으로 내 얼굴을 차근히 쓸던 그가 얼굴을 굳혔다.

무언가 마음에 안 든다는 듯 인상을 찌푸리더니 오른손에 낀 반지를 잡고 돌리려 했다. 나는 그 손을 막았다.

순간적으로 그 반지가 환시를 유지하는 반지라는 것을 알아챘다. 서부 지역에서도 끼고 있던 것을 봤기 때문이다. 마을을 둘러보다 녹화 지역에 갈 때도 그 반지를 만지작댔다.

그가 왜 그러냐는 듯 눈빛으로 물었다. 나는 대답 없이 그의 손을 반지에서 완전히 떼어 내고 고개를 까닥였다.

"계속해요."

그는 미간을 찡그렸으나 순순히 말을 이었다.

"눈은 당신처럼 아주 멋진 사람을 담고 있지만 당신은 그 멋진 사람을 보고 있지 않겠지."

불퉁한 말에 웃음이 나왔다. 뭐가 불만인지 알겠다. 하지만 그의 외모는 그대로고 내가 환시로 잘못 보고 있을 뿐인데 그렇게 불만일 일인가.

그게 우습기도 하고 귀엽기도 했다. 황태자도 자기 외모에 엄청 신경 쓰는구나. 안 그렇게 생겨서는.

"말이 짧아졌네요."

생긋 웃으며 말하자 그가 불만스레 신음을 흘렸다. 더 말하지 않고 빤히 보자 졌다는 듯이 한숨을 쉰다.

"아주 재미 붙이셨나 봅니다."

"보이는 것처럼 쉬이 반말 들을 위치는 아니라서요."

한마디도 놓치지 않고 답하자 결국 그도 웃었다. 잠시 미소 짓는 그의 얼굴을 바라보았다. 웃음이 잦아드는 건 빨랐다. 그는 원래부터 표정이 많지 않은 사람이었다.

"당신과 비슷한 사람 말이에요. 난 그 사람을 별로 안 좋아했어요."

불현듯 그런 말이 나왔다. 그의 얼굴이 굳었다. 괜히 좋은 분위기를 망친다는 생각이 들었으나 말을 멈출 수 없었다. 내가 뭘 말하고 싶은지도 잘 모르는 채.

"그 사람 때문에 이래저래 힘들었거든요. 꼭 그 사람 때문만은 아니지만…… 그래도 그 사람이 많이 싫었어요."

레지나 간택 축하연 때와 처음 황궁에 왔을 땐 너무 힘들었다.

갑자기 살던 세계와 전혀 다른 별세계로 떨어졌고, 제대로 적응하기도 전에 주변 환경이 바뀌었다. 게다가 환경은 내게 호의적이지 않았다. 그리고 중심엔 그가 있었다.

"첫 단추가 잘못 끼워지기도 했고 또 오해했거든요. 굉장히 많이. 오해하고 싫어하니까 그 사람을 더 삐딱하게 보게 되고, 또 오해하고 더 싫어지고."

그런 것들의 반복이었다. 계속되는 악순환이 나를 몰아갔다. 그의 행동 하나, 눈빛 하나를 확대해석하고 꼬아 봤다.

눈덩이랑 똑같다. 처음엔 손에 쥘 수 있을 만큼, 내가 감당할 수 있을 만큼 작았던 것이 굴릴수록 배가 되어 점점 커졌다.

나중엔 도저히 들어 올릴 수 없을 정도로. 내가 만든 편견이 나를 짓눌렀다.

"싫어하면 안 보는 게 가장 좋은데 어쩔 수 없이 계속 엮였어요. 피할 수도 없고 거절할 수도 없었죠. 근데 시간이 지날수록 달라 보이는 거예요. 직접 겪어 보니 내 생각처럼 나쁜 사람은 아니었어요. 살짝 재수 없긴 했지만."

장난스럽게 덧붙였지만 그는 웃지 않았다. 화가 난 것 같지는 않았다. 다만 생각에 잠긴 듯 심각한 표정이었다.

그 역시 그때를 회상하고 있겠지. 우리 둘 다 말하진 않아도 그때 서로를 경멸했다는 걸 안다.

"그러면서 오해했다는 걸 깨닫고 내가 몰랐던 그분의 상황을 알게 되기도 하고……. 그래서 처음에 날 힘들게 한 것도 이해했어요. 용서할 수 있느냐는 별개였지만……. 내가 그 상황이었어도 그랬을 거라고 생각하니까요. 아니, 더 했겠죠."

아빠한테서 과거 그와 있었던 일을 들었을 때, 나는 그가 얼마나 이성적이며 냉철한 사람인지 깨달았다.

그는 감정에 휩쓸려서 앞뒤를 생각 못하는 사람이 아니었다. 솔직히 감탄했다.

"그분을 그대로 받아들이고 인정하려고 노력했어요. 알고 보니 같이 있으면 재밌는 사람이었어요. 전이라면 상상도 할 수 없을 정도로 관계도 좋아졌고요."

이렇게 속말을 할 정도가 되었다. 술에 취해도 이런 말은 하지 않았던 거 같은데 멀쩡한 정신으로 말하니 새삼 부끄러웠다.

이곳에 와서는 조금 달라졌나 싶지만 원래 나는 표현에 인색한 편이었다.

가족과 속을 나누지 않아서 그게 굳어진 것인지 아니면 타고난 성격이 그런 것인지 모르겠으나 굳이 다른 사람에게 내 생각을 일일이 다 설명해야 할 필요성을 못 느꼈다.

그래서 모든 인간관계에 실패한 건지도 모른다.

원인을 다 내 탓으로 돌리고 싶진 않다. 바람을 피는 게 잘못된 거고, 자식을 차별하는 게 잘못된 거다.

하지만 나는 노력조차 하지 않았다.

벽을 치고 관계를 완전히 끊을 날만 기다렸다. 차별이 타당한 것은 아니지만 그래도 노력해 보는 게 좋았을지도 모른다.

적어도 내게 먼저 상처를 주지 않은, 죄 없는 사람들에겐 벽을 허물었어도 괜찮았으리라.

나는 무릎 위에 놓인 손을 맞잡았다. 손은 차가웠다. 별로 긴장할 일은 아니라고 생각했는데, 곰곰이 생각해 보니 누군가에게 당사자에 대한 인상과 심경 변화를 고백한 적 자체가 처음이었다.

고개를 드니 레오가 날 차분히 바라보고 있었다. 그는 할 말이 많아 보였다. 하지만 입을 열지 않고 그저 바라보기만 했다.

이렇게 횡설수설하는데도, 무슨 말을 하고 싶은지 불명확한데도 내 말을 끊지 않고, 반박하지 않고 끝까지 들어 주고 있다.

이게 이렇게나 기분 좋은 일이구나. 내 모든 말이 의미 있는 것처럼 그는 하나도 놓치지 않고 귀를 기울였다.

평소와 다른 갈색 눈동자는 평소처럼 따뜻했다. 어느 순간 내가 그에게 호감을 가졌듯이, 어느 순간 날 바라보는 그의 시선에 온기가 스몄다.

그랬기에 나는 말할 수 있었다.

"지금은 그분이 좋아요."

레오가 숨을 멈췄다. 아까보다 더 부끄러워졌다. 얼굴에 열이 몰려서 다시 고개를 숙였다. 변명하듯 빠르게 말을 이었다.

"똑똑하고, 유능하고, 내게 없는 것을 갖고 있어서 부럽기도 하고. 내 생각과 달리 백성들을 아끼는 것도 좋고 직무에 충실한 것도 좋아요. 배울 점이 많다고 생각해요."

괜히 손가락을 꼼지락거리면서 얽었다. 칭찬하는 내가 이렇게 부끄러운데 듣는 사람은 어떨까 싶었다. 어렸을 때부터 찬사에 둘러싸여 자랐을 테니 아무렇지 않을지도 모른다.

나는 만지작거리던 손가락 끝에 꽉 힘을 줬다.

내가 하는 말은 모호했다. 하지만 그 모호한 가닥들이 씨실과 날실처럼 얽히고설켜 점점 분명한 형태를 만들기 시작했다.

"하지만 그분과 나 사이에는 그냥 서로를 좋게 보는 것 외에도 수많은 문제가 있어요. 마냥 좋은 관계일 순 없죠."

정치적인 이점이 갈리면 금세 틀어질 사이다. 고아원 아이들처럼 사이좋게 지내자는 말에 마냥 고개를 끄덕일 수 없다.

"제가 그분에게 호의적인 것과는 별개로 한순간에 적이 될 수도 있어요. 우린 서로의 편이 아니라는 것을 분명히 했고 각자의 길을 가기로 했거든요. 그 길이 부디 부딪치지 않길 기원해야죠."

"그 사람과 길이 겹칠 수도 있습니다."

그동안 가만히 듣기만 하던 레오가 고집스레 말했다. 불퉁하면서도 다급하고 어딘지 애처로워 보이는 얼굴이었다. 그가 애처로울 이유는 어디에도 없는데. 나는 미소를 지으며 고개를 끄덕였다.

"그러면 정말 좋죠. 같은 길을 걷게 되니까요. 하지만 그분과 제가 원하는 건 다르니까 완벽히 겹치진 못할 거예요. 이 나라 사람들이 좀 더 풍요롭고 행복하게 살았으면 좋겠다고 생각하는 건 같지만……."

미소는 점점 쓰게 변했다.

황태자가 제국의 평화와 번영이 목표라고 말했던 것과 달리 나는 내 가문의, 내 가족의 행복을 원한다. 그걸 위해 아무도 무시할 수 없는 힘을 손에 넣고 싶었다.

물론 그 과정에서 다른 사람들도 행복해진다면 더 좋을 것이다. 하지만 가장 중요한 건 내 가족이다. 그래서 황후가 되기로 결심했다.

지금까지는 꽤 순조로웠다. 내 입지도, 내 마음도.

"아마도 난 그분과 결혼하게 될 거예요. 처음 생각과 달리 꽤 잘 맞는 분이니 결혼 생활이 끔찍할 것 같진 않아요."

단, 그를 사랑하지만 않는다면.

두서없이 시작된 말이 이제는 완벽한 형태를 갖췄다. 완성된 것을 보고서야 나는 내가 무슨 말을 하고 싶은 건지 온전히 깨달았다. 이건 그에게 하는 말이자 동시에 나에게 하는 말이었다.

"끔찍하지 않을 것 같단 말은 하지 마십시오."

레오가 강하게 말했다. 단호한 말과 달리 그는 여전히 애처로워 보였다. 절박한 목소리로 그가 말을 이었다.

"행복할 거라고 생각해 주십시오."

그 위태로운 얼굴에 나는 할 말을 잃었다. 멍하니 있는 내 손을 레오가 조심스레 붙잡았다.

그의 손은 내 손보다 더 차가웠다. 내 손을 살짝 들어 올린 그가 고개를 숙여 손등에 입을 맞췄다. 정중하면서도 애틋한 온기였다.

고개를 든 레오가 나와 눈을 맞췄다.

"당신이 행복하도록 그가 노력할 것입니다. 아니, 노력하고 있습니다."

어떻게 해야 할지 알 수가 없었다. 그의 말에 아주 조금 행복해졌고 그보다 더 괴로워졌다. 나는 어쩔 수 없이 미소 지었다. 미소를 지었다고 생각했지만 사실 자신이 없다.

이런 그의 행동이 내게 이런 말을 하도록 만들었다. 마치 연인 사이라도 되는 것처럼 착각하게 하는 눈빛이, 말이, 손길이 버거웠다.

"네, 행복할 수도 있겠네요."

나는 순순히 고개를 끄덕였다. 우리는 썩 괜찮은 파트너였다. 굳이 부정하고 싶지 않다. 서부 지역을 여행할 때도, 구황 작물을 논할 때도, 이번 고아원 문제를 해결할 때도 그렇게 느꼈다.

그러니 잘 지낼 수 있을 것이다. 서로 적이 되지만 않는다면. 그리고……

"사랑만 없다면."

내 말에 그가 얼굴을 굳혔다. 나는 잡힌 손을 빼냈다.

황태자는 아이린을 사랑한다. 내 생각과 달리 그는 사랑만 좇지는 않았다. 지극히 계산적이고 정치적인 사람이었다.

내가 황후로서 더 뛰어난 자질을 보이자 내게 무게를 실어 주었다. 이대로라면 그는 연인인 아이린이 아닌 나를 황후로 맞을 것이다.

그에게 있어 아이린과 나는 둘 다 결혼할 여자들이다. 적이 아닌 이상 나쁘게 대할 이유가 없다.

뿐만 아니라 그는 내게 호의적이다. 그러니 아이린을 사랑하면서도 날 배려한다. 마치 연인인 듯 착각할 정도로. 날 사랑하는 건 아니어도 동반자로서 존중하니까.

나는 그를 사랑하고 싶지 않다.

그래서 그가 다정할수록, 배려할수록 힘들다. 그는 내 결혼 상대이며 가장 자주 보고 가장 많이 이야기를 나누는 사람이다.

함께 있으면 당연히 흔들릴 수도 있겠지. 여기선 손을 잡아 주는 것이 당연한 예의지만 나는 연인 사이에만 손을 잡는 세계에서 왔다.

인정하려 하지 않았지만 가끔씩 그가 보여 주는 '예의'에 숨이 멈출 때가 있었다.

"나는 그분이나 당신과 달라요. 다른 누구와도 다를 거예요. 난 내 사랑을 나눠 가질 수 없어요."

황태자를 사랑하게 되어서 아이린과 그의 사이를 질투하고, 밤에 홀로 손톱을 물어뜯고 싶지 않다.

아내가 될 사람에게 보이는 존중과 배려에 하나하나 의미를 부여해 혼자 설레고 혼자 실망하는 것도 싫다.

그렇게 평생을 홀로 사랑하다가 죽고 싶지 않다.

"그 역시 그의 사랑을 나눌 생각이 없을 겁니다."

레오의 엄격한 목소리에 퍼져 나가는 생각이 끊어졌다.

나는 레오를 쳐다보았다. 갈색 눈동자는 분노와 슬픔이 뒤섞여 일렁였다. 입술은 굳게 닫혀 있고 턱에 힘이 들어간 것이 보였다.

그가 이렇게나 화를 내고 슬퍼하는 것이 이해가 되지 않았다. 그는 아이린과 연인 사이지만, 그녀가 소중한 것처럼 행동하진 않았다. 아니, 적어도 내겐 티 내지 않았다는 게 옳으리라.

그런데 지금 그의 얼굴에 일렁이는 감정을 보니 그녀가 얼마나 소중한지 알겠다. 내게 사랑을 나눠 주지 않을 것이라면서 이를 악무는 그를 보니 싫어도 깨달을 수밖에 없었다.

사랑하는 여자를 제 곁에 세우지 못하는 현실에 그는 그 누구보다 절망했을 것이다. 비록 그 스스로의 선택일지라도.

그런데 연인의 자리를 뺏은 내가 사랑을 운운했으니.

맥 빠진 한숨이 나왔다. 사랑이 없어야 한다고 스스로에게 경고했으면서 나는 뭘 바란 걸까. 작게 고개를 끄덕였다.

"그렇겠죠."

나는 그의 시선을 피해 고개를 돌렸다. 어쩐지 내가 너무 한심했다. 입술이 따끔했다. 나도 모르게 입술을 깨물고 있다는 것을 깨닫고 멈췄다.

대체 왜 말한 거지. 그냥 나 혼자 다짐했으면 됐을 텐데. 그렇게 생각하자 갑자기 화가 났다. 이 모든 게 황태자 때문이 아닌가. 누가 그렇게 연인 행세를 하라고 했나?

"샤티, 지금 내 말 뜻을……."

"그러니까 날 특별하게 대하지 마세요. 찬사를 보내거나 에스코트하는 것, 함께 오프닝 댄스를 추는 것. 그런 게 예의라는 건 알아요. 정치적인 행동이라는 것도 알고요. 우정을 나누는 것도 좋지요. 반평생을 함께할 텐데. 다 좋아요. 근데!"

그의 말을 무시하고 내지르다가 나는 잠시 숨을 골랐다. 흥분해서 가슴이 터질 것 같았다.

"적어도 연인처럼 굴진 말아야죠. 그럴 거면 왜 나를……."

흔들려고 해.

사랑을 나눌 생각이 없다고 딱 잘라 말하던 목소리가 머릿속에 자꾸만 메아리쳤다. 언감생심 꿈도 꾸지 말라는 것처럼.

화가 나서 당장 황태자의 잘난 얼굴을 한 대 갈기고 싶었다. 물론 지금은 못났지만.

나는 심호흡을 하며 진정하려 했다. 그에게 흔들릴 수 있다. 어쨌든 황태자는 잘생겼고 말도 잘 통하고, 잘생겼고 자주 보고, 잘생겼고 날 배려하니까.

그래, 흔들릴 수도 있다. 좀 설렐 수도 있지.

하지만 적어도 그가 날 흔들려고 하면 안 되는 것 아닌가. 그토록 확고하게 아이린만을 사랑한다면, 날 흔들지 마.

"지금 오해를……."

그가 당혹스러운 얼굴로 날 쳐다봤다. 어찌할 바를 모르던 그가 결심을 굳혔는지 내게 손을 뻗었다. 단단한 팔이 내 몸을 감싸고 날 끌어당겼다. 얼굴에 맞닿은 가슴은 낯선 얼굴과 달리 익숙했다.

나는 이를 악물었다. 그러니까 이런 짓을 하지 말란 거잖아. 그를 밀어냈지만 꿈쩍도 하지 않았다.

"샤티."

그의 숨과 함께 목소리가 귓가에 닿았다. 낮게 깔리는 음성이 많은 이야기를 담고 있었다. 너무 많아서 하나도 알 수 없었다.

그가 내 얼굴을 잡고 부드럽게 올렸다. 지척에서 시선이 마주 닿았다.

그는 형용할 수 없는 깊은 시선으로 날 바라보았다. 평범한 갈색 눈인데도 황금처럼 빛나는 본래의 눈처럼, 아니 그보다 더 강한 빛을 내뿜는 것 같았다. 빛나는 동시에 지극히 어두웠다.

눈동자 속에서 심연이 날름거렸다. 잡히면 헤어 나올 수 없을 것 같다. 어쩌면 이미 잡혔는지도 모른다. 그에게서 시선을 뗄 수 없었다.

천천히 그의 입술이 열리는 모습을 바라보며 나도 모르게 숨을 죽였다.

그리고 그 순간—.

"저하."

노크 소리와 함께 날 부르는 소리가 들렸다. 라브엘의 목소리였다.

나는 화들짝 놀라 고개를 돌렸다. 몸이 삐거덕 소리를 내는 것 같았다. 왠지 모르게 뺨에 열이 올랐다. 그 열을 몰아내듯 서둘러 커튼을 걷었다. 라브엘의 얼굴과 그 뒤로 레지나궁이 보였다. 어느새 궁에 도착했던 것이다.

라브엘이 고개를 숙여 인사했다. 나는 창문을 열었다.

"죄송합니다. 기다렸으나 나오시지 않으셔서 혹 문제라도 생긴 건 아닌가 걱정했습니다. 게다가 모르는 남성분과 함께 계시다는 말을 들어서……."

소리를 낮춘 뒷말에 쓴웃음을 지었다. '황태자'와 함께 있었다면 마차 안에서 이대로 밤을 지새워도 아무도 뭐라 하지 않았을 것이다.

알맹이는 같은 사람이지만 그걸 아는 사람은 당사자와 나뿐이다.

내가 고개를 끄덕이자 근위기사가 마차 문을 열었다. 나는 뒤도 돌아보지 않고 근위기사의 손을 잡고 마차에서 내렸다.

잠시 후 등 뒤에서 레오가 내리는 소리가 들렸다.

"황태자 전하의 손님이라 함께 귀궁했어. 이분을 황태자궁으로 안내해 줘."

"알겠습니다, 저하."

라브엘이 고개를 숙이고 다른 시녀들에게 눈짓했다. 시녀들이 레오에게 이쪽으로 오시라 하는 소리가 들렸다.

황태자궁은 레지나궁 바로 옆이라 마차를 타지 않고 걷는 게 더 나았다. 자기 집을 타인에게 안내받게 된 이 상황에 어이없어할 걸 생각하니 빡침이 아주 살짝 쪼끔 가셨다.

"그럼, 만나서 반가웠어요."

빙긋 미소 지으며 그를 돌아보며 손을 팔랑팔랑 흔들었다. 뭐 씹은 표정의 레오를 기대했는데 그는 묵묵히 날 바라보기만 했다.

지금 이 희극 같은 상황도, 그에게 말을 건네는 시녀들도, 다른 어떤 것도 상관없다는 듯이 나만 보고 있었다. 짧은 순간 시선이 맞부딪쳤다. 먼저 고개를 돌린 것은 나였다.

나는 몸을 돌려 궁으로 들어섰다. 회랑 안쪽으로 접어들고 나서야 밖을 살폈다. 그의 뒷모습이 정원수 사이로 작아지고 있었다.

내가 그를 좋아하게 되면 어쩌지.

생각만으로 가슴이 내려앉았다. 며칠 전까지는 단 한 번도 생각해 본 적 없는 문제였다. 어리석었다. 훨씬 오래전부터 경계했어야 했는지도 모른다.

적어도 그의 생일에 함께 춤을 췄던 때, 그와 사고로 입을 맞췄을 때, 세베리다에서 한방을 쓸 때…… 아니, 애초에 처음부터 경계했어야 했다. 황후가 되겠다고 생각했을 때부터.

수많은 일이 그와 나 사이에 있었지만 단 한 번도 연애 감정을 떠올리지 않았다.

그럴 정신도 없긴 했지만 마음에 여유가 생긴 지금까지 그랬다는 건, 과거의 일이 약한 트라우마가 된 것이리라. 그렇게 생각하고 싶지는 않지만.

어쨌든 박태준과 한소정의 배신은 내 죽음에 일조했고, 지금도 난 사랑에 대해 지극히 회의적이니까.

지금까지 그들의 그림자에 질질 끌려다니며 산다는 게 짜증 나고 한심했다. 한편으로는 다행이라는 생각이 들었다. 내가 연애에 아무런 제약이 없었다면 나는 벌써 황태자를 좋아하게 됐을지도 모른다.

여중, 여고, 여대를 나온 것도 아니고 남자들과도 성별에 관계없이 어울려 지냈다. 더도 말고 덜도 말고 딱 남들만큼. 적당히 데면데면했고 또 적당히 친밀했다.

그런데 한 남자와 단둘이 꾸준히 식사하고, 산책하고, 거의 매일 영상 통화하고, 따로 놀러가고, 여행도 가고, 파티에 가서 춤까지 췄다.

대화도 잘 통하는 데다 미래에 결혼할지도 모르는 사이다. 능력 좋고 돈 많은 건 기본 옵션처럼 달려 있고 심지어 엄청나게 잘생겼다!

나열하고 나니 반하지 않는 게 이상할 정도다.

이곳 사람에겐 너무나 당연한 에스코트도 사실 내겐 특별한 일이다. 배신당한 일이 없었다면 나는 벌써 사랑의 열병을 앓고 있었을 거다.

그것보단 차라리 트라우마에 빠진 게 낫다.

'그걸 보지 않았으면 좋았을 텐데.'

하지만 불가능한 일이다. 황태자와 아이린이 연인인 이상, 아이린이 레지나인 이상 그때가 아니더라도 언젠간 볼 수밖에 없다. 두 연인의 밀회는.

사실 밀회라고 하기엔 굉장히 건전하다 못해 냉랭한 분위기였지만 연인이 단둘이 따로 만나는 게 밀회가 아니고 대체 뭐란 말인가.

이번은 아니라고 해도 두 사람의 좋은 순간은 언제든 목격할 수 있다. 이곳에는 나만 사는 게 아니니까.

어쩌면 평생 사랑에 대해선 생각도 안 하고 잘 살 수 있었을 수도 있다. 연애 쪽으론 꽉 막혀서 메말랐을지도 모른다. 그러길 바랐다.

하지만 이미 물꼬는 트였고 이제 와서 막을 수도 없다. 한번 자각해 버린 이상.

며칠 전 정원에서 두 사람이 함께 있는 모습을 봤다.

햇살 아래서 두 사람은 마주 보고 서 있었다.

불현듯 황태자 생일 연회에서 아이린 추종자가 했던 말이 떠올랐다.

—황태자 전하와 스테나 영애가 함께 나가시는 걸 봤어요.

유난히 톤을 높여 발음하던 그 목소리. 조금 떨어져 있는 내게 들으라는 듯이 컸다. 부채 사이로 힐끔거리는 눈빛을 보아 들으라고 한 말이 맞았다.

무언의 주목을 받자 추종자는 신이 나 재잘거렸다. 두 분이서 단둘이 어쩐 일이실까, 역시 전하께서는 스테나 영애에게 일편단심이셔, 운운하는 목소리가 음악 사이로 퍼졌다.

내가 나설 것도 없었다. 내게 잘 보이려고 기를 쓰는 사람들은 내 주변에 널려 있었다. 영애들은 우아하게 부채를 펴 들었고 영식들은 점잔을 빼는 척 턱을 쓸었다. 그러자 곧 아이린의 추종자는 새빨개진 얼굴로 휴게실로 도망쳤다.

그녀가 한 말은 믿지 못할 말이 되었다. 황태자와 아이린이 연회장을 나간 것은 사실이지만 황태자는 그녀를 에스코트하기는커녕 나란히 걷지도 않았다.

모든 것은 우연으로 결론지어졌다. 그리고 나와 황태자의 오프닝 댄스에 대한 찬사로 화제가 넘어갔다.

눈앞의 두 사람을 보니 그날도 이랬겠구나 싶었다. 각각 자리를 비운 시기가 공교롭게도 비슷했다는 우연을 믿진 않았다. 그리 말한 사람들 역시 진실로 그렇게 생각하진 않았을 것이다. 정치였을 뿐이다.

알고 있었음에도 어쩐지 꽤 충격을 받았다. 연회 중간에 단둘이 빠져나온 연인들. 생일이었으니 축하와 달콤한 속삭임을 주고받았겠지.

생각해 보면 황태자는 정치적 입지를 고려해 연회장에서는 아이린을 외면하고 뒤에서 만난 것이었다. 그는 내게 무게를 실어 주고 있으니, 나와 춤을 춘 것도 비슷한 맥락이다.

뭔가 엄청 한심한 기분이 들었다. 그들이 한심한 건지, 내가 한심한 건지 모르겠다. 어쩌면 둘 다일지도 모른다. 확실한 건 유쾌하지 않았다는 거다. 순간적으로 얼굴이 굳고 걸음을 돌릴 만큼.

나는 정원을 산책하려던 생각을 접고 방 안으로 들어왔다. 유모와 세실리아가 번갈아 가며 날 위로했다.

황태자 전하께서는 레지나인 아이린과 시간을 보낼 수밖에 없다는 둥, 눈이 있으면 공녀 저하를 좋아할 거라는 둥, 아이린을 대하는 건 의무일 뿐이라는 둥.

그들의 말은 성반대였다. 아이린과 날 바꾸면 사실일 것이다. 그러다가 깨달았다.

이거 질투하는 본처한테 하는 말 아닌가. 보통 드라마에서.

나는 그 둘 사이를 질투하지 않았다. 좀 기분 나쁘긴 했지만 그게 질투인 건 아니다. 저 옆에 내가 있어야 한다면서 이를 득득 간 것도 아니고, 아이린이 되고 싶었던 것도 아니다.

그런데 왜? 질투할 상황이라서?

나는 시녀들을 둘러봤다. 다들 내 눈치를 보고 있었다. 내 심기를 거스르지 않고 기분을 풀어 주려는 게 한눈에 보였다.

황당했다. 내가 그렇게 기분 나쁜 티를 냈나? 기분이 나쁘고 표정이 굳긴 했지만 그렇게까지 기분 나쁜 건 아니었는데? 게다가 그 꼴을 보고 웃는 게 더 이상하지 않나. 둘 사이에 끼어들기도 뭐하니 산책 계획을 접을 수밖에 없고.

그런데 왜 모두 내가 질투로 화를 낸다고 생각하는 거지? 이해할 수 없었다. 오해를 풀려고 했으나 오해는 더 깊어졌다. 자꾸 말이 퉁명스럽게 나왔다.

나는 곧 포기했다. 과하게 내 기분을 맞춰 주려는 시녀들의 행동을 볼 때마다 더 기분이 가라앉았다. 내가 꼭 질투하는 것처럼 구는 그들 때문에 속이 탔다.

그때 시녀들을 보고 생각했다. 나는 정말로 질투하고 싶지 않다. 한 번도 이런 생각을 한 적이 없었지만 그런 시녀들을 보자 위기감을 느꼈다. 위기감을 느낀다는 사실조차 기분 나빴다. 질투를 느낄까 봐 걱정하다니 이건 뭐 질투하는 거랑 무슨 차이지?

그가 내게 어떤 의미도 아니라면 나는 위기감을 느끼지 않았을 것이다. 걱정을 안 하려고 노력했으나 그럴수록 불안해졌다.

황후가 되어도 황태자의 곁에 다른 여자들이 있는 것을 평생 봐야 할 것이다.

아이린에 대한 사랑이 영원할 거라고 생각하지는 않는다. 하지만 또 다른 아이린이 나타날 것이다. 나와 결혼한 사이어도 합법적으로 다른 여자들이 그의 곁에 서겠지.

그러니 그를 사랑하고 싶지 않다. 황후로서 황궁에서 살며 내 손안의 것들을 지키고 싶을 뿐이다.

그와는 정치적 동반자가 되는 것으로 족했다. 서로 토론하고 문제를 해결하는 건 재밌었다. 세베리다에 갔을 때 정도가 딱 좋다.

그 순간 통신구가 반짝 빛났다. 화려한 빛 무리에 나는 상념에서 깨어났다. 주변은 어둑해져 있었고 나는 남복이 아닌 실내용 드레스를 입고 있었다.

언제 갈아입었지? 홀린 기분이었다.

이디스가 통신구를 내게 가져다줬다. 받아 들었지만 쉽게 통신을 연결할 수 없었다.

내게 연락할 사람은 한 사람뿐이다.

황태자.

통신구가 울린 것은 오랜만이었다. 아니, 엄밀히 말해 오랜만은 아니다. 다만 매일 밤마다 연락하다 안 하니 일주일 남짓한 시간도 길게 느껴졌다.

반갑지는 않았다.

며칠 전 정원에서 함께 있던 두 사람과 황태자의 생일날 함께 있있을 두 사람의 모습이 번갈아 가면서 떠올랐다.

그 사이로 오늘 낮 고아원에서 봤던 모습이 스몄다.

실수했다는 생각만 들었다. 서부 지역 여행 후 황태자와 지나치게 가까워졌다.

연애를 떠올리지 못하는 동안 우리 둘 사이에 너무나 많은 게 변하고 쌓이고 단단해졌다. 그에게 흔들렸음에도 흔들린 줄 모르고, 설레었음에도 설레는 줄 몰랐다.

입술이 마주쳤을 때도 몰랐던 것을 아이린과 함께 있는 그를 보고서야 겨우 깨달았다. 벼락같은 깨달음이었다.

꿈에서 깨어나자 보이는 것은 현실이었다.

멍하니 있는 사이 통신구의 빛이 사그라들었다. 어깨에서 힘이 빠졌다. 안도인지 실망인지 알 수 없었다.

테이블 위에 통신구를 내려놓으려는 순간 다시 빛이 나기 시작했다. 환한 빛을 뿜는 둥그런 구체를 보자 안도와 실망을 뒤덮는 분노가 날 덮쳤다.

탁, 소리 나게 통신구를 테이블 위에 내려놓았다. 마법 기물은 거친 손놀림에도 상하는 것 하나 없이 여전히 빛났다.

꼴도 보기 싫다. 오늘 내가 한 말을 뭐로 들은 건가. 연인처럼 굴지 말라고 분명히 말했는데.

나는 소파에서 벌떡 일어났다.

"저하."

"잘 거야."

유모의 부름에 날카롭게 답했다. 유모가 조용히 고개를 숙이고 침실 문을 열었다.

평소라면 황태자 전하께옵서 연락을 주신 건데 왜 안 받느냐며 말이 많았을 텐데. 엄한 사람에게 화풀이한 느낌에 기분이 더 가라앉았다. 그 원망을 담아 아직도 빛나는 통신구를 쏘아봤다.

이제 고아원 문제도 해결되었으니 통신구를 가지고 있을 이유는 없다. 나는 주변을 둘러봤다. 이런 건 결심했을 때 해결해야 한다. 괜히 미적지근하게 갖고 있어 봐야 나중에 후회할 일만 늘어난다.

항상 궁에 있는 유모를 제외하면 당직인 에스더만 남아 있었다. 다른 시녀들이 퇴근해서 다행인지도 모른다. 유모는 은근슬쩍 잊은 척할 가능성이 높으니 기각, 순종적이고 조용한 에스더로 낙점이다.

그녀는 굳이 다른 시녀들에게 내가 통신구를 반납하라 했다고 말하지 않을 것이다. 사교계에 말을 흘릴 일은 더더욱 없다.

"에스더, 내일 아침에 통신구를 반납하도록 해. 내궁 관리소에 주면 될 거야."

황태자가 내게 직접 전해 준 것이지만 꼭 그에게 돌려주라는 법이 있나.

에스더는 아주 잠깐 날 쳐다봤다. 묘한 시선이었다. 내가 그 시선의 의미를 읽기 전에 그녀는 고개를 숙이며 알겠다고 답했다.

잠잠한 눈빛이 마음에 걸렸지만, 누군들 이 상황에 의문 없겠나 싶기도 했다. 황태자의 환심을 살수록 득이 되는 상황인데 내 발로 기회를 뻥뻥 걷어차고 있으니.

의아하게 여기면서도 이유를 묻지 않는 점이 좋았다. 이디스라면 다른 시녀들이 없을 때 물어봤을 거고, 세실리아라면 악의 없이 주변에 말을 흘렸을 것이다. 시녀장인 라브엘에게 이런 심부름을 시킬 순 없고.

오늘 에스더가 당직인 게 행운이라면 행운이었다. 운마저 어서 통신구를 반납하라고 재촉하는 것 같다.

에스더는 내가 통신구에서 끊이지 않고 나오는 환한 빛 때문에 기분이 나쁘다는 걸 알고 눈치 빠르게도 그걸 냉큼 집었다. 쪽방으로 들어가는 그녀를 보고 만족했다. 내일 다른 시녀들이 혹여 일찍 출근해도 소란 피우지 않고 통신구를 반납할 것 같다.

정신 사납게 하던 빛이 사라지자 잠시 마음의 평화가 왔지만 문제는 아직 남았다.

"통신구를 반납하시면 어떻게 해요!"

침실에 들어서자마자 유모가 소리를 낮춘 채 비명을 질렀다. 이미 예상했던 일이지만 그렇다고 해서 피로감이 없는 건 아니다. 나는 눈가를 꾹 누르며 지친 음성으로 답했다.

"돌려줄 때도 됐잖아."

"오늘 기분이 저조하시고 피곤하신 것 같아 전하의 연락을 피하는 건 그냥 지나가려 했습니다. 하지만 반납이라뇨. 그렇게 되면 전하와는……."

"애초에 일 때문에 가지고 있는 거였어. 일이 다 마무리되었으니 반납해야지."

유모가 세상에서 가장 어처구니없는 소리를 들었다는 듯이 우렁차게 코웃음 쳤다.

"일 때문이라고요? 진심으로 하시는 말씀 아니죠? 세상에 어느 남녀가 야밤에 일 때문에 연락을 한답니까. 그리고 두 분께서 대체 언제 일 얘기를 하셨나요? 아, 하시긴 했죠! 지나가는 안부 묻듯이."

아, 미안하게 됐네요. 그 일 핑계를 믿은 사람 여기 있습니다. 나도 내가 그렇게 믿었다는 사실이 놀라울 지경이다. 그렇게 믿고 싶고 깊게 생각하기 싫어서 눈을 감고 귀를 닫았다.

깨닫고 나니 이렇게 바보 같을 수가 없다. 도망쳐서는 아무것도 되지 않는다.

'그래서 통신구를 반납한 거야. 유모 말이 맞다는 걸 아니까.'

하지만 유모가 원하는 건 내 생각과 정반대다. 나는 귀를 막으며 침대 안으로 파고들었다.

내 태도에 유모가 가슴을 부풀렸다. 쿵쾅거리는 걸음으로 침대로 다가왔지만 이불을 정리해 주는 손길은 다정했다.

"정말 저도 이제 몰라요. 아가씨는 왜 잘 나가다가 한 번씩 이러는지 정말……."

안 들린다, 안 들려. 나는 눈을 꾹 감고 대꾸하지 않았다. 그래도 잔소리는 사라지지 않는다. 무념무상을 속으로 되뇌면서 열반에 들기 위해 노력하다가 문득 깨달았다.

"……근데 유모. 전하와 내가 한 이야기를 어떻게 알아?"

"예?"

"여태까지 전부 다 듣고 있었던 거야?"

"무, 무슨 말씀을 하시는 건지 모르겠네요! 제가 감히 두 분께서 나누는 대화를 몰래 엿들었을 리가 없잖아요! 게다가 저는 이제 남작 부인다운 품위를 지키고 있다고요. 그런 행동은 하지 않습니다."

"그래 그렇겠지. 하면 안 되는 거라는 건 잘 아네."

신랄한 대답에 유모가 허둥지둥하는 게 느껴졌다. 그녀는 어쩔 줄 몰라 하다가 곧 몸을 돌렸다. 이내 방이 어두워졌다.

"아무튼! 안녕히 주무세요."

인사와 함께 문이 열리고 닫혔다. 잔소리가 사라진 방 안은 조용했다. 나는 눈을 떠 깜깜한 천장을 바라보다가 옆으로 누워 몸을 말았다. 여러 가지 생각이 들었지만 이불 한 번 퍽, 차는 걸로 다 날려 보냈다.

황태자의 연락을 무시하고 통신구를 반납하라 명한 순간, 아니, 오늘 마차 안에서 그에게 이야기하면서 나는 결심을 마쳤다.

상념은 필요 없다.

다음 날 아침부터 찾아온 뜻밖의 손님에 나뿐만 아니라 시녀들도 당황했다.

시녀들은 곧 당황을 숨기고 다과를 차렸다. 테이블 위는 금방 풍성하게 차려졌다. 향긋한 차는 물론이고 색색의 마카롱과 치즈 타르트, 얼그레이 크레이프 케이크와 황금색 마들렌까지. 누가 보면 티파티라고 생각할 것이다.

충분히 준비해서 상대를 초대한 경우에만 갖춰지는 구색이었다. 하지만 이 갑작스러운 방문자는 불청객임에도 이런 대접을 받았다. 물론 내 의지는 아니었다. 시녀들, 그중에서도 유모의 의지겠지.

"전하께서 이렇게 일찍 방문하실 줄은 미처 몰라 준비가 미흡합니다. 송구할 따름입니다.”

'일찍', '미흡'을 말할 때 힘을 줘 한껏 비꼬았지만 황태자는 눈 하나 깜짝하지 않았다. 오히려 그런 내 모습에 살짝 미소를 짓기까지 했다.

“충분하니 신경 쓸 것 없다.”

반반하니 얄미운 얼굴을 한 대 때려 주면 원이 없을 것 같았다. 한 번 째려보는 것으로 대신하고 찻잔을 들어올렸다.

무슨 일로 이렇게 일찍 찾아왔을까. 시계는 이제 열 시를 겨우 넘겼다. 모닝 티타임 치고도 조금 이른 시간이다.

게다가 가을에서 겨울로 접어들며 연락이 뜸했던 것 이상으로 그는 내 방에 찾아오지 않았다. 함께 식사하는 횟수도 줄었고 식사 후 산책을 가는 횟수는 더더욱 줄었다.

분명 이렇게 찾아온 이유가 있을 텐데……. 설마 어제 통신을 받지 않아서?

하지만 아침 댓바람부터 찾아와 왜 연락 안 받았느냐고 묻는 것만큼 치졸한 일도 없다.

제국의 황태자가 할 일이라기엔 너무나 안 어울렸다. 또 그가 그렇게 캐묻는 것도 잘 상상이 되질 않았다.

다른 이유를 생각해 봤지만 이렇다 할 게 없었다. 목적을 알 수 없으니 그냥 느긋하게 기다리기로 했다. 황태자는 이제 긴장할 상대가 아니었다. 만반의 태세를 갖춰 무찔러야 할 상대도 아니고.

“어제 성 페리야드 고아원에 다녀왔다고?”

황태자는 아주 무난하고 온건한 화제로 대화의 물꼬를 텄다. 탐색은 우리 사이에 의미 없는데, 왜? 나는 눈을 가늘게 뜨고 그를 바라봤다. 내 표정을 살피는 것을 보니 단순히 분위기를 누그러트리기 위해 말을 꺼낸 듯 했다.

조각상같이 완벽한, 그렇기에 차가워 보이는 얼굴이 내 눈치를 보는 것은 나름 심금을 울리는 맛이 있었다.

'어제 그런 일이 있었다고 해서 그에게 날 세울 필요는 없지.'

나는 미소 지었다. 그가 잘생겼기 때문에 마음이 누그러진 건 아니다. 진짜로. 지극히 이성적으로 생각할 때 그렇다는 말이다.

현재 그는 내 조력자였고 나 또한 그의 도움이 달가운 상황이다. 전처럼 잘 지내면서 쓸데없이 가까워지는 것만 경계하면 된다. 내 순수한 호감이 연정이 되지 않도록.

마음을 다시 한 번 다잡고 고개를 끄덕였다.

"예, 전하께서 나서 주신 덕분에 불미스러운 일은 모두 정리되었습니다. 새로 부임한 고아원장 역시 괜찮은 사람 같아 보였습니다. 더는 심려치 않으셔도 될 듯합니다."

"반가운 소식이군. 그대의 판단과 안목이라면 확실하겠지."

그의 칭찬에 작게 미소로 화답했다. 그는 그런 나를 빤히 쳐다봤다. 노란 시선이 느릿하게 내 얼굴을 쓸었다.

"그래서 통신구를 반납한 건가? 이제 다 해결되었으니까."

갑자기 훅 치고 들어오는 질문에 손가락에 힘이 들어갔다.

통신 관리소에서 보고가 들어갈 거라고는 생각했지만 이렇게 빨리 알게 될 줄은 몰랐다. 빨라도 오늘 오후일 거라 생각했는데…….

아침에 황태자가 얼마나 바쁜지는 기본 상식으로 알고 있다. 수십 개의 보고가 들어오는 즉시 중요도 순으로 분류되어 황태자 앞에 쌓인다.

내가 통신구를 반납했다는 보고 따위는 점심 먹고 난 후에야 지나가듯 나와야 정상이다.

황태자가 이렇게 일찍 알게 되었단 것은 그만큼 그가 내게 신경을 쓰고 있단 것일까? 그래서 이렇게 찾아오기까지 한 걸까?

머릿속이 복잡했지만 나는 이내 아무렇지 않게 웃으며 말했다.

"네. 구황 작물 건도 고아원 건도 다 마무리되었으니 더 이상 갖고 있을 이유가 없지요. 제가 갖고 있는 만큼 다른 사람이 못 쓰게 되니 어서 돌려주는 게 낫다고 판단했습니다."

"정말 그 이유뿐인가?"

"예?"

"그대가 어제 내게 한 말은……."

"무슨 말씀을 하시는 것인지 모르겠습니다."

나는 단호하게 그의 말을 끊었다. 그는 인상을 살짝 찌푸리며 나를 바라보았다. 그의 시선을 마주 받으며 나는 억지로 입꼬리를 끌어올렸다.

"저는 어제 전하와 이야기를 나눈 적이 없습니다만……. 무슨 착오가 있으셨는지요."

뻔뻔한 말에 황태자가 고개를 기울였다. 나는 어깨를 으쓱였다. 어쨌든 내가 어제 본 사람은 황태자가 아닌 황태자의 지인 레오였다. 적어도 시녀들은 그렇게 알고 있다.

"벌써 겨울이네요. 제가 궁에 들어온 게 엊그제 같은데……. 이제 곧 사냥제가 시작되겠지요."

황태자가 시녀들을 물리려는 기색을 보여서 대놓고 말을 돌렸다. 어림도 없다.

어제 내가 할 말은 다했다. 그건 다시 이야기할 주제가 아니다. 대체 뭘 더 이야기한단 말인가.

난 내 결정을 확고히 했고 거기에 그의 의견은 필요 없다. 어제의 대화를 오늘까지 지지부진하게 끌 생각은 없다.

이 시대 정서상 사랑을 나눌 수 없다는 내 말은 괘씸하게 들릴 수도 있다. 하지만 내가 본 황태자는 그렇게 꽉 막힌 사람은 아니었다.

그가 정말로 날 위한다면 더 이상 그 주제를 입에 담지 않고 처신을 똑바로 하면 된다. 이렇게 날 찾아온 것은 처신을 똑바로 못한 거고.

황태자는 호응 없이 날 바라보았다. 강렬한 시선이었다. 날 잡아먹고 놓아주지 않을 것처럼 집요하면서도 애절하고 가련한 눈빛이었다.

나는 그를 무시했다. 내 말을 들어 주던 황태자와는 전혀 다른 태도였다. 살짝 양심이 찔렸다. 그가 아무런 말없이 내 이야기를 들어 줬던 게 얼마나 고마웠는지, 기뻤는지를 생각하면 지금 그의 말을 막는 게 조금 미안했다.

하지만 나는 더 이상 흔들리고 싶지 않았다.

"사냥제에서 전하의 무운을 빕니다."

"……고맙다."

결국 진 사람은 황태자였다. 어제의 연장선은 그렇게 잘려 나갔다. 그의 대답에 비로소 편하게 미소 지었다.

사냥제는 매년 겨울마다 하는 행사다. 사냥한 동물로 제를 올려 땅의 기운을 보하는 축제인데, 처음엔 동물을 사냥했지만 점차 실용적으로 변해서 몬스터를 사냥하는 걸로 정착되었다.

당연히 승자도 정한다. 더 많이, 더 강한, 더 귀한 몬스터를 잡아 오는 기사가 승리한다.

원래 기사들의 무위를 뽐내는 자리이지만 라하던 기간에는 레지나의 경합으로 탈바꿈한다.

레지나가 직접 검과 화살을 들고 사냥에 나설 수는 없으니 레지나의 기사가 그녀를 위해 싸운다. 레지나의 명예와 권위를 위해서.

어느 시대 어느 나라나 이런 사냥대회에선 황태자가 승리한다. 펠론 제국이라고 해서 다를 바 없다.

즉, 그가 선택한 레이디가 이번 경합에서 승리하는 것이다.

황금색 눈동자는 어제 봤던 평범한 갈색 눈동자와 달리 영롱하게 반짝거렸다. 하지만 어제와 똑같이 애틋하고 안타까운 빛이 가득했다.

그의 눈동자에 담긴 묘한 열기는 분명하게 날 향하고 있었다. 나도 모르게 눈을 깜빡였다.

그럴 리가 없는데, 혹시나 하는 생각이 스멀스멀 기어올랐다. 어쩌면 그는 아이린을 더 이상 좋아하지 않을지도 모른다.

아이린과 밀회를 즐기긴 하지만, 그건 유모나 다른 시녀들의 말처럼 레지나이기에 의무적으로 함께 시간을 보내는 것에 불과할지도 모른다. 아니면 관성적인 만남일 수도 있고 혹은 관계를 끝내지 못해 끌고 가는 것일 수도 있다.

내게 잘 대해 주는 게 그저 미래의 동반자이자 정치적 파트너이기 때문만이 아닐 수도 있다.

어쩌면 그는 혹시, 나를, 아마도, 그럴 리가 없지만……. 그럴 리가 없는데 그의 눈빛이 꼭 사랑하는 사람을 바라보는 것 같아서,

그 눈 안에 담긴 게 나라서…….

나는 흘러가는 생각을 잡아챘다.

도서히 그의 눈을 마주 볼 수 없어서 슬쩍 고개를 돌렸다. 흔들리지 말자고, 사랑이 끼어들게 하지 말자고 결심한 게 어제다.

그래, 나는 사랑을 하고 싶지 않다.

만약 그가 날 사랑한다고 해도 아이린에서 나로 옮겨 갔듯 언젠가는 건너갈 마음이다. 그는 몇 년이 지나도 젊고 재능 있는 여자를 후궁으로 들일 수 있다. 내가 사랑을 거부하는 것은 아이린만의 문제가 아니다.

어쩌면 그는 아이린과 날 동시에 사랑할 수도 있다. 사랑을 나누지 않겠다고 했지만 지금 그의 눈을 보면 내게 마음이 기운 것 같다.

어제 그가 그렇게 단언한 것은 흘러가는 마음에 대한 반발이자 아집일 수도 있다.

그는 여러 명의 부인을 둘 수 있는 위치다. 그리고 여러 부인을 공평하게 사랑하는 것이 성군의 미덕이기도 하다. 어느 쪽이든 나는 그를 사랑하지 않을 것이다. 하지만 그의 마음을 확인해 보고 싶었다. 왜냐하면…….

왜냐하면,

"사냥제 때 전하의 레이디가 되는 분은 여느 파티와 다름없겠지요?"

그가 날 사랑한다면 나의 정치적 입지나 이후 행보에 대해서 다시 플랜을 짤 수 있으니까.

더 수월해지는 것도 있고 더 어려워지는 것도 있을 것이다. 내 목표는 황후가 되는 것이니 그걸 위해 필요한 정보다. 그래서 확인해 보고 싶은 것이다. 그것 외에 다른 이유는 없다.

여태 황태자가 참석했던 파티의 파트너는 아이린뿐이었다. 나는 왜인지 숨도 죽인 채 그의 대답을 기다렸다. 부정한다고 해서 날 사랑한다는 것은 아니지만, 그래도.

"……그래."

한참의 침묵 끝에 황태자가 짧게 대답했다. 그의 얼굴은 무표정해 아무것도 읽을 수 없었다.

나는 멍하게 고개를 끄덕였다.

"그렇군요."

마음이 훅 가라앉았다. 가라앉은 빈자리에 황량한 바람이 불었다. 그 찬 기운에 몸이 으슬으슬 떨렸다. 기대하진 않았다. 혹시나 하면서도 아닐 거라고 생각했다. 그래, 아닌 게 더 편하다.

결과적으로 잘된 일이다. 비즈니스에는 비즈니스만, 우정에는 우정만 있는 것이 서로에게 편하다.

다만 아주 조금이나마 충격 비슷한 걸 받은 것은……. 그건 황태자의 마음이 이렇게 견고하면 내게 불리하기 때문이다. 분명.

현재 황태자는 날 황후로 지지하고 있다. 사업과 정책에 내 이름을 올리고, 구휼제에서 관례를 깨고 날 에스코트하고 그의 생일 파티에서 나와 오프닝 댄스를 췄다.

지금 아이린은 내게 많이 밀리고 있다. 이제 겨우 라하딘의 첫 번째 경합이 끝난 시점임에도 차기 황후로 내가 거의 내정되어 가는 분위기다.

황태자가 날 사랑하지 않아도, 오로지 효율만 생각했다면 이번 사냥제 때 자신의 레이디로 날 택해 굳히기에 들어갔을 것이다. 그럼 내 위치가 거의 확정되다시피 하니까.

하지만 그는 아이린을 택했다.

날 황후로 지지하긴 하지만, 연인인 아이린이 신경 쓰였기 때문이디. 나와 엄청나게 격차가 벌어지면 나중에 황비가 되었을 때 아이린의 입지가 일반 후궁보다 작아질 수 있으니까.

침묵이 둘 사이에 내려앉았다. 어색하고 불편한 침묵이었다. 그와 단둘이 있을 때조차 이런 적은 없었건만. 하지만 굳이 이 날 선 분위기를 깨야 할 이유를 찾지 못했다. 무심히 찻잔 속을 바라보다 깨달았다.

나는 지금 화가 났다.

그는 너무나 이기적이다. 정치적 동반자로 선택한 나도 놓치기 싫고, 사랑하는 연인인 아이린도 놓치기 싫고. 그에 반해 내가 쥘 수 있는 건 뭐지?

황제가 될 그가 가질 수 있는 게 많은 건 당연할지도 모른다. 하지만 이건 너무 불공평하다. 나는 인정할 수 없다. 인정하기 싫다.

좋은 게 좋은 거라고 평생 함께할 사람이니 운운하며 우정이나 나누겠다 생각한 내가 순진했다. 우정 역시 서로를 위해야만 가능하다. 지금 그는 전혀 날 위하고 있지 않다.

날 황후로 지지하는 것도 내 능력 때문이지 날 위한 것은 아니다. 그는 지극히 냉정하고 계산적이다.

그렇다면 나 역시 그를 이용하기만 하리라.

굳은 다짐이 마음이 가라앉고 남은 텅 빈 공간을 채웠다. 틈 없이 꽉 맞물린 다짐 덕에 더 이상 바람은 불지 않았다.

"그대에게 하고 싶은 말이 있었다."

오랜 정적 끝에 조금 잠긴 목소리로 황태자가 운을 뗐다.

나는 아무 말 없이 눈만 들어 그를 바라봤다.

"하지만 그대는 듣고 싶지 않은 것 같군. 왜 그런지 알 것도 같아."

정말 왜 그런지 알까? 아까 말하려던 어제 이야기의 연장선상이라면, 듣고 싶지 않은 이유가 변했다.

이미 끝난 결심을 그가 흔들까 두려웠다. 지금은 그냥 그의 얼굴이 보기 싫었다.

"그러니 말하지 않겠다."

그것 참 듣던 중 반가운 소리였다. 냉소가 올라오려는 것을 애써 삼켰다.

"지금은."

황태자가 초조하게 덧붙였다. 정말 초조한지도 모르겠다. 어쨌든 나는 만족했다. 화난 상태로는 어떤 말이든 듣고 싶지 않았다.

그는 안타까운 얼굴로 내게 손을 뻗었다.

"기다려 줘, 샤티."

간절한 애원과 함께 커다란 손이 내 얼굴을 쓸었다.

잘생긴 얼굴이 애처롭게 일그러진 채 내게 호소했다. 황금빛 눈동자가 촉촉이 빛나고 도톰한 입술이 파르르 떨렸다. 하지만 내겐 아무런 감흥도 주지 못했다.

원하는 게 있기에 나는 생긋 미소 지었다.

"예, 전하. 기꺼이."

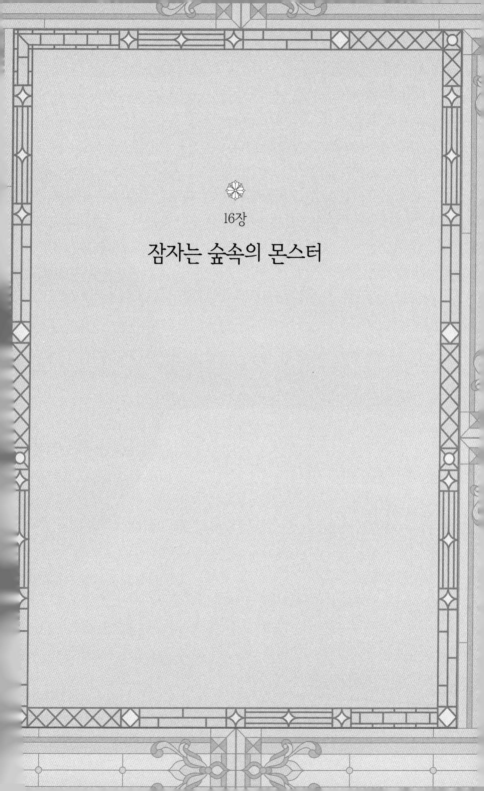

16장

잠자는 숲속의 몬스터

잠자는 숲속의 몬스터

사냥제는 귀족들이 굉장히 좋아하는 행사 중 하나다. 드문 야외 연회인 데다가 분위기도 자유로워 특히 젊은 남녀들이 좋아했다.

남자들은 자신의 용맹함을 과시하려 했고 여자들은 그들을 곁눈질하며 까르르 웃었다. 손등에 키스와 손수건과 연서가 오갔다.

남녀상열지사가 꽃 피는 겨울, 유난히 내 옆구리가 시렸다.

커플지옥, 솔로천국!

가을에 풍년제가 아닌 구휼제를 했기 때문에 사람들은 특히나 더 들떴다. 풍년제엔 황실에서 연회를 주최하지만 구휼제엔 열지 않는다.

구휼제 자체가 제국의 흉년을 뜻하지만 대다수의 사람들은 체감하지 못했다.

서부 지역의 가뭄이 워낙 심해서 그렇지 면적만으로 보면 평작이거나 풍작인 곳이 더 많기 때문이다.

구휼제가 일단락되고 자중하는 분위기가 가시자 사람들은 황궁에서의 파티를 기대했다.

히지민 흰 황제는 연회를 즐기지 않았다. 열리는 파티는 모두 성대했지만, 모두 의례용 파티였다. 유희나 사교를 위한 파티는 없다시피 했다.

파티가 열리기 좋은 계절에 황궁에서 열린 파티라곤 고작해야 한 번, 가을 말미에 있었던 황태자의 탄신 연회뿐이었다. 그 후 겨울 중턱까지 조용하다가 겨우 사냥제가 열린 것이다. 들뜨지 않는 것이 무리다.

황제의 성격상 신년 축제까지 황궁이 또 조용할 테니 이 기회에 알차게 즐기겠다는 의지가 여기저기서 보였다.

"역시나 저하의 남복이 꽤 인상 깊었나 봐요. 예년에 비해 남복을 입은 영애들이 많은 데다가 다 저하처럼 입었네요. 언제는 너무 선정적이라더니."

이디스가 옆에서 속삭였다.

사냥제가 야외 행사인 만큼 평소에는 볼 수 없었던 다양한 스타일의 옷이 등장하곤 한다. 고전적인 드레스보다 좀 더 파격적이고 활동적인 드레스가 선호되고 남복을 선택하는 영애들도 적지 않다. 나는 빙긋 웃었다.

"이러니 저러니 해도 눈이 달렸으니 입어 보고 싶었겠지. 유행을 선도할 생각은 없었는데도 이렇게 돼 버린다니까."

어깨를 으쓱이자 이디스가 또 시작이냐는 눈으로 날 쳐다봤다. 그러건 말건 할 말은 해야 했다. 원래 진실은 외면받는 법이다. 그런 눈으로 바라본다고 해서 굴할 내가 아니다. 진실은 감옥에 가둘 수 없다!

"하지만 역시 나보다 더 잘 어울리는 사람은 없네. 나처럼 몸매 좋고 얼굴 작긴 힘들거든. 비율의 차이라고 해야 하나. 물론 생긴 것도 빠질 수 없지. 원래 패션의 완성은 얼굴이거든. 이게 바로 원조의 품격이랄까? 오늘 남복을 입은 영애들은 내가 드레스를 입었다는 사실에 감사해야겠어. 비교당하면 슬프잖아."

머리칼 한 번 뒤로 쓸어 넘기면서 턱을 치켜들어 줘야 하는데, 오늘 머리칼을 다 틀어 올려서 그럴 수 없는 게 아쉬웠다.

불완전한 퍼포먼스인데도 이디스는 꽤 감명받은 듯했다. 붉은 눈동자가 완전히 질린 기색이었다.

훗, 귀엽긴.

"저는 아쉽습니다."

갑자기 파고든 낮은 목소리에 움찔했다. 깜짝 놀라 돌아보니 케일라덴이 평소처럼 무뚝뚝하고 진지한 얼굴로 날 바라보고 있었다.

언제 온 거지?

"혹시 오늘 남복을 하셨다면 볼 수 있을까 기대했는데 안타깝습니다."

아니, 언제 온 게 문제가 아니다. 중요한 건 케일라덴이 내 말을 처음부터 끝까지 다 들은 것 같다는 거지. 아, 쪽팔려.

이디스는 굳이 웃음을 참지 않았다. 아까 뭐 씹은 것과 달리 체증이 확 내려간 얼굴이었다. 깔깔거리는 배경음에 쪽팔림이 가중됐다. 나는 애써 표정을 수습하며 눈을 좁게 뜨고 케일라덴을 바라봤다.

그럴 리가 없겠지만, 설마 날 놀리려고 그런 건가?

하지만 여상한 그의 표정에선 어떤 기색도 읽을 수 없었다. 저번에도 남장을 보지 못해 아쉽다고 했었지. 케일라덴의 얼굴에서 그야말로 신심이 뚝뚝 묻어나와 더 쪽팔렸다.

"하하, 케일라덴 전하, 안녕하세요. 언제 오셨어요?"

나는 최대한 아무렇지 않게 웃어넘겼다. 언제 왔냐고 묻는 건 소심한 불만표시였다.

황태자였으면 알아들었겠지만 케일라덴이 알아들을 리 없다. 질문을 액면 그대로 받아들인 그가 좀 전에 왔다며 답했다.

그 진지함에 이디스는 더 신이 났다. 나는 케일라덴과 한담을 나누면서도 이디스의 팔뚝을 꼬집는 걸 잊지 않았다. 이디스는 아예 허리를 꺾을 기세로 웃고 있었다. 얘도 정말 많이 변했다. 새침하고 도도했던 애가 이렇게 웃을 줄이야.

그만큼 서로가 편해지고 친해졌기 때문이라고 생각하면 어딘지 애틋했다. 나는 물리적 폭력에도 굴하지 않고 내게 해맑은 웃음을 보여 주는 친구에게 애정을 담아 다시 한 번 꼬집었다. 아까보다 훨씬 세게.

이디스는 그제야 웃음을 멈췄다. 흥, 나는 만족스럽게 콧바람을 내뿜곤 케일라덴의 에스코트를 받으며 차양 안으로 향했다.

출전자들이 사냥할 동안 나머지 사람들은 사교 모임을 즐길 수 있도록 황실에서 꾸며 둔 공간이었다.

사냥이 숲에서 이뤄지는 만큼 구경거리는 없다. 남은 사람들은 담소를 나누고 사교 활동을 하며 시간을 보낸다. 이를 위해 기본적으로 원형 테이블이 준비되어 있었다. 일반적인 피크닉이나 정원에서 열리는 티파티와 비슷한 형식이었다.

차양 안으로 들어서자마자 따뜻한 훈기가 느껴졌다. 새하얀 눈이 쌓인 풍경과는 영 딴판이었다.

꼭 실내에 들어온 느낌인데 통풍이 잘 되다 보니 난방 특유의 텁텁한 공기도 없었다. 하긴, 이곳의 온도 조절은 마법으로 이루어져 환기 같은 걸 하지 않아도 항상 쾌적했다.

스탠딩 바 근처에 모여 있던 어린 영애들이 호기심 어린 눈으로 날 쳐다봤다. 테이블에 앉아 있는 귀부인들은 점잖게도 날 힐끔거리진 않았지만 그런 척할 뿐이었다. 신경이 내 쪽으로 몰린 게 보였다.

이디스는 도도하게 턱을 치켜들고 빈 테이블에 앉았다. 눈을 반짝인 영애 몇이 그녀를 향해 잰걸음을 옮겼다. 자리 경쟁은 꽤 치열했다. 이디스의 테이블에 앉지 못한 영애들이 위성처럼 주변을 맴돌았다.

나는 모르는 척 주변을 구경하는 양 분위기를 살폈다. 실상 여유를 즐길 수 있는 때는 지금뿐이었다. 케일라덴이 떠나면 어느 무리에게든 둘러싸일 게 뻔했다.

차양 안에는 테이블과 스탠딩 바 외에도 돌아다닐 수 있는 공간이 많았다. 규모로 봐선 여느 소규모 연회장 부럽지 않았다. 휴게실이 따로 없는 만큼 테이블이 많은 것만 달랐다.

야외라기보단 벽이 없는 건물 안에 있는 것처럼 느껴졌다. 차양을 받치는 기둥님께선 금칠을 하고 계시고, 놓여 있는 가구님들은 어떻게 옮겼나 싶을 정도로 무게감이 장난 아니라서 더더욱.

여긴 야외용 테이블에도 보석을 박고 돋을새김을 하는구나. 번쩍이는 비단에 금실과 은실로 수놓은 차양을 봤을 때부터 예상하긴 했어도 참 대단했다.

유난히 화려하고 위압적인 테이블은 황족과 레지나를 위한 상석이다.

사실상 이곳에 앉을 황족은 황제와 황후뿐이었다.

사교계에 데뷔한 황녀들은 이미 결혼해서 제도에서 떨어져 살고 있고, 아직 황궁에 사는 황녀들은 어려서 데뷔를 안 했다.

황태자를 비롯해 성인인 황자들은 모두 사냥에 참가한다. 나로선 눈치 살필 일이 줄어들어 좋았다.

케일라덴은 나를 그쪽으로 안내했다. 황제 내외야 당연히 아직 오지 않았고 아이린도 마찬가지였다. 아무도 없어 편하긴 했지만 케일라덴을 얼마나 잡아 둘 수 있을지. 그가 사라지고 나면 내 주변에도 득달같이 사람들이 몰릴 것이다.

상석으로 마련된 자리이니 내 옆에 앉진 않겠지만 인사하는 사람들을 두고 나 혼자 앉아 있기도 민망하다.

사교 활동은 내게도 필요한 일이었으나 오늘만큼은 달랐다. 오늘은 아이린에게 스포트라이트가 비치는 날이니까. 그늘에 가려진 채로 빛을 끌어모으려 허둥거리기 싫었다.

"전하, 사냥 준비로 바쁘시진 않으신가요?"

사람들과 이야기를 나누는 것은 어쩔 수 없지만 최대한 늦추고 싶었다. 하지만 내 편의 때문에 케일라덴을 붙잡고 있을 수도 없다.

"괜찮습니다. 몬스터를 잡는 것은 익숙합니다."

그의 대답에 안도하는 한편 의아했다.

케일라덴은 황실 기사단 소속이다. 제도를 떠나는 일이 손에 꼽을 뿐더러 황자이기까지 한 그가 몬스터를 사냥하는 데 익숙하다니.

오랜 기간 동안 부강하고 평화로웠던 만큼 제국은 치안과 정비가 잘 되어 있다.

몬스터가 워낙 많아 정식 명칭보다 '몬스터 산맥'이라고 불리는 타스마 산맥 부근이 아니면 민가 근처에선 몬스터를 찾아보기 힘들 정도였다.

"그런가요? 의외네요."

"성년이 되기 전부터 매년 사냥제에 참가했습니다."

"그렇군요."

나는 가만히 고개를 끄덕였다. 몬스터 산맥에서 싸웠을 수도 있다는 추측과는 달랐지만 납득이 가는 답이었다.

기사가 아닌 귀족도 사냥에 참가하다 보니 이곳 소리보 숲의 몬스터는 등급이 낮았다. 혹시라도 모를 위험을 방지하기 위해 숲 안쪽에 결계가 쳐져 있기까지 하다.

꽤 거대한 몬스터가 있긴 하지만 위험할 정도는 아니라고 들었다. 귀한 황자님이 미성년일 때 참가해도 괜찮을 수준이다. 케일라덴이 뛰어난 것도 한몫할 것이다. 이미 그 당시 수습 기사였을 테니까.

사냥제는 몬스터 사냥을 위한 축제지만, 진짜 몬스터 사냥은 오늘 이후 전국에서 동시다발적으로 열리는 사냥대회라고 봐야 했다.

소리보 숲이 안전하게 관리되고 있는 데다가 귀족의 유희적 측면이 강한 만큼 오늘 사냥제는 여흥이나 마찬가지다.

내일부터 각지에서 열릴 사냥대회는 이렇게 귀족들이 관전하지 않는다. 무장을 갖추고 토벌하는 것이다.

몬스터의 수가 적어졌다고 방심하면 금방 불어나고, 먹을 것이 부족한 겨울엔 방벽을 세운 도시를 습격할 가능성이 높다.

"전하께서 용맹하시다는 건 익히 들어 알고 있습니다. 다만 귀한 몸이시니 부디 보중하세요. 눈이 잔뜩 와서 길도 미끄러우니까요."

사냥대회와 달리 오늘 사냥제는 안전하다는 걸 알고 있었다. 그래도 살육이 일어나는 행사다. 걱정이 안 될 순 없다.

내 말에 케일라덴이 작게 미소 지었다. 표정 변화가 크지 않은 그에게서 보기 드문 웃음이었다. 무뚝뚝한 얼굴에 살며시 번지는 미소가 보기 좋았다. 조금만 더 자주 웃으면 좋을 텐데.

그래도 최근 들어서는 자주 본 것 같다. 얼마 전 그가 찾아왔을 때도 그렇고…….

자연스레 그때 그의 미소가 떠올랐다.

"샤르티아나, 저의 레이디가 되어 주시겠습니까?"

파티의 파트너가 필요할 때 그랬듯, 케일라덴은 내가 먼저 부탁하기도 전에 사냥제 때 그의 레이디가 되어 달라고 청했다.

내가 나를 위해 사냥제에 참가할 기사가 필요한 것에 반해, 그는 자신의 레이디가 필요 없다. 내 상황을 생각해 먼저 찾아와 레이디가 되어 달라 청하는 그의 배려가 고마웠다.

내 앞에 정중히 한쪽 무릎을 꿇고 손을 내미는 기사님의 모습에 동화 속 공주님이 된 것 같은 착각이 들었다.

공주님처럼 새침하게 턱을 치켜들고 살포시 손가락을 얹을 수도 있지만 메르헨풍의 만족감보단 날 위해 나서 준 사람에 대한 고마움이 훨씬 컸다.

그저 우아하게 손을 얹고 미안한 미소를 지었다.

"항상 신세 지네요, 케일라덴 전하."

"신세가 아닙니다. 제 바람을 들어주시는 겁니다."

단호하면서 확고한 대답이 그다웠다. 나도 모르게 미안함이 담겼던 미소가 반가움으로 바뀌었다. 편히 웃는 날 보고 그 역시 미소지었다.

그때 그의 미소가 꼭 지금 같았다.

라브엘과 유모, 이디스는 내게 케일라덴을 너무 의지하지 말라고 했지만 이런 미소를 보고 있으면 그를 믿게 된다.

케일라덴의 입장에선 미래를 위해 투자하는 것일 수도 있다. 혹은 황태자에 대한 의리나 레지나에 대한 책임감 때문에 호의를 보이는 것일 수도 있다. 어쩌면 이 셋 다일지도 모른다.

어쨌든 내게 친분 있는 황자는 그뿐이었으니 그가 내 기사를 맡는 건 당연한 수순이었다.

다만 먼저 자처해 주는 배려를 보여 주었다. 날 대하는 모습에서 진심이 비쳐 그의 미소만큼 신뢰가 움텄다. 나는 그를 보고 활짝웃었다.

케일라덴과 편안하게 한담을 나누는데 뒤쪽으로 아이린이 다가오는 게 보였다. 평소 차분한 녹색이나 남색을 즐겨 입었던 것과 달리 아이린은 눈부시게 새하얀 드레스를 입고 있었다.

자잘한 다이아몬드와 진주를 촘촘히 박아 넣어 드레스 자체에서 빛이 뿜어져 나오는 것 같았다. 그 위에 허리길이의 새까만 모피 케이프를 입었는데, 앞여밈이 목 부근의 흑수정 브로치뿐이라 케이프 섶이 자연스레 벌어졌다.

그 사이로 보이는 새하얀 드레스가 검은색 모피와 대비되어 더 돋보였다.

치마는 한쪽이 깊게 트여 있어 걸을 때마다 미끈한 다리가 드러났다. 하이힐도 새하얀 데다가 오팔로 장식되어 아름답게 빛났다.

보석으로 몸을 휘두르다시피 했는데도 과한 느낌은 전혀 아니었다. 색이 흑백뿐이고 보석 알이 크지 않고 다 섬세해서 고급스러웠다.

드레스 디자인 자체는 정석적인 이브닝드레스와 다를 바 없었다. 하지만 항상 정숙하고, 레지나라고 하기엔 소박한 옷만 입었기에 파격적으로 느껴졌다.

'엄청 힘줬네.'

뒤쪽에서 수런거리는 목소리가 들려왔다. 평소와 대비되는 모습 자체만으로 이미 이슈였다. 아이린의 걸음걸이 역시 의기양양했다.

그럴 만도 했다. 그녀는 오늘 우승자일 황태자의 레이디였다. 명실공히 사냥제의 주인공이다. 정작 황태자의 모습은 보이지 않지만.

사냥제엔 에스코트를 하지 않는 게 보통이다. 그러나 내 옆에 케일라덴이 있다는 것이 변수였다.

사실 에스코트를 받았다기보단 앞에서 마주쳐서 동행한 것뿐이지만 그 사실을 아는 사람은 나와 이디스뿐이다.

황태자의 레이디에게 5황자의 에스코트 따원 간지럽지도 않겠지. 하지만 어떻게 사용하냐에 따라서 충분히 긁어 줄 수 있다.

나는 허리를 반듯이 펴고 고개를 치켜들었다. 아이린이 먼저 인사하기를 기다렸다.

아이린의 표정이 미묘하게 굳었다. 원래 먼저 인사하는 성격이지만 상대가 어서 내게 인사를 올리거라, 하는 태도로 나오면 짜증나기 마련이다.

하지만 아이린이 뻗댈 순 없다.

"안녕하세요. 5황자 전하, 카일론 공녀."

5황자인 케일라덴을 무시할 순 없으니까.

반가운 것처럼 웃는 그녀에게 고개를 한 번 까딱여 줬다.

"어서 와요, 스테나 영애."

"안녕하십니까, 영애."

인사에 답만 하고서 나는 도도하게 입을 다물었다. 케일라덴은 원체 무뚝뚝한 성격이라 딱히 입을 열지 않았다. 화려하게 치장한 그녀를 칭찬해 줄 법 한데도.

나는 속으로 고소를 흘렸다. 이런 건 원래 남이 알아줘야 한다. 하지만 나도 케일라덴도 입을 꾹 다물고 있으니 얼마나 짜증이 날까.

혹시라도 케일라덴이 나한테 하던 것처럼 아름답습니다 운운하면 어쩌나 했는데 다행이었다. 다행이기만 한 게 아니라 아주 깨소금이다. 역시 케일라덴은 믿을 만해.

케일라덴과 내가 서 있어서인지 아이린도 착석하지 않았다. 우리 곁에서 여유로운 손길로 흘러내린 머리칼을 쓸어 넘겼다. 보란 듯이.

그녀는 긴 머리를 늘어트리고 상아를 티아라처럼 조각한 머리띠를 하고 있었다. 단순한 머리치장이지만 여러 가닥을 가늘게 땋아 상아 머리띠와 얽은 데다가, 머리띠 자체가 금장식과 커다란 월장석으로 장식되어 화려하면서 기품 있었다.

저렇게 티아라를 모티브로 한 머리띠를 쓴 이유는 뻔했다. 나는 저절로 비틀려 올라가는 입술을 슬쩍 깨물었다 놓았다.

아이린은 자신이 오늘의 주역이라는 것을 잘 알고 있었고 그걸 극대화시키는 데에도 탁월했다. 게다가 오늘 그녀는 전과 달리 무척 여유로웠다. 이렇게 주인공 취급은커녕 무시하는데도 고고했다.

나서서 내가 주인공이요, 말할 수도 없어 그저 날 노려보기만 할 줄 알았는데…….

나는 곧 그 이유를 깨달았다. 아이린은 안달할 필요가 없다. 무시를 당하든 말든 자신이 주인공이라는 사실은 변함없으니까.

기운 빠지는 결론이었다. 하지만 나중엔 어찌 되더라도 오늘의 주도권을 쉽게 넘겨줄 생각은 없다. 나는 아이린을 향해 부드럽게 미소 지었다.

"그러고 보니 황태자 전하는요? 당연히 같이 오실 줄 알았는데."

은근히 케일라덴 쪽으로 몸을 기울이며 묻자 아이린이 마주 미소 지었다.

"사냥제 준비로 바쁘시니까요. 전하의 상황을 배려하는 것도 미덕이지요."

"자신의 기사에게 호위를 받는 것도 레이디의 배려이지요. 오늘만큼은 황태자 전하 역시 레이디를 위한 기사 아닌가요? 기사들은 자신의 레이디를 호위하며 기쁨과 뿌듯함을 느낀답니다. 그렇죠?"

케일라덴을 슬쩍 돌아보며 묻자 그가 진중하게 고개를 끄덕였다.

"그렇습니다."

그 말에 부끄러운 듯 살짝 시선을 내리며 "전 괜찮다고 했는데." 하고 말을 작게 흘리는 것도 잊지 않았다.

아이린의 얼굴에서 여유가 사라지기 시작했다. 고작 이 정도로? 과민반응을 보니 역시 황태자와의 관계가 예전 같지 않나 보다.

나는 방금 전까지 아이린이 그랬던 것처럼 여유로운 미소를 지었다.

나도 바쁜 기사님을 배려하는 미덕을 실천하고 싶은데 그럴 수가 없네. 내가 워낙 선망 받는 레이디라 이렇게 다들 지켜 주고 싶어 하는걸.

명백한 메시지에 아이린의 눈가가 꿈틀 경련했다. 귀족들이 흥미 진진하게 나와 아이린의 공방을 지켜봤다.

그러고 보니 이렇게 사람들 앞에서 아이린과 부채싸움을 벌이긴 오랜만이다. 유타바인의 기사 서임을 축하하기 위해 챈들럼 공가에서 열린 파티가 처음이자 마지막이었다.

그땐 나의 승리였지. 이번에는 어떨까. 사람들이 숨죽이는 게 느껴졌다.

최근 행보를 볼 땐 내가 유력한 황후 후보였다.

하지만 오늘 황태자가 아이린을 택함으로써 또 저울질이 시작됐다. 에스투스 때 아이린이 수정궁에 갔다는 게 상기되기도 했을 것이다.

열 받을 건 없다. 나는 힘이 잔뜩 들어간 아이린의 턱관절을 보며 마음을 추슬렀다. 어쨌든 현재 스코어는 1:0. 아주 기분 좋은 시작이었다.

황태자에게 선택받지 못해 우울해할 거라 생각한 내가 선공한 게 당황스러운지 아이린은 잠시 아무 말이 없었다. 그러나 곧 태세를 가다듬고 반격을 시작했다.

"공녀께선 남성분들을 아주 능숙하게 대하시는군요."

직설적으로 말하면 너 남자랑 꽤 놀아 봤냐는 뜻이었다. 나는 정말 의외의 말을 들었다는 듯 눈을 동그랗게 뜨고 속눈썹을 팔랑거렸다.

"어머나, 그렇게 보였나요?"

아이린이 입매를 살짝 끌어올렸다. 그 미소가 뜻하는 건 자명했다.

챈들럼 공가에서 아이린이 케일라덴과 날 엮었던 게 오히려 다행이었다. 그때 황태자가 나서서 더 이상 모욕하지 말라고 경고하며 나와 케일라덴을 옹호한 덕에 아무도 우리 둘을 엮지 못하고 있다.

그 일이 없었으면 지금 이 흐름에서 미묘한 뉘앙스로 그럴싸하게 포장할 수 있었을 거다.

나중에 '어머, 제 뜻은 그런 게 아니었는데.' 등등으로 빠져 나갈 틈을 만드는 것은 아이린의 특기다.

그때는 처음으로 제게 향하는 공격에 당황하고 흥분해서 대놓고 스캔들이 의심된다는 말을 했지만.

"능숙하게 보였다는 건 무척 의외지만, 제 태도를 부러워하시는 것 같아 말씀드릴게요."

아이린이 부정하기 전에 생긋 웃으며 서둘러 말을 이었다.

"사람을 대할 때 이것저것 따지지 마시고 진심을 다해 보세요. 이 남자가 내게 관심이 있는가, 없는가. 친분을 쌓아도 좋은가, 아닌가. 도움이 되나, 안 되나. 이렇게 재지 마시고요. 사람과 사람으로서 진심을 다하면 성별, 나이, 지위와 상황에 관계없이 누구하고나 친밀하게 지낼 수 있답니다."

뼈가 있는 말이었다. 아이린의 가식이야 누구보다 그녀 자신이 제일 잘 안다. 이것저것 재고 따지기로는 지지 않는 내가 할 말은 아니었지만.

새하얀 비단 장갑에 감싸인 아이린의 손이 떨렸다. 얼굴만 그대로 미소 짓고 있으면 뭐하나. 나는 과장스레 그녀에게 한 발짝 다가갔다.

"좀, 힘드신 것 같네요."

안쓰러운 얼굴로 아이린의 손을 잡아 주었다. 움찔한 손이 날 뿌리치려 하다가 멈칫했다.

"괜찮아요. 천천히 마음을 여는 걸로 시작해 보세요."

눈썹을 살짝 늘어트리고 웃으며 속삭였다. 다독이는 내 모습에 아이린이 화사하게 미소 지었다. 하지만 내가 잡고 있는 그녀의 손엔 힘이 꽉 들어가 있었다.

"공녀께서 오해하신 것 같네요. 저는 언제나 사람을 진심으로 대한답니다. 공녀와 다를 바 없이요."

너랑 나랑 다를 거 없다. 아이린이 자신의 손을 꼬옥 잡고 있는 내 손을 흘낏 보고선 내 얼굴을 응시했다. 짧지만 노골적인 시선이었다. 사실인 데다가 난 내가 착하다는 착각에 빠져 있지 않기 때문에 아무런 타격도 받지 않았다.

악녀가 되겠다고 작정하고 있는 사람한테 못되게 군다고 손가락질해 봤자. 난 아이린을 놀리는 것에 집중했다.

"어머나, 그건 정말이지…… 몰랐네요. 영애는 저와 참 다르다는 말을 많이 들어서요."

물론 다르다고 들은 말은 아이린은 샤티와 달리 참 현숙하다는 소리였다. 나는 의미심장하게 웃었다. 자기를 성녀처럼 포장하는 데 샤티를 이용한 걸 까먹었나 보지?

샤티는 몰랐지만 나는 눈치챘다. 아이린이 없는 이야기를 만든 건 아니다. 샤티의 행동을 부풀리고 그와 대비되게 행동한 것이지만, '이렇게 달라요!' 하고 외치던 사람이 이제 와서 똑같다고 하는 건 우스웠다. 일관성이라도 가지든가.

"그랬나요? 저는 소문에 어두워서."

아이린이 정숙하게 시선을 내리깔며 말했다.

언론플레이의 여왕 같은 사람이 뭐라는 거지? 어이없다 못해 웃음이 터지려고 해서 표정관리가 힘들었다.

"그나저나 5황자 전하처럼 늠름하신 분께서 오늘 공녀의 기사가 되어 주시니 굉장히 의지되시겠어요."

더 이상 끌어 봤자 손해라는 생각이 들었는지 아이린이 말을 돌렸다.

본인은 황태자의 선택을 받았고 난 못 받았다는 점을 꼬집는데, 아프지도 가렵지도 않았다. 이미 예상했던 공격이었다.

난 아이린처럼 황태자에 기대야만 하는 사람도 아니고, 그를 사랑하는 것도 아니다. 아이린과 달리 나는 스스로 온전히 싸울 줄 아는 사람이었다.

물론 내가 처한 상황을 생각하면 유쾌하진 않지만 이렇게 얌전하게 돌려 말해서야.

"네, 그렇답니다."

사르르 웃으며 고개를 끄덕이자 잠시 정적이 찾아왔다.

우리 주변엔 '어머나, 스테나 영애께선 전하의 레이디시잖아요.' 운운하며 나와 비교해 줄 성녀 추종자들이 없었다.

아이린은 대놓고 난 황태자가 기사님이라 너보다 좋다고 말하진 못했다. 그렇다고 겸양을 떠는 척 은근히 자랑하려면 황태자를 깎아 내려야 했다. 불가능한 일이다.

내가 아이린더러 부럽다고 할 일은 더더욱 없다. 그녀 역시 잘 알고 있을 테다. 침묵이 흐르는 동안 아이린은 내게서 분노와 모멸의 흔적을 찾으려 했다.

나는 여유로운 미소로 받아쳤다. 애초에 없는 걸 찾을 수 있을 리가 없다.

그때였다. 미심쩍어하던 아이린의 얼굴이 일순 확 밝아졌다.

"전하!"

그녀의 시선을 따라 고개를 돌리니 황태자가 걸어오는 것이 보였다. 지금 나타날 거라곤 생각 못했는데……. 나는 찌푸려지는 미간을 바로 폈다.

"출발 전까진 바쁘시다더니 와 주셨군요."

아이린은 순식간에 황태자가 여기 온 게 그녀를 위해서인 걸로 만들었다. 나는 혀를 내둘렀다.

"형님."

"황태자 전하를 뵙습니다."

연달은 인사에 황태자가 고개를 끄덕였다. 굽혔던 다리를 들며 그를 쳐다보자 곧장 눈이 마주쳤다.

어라? 나는 고개를 갸웃했다. 지금 은근슬쩍 내 시선을 피한 것 같은데……. 하지만 아이린에게 눈길을 고정시키고 있는 모습을 보니 타이밍의 문제였나 싶었다.

괜히 황태자가 어색해서 그런 느낌을 받았는지도 모른다. 그가 아침에 갑작스레 찾아온 날 이후로 처음 본다.

"오늘 저를 전하의 레이디로 택해 주셔서 얼마나 감읍한지 모릅니다. 전하께서 이리 저를 아껴 주시고 소중히 여겨 주시니 행복합니다."

얼씨구. 나는 수줍게 미소 짓는 아이린을 짜식은 눈으로 쳐다봤다. 일부러 오버하는 것 뻔히 보였다.

그 순간 그녀와 눈이 마주쳤다. 아이린이 미소 지었다. 승리자의 미소였다. 나는 파사삭 구겨지려는 안면 근육을 애써 진정시키며 두 사람과 거리를 살짝 벌렸다.

둘이 꽁냥꽁냥 연애질하는 걸 들어 줄 필요는 없다.

황태자는 사냥 준비나 할 것이지 왜 온 거야? 분위기 딱 좋았는데. 시선이 느껴져 고개를 돌리니 황태자가 날 바라보고 있었다. 나는 모르는 척 그를 외면했다.

아이린이 높은 음정으로 재잘거리는 게 귓가에 울렸다. 들뜬 목소리에는 과시가 가득했다.

"오늘 케일라덴 전하 정말 멋지신 것 같아요."

커퀴벌레는 벌레끼리 놀게 놔두고 나는 케일라덴에게 말을 붙였다. 유유상종이라고 사람은 사람끼리 놀아야 하는 법. 되는대로 뱉은 말이었지만 사실이었다. 서둘러 입을 열다 보니 그야말로 직관적으로 말이 나왔다.

오늘 케일라덴은 누가 봐도 멋있다고 생각할 것이다.

평소엔 황족 치고 단출하리만큼 간단하게 입는데, 오늘은 칠흑 같은 아머에 짙은 쪽빛 망토까지 위풍당당하게 걸쳤다.

모든 게 그와 너무 잘 어울렸다. 아머 중앙에 박힌 남청석은 꼭 케일라덴의 눈동자 같았다.

아머는 활동성을 고려해 망토와 연결된 어깨 부근에서 가슴팍까지 연결되어 있었고 그 밑으로는 가죽조끼와 바지를 입었다. 단련된 몸에 딱 붙은 가죽조끼가 아주 바람직했다. 절개선을 따라 단단히 박음질된 라인이 섬세하다.

"감사합니다. 샤르티아나 공녀도 굉장히 아름답습니다."

나는 말없이 웃었다. 내가 예쁜 거야 당연하지만 오늘은 이런 찬사를 받기엔 애매했다. 특히 공작새처럼 꾸미고 있는 아이린 곁에선.

얼굴이야 항상 그렇듯 완벽했으나 내가 입고 있는 옷은 아주 단순한 디자인의 케이프 드레스였다. 하얀 털이 풍성한 넥워머가 유일한 포인트고 케이프는 단색이다.

일반 케이프와 달리 기장이 발까지 내려오며 넓게 퍼졌는데, 가슴 바로 밑에서 한 번 조이지 않았다면 겉옷이라고 생각했을 것이다. 물론 딱 떨어지는 선과 맞물림이 완벽해서 단순하면서도 세련되게 보였다. 하지만 공 들여 치장했다곤 절대 말할 수 없다.

유일하게 정성 들였다고 말할 수 있는 부분은 머리 장식이다. 높게 틀어 올리고 그 아래를 새하얀 깃털 장식으로 바치듯이 감쌌다. 레지나에게 있어서 가장 큰 행사 중 하나인 사냥제에 어울리지 않는 행색이다.

아이린은 물론이고 남녀상열지사를 꿈꾸며 치장한 영애들이 주변에 한가득했다. 그 속에서 내 옷차림은 쉽게 묻혔다. 아니, 혼자 너무 단출해 오히려 더 눈에 띄었다.

과감한 디자인이 허용되는 사냥제인 만큼 평소라면 흰 눈 뜨고 바라볼 드레스도 몇몇 있었다. 꼬리뼈 부근까지 등이 파인 드레스도 있었고 밑 가슴 굴곡이 언뜻 드러날 정도로 절개된 드레스도 있었다.

꼬리깃을 잔뜩 펼친 공작새 사이에서 나 혼자 참새나 다름없었다

─물론 얼굴은 누구에게도 지지 않는다!─.

누가 말하느냐에 따라 인사치레도 못 되고 비꼬는 걸로 들렸을 텐데, 케일라덴의 얼굴엔 진심이 가득했다.

솔직히 기쁘다. 예쁘단 말 좋아하지 않는 사람은 없다. 여자든 남자든.

"오늘 샤르티아나, 당신을 내 레이디로 맞이할 수 있어서 영광입니다."

"저야말로 영광입니다, 전하."

수줍게 미소 지으며 장난스레 살짝 무릎을 굽혔다. 그가 일어나는 내 손을 쥐며 가까이 다가왔다.

"승리의 영예를 돌리지 못해 미안할 따름입니다."

케일라덴이 낮게 속삭였다. 생각지도 못한 말에 나는 눈만 깜빡였다.

우승자가 황태자일 거라는 건 모두 아는 사실이다. 하지만 사냥을 시작하기 전부터 참가자가 그렇게 말하니 조금 힘이 빠졌다. 하물며 그는 내 기사다. 황태자는 내 적인 아이린의 기사인데…….

하지만 솔직하고 직설적인 게 케일라덴의 장점이었다. 무례를 솔직함으로 포장하는 게 아니라, 배려심이 많지만 꾸밈이 없을 뿐이다.

그가 진심으로 미안해하는 기색이라 나는 서둘러 고개를 저었다. 몬스터 한 마리 못 잡고 토끼만 잡아 오더라도 괜찮다. 케일라덴이 어떤 결과를 내든 상관없이 그에게 감사할 것이다.

"저를 위하는 전하의 마음만으로 충분합니다. 이미 과분해요."

나름대로 인복은 있지 않나 싶었다. 여태까지 많은 사람들에게 도움을 받았다. 그 중에서도 케일라덴은 특별하다.

그를 너무 믿지 말라 경고하던 말을 무시하는 건 아니지만, 그가 어떤 생각이든 케일라덴의 배려는 내게 큰 도움이 되었다.

레지나로서 나서야 하는 많은 행사에 그가 없었다면 꽤 난감했을 것이다. 황자 중 한 명에게 다가가 억지로라도 친분을 쌓아야 했겠지.

친분을 쌓더라도 그 상대가 케일라덴만큼 날 배려하고 호의를 보일 가능성은 거의 없었다. 그에 대해 의심하는 시녀들도 이건 부정하지 못했다.

비단 이해득실의 문제만이 아니었다. 가까이서 보는 그의 눈동자가 심해처럼 깊게 일렁였다. 나는 그의 손을 맞잡고 미소 지었다.

처음 황궁에 와 사방이 다 적 같았을 때 유일하게 따뜻하게 대해 준 사람이 케일라덴이었다. 덕분에 나는 그 시간을 견딜 수 있었다.

그 후로 지금까지 많은 것이 변했어도 그는 한결같다.

변화는 내게 긍정적이었지만 가끔 혼란스럽기도 했다. 반면 항상 진중한 그에게선 단단한 중심이 느껴졌다. 돌이켜 보면 석연치 않았던 모습도 있긴 하다. 하지만 날 대하는 그에게선 진심이 가득했다.

적어도 지금 이 순간 내 가능성을 재고 있진 않다는 건 확실하다.

"나는 이만 가 봐야겠습니다."

잔잔히 맞닿은 시선은 곧 비꼈다. 케일라덴이 고개를 돌렸다. 시선을 피한 그의 눈매가 살짝 떨렸다. 의아했지만 나는 순순히 그를 놓아주었다. 발대식이 코앞으로 다가왔으니 여기서 지체할 시간이 없기도 했다.

"네, 나중에 뵈어요."

짧게 고개를 끄덕인 그가 몸을 돌려 조금 떨어진 곳에 있는 기사 무리에게 곧장 다가갔다.

그들은 케일라덴을 기다리고 있었던 것 같다. 좀 더 빨리 놓아줄 걸 그랬다. 같이 이야기를 나누던 사람이 사라지니 옆 사람의 대화 소리가 잘 들렸다.

"……하는데 어떠세요? 겨울이니 좋은 기…….."

"이만 가 보지."

한창 신나서 떠드는 아이린의 말을 황태자가 잘랐다. 검보다 차갑고 날카로운 목소리였다. 황태자는 아이린의 인사도 받지 않은 채 자리를 떴다.

나를 스쳐 지나가며 한순간 우리 둘의 시선이 얽혔다. 금빛 눈동자가 이상하리만치 반짝거렸다. 하지만 그는 단 한 번의 멈칫거림도 없이 걸음을 옮겼다.

착각이었나? 고개를 갸웃했지만 확인할 방도는 없다. 중요한 일도 아니라서 금세 머릿속에서 지워 냈다.

아이린은 얼굴을 굳힌 채 황태자의 뒷모습을 쳐다보고 있었다. 꽉 틀어쥔 손아귀에 매끄러운 드레스자락이 사정없이 구겨졌다.

쌤통이긴 하지만 궁금하긴 했다. 아이린만 떠들고 황태자는 대꾸도 안 한 것 같은데 대체 여기까지 왜 온 거지? 분위기도 별로던데 싸웠나?

아이린은 황태자에게 살갑게 대하며 다가가려 노력했지만 황태자는 묵묵부답이었다. 철벽도 그런 철벽이 없다. 밀쳐 내지조차 않았다. 아무것도 없는 것처럼.

거부보다 더 잔인한 무시였다.

'뭐, 알아서 하겠지.'

남의 연애사다. 두 사람의 연애가 나랑 아무 상관도 없는 건 아니지만, 결국 두 사람의 감정은 두 사람의 것이다. 상관하지 말……지는 못하겠다. 잘되면 망하라고 고사 지낼 판에 알아서 분위기가 안 좋으니 몹시 고소했다.

이대로 깨져라! 커플지옥 솔로천국!

……이젠 샤티하곤 비교할 수조차 없는 악녀가 된 것 아닐까. 잠시 현자타임이 올 뻔했다. 그래도 이왕 악녀가 된 김에 한술 더 뜨기로 했다.

"전하께서 영애를 보고 깜짝 놀라셨겠어요. 오늘 굉장히 시간과 비용을 들여 꾸미신 것 같은데, 뭐라 하셨나요?"

결코 오늘 예쁘다거나 아름답다는 말은 하지 않았다. 구애를 위해 꽁지깃을 활짝 펼친 공작새를 바라보듯 많이 애썼다, 하는 표정으로 바라봐 주는 것도 잊지 않았다.

알콩달콩한 커퓔의 밀담 따위가 궁금해서 물어본 건 절대 아니고 당연히 황태자가 한 마디도 하지 않았다는 걸 알고 한 말이었다.

아이린이 굳었던 표정을 풀고 수줍은 듯 미소 지었다.

"평소와 색다른 기분을 내고 싶었던 것일 뿐, 특별하다곤 생각 안 했는데……. 감사합니다."

아니, 네 차림새를 칭찬한 건 아니거든.

"저한테 감사하실 필요는 없어요. 말 그대로의 사실을 말한 것뿐이니까요."

단박에 부정하긴 했지만 '님, 예쁜 거 사실이니까 감사할 필요 없음'이라고 해석할 여지를 남겨 뒀다. 듣는 귀가 많으니까.

아이린은 그렇게 알아들은 양 부드럽게 웃었지만, 우리 둘 다 내가 좋은 의미로 말한 게 아니라는 걸 잘 알고 있다.

"후후, 전하께서 오신 게 반가워서 제가 너무 수다스러웠어요. 전하께서는 제 말씀을 들어 주시는 자상한 성품이셔서……."

그래서 황태자가 아무런 말도 안 했다? 참 포장하기 나름이지만 궁색하다.

나는 그녀를 비웃는 대신 순진하게 눈을 깜빡였다. 지켜보는 사람도 많은데 여기서 먼저 날카롭게 나갔다간 패악 부리는 걸로 보이기 십상이다.

안 그래도 아이린은 착하고 나는 못됐다는 선입견이 가득한데 긁어 부스럼 만들 필요는 없다. 비꼬는 것보다 훨씬 더 사람 열 받게 만드는 방법은 따로 있었다.

악의라곤 하나도 없는 척하며 사람 바보 만드는 건 아이린만 할 줄 아는 게 아니다.

전생의 나와는 다르다. 전생의 나와는!

이제는 사회생활 만렙 찍은 김 부장 정도의 스킬을 가지고 있다! 내겐 수많은 드라마와 인터넷 게시글이 준 가르침이 있다!

"그렇군요. 난 대화는 서로 주고받는 거라고 생각해서 한쪽만 말하는 경우는 몰랐네요."

애매하게 미소 지으며 고개를 끄덕였다. 아이린의 부족함을 이해해 주려 노력하는 자애로운 얼굴로. 새삼 내가 예쁘게 생겨서 참 다행이라고 생각했다. 예쁘면 쉽게 설득력을 갖는다.

예상치 못한 내 반응에 아이린이 말문이 막힌 사이 2연타를 날렸다.

"하지만……. 전하께서 워낙 다정하고 자상하셔서 들어 주시기만

하면 스테나 영애께서 좀, 으음…… 조율해야 하는 것 아닐까요?"

아이린에게 상처 주지 않기 위해 최대한 말을 고르려고 노력한다는 티를 팍팍 내면서 조심스레 눈치를 살폈다. 꼭 걱정하는 것처럼.

그러곤 내 말에 발끈하려는 그녀를 다독인다는 느낌으로 아이린을 추켜세워 줬다. 정작 아이린은 발끈하지도 못하고 있지만.

"영애께서도 아까 제게 배려의 미덕을 보여야 한다고 말씀하셨잖아요. 참 옳은 말이라고 생각해요. 역시 명망 높은 스테나 영애다운 말이었어요. 상대를 배려하는 거야 말로 관계에서 가장 필요한 것이죠."

어찌 돌아갈지 눈치챈 아이린이 애써 웃음을 지으며 입을 열려고 했다. 나는 재빨리 그녀에게 한 걸음 다가가 손을 와락 잡았다. 아이린의 미소가 한순간 경직됐다.

너무 그러지 말아 줄래? 장갑 너머로라도 너랑 손잡는 거 나도 엄청 불쾌하거든?

물론 겉으로는 이 겨울에도 꽃을 피울 정도로 화사하게 미소 지었다.

"그러니 너무 영애의 말만 하지 마시고 전하의 말씀도 들어드리세요. 안 그래도 국정으로 고심이 많은 분인데 속에 얼마나 쌓인 게 많으시겠어요. 전하를 배려해 드리는 게 그분 곁에 있는 저희가 해야 할 일이잖아요. 두 분 관계가 예전 같지 않아 보여 걱정이 많이 돼요."

막타까지 깔끔하게 성공. 콤보가 아주 시원하게 터졌다.

"공녀께서 상관하실 일이 아니에요. 저는 충분히 전하의 말씀을 잘 들어드리고 있어요, 항상!"

아이린이 날카롭게 말했다. 작은 헛떡임이 새어 나왔다.

황태자의 사랑에 안위를 의존하고 있는 그녀로선 연적 포지션에 있는 내가 그런 말을 하는 걸 견딜 수 없었을 거다.

지위에 대한 위협에 더해, 황태자를 사랑하는 만큼 질투하고 불안해한다. 어쩔 수 없는 일이다.

아까의 여유를 찾아볼 수 없는 아이린을 보며 다시 한 번 절대 황태자를 사랑하지 않기로 결심했다.

"으음? 항상이라니……. 방금은 안 그러셨잖아요."

나는 이번에는 눈치 없는 척 천진하게 고개를 갸웃거렸다. 순진한 눈망울을 크게 깜빡여 주는 것도 잊지 않았다. 천사처럼 무구해 보일 거라는 건 매일 거울을 보는 내가 가장 잘 알고 있다.

"스테나 영애, 같은 궁에서 생활하는 자로서 깊은 우정으로 충고하는 거니 부디 곡해해서 듣지 마세요. 영애께서는 말씀하시기 전에 앞서 한 번 생각을 해 보시는 게 좋을 것 같아요. 황태자 전하께 일방적으로 수다를 늘어놓았다고 본인 입으로 말씀하신 다음에 항상 이야기를 잘 들었다고 하시면……."

결코 책망하지 않는 어투로, 다만 모순이 이상해서 말하는 것뿐인 것처럼. 나무라거나 가르치기보단 감상을 말하듯이.

"바로 전에 하신 말씀을 부정하는 건 조금 미덥지 않아 보여요."

이런 게 실례일 줄은 생각도 못하는 순진함을 가장해서. 아이린이 잘 되길 바라는 순수한 마음에서 우러나오는 느낌으로.

"아, 영애의 이런 점 때문에 아까 제가 진실하게 사람을 대하라고 말씀드린 것 같아요. 영애께선 그러신다고 말씀하셨지만 정작 행동은 그렇지 않으니까. 언제나 말뿐이잖아요."

안타까운 기색을 가득 담은 말에 아이린이 날 노려봤다. 초록색 눈동자가 새파랗게 불타올랐다.

"카일론 공녀!"

"어머, 설마 기분 나쁘신 건 아니죠? 저는 순수한 의도에서 우정으로 말한 것인데……. 부디 절 이해해 주세요. 기분 상하셨다면 정말 죄송해요."

빙긋 웃었다.

들어는 봤니? 빙쌍이라고. 빙그레 웃는 쌍년의 준말이란다.

그간 보고 겪고 듣고 상상했던 온갖 진상 스킬을 다 발휘했다. 이건 아침 드라마마저 뛰어넘었다. 인터넷 게시판에 올려도 자작이라는 말을 들을 정도다. 장하다, 나!

아이린이 자기 남친한테 집적거리는 미친 여자가 있다면서 오늘 내가 한 말 써 놓으면 조회수 폭발하고 캡처되어 여기저기 돌아다닐 대사다.

그리고 내 친구가 보고 나한테 '너 이거 봤냐? 세상엔 별 또라이가 많다.' 하고 캡처짤을 주겠지.

하하. 그 또라이가 나란다, 친구야.

내가 생각해도 엄청 얄미웠다. 아니, 얄밉다는 말로는 부족하다.

아이린이 숨을 내쉬며 눈을 지그시 감았다가 떴다. 그 한 번으로 진정한 그녀가 차분하게 말했다.

"공녀께서 절 걱정해서 말씀하신 건데 제가 기분 상할 리가요. 저는 선물을 받을 때 제 기호나 필요보다는 주는 사람의 마음을 생각하려 한답니다. 설령 그것이 가시 꽃으로 포장하고 진흙 속에 담근 것이라고 해도요."

아이린이 다정히 웃었다. 네가 아무리 가시 돋힌 말을 해도 나는 성녀답게 너그러이 받아 주겠다는 태도였다.

나는 비식 새어 나오는 비웃음을 참고 고개를 갸웃거렸다. 샤티는 눈치 없는 걸로도 비웃음을 당했으니 이럴 때 써먹어 줘야지.

"음? 선물인데 왜 가시 꽃으로 포장하고 진흙 속에 담가요? 선물은 받는 사람에 대한 호의를 표현한 거잖아요."

나한텐 악의가 없어요. 눈치도 없고요. 그냥 순진할 뿐이에요. 계략도 몰라요. 내가 준 것은 정말 호의의 표현이었어요. 근데 갑자기 왜 그런 말을 하는지 모르겠어.

무구한 눈으로 아이린을 바라봤다.

"영애는 선물 줄 때 진흙 속에 담그는 걸 생각해요?"

"아니, 지금 제가……."

"아!"

나는 무언가 깨달았다는 듯 탄성을 질렀다. 눈을 크게 뜨고 아이린을 보다가 상처받았다는 듯 입술을 떨었다.

"스테나 영애, 지금 혹시 내가 한 말이 가시 꽃과 진흙으로 만든 것과 같다는 건가요?"

어쩜 그런 생각을……!

비련의 여주인공처럼 어깨를 틀고 손으로 입을 가렸다. 너무 심취한 바람에 오버한 것 같지만 어쩌겠는가. 이미 해 버린 것을. 내 미모가 오버액팅을 가리고 가녀림을 부각시켜 주길 믿는 수밖에.

그 순간 주변에 소요가 일었다. 내 미모로도 해결 못할 오버였나 당황하는데 인사 소리가 들렸다.

"황제 폐하, 황후 폐하를 뵙습니다."

나와 아이린 역시 황급히 몸을 돌려 황제와 황후를 맞았다.

"두 영애를 이렇게 함께 보니 기분이 좋구나. 제국의 흥복이야."

황제가 너털웃음을 지었다. 황후 역시 인자하게 고개를 끄덕였다. 두 사람에게선 나나 아이린에 대한 호오를 찾아볼 수 없었다.

둥그런 테이블에 황제와 황후가 나란히 착석했다. 황제가 자연스레 나를 끌어서 본인 옆에 앉혔다. 지켜보던 귀족들의 소리 없는 동요가 들렸다. 아이린은 흔들림 없이 조신한 미소를 지은 채 남은 자리에 앉았다.

"그래, 두 사람 모두 황궁 생활엔 익숙해졌나?"

"폐하 덕분에 잘 지내고 있습니다."

황제의 질문에 차분히 답하자 황후가 미소를 지었다.

"오늘 스테나 영애가 아주 아름답구나. 평소와 다른 분위기인데도 잘 어울려."

"황공합니다, 폐하."

곱게 머리를 숙이는 아이린을 보고 황후가 거듭 칭찬했다.

"과연 태자의 레이디다운 자태야. 이 사냥제의 주인공다워."

"황후 폐하를 두고 어찌 감히 제가 주인공이라 할 수 있겠습니까."

"겸손하기도 하지."

황후가 흡족한 얼굴로 고개를 끄덕이고는 날 바라봤다. 여전히 미소를 띠고 있으나 아이린을 볼 때와는 전혀 다른 시선이었다.

"카일론 공녀는 구휼제 때 남다른 남복을 입었다 들었는데……."

절대 그때의 일을 칭찬하는 게 아니었다. 말은 부드러웠으나 시선이 노골적으로 내 복장을 훑었다.

기대가 컸건만 실망이야. 딱 그런 눈빛이었다. 나는 싱긋 웃었다.

"감사합니다, 폐하. 마일러트 남작의 공이 크지요."

예의에 맞게 진심 하나 담기지 않은 깔끔한 인사였다. 황후가 내게 눈총을 주기 전에 황제가 부드럽게 말했다.

"그러고 보니 오늘 남복한 영애들의 옷이 특이하군. 혹 공녀가 입었던 것과 비슷한가?"

"부끄럽지만 그렇습니다."

"사교계의 유행을 선도하는 것도 중요하지. 공녀의 영향력이 벌써 대단하구나."

"과찬이십니다, 폐하."

수줍게 미소를 짓자 황제가 마주 웃었다. 황후가 그런 우리를 보고 미소 지었다.

"공녀가 오늘 입은 드레스도 곧 유행이 되겠구나."

어디 두고 보자는 말에 나 역시 황후를 마주 보고 미소를 지었다. 당당하게.

"부족하나마 폐하를 실망시키지 않겠습니다."

입에서 나온 말은 겸손했지만 내 표정과 어조는 아니었다.

허세 부리기는, 자애롭게 웃는 황후의 표정에서 그 말이 읽혔다. 그에 반해 아이린은 불안한 듯 움찔했다. 그간 몇 번 당해 봐서 그런지 좀 감이 오나 보지. 나는 칭찬의 의미로 아이린에게 싱긋 웃어 줬다.

한담은 그걸로 끝이었다. 차양 밖으로 나가 발대식을 거행했다.

황제의 축사가 끝나자 사냥제의 백미, 몬스터 사냥이 시작되었다.

이날을 위해 아름답게 치장한 영애들과 무구를 광낸 영식들의 얼굴이 화사하게 피어올랐다. 겨울인데도 훈기가 도는 듯했다.

펠론 제국에서는 사냥에 나가는 기사의 무운과 무사를 기원하며 레이디가 기사의 화살에 손수건을 묶는다. 기사는 레이디의 손수건이 걸린 화살로 사냥감을 잡고 그 사냥감을 레이디에게 바친다.

시황제가 황후의 손수건을 묶은 화살로 드래곤을 잡았다나 뭐라나. 그것도 일격에.

드래곤에 대해 쥐뿔도 모르는 내가 생각하기에도 참 허세가 장난 아니다.

검도 아니고 화살 일격에 깨꼬닥 하는 드래곤이라니, 아무리 전설이라 해도 뻥이 너무 심한 것 아닌가. 어쨌든 그런 유래로 사냥제에선 이런 이벤트를 한다. 덕분에 사냥제의 다른 이름은 커플제라고…….

하, 선량한 솔로는 추워서 이 겨울을 나겠나.

유래 때문에 손수건을 단 화살을 효시라고 부르는데, 진짜 처음으로 쏘는 화살은 아니다. 오히려 마지막 마무리용인 경우가 많다고 한다.

처음부터 자랑할 만한 사냥감과 조우하지 않을 확률이 크거니와 첫 공격은 사냥감도 체력이 남아 돌아서 빗나가는 경우도 많기 때문이다.

역시 첫발에 드래곤을 죽인 시황제의 전설은 허세의 전설이다.

오늘 사냥제는 라하딘 기간인 만큼 레지나가 가장 먼저 자신의 기사에게 손수건을 건넨다.

모두 기대 어린 눈으로 첫 스타트를 끊을 아이린을 바라보았다. 나도 함께하지만 내게 주의를 기울이는 사람은 없었다. 당연하다면 당연한 일이다. 아이린은 황태자의 레이디니까.

반짝이는 새하얀 드레스를 입은 그녀에게서 빛이 나는 것 같았다. 예상했고 어느 정도 의도했던 바이지만 그래도 입이 비죽 튀어 나왔다.

내 기사님도 얼마나 멋진데. 충분히 주목받고 존중받을 가치가 있다고. 케일라덴이 황태자가 아니라는 이유로 이렇게 뒷전으로 밀려나는 게 짜증 났다. 기사들의 선두에 서 있는 그와 눈이 마주쳤다. 싱긋 웃자 케일라덴의 입매가 살짝 부드러워졌다.

아름다운 레이디에게 손수건을 받길 고대했을 케일라덴에게 조금 미안했다. 눈부시게 빛나는 아이린과 달리 나는 단색의 단조로운 케이프 드레스를 입고 있다. 그는 충분히 아름답다고 말하겠지만 가꿔서 나와야 할 상견례 자리에 쌩얼에 츄리닝 입고 나온 꼴이다.

'그래도 걱정 말아요. 오늘 당신의 레이디로서 손색없을 만큼 나도 공들였으니까.'

슬쩍 윙크를 하자 그가 움찔 어깨를 떨었다. 무뚝뚝한 얼굴에 당혹감이 번졌다.

음, 너무 예뻐서 당황한 걸 거야. 분명해. 다른 이유일 리 없어! 합리화를 마치고 배에 힘을 빡 줬다. 자신감이 중요한 순간이다.

아이린은 당당하게 허리를 쫙 펴고 황태자를 향해 걸음을 옮겼다. 그녀의 손엔 하얀 손수건이 들려 있었다.

나는 한 박자 늦게 가슴 아래를 조였던 끈을 풀었다. 넥워머도 풀고 걸음을 옮기자 내 움직임을 따라 케이프드레스가 물결처럼 흘러내렸다.

팔랑 거리는 얇은 천이 겨울바람에 휘날렸다. 아이린에게 향했던 시선이 일순 나에게 쏠렸다.

둥근 어깨가 희게 드러나며 소란이 일었다. 나는 우아한 미소를 머금었다.

이 미소만 몇 날 며칠을 연습했다. 어젯밤, 나는 거울을 보며 감탄했다. 원래도 우아하지만 피 나는 노력까지 더해지니 진짜 여신이 따로 없었다.

허리는 곧게 펴고 어깨는 살짝 내려 가냘픈 목선이 살도록 신경 쓰며 걸었다.

높게 틀어 올린 머리카락과 그 아래 백조처럼 여리여리 소담한 깃털장식, 가슴 선부터 시작되는 드레스. 모두 목선을 강조하는 스타일이었다. 그리고 길고 가련하게 뻗은 내 목선이야 원래 완벽했고.

내 몸 자체가 하나의 예술이랄까?

아, 중요한 순간이니까 드립은 자제하자. 손가락이 오그라들기 시작해서 재빨리 생각을 멈췄다.

케이프가 떨어지며 드레스가 온전히 드러났다. 온통 붉은 미니 드레스는 눈이 내린 하얀 숲과 대비되어 강렬했다.

나는 풀었던 넥워머를 숄처럼 팔에 감았다. 딱 달라붙는 드레스 상단과 달리 동백꽃잎처럼 퍼진 치맛자락에 하얀 숄이 눈처럼 내려앉았다.

감탄스러운 시선이 나에게 집중되는 것을 즐겁게 바라보았다.

나는 저도 모르게 멈춰선 아이린을 향해 진하게 눈웃음을 쳤다. 흠칫, 청초한 얼굴이 하얗게 굳는다. 원래 필살기는 처음부터 보여주는 게 아니라 승부를 가를 때 쓰는 거란다.

아이린이 평소와 다르게 입고 올 건 이미 예상하고 있었다. 오늘의 주역임을 나타내고 사교계에서 위치를 다잡아야 하기 때문이다.

지금 아이린은 사교계 여성들 사이에서 별 두각을 나타내지 못하고 있다.

성녀 이미지에 금이 간 것도 있지만 사실 그 이미지 자체는 카리스마와 거리가 멀었다.

아이린은 강렬한 존재감으로 사람들 사이에 우뚝 서진 못했다. 그녀는 항상 스스로를 낮춤으로써 원하는 것을 손에 넣었다.

나름대로 괜찮은 전략이었다. 가문의 힘도 없는 그녀가 제도 사교계에 녹아들려면 기존 지배계층에게 무해하게 비쳐져야 했을 테니까.

그리 행동하니 당연히 입는 옷도 검소했다. 집안 형편상 보석을 처바른 드레스보단 수수한 드레스를 입을 수밖에 없었던 것도 한몫했으리라.

하지만 황후가 존재감으로 밀린다는 것은 치욕이다. 황후는 황궁에서 열리는 모든 사교 모임의 호스트다. 주역을 뺏기는 것은 초라하다는 말로 부족하다.

그간 아이린은 귀족 영애로선 좋은 말로 검소하지만 차기 황후로선 지나치게 검소한 옷을 입었다.

나를 추종하는 무리들 입에서 궁상맞다는 소리가 나오는 것도 어쩔 수 없다.

아이린이 오늘 이를 갈며 준비했을 건 분명했다. 그래서 나는 칼을 갈았다.

오늘 아이린의 드레스는 분명 파장을 불러 일으켰다. 그녀는 우아하면서도 섹시했다. 품격이 느껴졌다. 기존의 모습과 비교되어서 더더욱 인상적이었다.

내가 처음부터 이 드레스를 내보였다면 누가 더 낫다 어떻다 비교하는 소리가 바글바글했을 것이다.

패션의 완성은 얼굴이니 내가 이겼을 테지만.

그래도 황태자에게 손수건을 전해줄 즈음 되어선 드레스에 대한 것도 소강되었을 거다.

황태자의 화살에 손수건을 매달아 주는 아이린은 선망 어린 시선을 받고 나는 그대로 그늘에 가렸겠지.

지금 이렇게 압도하는 상황은 그야말로 칼을 갈았기에 가능했다. 꽤 날카롭게 갈린 것이 마음에 들었다.

겨울이라 사람들은 대체로 한색 계열의 무채색 옷을 입고 있었다. 희고 푸른 드레스자락과 하얀 풍경 사이로 선홍빛 드레스가 단연 눈에 띄었다.

눈 사이에 핀 동백꽃처럼 무채색의 세상 속에서 홀로 생동했다. 멍하니 날 바라보는 케일라덴에게 다가갔다. 여전히 그 끝내주게 우아한 미소를 지은 채였다.

워킹 연습도 많이 했다. 구휼제 때가 당당하고 거침없는 모델워킹이라면 오늘은 요정워킹이랄까. 누구나 내 기사가 되어 주고 싶게끔.

으음, 요정워킹이라니 내가 생각한 말이지만 참 오글거린다. 잠시 내 인격과 서먹해졌다. 하지만 사실인걸. 지금 난 사랑스러운 요정 그 자체라고!

……아마도.

내가 바로 앞까지 다가갔는데도 케일라덴은 멍한 상태 그대로였다. 살짝 손을 두드리자 그제야 초점이 돌아왔다.

'훗, 나의 사랑스러움에 정신 못 차리나 보군.'

절대 소리 내어 말하지 못할 농담을 주워 삼켰다. 이 무뚝뚝한 기사님이 그럴 리는 절대 없지만.

짙은 눈에 비로소 내가 온전히 담겼다. 마주친 시선에 생긋 웃는데 그는 아까와 다르게 얼굴을 굳혔다. 그래 봐야 평소 무뚝뚝한 얼굴과 비슷했지만 마주 웃어 주던 아까와는 확연히 달랐다.

"케일라덴 전하?"

의아한 내 부름에 그의 얼굴이 풀렸다.

"죄송합니다, 공녀. 놀란 바람에."

석연찮은 구석이 있으나 그냥 씩 웃었다. 여기서 캐물을 수도 없다. 그와 나의 관계도 그렇지만 수많은 사람들의 앞이다.

"그거 좋은 의미의 놀람이죠?"

"당연합니다."

이번에야말로 그가 살짝 미소 지었다. 나는 눈을 가늘게 떴다.

"아까도 아름답다고 하셨으면서……. 그땐 빈말이었나요?"

"절대 아닙니다."

농담이었는데 그가 심각하게 정색해서 조금 당황스러웠다. 사냥전 긴장을 풀어 주겠다는 내 노력은 결국 얼굴을 더 굳히는 걸로 끝났다.

그가 내게 화살을 내밀었다. 내 드레스와 똑같이 붉은 손수건을 화살에 감았다.

긴 화살 깃과 하늘하늘한 손수건이 어우러져 화려한 꼬리를 만들었다. 보기엔 좋았지만 걱정이 들었다.

이렇게 묶으면 무게 때문에 더 안 날아갈 거 같은데 괜찮나. 손수건이 퍼지면서 바람 영향도 많이 받을 거 같고. 뭐 어차피 확인

사살용이지만.

역시 시황제는 허세남이다.

"제겐 전하의 안전이 가장 중요합니다. 부디 조심하시길."

그에게 속삭이자 그가 내 손을 잡았다. 천천히 들어 올리고 손등에 입술을 꾹 누른다. 질척이는 것 없이 깔끔한 입맞춤이었다.

"오늘 당신의 명예를 위해 싸울 수 있어 영광입니다, 나의 레이디."

마지막으로 손을 한 번 꽉 잡고 뒤돌았다. 그 순간 황태자와 눈이 마주쳤다.

그 샛노란 눈동자는 바로 앞에서 아이린이 화살에 손수건을 묶는 것엔 시선 한 번 주지 않고, 흔들림 없이 오직 나만을 좇았다.

나는 그를 지나 단상으로 걸어갔다. 도착해서 다시 몸을 돌렸을 때까지 황태자는 여전히 날 바라보고 있었다.

손수건을 다 묶은 아이린이 뒤돌아섰다. 그녀는 온유한 미소를 짓고 있었으나 얼굴이 창백했다.

아이린이 자리로 돌아오자 다른 영애들이 자신의 기사에게 다가가기 시작했다.

고운 얼굴에는 드디어, 라는 기쁨이 가득했다. 이 순간 그녀들의 얼굴엔 황태자나 그의 레이디에 대한 것 따위는 찾아볼 수 없었다.

어휴, 눈꼴 시려.

눈이 하트 모양으로 변한 남녀 무리를 보고 있으려니 저절로 옆구리가 시렸다. 남복을 입은 영애들도 많았지만 드레스를 입고 온 영애들도 제복 재킷을 걸치고 있는 모습이 눈에 띄었다.

누구의 제복인지는 뻔했다. 당연히 연인이겠지.

바야흐로 제도에는 보이프렌드룩 열풍이 불기 시작했다. 내가 시작한 유행이지만 무척 서글펐다.

나도 남친 옷 입을 줄 아는데 남친이 없네? 하하, 젠장.

내가 추운 게 미니드레스 때문인지 닭털을 날리는 커플들 때문인지 모르겠다.

영애들이 활에 손수건을 묶어 주자 기사들은 눈빛으로 감사를 표했다.

레지나 때보다 훨씬 오래 걸렸다. 화끈한 키스로 환호성을 받는 커플도 있었다. 얼마 전에 결혼했다는 모양이다.

신혼이면 공공장소에서 저래도 되냐. 속이 부글부글 끓었다. 절대 부럽거나 질투 나서가 아니다. 사회의 미풍양속을 해치는 유해한 광경을 목격했기 때문이다. 차기 황후로서 어찌 염려하지 않겠는가.

진짜다. 난 딱히 연애하고 싶지 않다고. 그럴 상대도 없고. 하지만 황태자와 사랑 없이 결혼하고 그 후에도 연애 한 번 못할 걸 생각하면 배알이 뒤틀리긴 했다.

다른 건 둘째 치고 내 마지막 연애 상대가 박태준이라니. 그건 너무 가혹하잖아!

"오늘 정말 아름답구나, 카일론 공녀."

"감사합니다, 황제 폐하."

황제의 칭찬에 고개를 숙였다. 그는 흡족한 표정으로 날 봤다. 은근한 눈짓이 이런 걸 숨겨 놨냐며 깜찍해하고 있었다.

아니, 왜 댁이 뿌듯해하는데요? 조금 황당했으나 미소로 답했다.

알현 때를 생각하면 아직도 짜증 나지만 그가 내게 도움이 된 건 사실이다. 게다가 그때 한 말과 달리 꽤 노골적으로 날 밀어 주기도 했다. 황태자가 내게 호의를 보이면서 그런 거긴 하지만.

어쨌든 황제와 돈독한 모습을 보여서 나쁠 건 없다. 개인 감정으로 일을 망치는 건 어리석은 짓이다.

"하하, 황후께서 기대하던 대로 카일론 공녀가 또 한 번 사교계에 새로운 바람을 불러일으킬 것 같소."

지난 일 때문에 황제와 황후의 관계가 좋지 않다는 건 알고 있었으나 이렇게 대놓고 뼈 있는 말을 할 줄 몰랐다.

황후가 미소 지었다. 흠잡을 데 없이 고상한 미소였지만 속으론 결코 고상한 생각을 하지 않을 것이다.

황후가 한순간 날 위아래로 훑었다. 요망한 계집을 보는 시선이었다. 그래서 나는 환히 웃었다, 요망하게.

황제가 아까 말했던 것처럼 유행을 선도하는 것은 중요하다. 선망의 가장 가시적인 지표이기 때문이다.

사람들은 그것이 선망인지도 모르는 채 따라 한다. 처음엔 선망이 아닐 수도 있다. 하지만 그렇게 행동하다 보면 결국 선망이 된다.

마일러트 남작의 푸른 드레스, 내 시녀들이 받았던 코르사주 그리고 구휼제의 남복. 누구나 관심을 가졌고 입어 보고 싶어 했다.

그리고 오늘도 마찬가지다. 신년회에는 미니드레스와 원색 계열의 드레스가 유행할 것이다. 내가 그렇게 만들 거니까.

나는 내가 없는 곳에서도 확실한 존재감을 가지고 영향을 미치고 있다. 사람들은 샬롱과 티파티에서 쉴 새 없이 내 이야기를 나누었다. 내가 입은 옷, 내가 했던 장신구, 내가 한 일. 내가 없는 자리지만 있는 거나 마찬가지다.

그 어떤 방법보다 자발적이고 은밀한 선망의 시작이다. 그 누구도 무시하고 업신여기는 자를 따라 하려 하지 않는다.

이건 내 적대 세력도 마찬가지다. 먼젓번 파티에서 아이린의 추종자들이 황제에게 받은 하사품과 내 드레스를 칭찬하지 않았던가. 그것도 아이린 앞에서 상황도 잊은 채.

그때 아이린 곁에서 재잘거리던 시르 영애와 로리스 영애는 지금 제복 재킷을 걸치고 있다. 심지어 시르 영애는 남복까지 했다. 구휼제 때 남장한 내게 품위 없다고 한 사람들 중 그녀의 목소리도 섞여 있었는데.

절로 비뚜름한 웃음이 걸쳐졌다. 주제 파악은 못하면서 보는 눈만 높아선.

느리지만 점점 아이린에 대한 선망이 내게로 향하기 시작할 것이다. 누가 시키지도 않았는데도.

이익과 정치 문제로 날 적대시할 수 있지만 전처럼 경멸하진 못할 것이다.

"태자에게 손수건을 건네는 영애의 모습을 보니 안심이 되더구나. 제국의 황후라 하지만 태자의 어미이기도 하다. 자식이 행복하게 결혼해 잘 살길 바라는 마음은 여느 어미와 똑같지."

"황공합니다, 폐하."

황후의 말에 아이린이 곱게 답했다. 날 배제하고 논하는 결혼 이야기가 유치하기 짝이 없었다.

"오늘 두 사람의 모습을 보니 내 그날을 볼 날이 머지않았음을 느꼈다. 어서 손주도 안겨 주었으면 좋겠군."

"폐, 폐하……."

아이린이 얼굴을 붉히며 신음하듯 황후를 불렀다. 하지만 싫은 눈치는 전혀 아니었다. 그런 아이린을 흐뭇하게 보던 황후가 고개를 돌려 황제를 쳐다봤다.

"그렇지 않습니까, 폐하? 폐하께서도 황손을 기다리시겠지요."

이쯤 되면 솔직히 재밌다. 나와 아이린이 화제에 올라 있긴 하지만 실질적으로 황제와 황후의 기싸움이다. 아까 황제가 한 방 먹인 것을 그대로 돌려주는 모습이 꽤 흥미진진했다.

"물론이오, 황후. 어서 손주를 보고 싶군. 다른 나라에서는 아이들이 어릴 적부터 짝을 정해 줘서 일찍 손을 보던데……. 레지나는 제왕을 가르는 위대한 전통에서 시작된 것이나 아비 된 마음으로 아쉬운 건 사실이지."

인자하게 허허 웃으며 답한 황제가 내 손을 꽉 잡았다.

"어서 건강한 손주를 보고 싶구나. 첫 아이는 딸이든 아들이든 상관없다. 너와 태자를 닮으면 영특하고 사랑스러울 게야."

아니, 내 자식 계획인데 내 의견 좀 물어 줄래요? 물론 날 닮으면 예쁘고 귀엽고 사랑스럽고 완전하게 완벽하겠지만.

"후후, 영애의 자애롭고 온후한 성정을 닮은 황손은 분명 제국의 지복이 될 게야."

황후가 지지 않고 아이린에게 말했다.

파지직, 전기 튀는 소리가 들렸다. 황제와 황후 둘 다 온화하게 웃고 있었으나 북풍한설보다 찬 기운이 주변을 휩쓸었다.

부부싸움은 좀 다른 데서 하시지. 물론 구경하는 재미가 있지만.

부부싸움에 낑긴 예비 며느리 치곤 태평한 생각이었지만 아무렴 어떠냐 싶었다. 예비 남편도 남편 같지 않은 판국에 시부모야 오죽하겠는가.

황제도 황후도 미중년이라 보는 재미가 두 배였다. 보기 좋은 떡이 먹기도 좋은……. 아, 이건 아닌가. 같은 값이면 다홍치마라고 싸움도 꽃 싸움이 좋다. 미남미녀의 전쟁! 이것이 바로 꽃들의 전쟁!

황제는 장성한 아들딸을 둔 중년 아저씨답지 않게 배도 안 나오고 가슴팍도 탄탄했다. 헤어라인도 안전하고 모발도 풍성하다. 그래도 우리 아빠가 더 잘생겼지만.

황후는 농염한 몸을 가진 미녀인데, 신경질적이면서도 섹시한 분위기가 매력적이었다. 이쪽도 아들딸 둔 중년 아줌마답지 않았다.

친하면 몸매 관리 어떻게 하냐고 물어보는 건데. 들키면 당장 경을 칠 생각을 하며 발가락을 꼼지락거렸다. 별생각을 다 해도 지루했다. 슬슬 다리도 아프고.

황제와 황후가 공방을 주고받는 동안 발대식은 착착 진행되고 있었다.

어서 끝내고 빨리 따뜻한 차양 안으로 들어가고 싶었지만 걱정이 되기도 했다. 황제는 보통 발대식만 보고 들어간다. 바쁘신 몸이라는 게 그 이유긴 하지만 황후도 국정을 돌보는 것은 마찬가지다.

사냥제는 황후가 레지나를 보는 자리이기도 했다. 황제가 레지나를 독대했듯이 황후도 공식적으로 레지나를 볼 시간을 갖는 것이다.

황제와의 독대와 달리 두 레지나를 함께, 다른 사람들이 보는 앞에서 대면이 이루어진다.

황후는 사교계의 안주인이다. 그 자질을 시험하는 것도 겸하기 때문이다. 무엇을 하문했고 어찌 대답했는지 사람들이 바로 알기에 더 긴장되는 자리였다.

이렇게 대놓고 한 명씩 편애하는 상황에서 황제가 가고 황후 혼자 남으면 어찌 될지는 뻔하다.

거기다가 피날레로 우승자의 레이디인 아이린이 제까지 지내면…… 머리가 지끈거리다 못해 위가 콕콕 쑤시기 시작했다.

그사이 발대식이 끝났다. 열 맞춰 숲으로 향하는 모습이 장관이었다. 하지만 그딴 게 내 눈에 들어올 리 없다. 가지 마! 가지 말라고!

조금 전까지만 해도 어서 끝내라고 생각했던 것 같지만 사람 마음이란 건 원래 갈대보다 잘 흔들리는 법. 애타는 눈으로 행렬의 뒷모습만 좇았다.

"허허, 공녀는 벌써부터 태자가 걱정되나 보구나. 태자를 향한 그 마음이 참 어여뻐. 하지만 걱정 말거라. 용맹하게 돌아올 테니."

"하하, 네……"

황제가 자상하게 웃으며 날 다독였다. 전혀 아니었지만 어색하게 웃으며 고개만 끄덕였다.

황제는 차양까지 함께 동행하고 궁으로 돌아갔다. 나이가 느껴지지 않는 뒷모습이 얄미웠다.

이럴 거면 왜 황후의 성질을 긁어 놓는단 말인가. 덕분에 황제가 긁어 놓은 부스럼까지 내가 다 뒤집어쓰게 생겼다. 진짜 날 위한다면 자존심 좀 참지. 물론 위대하신 황제 폐하께옵선 참 힘든 일이시겠지만.

하여간 좋게 생각하려 해도 꼭 한두 개씩 어긋나는 사람이었다. 황태자와 케일라덴이 황제를 닮지 않은 게 기적이다.

똥줄 타는 나와 달리 황후는 여유롭게 차를 마셨다. 테이블에 앉은 나와 아이린을 차근히 살펴보더니 입을 열었다.

"태자께서는 이 제국을 다스리는 황제가 될 존귀한 분이시지만 내겐 그저 아드님이기도 하지."

위엄 서린 황후의 목소리였다. 조용한 목소리지만 좌중을 압도하는 힘이 있었다.

"영애들이 내 아드님께 좋은 짝이 되어 주었으면 하네."

아까 단상에서 황제와 티격태격할 때와 비슷한 말이지만 전혀 다른 울림이었다.

주변에 다른 귀족들이 있어서 그런지, 아니면 다른 생각이 있는지. 황후는 위대한 위정자인 동시에 자애로운 어미의 얼굴을 하고 있었다.

"물론, 황후의 자질을 갖춰야 하는 것은 물론이야. 나는 기만하는 것은 용납 안 하네."

황후가 날카롭게 날 쳐다봤다. 나는 생긋 미소를 지었다.

내가 뭘 기만했다는 건지 모르겠는데. 성녀인 척 온 귀족들을 향해 사기를 친 아이린이 한 게 기만 아닌가? 오늘 내 드레스에 관한 말이라면 그건 기만이라기 보단 서프라이즈 파티 같은 거지.

"명심하겠습니다, 황후 폐하. 저 역시 전하의 곁에서 올바로 보필할 수 있도록 더욱더 정진할 것입니다."

정말 성심성의껏 진심을 담아 답했다. 적어도 그렇게 보이고 들리게끔.

이왕 구박받을 거, 착하고 선한 며느리인데 히스테릭한 시어머니를 만나 고생하는 걸로 비춰지는 게 낫다.

동정받는 것도 전략이다. 카일론의 자존심은 그것을 용납하지 않지만 진실이 아닌 이상 상관없다. 미래를 위해 잠시 무릎을 굽히는 것뿐이다. 후일 웃는 사람은 황후가 아닌 나다.

'나중에 황후 폐하께서 기대하신 대로 사냥제 때 입은 옷이 유행이 됐다는 말을 꼭 하자.'

조금 유치한 다짐을 하며 순연하고 무해한 웃음을 머금었다. 황후는 마뜩찮은 시선으로 나를 봤지만 더 뭐라 하진 않았다.

그녀가 그다음에 한 말은 정말 의외였다.

아이린을 칭찬하지도 않고 다른 주제로 날 까 내리지도 않았다. 오히려 내겐 호재나 다름없는 말을 했다. 나도 모르게 눈을 둥그렇게 떴다.

"두 영애에겐 미안하지만 이만 들어가 봐야겠네. 요즘 내 몸이 좋지 않아 오래 나와 있긴 힘들어. 아니, 주책없이 늙은이가 젊은 영애들 곁에서 앉아 있는 게 더 미안한 건가?"

호호, 웃는 황후 혼자 농담이고 아이린을 비롯해 주변에 있는 귀족들까지 얼리는 말이었다.

"그럴 리 있겠습니까, 폐하."

"폐하의 가르침을 듣길 기대했는데 너무 아쉽습니다."

아이린과 내가 서둘러 고개를 저었다. 나는 너무 화색하지 않도록 조심했다.

"귀한 옥체 부디 보중하십시오."

"많이 안 좋은 것입니까?"

"흔한 고뿔이야. 오늘 처음 정식으로 두 영애와 보는 것인데 이렇게 자리를 뜨게 되어 아쉽구나."

"시간은 얼마든지 있습니다. 폐하께서 부르시면 언제든 가겠습니다."

황후가 미소를 지으며 일어났다. 나와 아이린 역시 따라 일어섰다.

"두 영애들이 오순도순하게 이야기 나누도록 이만 돌아가도록 하지."

둘만 남는다고 해서 오순도순 이야기를 나눌 일은 절대 없지만…….

우리 세 사람은 물론이고 주변 귀족들도 다 알고 있는 사실이다. 하지만 셋 다 아무렇지 않게 웃으며 고개를 끄덕였다.

시녀들과 기사의 옹위를 받으며 돌아가는 황후의 모습을 보니 정말 이래도 되나 싶었다. 그래도 공식적인 대면이자 시험인데……. 뭐, 황후가 아프다는데 어쩔 수 없는 일이긴 하다. 야외 행사는 체력소모도 심하고.

나로서는 참 믿을 수 없는 행운이었다. 슬쩍 아이린을 보자 표정이 어두웠다.

황후의 건강에 대한 염려로 보이지만 실상은 그게 아니겠지. 어쩌냐. 발대식도 나한테 밀리고 비빌 언덕이었던 황후도 사라졌으니.

하지만 끝이 아니다. 어쨌든 아이린은 오늘의 주인공이었다. 그녀의 기사는 황태자이고 황태자는 승리할 것이며, 우승자의 레이디로서 사냥제를 지낼 테니까.

굳이 세력이나 계파를 생각하지 않더라도 사람들은 이왕이면 황태자에 대해서 떠들고 싶어 할 것이다.

아이린과 마주 섰다. 둘 다 미소를 짓고 있었으나 서로를 담은 눈은 적의로 번뜩였다.

색다르게 꾸민 아이린은 예뻤다. 꽤 신경을 쓴 것 같지만, 그게 전부라면 너무 무른 거야. 황태자의 레이디라고 너무 안심한 거 아냐? 나는 불리한 상황이라는 걸 알고 있기에 여러 가지를 준비했다. 옷 한 번 벗은 게 다가 아니다.

황후가 돌아가자 조금 뻣뻣했던 분위기가 자유로워졌다. 황후를 배웅하느라 일어나 있던 우리 주변으로 사람들이 몰렸다.

모두 아이린에게 황태자에 대해 물으려던 순간 커다란 감탄사가 울려 퍼졌다.

"어머머! 카일론 공녀, 그거 혹시 '인어의 눈물' 아닌가요?"

나는 수줍은 듯 민망한 듯 미소 지으며 반지를 쓰다듬었다.

"맞아요."

작은 수긍에 질문했던 레오나 부인이 더 가까이 다가왔다.

"세상에, 이 빛깔 좀 봐요. 너무 아름다워요. 이번에 구매하신 건가요?"

"그게, 오라버니께서……."

부끄러운 듯 말끝을 흐리자 레오나 부인이 고개를 끄덕였다.

"아, 그러고 보니 카일론 공자께서 아카데미를 졸업하실 때가 다 되었네요."

부인의 말에 주변 귀족들의 눈이 동그랗게 변했다. 인어의 눈물이라는 말을 들었을 때보다 훨씬 더 격한 반응이었다.

나는 속으로 회심의 미소를 지었다. 아무리 잘났다고 해도 남의 남자보단 임자 없는 남자가 더 솔깃한 법이다. 심지어 그 남자가 카일론 공작가의 적장자이자 촉망받는 인재라면 말할 것도 없다.

"네, 이제 곧 제도에 돌아오세요. 오셔서 바로 후계로 자리 잡으실 것 같아요."

"이제 카일론 소공작님이 되시는군요."

주변에서 탄성이 흘렀다. 머리 돌아가는 소리가 여기까지 들렸다. 아이린과 나를 둘러싼 귀족들이 한 걸음씩 내게 가까이 다가왔다.

카일론 공자 운운하며 속닥거리는 소리가 차양 안을 메웠다. 나는 기분 좋게 그 속삭임을 즐겼다. 이 말도 안 되게 완벽한 타이밍이 우연일 리 없다. 레오나 부인은 라브엘과 막역한 사이였다.

내 눈인사에 그녀가 눈웃음치며 눈을 깜빡였다.

"무척 설레요. 아시다시피 저와 오라버니 사이가 각별하잖아요?"

"그렇죠. 이번에 제도에 오셔서 매일같이 레지나궁에 찾아가셨다는 소문은 들었어요."

"브루느와 슈크림을 사서요."

"공녀께서 좋아하시던 디저트였죠."

어느새 끼어든 귀족들이 한마디씩 거들었다. 덕분에 나는 다소곳하게 고개만 끄덕이면 됐다.

"네, 알테 오라버니께선 참 자상하셔서……."

나는 입에 침도 안 바르고 말했다. 알테를 좋아하긴 하지만 자상하다는 건……. 음, 절대 아니지.

알테는 새침부끄파라고. 슈크림을 자기가 사 왔으면서도 부모님이 줬다고 말하는 걸 봐. 오다 주웠다는 말도 못하지.

"공녀를 특히 귀애하시는 거겠죠."

은근한 아부가 뒤따랐다. 역시나 카일론 공작가의 힘을 빌려 구휼 문제를 해결한 것 아니냐는 말은 나오지 않았다. 이미 황태자가 아니라고 인정한 문제인 데다가 다들 내게 잘 보이고자 안달이 난 상태였다.

알테가 당장 자신과 결혼하겠다고 한 것도 아닌데 영애들의 눈이 몽롱해졌다. 자상한 남편인 알테가 바로 눈앞에 있는 것처럼.

그중에는 연인의 재킷을 입고 있는 영애들도 몇 있었다.

넌 사랑이 그렇게 쉽게 변하니. 철지난 문구가 머릿속을 맴돌았다.

뭐, 알테가 좀 잘생기긴 했지. 늙어서도 잘생길 거라는 건 우리 아빠로 이미 증명됐다. 잘생겼어, 돈 많아, 권력도 있어, 거기다 지금 현재진행형으로 내가 성격 사기까지 치고 있다.

"오라버니께 감사한 것도 많아서 축하 파티를 열고 싶은데 계속 황궁에 있으니 쉽지 않네요."

한숨을 폭 쉬자 귀가 쫑긋 서는 소리가 들렸다. 초대해 달라는 소리가 벌써부터 환청처럼 들렸다. 나는 아주 곤란한 것처럼 뺨을 쓸며 인상을 찌푸렸다.

"오라버니와 함께 졸업한 분들도 초대하고 싶어서요. 하지만 제 운신이 묶여 있으니 장소를 정하는 것도 어렵네요."

"카일론 공자의 친구분들까지 초대하시려구요?"

"그럼 정말 큰 파티겠네요. 준비하시기 힘드시겠어요."

걱정하는 말을 했으면 침을 꿀꺽 삼키지나 말든가. 아무리 봐도 먹음직스러운 먹이를 눈앞에 둔 표정이었다.

나는 모르는 척 고개를 끄덕였다.

"네, 카일론 공저에서 여는 것은 결국 어머니의 손을 빌리는 것이고……. 제가 직접 준비하고 싶은데 그렇다고 오라버니 친구 분들을 소홀히 대접할 순 없잖아요?"

사람들은 순식간에 열광했다. 알테가 제도에서 돌아온다는 소리를 들을 때는 살짝 시큰둥했던 이들마저 기웃대며 대화에 참여하려 한다.

당연했다. 제도 최고의 혼인 시장이 열린다는 뜻이니까. 카일론 소공작이 될 알테뿐만이 아니라 전도유망한 미혼 청년들이 대거 참석하는 파티다.

"유리 화원은 어떤가요?"

"스완엘 성은요? 공녀께서 원하시면 얼마든지 빌려드릴게요."

"스완엘 성은 교외라 좀 멀죠. 오랫동안 제도를 떠나 계셨던 만큼 공자께선 제도에서 열리는 파티를 선호하실 거예요. 바엘른 로터리에 저희 연회장이 있는데……."

정신이 없다. 미혼의 딸을 가진 귀족들이 부산스럽게 자기가 제공하는 장소가 낫다고 떠들었다. 솔깃한 제안들이 있긴 했지만 이미 약속한 게 있다. 세상은 원래 기브 앤 테이크다.

"저희 에리크 별장은 어떤가요? 바로 옆에 마니 호수가 있는데 겨울엔 꽁꽁 얼어 은빛으로 빛난답니다. 카일론 공자께서도 좋아할 거예요."

레오나 부인의 말에 나는 만면에 화색을 띠고 답했다.

"어머나, 에리크 별장이라면 저도 한번 가 보고 싶었어요. 굉장히 아름답다고 들었는데……."

말끝을 흐리곤 어린 아이처럼 들뜬 게 살짝 부끄럽다는 듯 몸을 움츠렸다. 짠 게 너무 티 나면 안 되니까.

"정말 감사하지만 그렇게 신세를 져도 될는지……. 오라버니 친구분들까지 초대하면 인원이 많을 텐데 부인을 번거롭게 하는 건 아닐까 염려되네요."

"신세라니요. 섭섭합니다, 공녀. 공녀께서 곤란한 상황인데 이 정도도 못 돕겠습니까."

레오나 부인이 은근슬쩍 나와의 친분을 과시했다. 나는 입끝만 올려 웃었다.

솔직히 레오나 부인과 나는 친밀한 관계가 아니다. 이번 일에 적당한 사람을 물색할 때 라브엘이 레오나 부인을 추천한 것일 뿐 그 전까진 나와 그녀의 접점은 미약했다.

어쨌든 제도에서 꽤 입지가 강한 레오나 백작 부인이 나와 친해 보이고 싶어 하는 것은 기분 좋은 일이었다. 그만큼 내게 권력이 생겼다는 뜻이니까. 망설이던 사람들도 레오나 부인을 보고 나와 친분을 쌓으려고 할 것이다.

홈쇼핑에서 살까 말까 고민하다가 '품절임박' 네 글자를 보고 핸드폰을 드는 것과 똑같다.

나는 수줍은 미소를 지었다.

아직 레오나 부인이 어떤 사람인지 모른다. 급작스레 친해지는 것은 저어해야겠지만 쳐낼 필요는 없다.

"그렇게 말씀해 주시니 정말 감사해요. 그러면 실례를 무릅쓰고 신세 지겠습니다."

"편히 생각하세요, 공녀."

레오나 부인의 호의를 받아들이면서도 적당히 선을 그었다. 그녀는 부드럽게 답했으나 서운한 기색이 살짝 묻어나왔다.

그녀가 나와의 친분을 과시한 상황에서 내가 선을 그으면 그녀의 입장도 민망해질 수밖에 없다.

"자세한 이야기는 다음에 하도록 하죠. 괜찮으시면 레지나궁으로 초대하고 싶네요."

이 정도면 대강 면이 살겠지. 오늘 계획을 도와준 만큼 그녀를 홀대해서도 안 된다.

"그럼 천천히 약속을 잡도록 하지요, 공녀."

레오나 부인이 만족해서 미소를 지었다. 그녀의 얼굴에 만연한 화색은 곧 또 다른 선전이었다.

레오나 부인이 내 초대를 이렇게나 기꺼워함으로써 내게 선택받는 게 굉장히 특별한 일이 되었다.

그저 그런 가문이라면 당연히 그러겠지만 레오나 백작가는 아직 차기 황후로서 입지를 굳히지 못한 레지나의 초대를 황송해할 위치가 아니다. 그녀의 반응은 나를 차기 황후로 확정된 레지나로 보이게 하기 충분했다.

'꽤 괜찮을지도.'

사교계에서 발언권이 세고 처신을 잘하는 귀부인을 찾을 때 라브엘이 재고도 없이 추천한 사람다웠다.

내가 레지나궁에 따로 사람을 초대한 것은 처음이었다. 레오나 부인은 지금부터 나와 한 배를 탄 것이나 마찬가지다. 그녀도 이익이 되는 게 있어 배에 올라탄 거겠지만 나도 얻어 낼 수 있는 건 얻어 내야겠지.

레오나 부인이 중도파라는 것은 판도를 바꾸는 데 큰 힘이 될 것이다. 그녀 주변의 중도파는 이번 기회에 내게 편승할 가능성이 농후하다.

나는 레오나 부인을 보고 의미심장하게 웃었다. 그런 내 얼굴을 보고 레오나 부인 역시 마주 웃었다. 완전히 공모자의 미소였다. 나도 만족스러운 모의였다.

내 주변은 귀족들로 인산인해였다.

불과 몇 개월 전까지만 해도 나는 내가 주인공인 파티에서 홀로 벽 끝에 서 있었다. 내게 손을 내민 사람은 날 동정한 황자 한 명뿐이었다.

하지만 지금은 모두가 내 파티에 초대받고 싶어서 안달하고 있다. 손바닥 뒤집듯이 태도를 바꾼다고 경멸스럽진 않았다. 오히려 기꺼웠다.

악녀 소리를 듣던, 경우 없고 무식하다고 평해지던, 황태자로부터 외면 받던 샤르티아나와 지금의 나를 똑같이 대할 순 없다.

그 선입견을 깨고 내 자리를 만들었다. 한때는 서로의 이익을 나누는 관계를 경멸했다. 거짓이라고 생각했다. 앞에서 진심 없이 입 바른 말을 하는 것에 의미가 있나 싶었다.

하지만 그건 바꿔 말해 예의였다. 내가 생각했던 나의 솔직함은 무례였다.

서로 이익을 나누는 관계를 경멸했으면서 나는 그것조차 갖지 못했다. 갖지 않는 것과 갖지 못하는 건 다르다.

당연히 진심을 나누는 관계도 갖지 못했다.

내게 호의를 준 사람들에게는 날을 세우지 말걸. 그 사람들이 원하는 게 있어서 내게 접근했다고 생각했고 그건 사실이었지만, 안 그런 관계가 어디 있는가.

사람 사이에서 어떠한 이익도 없으면 그 관계는 시작될 수 없다. 나는 그 당연한 사실을 몰랐다.

돈이 많아서, 권력이 강해서 같은 세속적인 것부터 생활 반경이 비슷해서, 취미가 같으니 공유할 수 있어서 같은 소소한 것까지. 이익의 종류는 다양하다.

그렇게 이익을 나누다가 점점 진심이 깃들기 시작한다. 진심 없이 이익만을 나누는 관계 역시 나쁜 건 아니었다. 사람은 혼자 살

수 없다. 손을 나누는 게 훨씬 삶을 풍요롭게 했다.

그리고 의외로 진심을 담지 않아도 다른 사람을 칭찬하는 일은 기분 좋은 일이었다. 비위를 맞추는 비굴한 행위가 아니라.

"트레비 영애, 오늘 입은 드레스가 굉장히 잘 어울리네요. 얼굴이 더 화사해 보여요."

내 말에 푸른 머리 소녀가 뺨을 발긋하게 붉혔다.

"가, 감사합니다……."

이제 막 사교계에 데뷔한 소녀는 수줍게 고개를 숙였다. 목소리가 기어 들어갈 것처럼 작다. 절로 흐뭇한 미소가 지어지는 모습이었다.

"저는요? 저도 오늘 신경 썼는데!"

트레비 영애와 동갑인 영애가 질 수 없다는 듯이 물었다. 귀족들이 그녀를 돌아보았다. 아직 어리니 내겐 마냥 귀엽게 보였지만, 이곳의 기준으로는 다소 품위 없는 행위였다.

"유아프 영애도 무척 예뻐요. 재킷을 고정시킨 핀이 특히 눈에 띄네요. 이런 디자인은 못 봤는데."

내 말에 유아프 영애가 얼굴을 새빨갛게 붉혔다.

"제가 생각한 거예요. 이왕 남자 옷을 걸치는 김에 이런 건 어떨까 싶어서……."

꼼지락거리는 손가락이 아까 대범하게 물어본 사람 같지 않았다.

유아프 영애는 심플한 디자인의 드레스 위에 남성 재킷을 걸쳤는데, 재킷을 고정하는 핀이 커다랗고 볼드한 디자인이었다.

하얀 드레스가 워낙 간소한데 핀이 포인트가 되어서 꽤 세련되어 보였다.

이곳의 여성용 액세서리는 섬세하고 화려한 게 유행이었다. 이렇게 볼드한 액세서리는 꽤나 도전적인 시도였다. 나도 구휼제 때 심플한 핀을 착용했지만 유아프 영애처럼 볼드한 것은 아니었다. 섬세하고 미니멀한 핀이었지.

"오늘 영애의 기사님께서 보시고 참 좋아했겠어요. 이렇게 아름다운 레이디의 기사님이라니."

그때까지만 해도 부끄럼타던 유아프 영애의 얼굴이 파삭 찌그러졌다. 아주 질색한 얼굴이었다.

"그럴 일 없어요."

단호한 대답에 눈을 크게 떴다. 사이가 좋아서 이렇게 남친 재킷까지 걸친 게 아니었나?

"제 오라버니가 오늘 제 기사예요. 이상하다고 놀리기만 하던걸요. 저도 오라버니한테 예쁨받고 싶지 않아요."

유아프 영애가 상상만으로 징그럽다는 듯 몸을 부르르 떨었다. 꽤나 과격한 남매지간인 듯했다.

"오늘 오라버니 재킷을 입은 것도……."

아, 저런……. 나는 안쓰러운, 그러면서도 동질감이 가득한 얼굴로 유아프 영애를 쳐다봤다.

남성 재킷을 걸친 사람들은 다 커플인 줄 알았는데 그것도 아니었나 보다. 유행이 뭐라고 오빠나 남동생 옷까지 입게 만든단 말인가. 모든 건 커플이 잘못했다. 왜 남친옷 같은 걸 입어서 엄한 솔로 힘들게 하는가.

이 패션을 유행시킨 사람이 나라는 건 살짝 무시하기로 했다.

밝혀진 사실이 부끄러운지 유아프 영애가 힐끔 날 쳐다봤다. 얼굴이 다시 붉어졌다.

"저번에 공녀님 옷을 보고 감탄해서……. 그런 옷은 처음이었거든요! 여태까지 남복은 하나같이 촌스럽다고 생각했는데! 정말 예뻤어요. 장식이 화려하게 달린 것보다 라인이나 선을 살려 주는 게 중요하다는 것도 깨달았고……. 그때 입은 셔츠와 바지엔 아무런 장식도 없었잖아요! 그런데도 오히려 더 눈에 띄더라구요. 그런 건 생각도 못했는데!"

그녀는 신이 나서 종알거렸다. 듣는 내가 숨이 찼다.

"마일러트 남작님이 대단한 디자이너라는 건 알고 있었지만……. 남작님이 디자인한 남복들도 러플과 레이스가 가득했는데 공녀님 옷은 전혀 달랐잖아요! 완전히 새로운 디자인이었어요. 오늘 드레스를 보고 확신했어요! 공녀님께서 마일러트 남작님께 아이디어를 주신 거 맞죠?"

물어놓고서 대답할 틈도 주지 않고 말을 이었다.

"사실 오늘 처음 봤을 땐 조금 실망했는데, 아니, 물론 단순하면서도 딱 떨어지는 라인이 예뻤지만요. 그래도 이런 행사에는 너무 단출한 느낌이었는데……. 케이프를 벗는 모습을 보고 소름까지 돋았다니까요! 정말 완벽했어요! 완벽 그 자체예요!"

우다다 쏟아 내는 유아프 영애를 토끼 눈이 된 채 바라봤다. 나뿐만 아니라 주변의 모든 사람들이 그녀를 놀란 듯 쳐다봤다.

어느새 유아프 영애에게 두 손까지 잡혀 있었다. 침까지 튀기며 열변한 소녀의 눈동자엔 동경이 가득했다. 나는 놀람을 거두고 생긋 웃으며 인사했다.

"고마워요, 유아프 영애."

간단한 말이었지만 그게 뭐라고 영애의 몸이 새빨갛게 익으며 흐물흐물 녹아내렸다. 아까부터 빨갰는데 더 빨개질 줄은 몰랐다.

"그, 아니, 죄송해요. 제가 흥분해서……."

당돌하던 모습과 달리 고개를 푹 수그린 유아프 영애의 손을 토닥였다.

"미안해할 것 없어요. 이런 열정이 있기에 오늘 영애가 빛나는 거겠죠. 옷부터 신발, 액세서리까지 빠짐없이 영애와 잘 어울려요."

"공녀님……."

유아프 영애의 눈동자가 울먹울먹해졌다. 슈퍼스타를 영접한 것처럼 퍽 감동한 얼굴이었다. 엄청난 패션 리더가 된 느낌이 나쁘지 않았다. 오빠의 재킷을 빌려 입은 것도 유행을 따른 게 아니라 순전히 날 흠모해서 그런 듯하고.

음, 조금 쑥스러운데…….

살짝 붉어지려는 얼굴을 애써 감췄다. 유아프 영애는 뒤늦게 부끄러운지 난 몰라, 하며 친구들 틈으로 숨었다. 계 탔다는 소리가 언뜻 들려왔다.

'나 나름대로 어린 소녀들에게 동경의 대상인가.'

표정 관리가 잘 안 됐다. 경망스레 올라가는 입꼬리를 내리려고 애를 썼다.

"후후, 아직 어린 영애라 그런지 활달하네요."

"공녀께선 좋으시겠어요. 저런 열렬한 구애는 처음 들어본답니다."

"우리 남편도 저러진 않았는데요."

"어머나, 레비나 부인. 지금 은근슬쩍 금슬 좋다고 자랑하시는 건가요?"

"아이 참, 아니에요."

한바탕 유아프 영애가 휩쓸고 간 자리를 귀부인들이 여유롭게 메꿨다. 유아프 영애의 언행이 꽤 파격적인 것임에도 호의적인 반응이었다.

순수하게 눈을 빛내던 유아프 영애가 귀여웠다는 이유도 있지만 내 반응이 썩 괜찮았다는 것도 한몫할 것이다. 지금 사람들은 어떻게 해서든 제도 최고의 혼인시장에 참가하고 싶어 하니까.

'나 여기서 '튜오'나 '카옌' 이런 회사를 차려 볼까. 잘 벌 거 같은데.'

물론 미끼는 일등 신랑감인 우리 오빠다. 나는 가족을 팔아먹는 음흉한 사업 계획을 세우며 화사하게 미소 지었다.

"레비나 백작께선 로맨티스트로 유명하시니 자랑하실 만도 하지요."

"공녀도, 참."

레비나 부인이 부끄럽다는 듯이 웃었다. 모두 내 눈에 들고자 혈안이었다. 기어코 초대장을 보내겠다는 말을 듣겠다는 듯 집요하게 구는 부인도 있었다.

황태자가 아이린을 위해 뭘 사냥할지, 아이린을 얼마나 사랑하는지. 그런 낭만적인 이야기는 나오지도 않았다.

아이린 옆에 몇몇 부인과 영애들이 있긴 했지만 내 곁에 있는 사람들과 비교조차 민망할 수준이었다. 내 주변으로 겹겹이 사람들이 에워싸서 저쪽 이야기는 잘 들리지도 않았다.

솔직히 남의 결혼보다 내 결혼이 훨씬 중요하다. 차기 황후에게 잘 보인 수많은 귀족 중 하나보다는 미래의 공작 부인, 공작의 장인장모가 훨씬 매력적이다.

정말 다행스럽게도 펠론 제국은 어릴 때 혼사를 결정하지 않았다. 태어날 때부터 정해지는 정혼자 따위는 당연히 없다. 이르면 사교계에 데뷔한 후 약혼을 하고, 보통은 결혼 적령기에 약혼을 했다.

황가부터 정혼자나 약혼자가 없으니 그 아래 있는 귀족들도 자연스레 그런 전통이 생긴 것이다. 덕분에 아주 쉽게 알테와 그의 친구들을 팔아먹을 수 있었다.

오빠 포함 일면식도 없는 미래가 창창한 남성분들 죄송해요. 하지만 님들도 결혼해야 하잖아요? 막 제도에 돌아와서 얼떨떨할 때 예쁘고 참한 영애들 가득 참석하는 파티 있으면 좋은 거지.

이게 바로 누이 좋고 매부 좋고 나 좋고, 꿩 먹고 알 먹고 깃털 갖고, 일타쓰리피 아니겠는가. 천재적인 나의 머리.

아이린의 가족이라고 해 봐야 무능한 스테나 백작과 내성적인 스테나 백작 부인뿐이다. 게다가 그녀에겐 형제자매가 없다. 그렇다고 방계까지 귀족인 권세가인 것도 아니다.

팔아치울……이라고 말하니까 알테한테 미안하지만, 여튼 결과적으론 좋은 일 아닌가. 내게 미혼의 형제가 있고 아이린에겐 없어서 참으로 행복하다.

오늘 사냥제를 어떻게 치를지 걱정이 많았는데 결과적으로 다 잘됐다. 아이린이 사냥제의 주인공으로서 여론을 다잡았으면 또 달랐겠지만 이미 텄다.

언뜻 본 아이린의 곁에 있는 귀족들의 얼굴엔 짜증이 드러나 있었다. 그 짜증은 아이린을 향하고 있었다.

아이린은 그들을 다독이지도 못했다. 입도 뻥긋 못한 채 치맛자락을 틀어잡았다. 혼신의 노력으로 입꼬리만 억지로 틀어 올렸을 뿐이었다.

그에 반해 내 곁엔 유독 명문가 부인들이 몰렸다. 그녀들의 얼굴엔 잘 보이려는 미소가 가득했다. 부인들은 내게 제 딸을 밀어 넣으며 칭찬을 아끼지 않았다.

카일론 공작 부인과 차기 황후의 숙매叔妹 자리를 동시에 손에 넣을 수 있는 기회다. 설레는 목소리가 새소리처럼 오갔다. 그것이 듣기 좋아 나는 여유롭게 미소 지으며 고개를 끄덕였다.

그때였다.

"꺄아아악!"

찢어지는 비명 소리가 날카롭게 들렸다.

소담한 수다로 가득했던 차양 안이 일순 정적에 휩싸였다. 비명 소리가 들린 방향으로 고개를 돌린 그 직후,

"꺄아아아아!"

더 큰 비명소리가 사방에서 메아리쳤다. 바로 옆에서 고막을 찢는 소리가 들렸지만 하나도 신경 쓰이지 않았다.

동공이 크게 열렸다. 눈으로 보고 있으면서도 보이는 게 현실인지 믿기지 않았다.

크르르, 밑바닥에서부터 깊게 끓어오르는 숨소리가 요란스러운 비명을 뚫고 울려 퍼졌다. 그 소리만으로 주저앉는 사람들이 생겼다.

나는 떨리는 다리에 힘을 줬다. 오금을 저리게 하는 울림에 본능적인 공포를 느꼈다.

집채만 한 몸을 뒤덮은 비늘이 파릇하게 빛났다. 세 쌍이나 되는 붉은 눈알은 동공이 길게 찢어져 있었다. 서로 각기 다른 방향을 살피며 희번덕거리는 모습이 끔찍했다. 다물지 않은 입 속으로 보이는 이빨이 몇 겹이나 되었다. 혀는 없었다. 벌어진 입에서 녹색

침이 뚝뚝 흘러내렸다.

숲에서 나온 괴물의 모습에 사람들이 비명을 지르며 도망쳤다. 그야말로 아비규환이었다. 정신없는 사람들과 달리 괴물은 여유로웠다. 뾰족한 머리를 휘적휘적 휘두르며 주변을 살폈다.

비현실적인 광경에 몽롱하면서도 날카로운 감각이 온몸을 지배했다. 나는 덜덜 떨리는 다리를 애써 다독였다. 무슨 생각을 하기도 전에 다리가 움직였다.

분명 할 수 있는 최대의 속도로 달리고 있는데 느린 느낌이었다. 머릿속에선 이미 이곳에서 벗어났는데.

자꾸만 괴물과 가까워지는 느낌에 연신 뒤를 돌아봤다. 괴물은 그 자리에서 몇 걸음 움직이지 않았다. 그런데도 멀어지는 것 같지 않았다. 공포에 사로잡혀 제대로 된 판단을 하지 못한다는 것도 몰랐다.

귀를 먹먹하게 울리는 비명, 가빠지는 호흡, 아프도록 온몸을 울리는 심장소리. 모든 것들이 사고를 마비시켰다.

좁아진 시야로 겨우겨우 뒤돌아보지 말고 앞만 보고 달려야 한다는 생각을 했다.

마지막으로 괴물을 돌아본 순간 눈이 마주쳤다.

우뚝, 괴물이 움직임을 멈췄다. 상체를 뒤로 당기더니 폭발하듯 앞으로 튕겨져 나왔다. 그때까지 고개만 휘두르며 느적느적 한두 걸음 움직였던 것과 전혀 다른 동태였다.

괴물이 침을 뚝뚝 흘리며 도약했다. 정확히 나를 향해 일직선으로.

나는 눈을 크게 뜬 채 다가오는 괴물을 바라봤다. 여섯 개의 눈과 마주친 순간부터 몸이 바싹 굳어 움직일 수 없었다. 도망가야 한다고 생각했지만 고개를 돌릴 수조차 없다.

피부가 찢어질 것 같은 느낌과 함께 심장이 쿵쿵 울렸다. 주변의 비명소리보다 내 심장소리가 더 크게 들렸다. 달릴 때보다 호흡이 가빴다. 가슴이 쉴 새 없이 들썩였다.

어느 순간 사람들의 비명소리도 들리지 않았다. 내 온몸을 울리며 쿵쿵거리는 심박과 헐떡이는 호흡소리만이 감각을 채웠다.

지척까지 다가온 괴물이 입을 쩍 벌렸다. 덥고 습한 숨과 동시에 지독한 악취가 날 덮쳤다. 몇 겹이나 되는 이빨이 날카롭게 빛났다. 송곳니가 내 몸보다 더 컸다. 떨어진 침이 내 발치를 적셨다.

아가리를 벌린 괴물이 천천히 고개를 숙였다.

호흡도 생각도 멈췄다. 물어 뜯긴다는 생각도 하지 못했다. 눈조차 감지 못했다. 원래라면 혓바닥이 있어야 할 부분과 입천장에 빼곡히 돋아난 이빨이 매 초 내게 가까워지는 것을 보고 있었다.

쿵, 괴물의 몸이 완전히 기울었다.

나는 여전히 눈을 뜨고 있었다. 고개는 여전히 움직여지지 않았다. 호흡도, 생각도 마찬가지.

"흐⋯⋯."

애써 숨을 내쉬자 좁아진 기도에서 흐느낌 같은 소리가 새어 나왔다.

황태자가 미간을 찌푸렸다. 세로로 찢어진 동공의 붉은 눈이 아니라 동그란 동공의 금빛 눈동자가 날 살폈다.

마주친 것만으로도 소름이 끼치는 괴물의 눈과 전혀 달랐다. 아주 다정하고 따뜻한 빛이었다.

햇살 같은 눈.

이전에 공황 상태에 빠졌을 때 저 햇빛이 날 무저갱에서 끌어올렸다. 검은 물속에서 숨도 못 쉴 때 노란 햇살이 부드럽고 따스하게 날 감쌌다.

―숨을 들이마셔. 내쉬고, 다시 들이마시고. 그래, 그렇게.

그때 들었던 말대로 따랐다. 천천히 호흡이 돌아오고 쿵쾅거리던 심장이 진정됐다. 긴장했던 팔다리가 저렸다. 근육을 풀 생각도 못 하고 황태자를 바라봤다.

괴물의 몸뚱어리에서 검을 뽑아내는 모습을 보고서야 내가 무엇을 본 건지 이해했다.

아까 괴물이 날 집어삼키려고 한 순간, 앞으로 기울어졌던 괴물의 몸체가 방향을 바꿔 옆으로 기울었다.

괴물이 쓰러지면서 그 위에 올라탄 황태자가 보였다. 눈도 깜빡이지 못했기 때문에 그 과정을 다 봤음에도 사고가 정지해 어떻게 된 건지 쉽사리 이해하지 못했다.

운이 좋다고 해야 할지, 타이밍이 완벽했다고 해야 할지 딱 절체절명의 순간에 황태자가 괴물을 죽인 것 같다.

'그가 또다시 날 구했어.'

검을 수습한 황태자가 괴물의 몸에서 뛰어내렸다. 그 모습을 눈으로 좇다가 죽은 괴물과 눈이 마주쳤다. 집채만 한 괴물은 땅에 옆으로 누워 있음에도 나보다 시선이 높았다.

몸이 다시 바짝 굳었다. 괴물은 죽었다. 이제 더는 움직이지 않으니 잡아먹힐 일은 없다는 걸 알지만 폐가 오그라들었다.

쿵쿵, 가라앉았던 고동이 소란스러워지기 시작한다.

"샤티."

낮은 음성이 귓가에 울렸다. 다정한 속삭임이었다. 잔뜩 신경이 예민해진 몸에 부드러운 손길이 닿았다. 황태자가 내 어깨를 조심스레 감쌌다.

흠칫 놀라 그를 돌아봤다. 눈이 마주친 순간 강한 힘으로 끌려갔다.

"······!"

황태자가 나를 옥죄듯이 끌어안았다. 빈틈없이 옭아매는 그의 몸에 가슴이 눌려 숨을 쉴 수 없었다.

하지만 그를 밀쳐 내지 못했다. 밀쳐 내고 싶지 않았다.

내 허리와 움푹 파인 등골, 돋아난 날개뼈와 어깨를 더듬는 손길이 덜덜 떨렸다. 섬세하게 몇 번이나 윤곽을 확인한다. 무사히 잘 있나, 내가 살아서 숨을 쉬고 있나 확인하는 것처럼.

그 절박한 손길에 그의 등을 끌어안았다. 흠칫한 몸에서 점점 힘이 빠져나갔다. 쿵쿵쿵, 그의 심장소리가 요란했다. 충격으로 놀란 내 심장과 비슷한 것 같다.

슬쩍 올려다 본 그의 안색은 파리하게 질려 있었다. 이런 모습은 처음 본다. 서로의 온기와 무게를 확인하면서 점차 심장소리가 가라앉기 시작했다.

두근두근, 편안한 공명에 잔뜩 긴장했던 몸이 풀어졌다. 너무 풀어져서 다리에 힘이 빠졌지만 강고한 팔이 내 몸을 받쳤다.

황태자가 날 온전히 제 품에 기대도록 했다. 나는 편안히 기대 그의 품에서 눈을 감았다. 알싸하면서도 시원한 그의 체취가 나를 감쌌다. 이제는 완전히 익숙해진 향이었다.

황태자는 내 곁에서 떠나지 않았다. 이젠 괜찮아졌다고 말해도 소용없었다. 몇 번의 실랑이 끝에 그를 돌려보내는 것은 완전히 포기했다. 솔직히 말해서 그가 곁에 있어 주는 편이 나도 안심됐다.

나는 침대에 누운 채 황태자를 올려다봤다. 불경하고 무례한 자세지만 아무도 신경 쓰지 않았다.

황태자가 내 침실에 버티고 있는 것 역시 마찬가지였다. 아무리 성혼할 사이라고 해도 혼전인데.

원래라면 황태자와 좋은 시간 보내라며 물러났을 유모는 내 손을 꼭 잡은 채 움직이지 않았다. 연신 훌쩍이며 날 부르는 목소리를 들으니 미안하고 애틋했다.

내가 누워 있는 것과 황태자가 내 곁을 지키는 거야 워낙 특수한 상황이니 그렇다 치지만 유모는 경우가 좀 달랐다.

부모님이 와도 황태자 앞에서 이렇게 격의 없이 굴진 않을 것이다. 유모는 황태자가 안중에도 없는 듯 투명인간 취급하고 있었다. 일부러 그러는 것은 아니고 워낙 황망해서 그런 거겠지만 어떤 이유에서든 용납할 수 없는 일이다.

하지만 황태자는 그런 유모를 관대하게 내버려 두고 있었다.

황태자 바로 옆에 앉아서 내 손을 꼬옥 잡고 있는 유모를 보니 마음이 포근해졌다. 이렇게 허락해 주는 그가 고마웠다.

한 걸음 물러나 있지만 시녀들도 내 침대 주변을 에워쌌다. 다들 내가 어디 잘못되진 않았을까 불안해하며 서성였다.

다친 것도 아니고 조금 놀란 것뿐인데…….

찬물을 갖다 주고 얼마 안 있어 따뜻한 물을 갖다 주더니 얼굴에 찬 수건을 대어 줬다. 물론 열 같은 건 나지 않았다. 뭐라도 해 주고 싶어 하는 마음이 느껴져서 그대로 뒀다.

증상에 비해 과한 관심이 부담스럽기는 했지만 나쁜 기분은 아니었다. 조금 감동 비슷한 것도 받았다.

뭐, 귀부인이나 영애들은 험한 소문을 듣는 것만으로도 심신에 충격을 받아 자리보전하기도 한다고 하니 사람들이 이렇게 내 주변을 에워싸는 것도 엄청 오버는 아닐 거다. 아마도.

내 생각에 귀족 여성이 쉽게 픽픽 쓰러지는 건 혈압이나 충격 때문이 아니다. 범인은 코르셋이다. 조금만 많이 먹어도 곧장 숨쉬기 힘들어졌다. 코르셋이 필수 착용은 아니지만 사랑받는 패션이긴 했다.

"황태자 전하, 잠시······."

라브엘이 황태자에게 고개를 숙였다. 무슨 일이냐는 눈짓에 그녀가 작게 답했다.

"라티스 경께서 찾아오셨습니다."

들어 본 적 있는 이름이다. 세베리다에 갔을 때 우리를 호위한 친위대장이었다. 황태자가 몸을 일으키며 나를 향해 입을 열었다. 나는 먼저 선수를 쳤다.

"나도 들을래요."

"지금 그대는 안정부터 취해야 해."

황태자가 자신의 소매를 붙든 내 손을 조심스레 잡아 빼며 말했다.

"모르는 게 더 불안해요. 혼자 가만히 누워 있는 것도 마찬가지구요. 나는 이 일이 왜 일어났는지 알고 싶어요."

차분하게 말하자 황태자가 나를 물끄러미 쳐다봤다. 소리 없는 공방이 오갔다. 결국 백기를 든 사람은 그였다.

"좋아. 하지만 이야기를 듣다 힘들어지면 곧장 누워야 해."

내가 말하는 것도 아니고 소파에 편히 앉아 듣는 것뿐인데 뭐가 힘들어질까 싶었다. 사람이 날 죽이려던 것도 아니고 몬스터의 소행이다. 심력을 소모할 음모 같은 이야기와는 거리가 멀었다.

대강 숲 관리를 어떻게 했는지, 왜 대형 몬스터가 결계 밖으로 나왔는지, 책임소재는 누구에게 있는지에 대한 이야기가 오가겠지.

어쩔 수 없는 사고일 가능성보다는 인재人災일 가능성이 농후했다.

억울하게 죽을 뻔한 자로서 전말 정도는 알고 싶었다. 정확하게 알아서 이제 일어나지 않을 일이라는 것을 내 자신에게 확실히 인지시켜 주고 싶었다.

아직도 갑작스레 잔 떨림이 생기곤 했다. 사냥터에서 완전히 벗어나 안전한 황궁, 그것도 내게 익숙하고 안온한 내 방 침실에 있는데도.

고개를 끄덕이자 황태자가 직접 나를 일으켰다. 부축하려고 다가오던 시녀들이 뒤로 물러났다. 단단히 붙드는 손에 의지해 걸음을 옮겼다. 못 걸을 정도는 아니지만 힘이 없긴 했다.

생각보다 많이 놀랐구나, 싶어서 웃음이 나왔다. 웃는다고 웃었는데 한숨 같은 숨이 날카롭게 새어 나오는 게 다였다.

죽는 게 처음도 아닌데 죽음의 문턱에 가는 감각은 나아지질 않았다. 무뎌질 수 있다면 참 좋을 텐데 오히려 더 날카로워진 것 같다.

모르는 게 약이라고 의식이 완전히 끊길 때까지의 그 지독한 감각을 잘 알기 때문인지도 모른다. 조금만 더 침착했으면 달랐을까? 지금 와서 후회해 봤자 소용없다는 생각이 들었다. 후회할 일이 아님에도.

경험자로서 어이없는 사고로도 얼마든지 죽을 수 있다는 걸 분명하게 인지하고 있다.

하지만 그런 괴물에게 머리를 뜯겨 죽을 거라곤 상상도 하지 못했다. 세 쌍의 붉은 눈과 마주쳤을 때의 그 끔찍한 감각은 다시는 겪고 싶지 않다.

다시 잔 떨림이 시작되자 황태자가 조금 더 강하게 날 끌어안았다. 따뜻한 온기에 천천히 숨을 내쉬었다.

어쨌든 나는 살았다.

아무도 살려 달라는 내 외침을 듣지 않았던 그때와 달리 나를 구해 준 이가 있다. 이번엔 살려 달라고 외치지도 못했는데.

나를 든든하게 감싸는 팔에 기댔다. 황태자가 나를 보더니 걸음을 조금 더 늦췄다.

"전하, 공녀."

응접실로 나가자 라티스 경이 부복했다. 얼굴이 침중했다. 그의 뒤편에 기사단원 세 명이 서 있었다. 그중에는 유타바인도 있었다. 군기가 바짝 들어가 표정이 굳었다.

반갑게 인사할 분위기도 아니고 나 역시 그럴 기분이 아니라 간단히 고개만 끄덕였다.

황태자는 나를 조심스레 소파에 앉히고 쿠션으로 등을 받쳐 줬다. 내가 편안히 기댄 것을 확인하고서야 고개를 돌렸다.

"어떻게 된 거지?"

앉으라는 말도 없었다. 라티스 경은 한쪽 무릎을 꿇은 채 보고하기 시작했다.

"결계가 깨져서 그 안에 있던 시스테인이 나왔습니다. 결계는 바로 복구되었고 현재 이전보다 더 강도를 높이도록 강화 작업에 착

수 중입니다."

"왜 깨졌지?"

"아직 조사 중입니다."

황태자의 기운이 흉포해졌다. 얼굴 표정이나 자세는 똑같았지만 싸늘한 기운에 뼈가 시릴 정도였다. 라티스 경이 서둘러 입을 열었다.

"여러 가지 추측이 나오고 있습니다. 결계가 오래되었다 보니 틈이 생겼을 수도 있습니다. 하지만 관리에 문제는 없었습니다. 작년 사냥제 이후 매달 관리 기록을 확인했지만 틈이나 약화는 물론 어떤 이상 징후도 없었습니다. 어제도, 오늘 아침에도 확인 기록이 있는데 마찬가지였습니다."

라티스 경의 말은 계속 이어졌다.

"사냥제가 가까워지면서 관리를 더 엄격하게 했으니 결계 자체의 문제라고 보긴 힘들 것 같습니다. 아시다시피 시스테인 같은 대형 몬스터는 소리보 숲에 출몰하지 않는 것으로 알려져 있지 않습니까. 결계엔 이상이 없고, 시스테인의 괴력으로 인해 깨진 것이라는 게 중론입니다."

생각보다 소득 없는 보고였다. 결계 관리가 잘 되고 있었다면 인재일 가능성도 현저히 떨어졌다.

예기치 않은 사고였나. 이래서야 전말을 들으러 나온 의미가 없다. 무표정하게 가만히 듣고만 있던 황태자가 입꼬리를 비뚜름하게 올렸다.

"숲의 결계가 시스테인 한 마리로 깨질 정도는 아닐 텐데. 보고한 대로 처음 결계를 쳤던 그 강도 그대로 관리되었다면 말이야."

노란 눈동자가 날카롭게 라티스 경을 훑었다.

부복한 채 고개를 숙이고 있어 그 시선이 보이지도 않을 텐데 라티스 경은 흠칫 어깨를 떨었다.

"더 알아보겠습니다."

"누구든 결계엔 이상이 없었다고 말하고 싶겠지. 실수든 뭐든 결계에 문제가 있었던 것과 어쩔 수 없는 사고와 우연으로 시스테인이 결계를 깬 것은 책임이 다를 테니까."

황태자의 음성은 작고 느릿했다. 하지만 그 안에는 꽉꽉 눌러 담은 격분이 가득했다. 응축된 분노가 맹렬히 소용돌이쳤다. 있는 그대로 표출되는 분노와는 차원이 다른 포악함이 날름거렸다.

"제가 직접 확인하도록 하겠습니다."

라티스 경의 목소리가 살짝 떨렸다. 황태자는 그를 가만히 내려다보더니 물었다.

"시스테인이 소리보 숲에 나온 원인은 파악했나? 타스마 산맥과 유린 산맥 생태에도 문제가 생겼을 법한데……. 유린 산맥 주변에는 민가가 있다."

"죄송합니다. 거기까진 생각하지 못했습니다. 바로 인력을 꾸리겠습니다."

"뭐 하나 확실한 게 없군."

황태자의 책망에 라티스 경이 고개를 숙였다.

"다 알아내. 정확하게."

"명을 받들겠습니다, 주군."

두 사람의 대화를 듣고 있자니 궁금한 게 생겼다.

그 괴물과 마주쳤을 때의 느낌으로 소리보 숲에 원래 나온다는 '위험하지 않은, 관리된 몬스터'가 아니라고 생각했다.

그 여섯 개의 눈은 완전히 인간을 먹이로 아는 상위 포식자의 것이었다. 황태자가 일격에 죽여서 그리 강하지 않을지도 모른다고 생각했지만, 대화를 듣고 보니 내 느낌이 맞았다.

그렇게 강한 몬스터면 자신의 영역인 숲에 가득한 먹이—인간—를 놔두고 왜 굳이……?

활과 검을 든 기사라 건드리지 않았다고 해도 이상하다. 무장 인력을 피할 정도였다면 더더욱 숲 밖으로 나오지 않았을 것이다.

내가 공포로 과민하게 반응하고 안 좋은 쪽으로만 상상해서 그런지는 모르겠지만 너무 이상하다.

"시스테인은 강한 몬스터인가요?"

내 질문에 라티스 경이 고개를 끄덕였다.

"정말 강합니다."

굉장히 힘준 대답이었다. 그 어조가 어떤 설명보다 강하다는 것을 확실하게 알려 줬다.

"정말 까다로운 몬스터입니다. 비늘은 단단해서 검이 들질 않고 화력이 높은 무기도 마찬가지입니다. 눈이 여섯 개나 되는 만큼 시야도 넓어 사각도 거의 없습니다. 그리고 양쪽 귀의 높이도 달라 소리가 난 근원지의 좌우 파악뿐만 아니라 높이 파악까지 할 수 있습니다. 발톱은 철도 종잇장처럼 찢고 이빨은—."

이빨이라는 말에 순간 내 코앞에서 쫙 벌어진 괴물의 아가리가 생각났다. 훅 끼쳐 오던 악취와 괴물의 날숨.

나도 모르게 몸을 부르르 떨었다. 황태자가 내 어깨를 감싸며 인상을 찌푸린 채 라티스 경을 쳐다봤다.

"죄송합니다."

라티스 경은 그대로 입을 다물고 사죄했다.

"괜찮아요."

일부러 겁을 주려 한 것도 아니고 내 질문에 답하려던 것뿐이다. 황태자가 부드럽게 어깨를 매만지는 게 도움이 됐는지 오한도 가라앉았다. 내가 괜찮다고 말했는데도 황태자는 인상을 펴지 않았다. 그의 손을 톡톡 두드리자 그제야 표정을 풀었다.

"그렇게 강한 몬스터인데 단번에 잡아서 다행이네요."

그 타이밍에 공격이 통하지도 않았다면 난 머리부터 와그작 먹혔을 것이다.

"황태자 전하께서 검술이 뛰어나신 겁니다. 시스테인이 일격에 즉사당한 건 처음입니다. 적어도 제가 아는 한도 내에선."

"그런가요?"

황태자를 돌아보자 그와 시선이 마주쳤다.

음, 조금 우쭐해 보이는 건 내 착각인가?

라티스 경의 보고를 받기 시작할 때부터 벼린 검처럼 차갑고 날카로운 분위기가 흘렀는데 지금은 그 예기가 누그러졌다. 날 힐끔 보는 게 나 멋지지, 하는 느낌인데. 표정은 엄숙했지만.

"시스테인의 유일한 약점은 등골의 가장 윗부분입니다. 목 비늘과 등 비늘 사이에 약간의 틈이 있는데 그곳에만 검이 들어가지요."

황태자가 정확히 그 부분에 검을 꽂아 넣어 죽인 모양이다.

"이론적으로는 그대로 척추와 목을 관통할 수 있으니 일격에 즉사시킬 순 있지만……. 몬스터의 뼈는 한 번에 자를 수 있을 정도로 물렁하지 않습니다. 특히 등뼈는 강도가 더 높죠. 전하시기에 가능했던 겁니다."

이 사람 은근히 뻐기고 있네.

자기가 죽인 것도 아닌데 라티스 경의 목소리엔 자랑이 가득했다. 내 묘한 표정을 보지 못한 라티스 경이 신나서 말을 이었다.

"설령 목뼈를 절단할 수 있는 자라고 해도 단번에 성공하긴 힘듭니다. 시스테인은 덩치에 비해 워낙 민첩하고 감각기관도 뛰어나서 한 번에 약점에 도달하는 것조차 어렵죠. 겨우 목덜미에 접근하더라도 비늘을 세워서 약점을 보호합니다."

들으면 들을수록 황태자가 엄청난 무위를 보인 느낌이다. 그냥 푹찍하고 깨꼬닥한 걸로 보였는데.

이게 과장인지 아닌지. 자랑하는 걸 보니 허풍이 섞였을 거 같기도 하고, 본인 앞이다 보니 아부를 할 수 있을 것 같기도 하고.

슬쩍 황태자를 올려다보니 여전히 우쭐한 얼굴이었다. 무표정한 표정으로 저런 기색이 나오는 것도 참 신기했다.

역시 아부인가.

이렇게 날 선 분위기에서 자연스레 아부를 하다니 이분도 참 사회생활 잘 하신다. 내심 감탄하는데 라티스 경의 뒤로 기사단원들이 열심히 고개를 끄덕이는 게 보였다. 그중 유타바인이 가장 열성이었다.

인간이 아니라 노호혼인 줄.

다른 사람들은 잘 모르지만 유타바인은 아부를 하는 성정이 아니었다. 성격이 워낙…… 그래야지.

유타바인은 샤티와 함께 제도를 휩쓴 비글답게 3대 GR명멍이 같은 성격을 갖고 있었다. 상대를 주옥되게 했으면 주옥되게 했지 아부할 리 없다.

"보통 여러 명이 천천히 시간을 들여 체력을 뺐고 주위를 흐트러트려 교란시켜 잡는 것이 정설입니다. 그런데 전하께서는……!"

라티스 경이 반짝이는 눈으로 황태자를 쳐다봤다. 그 눈빛을 받는 사람이 내가 아닌데도 나까지 부담스러울 정도였다.

숨겨 왔던 나~의 수줍은 마음 모두 네게 줄게~.

나는 손가락으로 귀를 팠다. 충격을 받아서 그런가 환청이 들렸다.

"전하께선 골리벤의 방어도 뚫은 전적이 있으니 가능할 거라곤 생각했습니다만……. 그래도 위험했습니다. 단번에 홀로 질주해서서 곧바로 시스테인에게 뛰어드시다니."

라티스 경이 인상을 찌푸렸다. 나도 덩달아 미간을 좁혔다. 황태자가 그렇게 한 덕분에 지금 내가 살아 있는 거긴 하지만, 듣고 보니 정말 위험했다.

시스테인이 재빠르다는 건 날 향해 도약하던 모습을 봤으니 충분히 안다. 황태자는 그렇게 재빠른 데다가 경계도와 공격력이 높은 몬스터에게 혈혈단신으로 뛰어든 것이다.

내 목숨보다 그의 목숨이 위험한 상황이었다. 괴물이 기척을 눈치채고 공격을 가했으면 어쩌려고. 쩍 벌렸던 입 그대로 고개를 트는 것이나 긴 발톱을 휘두르는 것은 아주 간단한 일이었을 거다.

기척을 눈치채지 못한 게 천만다행이지.

황태자가 은밀하고 기민하게 움직였다고 해도 절대 안 들킬 거라곤 확신할 수 없다.

"듣다 보니 조금 이상하군."

황태자가 가만히 턱을 쓸었다. 나와 라티스 경이 의아한 눈으로 쳐다봤지만 그는 생각에 잠긴 채였다. 내 시선을 느낀 그가 나를 보더니 생각을 접었다. 그는 이 자리를 정리하듯 라티스 경에게 말했다.

"아까 말한 대로 확실하게 알아 와. 어떤 이유에서든 이런 일이 일어났다는 것 자체를 용납할 수 없다."

"알겠습니다, 전하."

"그대는 이만 들어가서 쉬도록 해. 확실한 이유를 알아내면 그대에게 알려 줄 테니."

내 의아한 시선을 느꼈을 텐데도 그게 끝이었다. 불만스럽게 입술을 오므리자 그가 달래듯 말했다.

"불안해할 필요 없어. 결계도 복구했고 더 튼튼하게 강화시킨다고 하니 안심해. 설령 시스테인보다 더 강한 몬스터가 온다고 해도 이곳은 황궁이다. 다음에 몬스터가 나왔단 소식을 들었을 땐 이미 잡힌 후일 것이야. 그리고……."

노란 눈동자가 날 똑바로 바라보았다. 햇살의 온기에 천천히 젖어드는 것 같은 느낌이었다.

그의 눈동자가 담은 것을 뭐라고 해야 할지 모르겠다. 그가 왜 나를 이런 시선으로 보는지도.

"내가 반드시 그대를 지킬 거다."

그렇게 말하며 내 머리칼을 쓸어 넘겼다. 정중하면서도 절박한 손길이었다.

참 이상하다.

황궁의 견고한 방비보다도 그가 날 지킨다는 말이 훨씬 더 안심됐다.

몇 번 그에게 구해져서 그런 걸까.

비죽 내밀었던 입술이 저절로 들어갔다. 고개를 끄덕이자 황태자가 날 조심스레 일으켰다.

그의 부축을 받으며 기사들에게 인사했다. 내게 마주 묵례하는 라티스 경의 얼굴은 이상한 모양으로 일그러져 있었다.

죄책감 때문일까. 그가 사냥제의 보안 책임자도 아니고 내게 미안해할 건 없는데…….

힐끗 본 유타바인과 다른 기사들도 마찬가지였다. 책임의식이 강한 건 좋지만 본인 잘못도 아닌데 자책하는 것 같아 마음이 쓰였다.

유타바인은 절대 남의 책임을 자신이 짊어지는 성격이 아닌데 조금 의아했다. 책임감이 강한 동료들 곁에 있으니 물든 건가.

황태자는 침실까지 나를 부축한 후 침대에 눕히고 꼼꼼히 이불을 덮어 줬다.

시녀들에게 마음이 진정되도록 달콤한 밀크티를 가져오라는 말까지 하는 걸 보고 있자니 기분이 요상했다. 의외로 세심하다고 해야 하나. 그가 이렇게 섬세한 구석을 보이는 것은 처음이었다.

명령을 하는 그의 얼굴도 어색함에 살짝 달아올라 있었다. 그걸 보니 픽 웃음이 나왔다.

이런 명령을 해 본 것도 처음이구나.

곧 밀크티가 내 앞에 대령됐다. 황태자는 찻잔을 쥔 나를 사뭇 긴장한 눈으로 쳐다봤다. 웃음이 나오려는 것을 삼키며 찻잔을 내려다봤다. 따뜻한 온기가 느껴졌다. 비단 밀크티의 온도가 높기 때문만은 아닐 것이다.

이 밀크티는 황태자가 날 위해 뭘 해 줄 수 있을까, 내게 필요한 것이 뭘까 숙고한 결과였다.

나는 황태자의 배려와 걱정과 애정을 마셨다. 뱃속까지 따뜻해졌다. 조금 더 안심이 됐다. 악몽을 꿀 것 같아서 자기 싫었는데 지금은 잠들어도 괜찮다는 생각이 들 정도로.

황태자는 내가 밀크티를 바닥까지 다 비운 것을 확인하고 시녀에게 찻잔을 건네주었다.

"한숨 자도록 해."

그가 침대 옆에 앉아 날 다독였다. 무척 위안이 됐지만 이래도 되나 싶었다. 안심하고 여유가 생기니 주변을 돌아볼 정신이 생긴 것이다.

사건이 터진지 이제 겨우 서너 시간 지났다. 자잘한 건 밑에 사람이 하더라도 그 역시 수습하기 위해 동분서주할 때였다.

이미 충분히 그를 독점했다.

"난 괜찮으니까 이만 가 보세요."

그가 대번에 인상을 찌푸렸다. 싫다는 말이 나오기 전에 현실을 알렸다.

"바쁘잖아요."

"잠드는 것까지만 보고 가도록 하지."

"누가 보고 있으면 잠을 잘 못 자서 그래요."

고등학교 야자 시간에 선생님이 내 머리 위에서 쳐다보든 말든 꿀잠을 잤지만 과거는 과거일 뿐.

그가 입술을 꾹 다물었다. 명백하게 마음에 안 든다는 표시였다. 가지 않으면 눈을 감지 않겠다는 뜻을 담아 그를 차근히 쳐다보자 그는 날 지그시 내려다보는 걸로 응수했다.

서로의 고집을 건 대결이다. 황태자인 만큼 그의 고집이 꺾인 적은 없겠지만 나도 만만찮은 상대였다. 박빙의 승부였다. 아슬아슬했지만 결국 항복한 쪽은 그였다.

고집을 꺾었다기보단 이렇게 심력을 소모할 시간에 어서 날 쉬게 해 줘야겠다는 생각에서 손을 든 것 같지만.

"푹 쉬도록 해. 밤에 한번 들르지."

"안 그래도 돼요."

그는 가뿐히 내 말을 무시했다. 심지어 내 시녀들에게 명령하기까지 했다.

"저녁식사는 침대에서 하도록 해. 내일 아침까지 침대 밖으로 못 나오게 하고."

"예, 전하."

라브엘이 냉큼 답했다.

아니, 아무리 상대가 황태자라고 해도 내 시녀 아닌가. 저렇게 재고도 없이 대답해도 되는 건가.

물론 월급은 황실에서 나오지만.

'돈 주고 밥 주는 사람이 최고긴 하지…….'

씁쓸해졌다. 시녀 일을 돈 때문에 하는 건 아니겠지만 어쨌든.

황태자가 나가자 시녀들도 편히 쉬시라며 물러났다.

유모는 내 곁에 남아 있고 싶어 하는 기색이 역력했지만 아무 말 없이 방을 나갔다. 라티스 경을 만나는 사이 좀 진정한 모양이다.

혼자 남아 멍하니 눈을 깜빡였다.

피로감이 몰려와 잘 생각밖에 없었지만, 황태자와 실랑이를 하는 동안 잠이 깬 건지 눈이 말똥말똥했다. 가만히 있으려니 생각이 흘렀다. 의식적으로 오늘 있었던 일을 떠올리지 않으려 노력했지만 소용없었다.

몇 번 뒤척이다가 빈 침대 옆을 바라보았다.

'곁에 있어 달라고 할 걸 그랬나.'

정말 괜찮다고 생각했는데 속이 미식거리는 감각이 자꾸만 올라왔다.

황태자가 앉아 있던 의자가 유독 비어 보였다. 여태 그 의자에 앉았던 사람이 나뿐이었으니 누가 앉은 모습을 본 건 오늘이 처음인데도.

뒹굴 돌아누웠다. 고집스레 의자 쪽을 보지 않고 창밖을 노려보길 수십 초. 벌떡 일어나서 촥촥 캐노피를 쳤다. 사방을 완전히 가리자 유혹도 사라졌다. 곁에 없어도 괜찮다. 혼자여도 괜찮다. 애도 아니고.

눈을 꾹 감았다. 떠오르는 상념을 흩트리려고 애를 썼다.

'다른 거, 다른 걸 생각하자. 뭔가 기분 좋아지는 거.'

"……."

의외로 나 취미가 없구나. 전생에서는 취미를 만들 물리적, 정신적 여유도 없었다. 유일하게 스트레스 푸는 수단이 막장 드라마 시청이었는데 그것도 여기 와서 못하게 됐다.

야…… 아니, 막장 소설을 보긴 했지만 그것도 황태자가 준 〈에마 부인〉으로 끝이었다.

다른 책을 보려 해도 그때 생각이 나서 이불만 차다 끝났다. 물론 지금도 이불을 차야 할 것 같았다. 쪽팔려!

겨울 이불이라 많이 무거웠다. 몇 번 차다가 지쳐서 헥헥거렸다. 쪽팔림과 육체노동으로 심신이 미약해졌다. 이게 다 황태자 때문이다.

도망칠 구석도 없는 마차 안에서 야설을 선물 받고 어찌나 숨고 싶었는지.

그 꼴을 다 봤으면 처음부터 봤다고 말할 것이지 도서관에선 왜 모른 척했냐는 말이다. 그랬으면 끝까지 모른 척하든가.

가만, 이거 다시 생각해 보니 성희롱 아닌가?

열여덟 순진한 소녀에게 야설을 선물하는 스물한 살 남정네라니. 순수하고 천진하고 청순하고 정결한 내게 대체 뭘 선물한 거야, 이 변태! 변태 황태자! 황태자는 변태!

"끙……."

변태로 몰려고 해도 양심이 아파서 힘들었다.

그 속에 들어 있는 스물세 살 누나가 좀 정직하고 진실해야지. 내가 순수하지 않다는 건 절대 아니지만.

문득 어느새 기분이 좋아졌다는 걸 깨달았다. 나름대로 황태자와의 추억이 많았다. 기분을 전환할 취미는 없었지만 그 추억을 곱씹는 것만으로도 마음이 가벼워졌다.

황태자는 곁에 없지만 왠지 함께 있는 기분이었다.

엄마, 아빠와의 추억, 유모와 라브엘, 이디스와의 추억, 알테와의 추억, 유타바인과의 추억, 고아원 아이들과의 추억…….

셀 수 없이 많은 추억들이 침대 위를 메웠다. 여러 사람들이 내게 웃으며 속삭였다. 하나같이 호의와 애정으로 반짝이는 얼굴들이었다.

'나 뭔가 괜찮은 삶을 살고 있는 거 같아.'

행복하다.

비록 오늘 죽을 뻔했고 아직도 지척에 있었던 괴물을 떠올리면 소름이 돋고 몸이 떨리지만 그래도 행복했다.

패악을 부리고, 내 마음대로 굴고, 아이린을 까 내리고, 음흉한 속내를 감추고 숨긴 채 사람을 대해도 괜찮지 않나?

만약 오늘 죽었다고 해도 저번처럼 허무하고 아무것도 없던 삶이라고는 생각하지 않을 것 같았다. 나름 괜찮은 삶이다.

'이제 취미도 만들자.'

열심히 살긴 했는데 돌이켜 보니 뭔가 다 목적이 있는 일만 했다. 그냥 이유 없이 나만을 위해서 무언가를 해 보는 것도 좋을 것 같다.

몇 가지 목록을 떠올렸으나 딱히 이렇다 할 게 안 떠올랐다. 이력서 쓸 때 돌려막기처럼 썼던 독서나 음악, 영화감상이 전부였다. 나중에 시녀들에게 물어보기로 하고 일단 눈을 감았다.

'아, 그리고 보니 아이린은 어쩌나.'

시스테인의 습격으로 사냥제는 그대로 파했다. 파할 수밖에 없었다. 시스테인이 죽었다고 해도 그런 몬스터가 또 나올지도 모르는데 여유롭게 사냥하고 있을 사람은 없다.

사람들이 서로 치여 다치는 일이 없도록 아비규환이었던 장내를 진정시키는 것만으로도 큰일이었다.

그때 나는 황태자 덕에 겨우 공황상태에서 진정한 상태라 주변이 어떻게 돌아가는지 잘 몰랐다.

지금 와서 시야에 흐린 배경처럼 비췄던 광경이나 말소리를 떠올리며 추측하는 게 전부였다.

내가 진정하자마자 황태자는 나를 마차에 태우고 황궁으로 향했다. 마차에 오르기 전 그가 짧게 지시한 내용은 황실 기사단을 숲으로 파견하라는 것이었다.

아직 숲 안에 있는 사람들은 시스테인이 습격한 걸 모를 테니 그들을 우선적으로 구출하고, 결계를 확인하고 다른 대형 몬스터가 출몰하지 않는지 살피라고 했다.

그중 아이린에 대한 것은 없었다.

워낙 정신없던 상황이었고 다른 것들에 비해 우선도가 떨어지다 보니 미처 살피지 못했을 수 있다. 사고도 수습해야 하지, 품에서는 내가 넋이 나가 있지. 그도 당황스러웠을 것이다.

하지만 오늘은 아이린의 날이었다. 계속 나한테 치인 것도 짜증날 텐데 가장 중요한 제를 못 올리게 됐다. 그런데 남친은 신경도 안 쓰니 속이 말이 아닐 거다.

사냥제의 클라이막스는 승리자가 잡아 온 사냥감으로 지내는 제사였다.

몬스터로 제사를 지내는 게 암만 생각해도 이상했지만, 원래 사냥한 동물로 제를 올려 땅의 기운을 보하는 축제였으니 이해는 갔다.

인간인 내가 이해하는 건 이해하는 거고 과연 신이 이해할지는 또 다른 문제였다.

괴물로 제를 받은 신이 분노하지 않는 게 신기했다. 여긴 신성력도 분명한 물리력을 행사하던데.

여하간 아이린은 사냥제를 홀로 도맡을 수 있었는데 그 기회가 단번에 날아간 것이다.

다른 모든 행사는 레지나가 똑같이 참여한다. 하지만 사냥제는 다르다. 레지나가 아닌 승리자의 레이디로서 오롯이 제사를 주관한다.

나는 그녀가 제를 올리고 제국을 대표해 신에게 전언하는 것을 지켜만 보고 있었을 것이다. 다른 귀족들과 똑같이.

황후는 여러 의식을 거행한다. 라하딘 기간이 아닐 때 사냥제 제의를 지내는 것도 황후였다.

그렇기에 제의를 주관하는 것은 큰 의미였다.

라하딘 경합에서 승리하는 것도 중요하지만 의식을 주관하는 모습은 사람들에게 선명한 인상을 남긴다. 무엇보다 황후의 이미지가 덧씌워진다.

아이린도 그걸 의식하고 티아라 같은 머리띠를 한 게 분명하다. 티아라를 쓴 그녀가 제단에서 어떻게 보일지 뻔했다. 그야말로 완벽한 황후로 비춰졌을 것이다.

아이린이 실수할 리는 없으니 그녀에게 꽤 그럴싸한 황후의 이미지가 생겼을 것이다.

이미지는 아주 중요하다.

─걔 좀 그래. 어떤 점이 그런지는 모르지만 하여튼 좀 그래.

이런 모호하고 불분명한 이미지로 똑같은 행동이 달라 보였다.

애매한 이미지도 영향이 큰데 구체적이면 사람의 사고를 강제하기까지 했다.

전생에서도, 악녀로 선입견을 갖고 시작한 현생에서도 이미지의 힘을 실감할 수밖에 없었다.

아이린 역시 마찬가지다. 나와는 경우가 다르지만 성녀 이미지로 밑바닥에서부터 여기까지 기어 올라온 만큼 누구보다 잘 알 것이다. 그런데 제를 아예 못 올리게 되었으니 모든 게 수포로 돌아갔다.

이것만 놓고 생각하면 내겐 행운과 호재라고 할 수도 있겠지만, 그 원인인 시스테인의 습격에 죽을 뻔했는데 행운이라는 것도 우스웠다.

솔직히 내심 제의를 망치길 바라긴 했다. 하지만 내 목숨을 대가로 걸 정도는 아니었다. 내가 밤에 잠들기 전 상상한 거라곤 낭송할 때 혀가 꼬이거나 단상에 오르다 넘어지는 게 전부였다.

막상 이렇게 되니 아이린이 좀 불쌍했다. 망하라고 생각했던 사람이 할 생각은 아니지만. 그것도 오늘 귀족들 틈에서 그녀를 비참하게 만들었으면서.

이런 생각이 드는 걸 보니 참 살기 편해졌나 보다. 피식, 웃음이 새어 나왔다.

동정은 여유가 있기에 가능한 일이었다. 승자이기에 가능한 우월감이다. 조건부 동정은 순수한 연민이 아니라 조소에 가까웠다. 아이린이 불쌍하다고 해서 봐줄 생각은 전혀 없다. 흐름을 잡았을 때 완전 끝장을 내야 한다.

과거 내가 손톱으로 손바닥을 찔렀듯이 지금 아이린 역시 이를 갈 것이다. 어떻게든 나를 끌어내리려 혈안이겠지. 오늘이 전환점이 될 거라고 생각했는데 완벽히 실패로 돌아갔다. 약이 바짝 오르다 못해 속이 타들어 갈 것이다.

물론 나도 아이린이 잘되면 또 배알이 뒤틀릴 테고. 아이린을 향한 동정은 나비 날개보다 얄팍했다.

그 생각을 끝으로 어느 순간 의식이 흐려졌다. 꿈도 없는 깊은 잠이었다. 몬스터의 습격으로 긴장한 몸이 서서히 이완하기 시작했다.

일어나 보니 주변이 어둑해져 있었다. 기지개를 쭉 길게 켜자 우두둑 소리가 들렸다.

협탁에 놓인 물을 마시고 침실 밖으로 나갔다. 응접실은 깜깜하고 아무런 기척도 없었다.

저녁이 아니라 새벽인가. 한밤중이라고 하기엔 시야가 미묘하게 밝았다.

'대체 몇 시간을 잔 거지?'

시계를 보니 6시가 살짝 넘었다. 거의 열두 시간을 잔 셈이다. 일어나기 애매한 시간이었지만 워낙 오래 자서인지 더 잘 마음도 안 들었다. 그렇다고 아직 자고 있을 당직 시녀를 깨울 순 없었다.

아침잠 5분은 5시간과 같은 법! 삶의 질을 향상시키는 데 지대한 영향을 끼친다. 소파에 앉아 푹 기댔다. 딱 좋게 몸을 받쳐 오는 게 편안했다. 역시 가구는 과학이 아니다. 마법이다.

"······."

심심하다.

뭐랄까. 좋든 싫든 항상 사람들 곁에 둘러싸여 생활해서 그런지 혼자 있으려니 지나치게 심심했다. 평소엔 할 일도 많았는데 지금은 아무 일도 없다. 찾아보면 뭔가 해야 할 게 나오긴 하겠지만 움직이기도 귀찮다.

소파에 퍼진 채 귀찮음과 심심함 사이에서 허덕이고 있을 때였다.

"어머나, 저하."

기척도 없이 부르는 소리에 깜짝 놀라 몸을 일으켰다. 돌아보니 어렴풋한 윤곽이 보였다.

"라브엘?"

"깨어나셨군요. 몸은 좀 어떠세요?"

나는 어깨를 으쓱이며 팔을 움직였다.

"다친 데도 없는 걸요. 멀쩡해요."

"다행입니다."

"그런데 이 시간에 왜……. 설마 여기서 주무셨어요?"

라브엘은 시녀장인 만큼 당직을 서지 않는다. 그녀가 조용히 미소 지었다.

"가끔은 황궁에서 자는 것도 좋죠."

번듯하다 못해 호화로운 집을 두고 왜 황궁에서 잠을 잤는지는 뻔했다. 부담스럽지 말라는 뜻에서 은근히 돌려 말하는 게 그녀다웠다.

"라브엘……."

감격해서 라브엘을 쳐다보는데 그녀의 뒤로 곁방 문이 열렸다. 세실리아가 눈을 비비며 나왔다. 그녀는 방 안에 있는 우리 둘을 보고 놀란 듯이 눈을 둥글게 떴다.

"그럴 필요 없는데 고생했어. 난 괜찮으니 날이 밝는 대로 퇴근해서 쉬도록 해."

라브엘에게 자연스레 하대하곤 세실리아를 쳐다봤다. 그녀가 가볍게 고개를 숙였다.

"일찍 기침하셨네요, 저하."

"응, 좋은 아침."

생긋 웃은 세실리아가 커튼을 걷기 시작했다. 하녀가 할 일이었지만 방 안엔 우리 셋뿐이니 그녀가 맡았다. 조금 더 밝아진 시야에 정신이 맑아졌다. 센스 있는 모습이 기특하기도 해서 기분 좋게 입을 열었다.

"오늘 당직이었나 봐. 라브엘과 같이 조금 일찍 퇴근하도록 해."

내 말에 세실리아가 고개를 숙였다. 감사 인사인 줄 알았는데 우물쭈물하는 걸 보니 다른 할 말이 있나 보다.

"저하, 오늘 세실리아는 당직이 아닙니다."

곁에서 지켜보던 라브엘이 웃으며 말했다. 나는 고개를 갸웃했다.

"그럼……?"

설마 라브엘처럼?

"아무래도 저하께서 큰일을 당하셨으니 걱정이 되어서……."

세실리아가 수줍게 말했다. 의외의 말에 눈을 깜빡였다.

"세실리아, 네 마음이 참 곱구나. 덕분에 많이 괜찮아졌어."

"황공합니다, 저하."

깊게 숙이는 그녀의 정수리를 다정하게 바라봤다. 조금 의외라고 생각하면서도 미안한 마음과 애정이 차올랐다. 시녀들과 다 정이 붙긴 했지만 유모와의 일도 있어서 세실리아에게는 아무래도 마음이 덜 갔다.

이디스야 정말 친구 같으니 논외로 치고 에스더와 세실리아 중에서 고르라면 에스더가 좋았다. 에스더는 조용하고 침착한 데다가 딱 필요할 때마다 센스를 보였다. 알아서 일을 하고도 내색하는 기색이 없어 더더욱 신임이 갔다.

그에 반해 세실리아는 여러모로 말이 많았다. 대체로 무난하지만 가끔씩 열등감 때문에 예민하게 굴어 힘들었다. 게다가 내게 잘 보이러는 게 너무 티가 나서 반발심이 생길 때도 있다.

내가 성격이 꼬여서 그런 건지 모르겠는데 과하게 보란 듯이 일한 다음 알아 달라고 하면 오히려 모르는 척하고 싶었다. 옆에서 묵묵히 일하는 사람이 있으니 더더욱.

능력 어필도 좋지만 정도가 있어야지.

내심 세실리아에 대해 박하게 평가하고 있었다. 일부러 티를 내진 않았지만 하루 종일 붙어 있는 상황에서 본인이 못 느꼈을 리는 없다.

그런데 이렇게 날 위해 자발적으로 당직을 선 것이다. 아무리 황궁이 잘 정돈되어 있다고 해도 집에서 편히 목욕하고 푹 쉬고 싶을 텐데.

"다른 시녀들도 어젯밤 모두 궁에서 밤을 보냈습니다."

전부 다? 라브엘의 말은 더더욱 날 깜짝 놀라게 했다. 어, 좀 가슴이 몰랑거리면서 찌르르해지는데…….

세실리아가 열어 놓은 문틈으로 이야기 소리가 다 새 나갔는지 시녀들이 하나둘 나오기 시작했다.

항상 궁에 있는 유모는 물론이고 이디스와 에스더까지. 정말 전부 다 있었다.

아침에 내 시중을 들 때는 모두 깔끔하게 단장한 모습이었는데 지금은 막 깨서 그런지 머리가 뻗치고 난리 났다. 그 모습을 보니 웃음이 나오면서도 벅찼다. 술렁거리는 가슴을 눌렀다.

"뭐야, 다들 당직 섰어? 다 그러면 오늘 내 시중은 어떻게 하려고?"

괜히 불퉁한 말이 나왔다. 붉은 머리가 사자의 갈기처럼 뻗친 이디스가 피식 웃었다.

"저하, 감동했으면 그냥 감동했다고 말하세요. 솔직하지 못하시긴……."

"아니거든!"

괜히 발끈해서 소리를 지르자 에스더가 조용히 말했다.

"얼굴 빨개요."

방금 전까지 에스더가 과묵해서 좋다고 생각한 거 취소다. 세실리아가 푸스스 웃으면서 말을 받았다.

"별로 안 솔직했으면 싶은 거엔 솔직하시더니 이럴 땐……."

너도 감동한 거 취소야.

"맞아요. 본인 입으로 천사네 뭐네 하시는 거 들을 땐 좀 생각한 내용을 그대로 말씀하시지 않았으면 싶어요."

"저번엔 전우주적 최강미소녀라고 하셨죠. 왜 강한 건진 모르겠지만."

이디스가 아주 신나서 말하고 에스더가 차분한 얼굴로 거들었다.

얼굴이 화상 입을 정도로 뜨거워졌다. 보지 않아도 목덜미부터 귀 끝까지 벌겋게 익었을 게 뻔했다.

"으아아! 알았어! 고마워! 완전 감동했어! 너희들이 최고야!"

그러니까 구만훼!

시녀들이 아주 당연한 인사를 받았다는 듯이 고개를 끄덕였다.

얘네 성격 진짜 나 닮아 가는 거 같은데? 이래도 돼? 억울한 눈으로 쳐다봤지만 세 여자의 얼굴은 티타늄 합금 철판을 깔은 듯 흔들림 없었다.

진짜로 날 닮아 가나 봐. 좋아할 수도 싫어할 수도 없었다. 싫은데 진짜 싫어하면 내 성격이 문제 있다는 걸 인정하는 거나 마찬가지였다.

"배고프시죠? 어제 저녁을 거르셨으니……. 조금만 기다리세요."

유모가 열이 펄펄 끓는 날 달랬다. 웃는 얼굴이 아주 흡족하고 대견한 기색이었다. 처음으로 동성 친구를 사귄 딸을 보는 눈이다.

아니, 그거 아냐. 유모 잘못 생각하는 거야. 난 지금 일방적으로 놀림을 당한 거라고! 쟤네 혼내 줘! 쟤넨 내 친구가 아니……진 않네.

처음으로 사귄 친구, 그게 맞는지도. 전생과 현생을 통틀어서. 아까부터 간지러웠던 가슴이 자리자리했다.

"곤히 주무셔서 깨우지 않았어요. 식사하시는 것보다 주무시는 게 더 나을 것 같아서."

라브엘이 덧붙인 말에 고개를 끄덕였다. 듣다 보니 배가 고팠다.

라브엘과 유모가 함께 방을 나섰다. 유모가 나가면서 눈을 찡긋하는 게 젊은 아가씨들끼리 친목을 다져 보라는 뜻 같은데……. 방금은 내가 일방적으로 당한 건데요.

남은 세 아가씨들은 내 주변을 가득 채운 채 떠나질 않았다. 아직도 머리가 뻗친 상태였다. 치장도 안 하고 이러고 있으니 당연했다.

"이디스, 너 눈곱 꼈다."

"저, 정말요?"

내 말에 이디스가 얼굴을 새빨갛게 붉힌 채 눈을 비볐다. 머리칼도 눈도 붉은 애가 그러니까 더 빨개 보였다.

"농담인데."

툭 진실을 알리자 이디스가 눈 비비던 채 굳었다.

"저하!"

빽 지르는 소리에 킬킬 웃었다. 농담이라고 말했는데도 그녀는 불안한지 얼굴을 쓸고 머리칼을 손으로 빗었다. 주변의 다른 시녀들도 마찬가지였다.

내가 가라앉아 있을까 봐 일부러 날 놀리고 농을 던진 거라는 걸 아까부터 알고 있었다.

"난 괜찮으니까 다들 씻고 와."

그 말에 이디스가 입술을 비죽였다.

"이왕 눈곱 낀 모습까지 보인 거 조금 더 보여도 상관없겠지요."

나만 놔두고 갈 생각은 전혀 없어 보였다. 적어도 라브엘과 유모가 돌아올 때까진 버티고 있을 기세였다. 이럴 필요까진 없다고 생각하지만 그 마음 씀씀이가 고마웠고, 고마운 만큼 순순하게 받아들이고 싶었다.

"내 안구 건강을 해치는 미관이지만 본인의 의사를 존중해 줄게."

"지금 저하도 만만찮아요."

"내가?"

나는 눈을 동그랗게 떴다. 정말 말도 안 되는 이상한 말을 들었다는 듯이. 아이린에게도 몇 번이나 써먹은 표정이라 꽤 자신 있었다.

나는 머리칼을 스르륵 뒤로 넘겼다. 막 일어난 건 나 역시 마찬가지였지만 머리카락은 찰랑거리며 넘어갔다.

창 너머로 어느새 완전히 뜬 아침 햇살이 날 비췄다. 턱을 치켜들고 입꼬리를 올렸다. 자다 깬 내 상태를 가장 많이 본 사람이 나다. 내가 어떤 모습인지는 내가 가장 잘 알았다.

"다시 말해 볼래?"

재수 없어. 재수 없지만 뭐라 할 수 없어서 더 재수 없어. 이디스의 썩은 얼굴이 그렇게 말하고 있었다. 나는 빙긋 웃었다.

"뭐, 이디스 너도 꽤 예쁜 편이야. 눈곱만 빼면."

"저하, 정말!"

화르륵 타오르는 이디스가 귀여웠다. 저러고서 파티에 가면 새침하니 도도한 표정을 짓고 있어서 더더욱.

풋, 웃음이 나왔다. 나를 시작으로 시녀들의 얼굴에도 웃음이 퍼졌다. 결국 이디스마저 못 말리겠다는 듯 고개를 저으며 웃었다.

한참을 킬킬거리며 웃었다. 내 웃음엔 내가 느끼기에도 그늘 한점 없었다. 그녀들에게 고마웠다.

어제 사냥제에는 당연히 이들 모두 참석했다. 수행은 가위 바위 보에서 진 이디스 홀로 했으나 다들 그 현장에 있었다. 그 괴물을 직접 목격한 것은 모두 마찬가지다. 그녀들이라고 무섭지 않았을리 없다.

모두 곱게 자란 귀족 영애들이었다. 험한 것 한 번 보지 않았고 손에 물을 묻힌 적도 없다. 심신이 미약한 건 나보다 그들이 더할 것이다.

생각해 보면 다들 십 대 여자애들이다. 에스더가 혼자 스무 살이긴 하지만 그래도 어리다. 다들 부모님의 보호 아래서 지낼 나이다. 오늘은 익숙하고 편안한 집에서 부모님과 함께 보내고 싶을 텐데.

모시는 아가씨가 변고를 당할 뻔했음에도 집에 가지 못한 채 황궁에 남아 있는 것을 염려해 의연히 행동하고 있다. 나보다 어린 여자애들이.

애틋했다. 죽을 뻔했던 건 마찬가지지만 어제 일은 전과 달리 트라우마가 되지 않을 것 같았다. 내겐 반드시 지켜 주겠다고 한 사람도 있고 이렇게 함께해 주는 사람들도 있다.

심지어 에스더는 연인도 있는데.

"데소웬 영식은 잘 있어?"

생각난 김에 에스더에게 물었다. 그들 역시 여느 연인들처럼 사냥제에 기사와 레이디로 참석했다.

에스더가 데소웬 영식에게 손수건을 묶어 주면서 슬쩍 뽀뽀하는 거 다 봤다. 그녀 역시 커퓌벌레들 중 하나였다. 배신자.

자기가 모시는 공녀님은 그때 아이린에게 밀려날까 봐 긴장하고 있었는데 말이야.

"예, 시스테인이 나왔다는 것도 모른 채 열심히 사냥하고 있다가 근위대에게 소식을 듣고 나왔다고 합니다."

에스더가 멀쩡히 이곳에 있는 걸로 무사하다는 건 알았지만 직접 들으니 한결 안심됐다.

"다행이네."

고개를 살짝 끄덕이는 에스더는 평소와 달리 살짝 얼굴이 굳어 있었다. 무사해도 걱정되는 게 당연하다. 그냥 데소웬 영식에게 가 보지. 그녀도 연인의 안전을 확인하고 위로받고 싶었을 것이다.

"같이 있지 그랬어."

"저 오늘 당직이었거든요."

아, 그랬니. 난 또 날 위해 남은 줄. 칼같이 나온 대답에 머쓱해졌다. 에스더가 작게 미소 지었다.

"이렇게 다들 자진해서 궁에서 밤을 보내니 당직을 바꿀 수도 있었지만 귀찮았어요."

방금 에스더가 나 놀린 건가? 다른 사람도 아니고 에스더가 그러다니 충격이 컸다. 그러든 말든 그녀는 담담하게 말을 이었다. 그러나 내용은 전혀 담담하지 않았다.

"죽을 뻔했는데 어떻게 떨어지냐면서 앞으로는 절대 곁에서 떨어지지 말라고……. 자기가 안고 다녀야겠다는 둥, 주머니 속에 넣고 다녀야겠다는 둥. 진짜 너무 귀찮았어요."

에스더가 한숨을 쉬며 말을 이었다.

"어찌나 달라붙던지. 사냥터에서 귀궁하는데 정말 몇 시간이나 걸린 것 같아요. 거머리도 그런 거머리가 없었다니까요. 내궁 안까지 따라오려는 거 겨우겨우 떼어놨어요. 저랑 떨어지는 건 참을 수 없다나 뭐라나."

나를 비롯한 시녀들의 표정이 묘해졌다.

이거, 자랑이지?

세 쌍의 눈동자가 바쁘게 오갔다. 시선을 교환하며 감이 틀리지 않았다는 것을 확인하자마자 눈빛이 바뀌었다. 감히 솔로 앞에서 커퀴질을 한 대가를 치러야 할 것이다.

공교롭게도 결혼한 라브엘과 유모는 자리를 비운 상황이었다.

솔로들의 얼굴에 음산한 미소가 가득 피어올랐다.

한바탕 시달린 에스더는 볼이 홀쭉해졌다. 데소웬 영식이 보면 또 달라붙어 무슨 일이냐 귀찮게 굴 몰골이었다.

'남친 있어서 좋겠다?'로 시작된 추궁은 '그래서 그 남자랑 뭐 하냐, 어디가 좋냐, 진도는 어디까지 나갔냐.'로 변했다.

에스더를 빼면 우린 모두 모태솔로였다. 모태솔로의 호기심은 한두 마디 얼버무림으로 해결할 수 없다.

물론 내겐 전생이 있지만…… 그건 생각하기 싫다.

차분하고 조용한 인상과 달리 에스더는 화끈한 여자였다. 남들 앞에서 뽀뽀할 때부터 알아봤어야 했다. 차분하고 정적인 얼굴로 조곤조곤 묻는 말에 자세하고 상세하게 대답해 주는데…… 워후.

분위기는 금세 후끈해졌다. 수다를 떨고 있으려니 유모와 라브엘이 하녀들을 이끌고 돌아왔다. 우리들은 조신한 귀족 아가씨들답게 조개처럼 입을 다물었다.

곧 내 앞에 상다리가 휘어지도록 음식이 차려졌다. 치즈를 잔뜩 넣은 따뜻한 포타주와 부드러운 양파빵. 닭가슴살과 병아리콩을 넣은 샐러드. 크루아상과 마멀레이드, 살구 잼, 블루베리 잼, 무염 버터. 딸기와 라즈베리, 호두, 꿀을 넣은 요거트. 오렌지 주스와 홍차에 커피까지.

이거 다 못 먹는데.

보기만 해도 배가 불렀다. 이제 겨우 7시가 되려 하는데 이렇게 풍성하게 차린 게 놀라웠다. 새벽부터 고생한 요리사에게 애도를.

포타주에 빵을 찍는데 라브엘이 말했다.

"간밤에 황태자 전하께서 오셨다 가셨습니다."

"뭐? 그럼 깨우지 그랬어."

온다더니 진짜 왔었구나. 조금 놀랐다. 그렇게까지 신경 쓸 필요는 없는데.

황태자를 헛걸음하게 만든 것은 예법에 어긋난다. 물론 황태자가 뭐라 할 성격은 아니었지만 신경 쓰였다.

"전하께서 주무시게 두라고 하셨습니다."

그렇게 말했으니 세상모르고 쿨쿨 잔 거겠지. 단잠을 자긴 했지만 입술이 튀어나왔다.

시스테인에 관해 뭔가 알아낸 게 있을지도 모르는데. 내 얼굴만으로 내 생각을 읽었는지 라브엘이 차분히 말했다.

"조사에 진척은 없다고 합니다. 전하께서는 그냥 저하가 걱정되셔서 들르신 겁니다."

"으응, 감사해야겠네."

크루아상에 버터와 마멀레이드를 펴 바르며 고개를 끄덕였다. 왠지 귀 끝이 뜨뜻해졌다. 같이 궁에 왔으면서도 밤에 또 들를 정도로 걱정해 주는 건 참 고맙다. 더욱이 사건 당일이라 바쁜 와중일 텐데.

어쩐지 쑥스럽다. 저번에 화났을 땐 우정도 없다느니 날 위하지도 않는다느니 열 냈는데 투정부린 느낌이다.

"그리고……."

망설이는 기색에 크루아상만 노려보던 얼굴을 들었다. 무슨 일이냐는 눈짓에 라브엘이 한숨을 내쉬었다.

"케일라덴 전하께서도 들르셨습니다."

그 얘길 왜 이렇게 조심스럽게 하지? 무슨 일 있나? 덜컥 걱정이 됐다.

"무슨 일로?"

"문안차 오신 거였습니다."

싱거운 대답에 미간을 찡그렸다. 그것 때문에 망설인 건 아닐 텐데?

"그런데?"

"황태자 전하와 마주치셨습니다."

고개를 기울였다. 둘이 마주친 걸로 문제될 일은 없다. 둘 사이에 무슨 일이 있었나? 라브엘을 쳐다봤지만 그녀는 말이 없었다.

대신 입을 연 사람은 세실리아였다.

"조금 그렇지 않나요?"

알 수 없는 말이었다. 둘이 마주친 게 뭐가 그렇다는 거지? 설마?

"두 분께서 혹시 언쟁이라도 벌이셨어?"

형제끼리 싸울 수도 있지만 왜 남의 방에서 싸운단 말인가. 여러 사람 곤란하게.

"아뇨. 그런 건 아닙니다."

라브엘이 단번에 부정했다. 그럼 뭐지? 절로 눈살이 찌푸려졌다. 아까부터 확실하게 말을 안 하고 있다. 그래서 대체 뭐가 문제란 말인가.

인내심이 다다른 기색을 느꼈는지 이디스가 황급히 덧붙였다.

"하지만 황태자 전하께서 기분이 좋으실 리는 없으니까요."

그게 무슨……?

황태자랑 케일라덴의 사이가 나쁜 것도 아니고 오히려 좋은 편이다. 케일라덴은 그 황태자가 소중하다고 말한 사람이었다. 하지만 나 빼고는 다 이디스의 의견에 동조하는 얼굴이었다.

아하. 주변을 둘러보다가 깨달았다. 무슨 말인지 알겠다.

그러니까 질투 같은 걸 말하는 거지?

피식 웃음이 새어 나오는 걸 막을 수 없었다. 사람은 자기가 보고 싶은 대로 본다더니……. 아무리 나랑 황태자가 연애하길 바라는 사람들이라고 해도 그렇지.

"걱정 마. 전혀 기분 안 나빠하실 테니까."

황태자와 나는 그런 관계가 아니다. 나는 그에게 확실하게 선을 그었다. 우리 사이에 사랑을 끼어들게 하지 말자고. 그도 동의했다.

황태자와 내가 아무런 감정도 없는 냉랭한 관계인 것은 절대 아니다. 일전에 그에게 화가 났긴 하지만 이번 일로 다 풀린 상태였다.

나도 그에게 인간적인 호감을 가지고 있고 그 역시 마찬가지다. 어제 나를 걱정하고 염려하는 황태자를 보면서 나를 향한 그의 애정을 느꼈다. 하지만 사랑은 아니다. 사랑은 싫다.

"하지만 전하께서는……."

에스더가 말을 하다 멈췄다. 그녀는 답답한 얼굴이었다. 그녀에게서 이렇게 분명한 감정을 보는 건 처음이었다.

나 역시 답답했다. 주변에서 보면 그렇게 보일 수 있다는 건 안다. 하지만 가장 잘 아는 건 당사자들이다.

"쓸데없는 걱정이야."

그녀의 걱정을 일축하고 크루아상을 베어 먹었다. 고소하면서 바삭한 풍미와 달달한 잼이 뒤섞여 아주 맛있었다.

형제가 한 여자를 두고 다투는 영화 속 주인공도 아니고 여긴 현실이다. 둘 중 한 명도 날 좋아하지 않는 판국에 질투는 무슨 질투.

결혼 상대가 반쯤 결정된 마당에 연애운이 터져도 문제지만 좀 씁쓸하긴 했다. 인생에 한 번쯤은 삼각관계의 주인공이 되어 봐도 좋을 텐데. 이런 미모를 가지고 있는데도 어째서인지 연애운은 제로였다.

둘 다 그만둬! 나 때문에 서로 싸우는 건 싫어……!

나도 이런 대사 한 번 날려 주면서 인기를 실감해 보고 싶다. 내 리즈 시절은 언제 오나. 그런 게 있기나 하나.

크루아상을 다 먹어치우고 요거트를 떠먹기 시작했다. 다 못 먹는다고 생각했는데 어느새 요거트만 남겨 났다. 존맛.

맛있게 뚝딱 밥그릇을 비워 내는 나와 달리 시녀들은 불만스러운 얼굴이었다. 나와 황태자를 어떻게든 맺어 주지 못해 안달하는 사람들이었으니 그럴 만도 했다.

결국 '어휴.' 한숨을 쉬고 말했다.

"내가 너무 예뻐서 모든 남자들이 날 좋아할 거라고 생각하나 본데, 나조차 안 하는 이상한 생각하지 말고 다른 것 좀 고민해 봐. 예를 들면 사냥제에 시스테인이 나타난 거."

짜식은 표정을 감추지 못하는 이디스를 보고 어깨를 으쓱였다. 라브엘이 옅은 한숨과 함께 미소 지었다. 한발 물러나겠다는 뜻이었다.

"남녀 간의 일에 다른 사람이 끼어드는 건 아니죠. 저하의 생각이 그러시다니 알겠습니다."

이걸로 이 화제는 완전히 끝이었다. 숨통이 트였다. 명절에 결혼 언제 하냐, 취직은 했냐 등등 질문 공세에 시달린 것처럼 진이 쫙 빠졌다.

"들리는 말로는 시스테인이 결계를 뚫었다고 하더군요."

세실리아의 말에 고개를 저었다.

"황태자 전하께선 그게 시스테인 한 마리로 깨질 정도로 약하진 않다고 했어."

"그건 그렇지요."

"여러 마리가 있었던 건 아닐까요? 그래서 함께 결계를 뚫은 건 아닌지……."

"물론 그럴 수도 있지만, 그랬다면 한 마리만 나오지 않았을 거야. 혹시 더 나왔대?"

"아뇨. 그 한 마리가 다입니다."

"그럼 결계가 낙후되었을 가능성이 크네요. 시스테인의 난동으로 알려지고 있지만 원래 이런 문제는 결론이 나기까지 소문만 무성하니까요."

"하지만 조사 결과 결계는 문제없다고 하던데요?"

"결계 책임자들은 소문이라도 관리 부족 탓으로 돌리고 싶지 않아 하니까 그에 관해선 말을 아끼겠지요."

"어쨌든 결과적으로 시스테인 한 마리가 혼자 결계를 뚫고 나온 상황입니다. 결계가 취약했던 거라고 봐야지요."

원래 사람 입에서 나온 말은 걸러 들어야 하고요. 라브엘이 뒤에 감춘 말이 무엇인지는 확실했다.

당연히 결계 관리를 소홀히 했다는 것에 대한 책임은 피하고 싶을 것이다. 카일론 공작의 금지옥엽이자 차기 황후로 유력한 내가 죽을 뻔한 사고였으니까.

내가 아니더라도 황족은 물론 고위 귀족부터 하위 귀족까지 모인 대규모 행사였다. 사고 현장을 직접 목격하고 충격을 받은 만큼 더 압박이 들어올 것이다.

하지만 기록을 다 확인하고 추가로 조사해 봤을 땐 아무런 문제도 없다고 했다. 기록을 거짓으로 작성하진 않았을 것이다. 실제로 문제가 발생하면 그 책임이 어디로 향할지 뻔한데 귀찮다고 그 많은 기록을 다 허위로 작성할까.

다른 사람도 아니고 황제와 황후, 황태자가 참석하는 행사다. 안전 문제에 소홀했다가는 역심이 있다고 추궁당할 수도 있다.

인과가 이상하게 뒤틀렸다. 무언가 빠진 것처럼 연결고리가 안 맞았다. 자꾸만 생각이 안 좋은 쪽으로 흘렀다.

가슴속에 소름이 돋아난 것처럼 가슬가슬하고 차가운 게 끊임없이 걸리적거렸다. 결코 무시할 수 없는 감각이었다. 공포에 마비되어서 이성적인 생각을 못하는 걸까.

"시스테인이 생각보다 강할 수도 있고요."

"몇십 대에 거쳐 몬스터가 진화한다고 하잖아요."

"그러고 보니 그런 말도 있었죠. 확실히 그럴 수도 있겠네요."

"저는 시스테인 같은 몬스터는 처음 봤어요."

그 말에 너도나도 그렇다며 고개를 끄덕였다.

시녀들은 이 일을 단순하게 보아 넘기는 것 같았다. 결계 관리가 잘못되었거나 시스테인이 강해졌거나. 불안하긴 하지만 앞으로 결계 관리를 잘하면 해결될 문제다. 시스테인이 강해졌어도 결계를 강화했으니 괜찮다.

다들 그렇게 생각하는 가운데 나 혼자만 의심하고 있다. 직접적으로 공격을 당할 뻔해서 그런가?

시녀들의 화제는 몬스터에서 몬스터를 잡은 기사들에 관한 것으로 옮겨 갔다.

역대 사냥제에서 그녀들의 기사가 잡아 온 몬스터들을 은근히 자랑하는 것을 흘려들었다.

"자, 그만 떠들고 이제 씻고 오도록 하세요."

라브엘이 시녀들의 자랑판을 정리했다. 하녀들이 테이블 위의 빈 그릇을 치우기 시작했다.

나 역시 씻기 위해 걸음을 옮기자 라브엘이 따라붙었다. 시중 들 필요는 없는데.

"설마 뭔가 의심하시는 건가요?"

내게 바짝 붙은 라브엘이 소리를 낮춰 물었다. 나는 정곡을 찔린 기분에 찔끔해서 그녀를 쳐다봤다. 감출 수도 없고 감출 이유도 없기에 고개를 끄덕였다.

"아닐 거라고 생각하지만요."

스트레스로 인한 과도한 불안이라는 건 나 역시 자각하고 있다. 알면서도 쉽게 멈출 수 없었다. 그런 게 가능했으면 사는 게 훨씬 편할 텐데.

"누군가 이 사건에 개입했다고 하면 분명 목적이 있어서 그랬겠지요. 하지만 그게 무슨 목적이든 이런 방법으로는 이룰 수 없습니다. 몬스터는 조종할 수 없습니다. 시스테인이 어떻게 움직일 줄 알고 그러겠어요."

라브엘의 말은 합당했다. 고개는 끄덕였으나 근심은 가시지 않았다.

피해자를 특정하지 못하기에 목적성이 있다고 볼 순 없으나 사냥제를 망치는 게 목적이라면 또 다르다. 실제로 단번에 파했고 다시 열지 못하게 되었으니까.

하지만 잘못하면 황제를 해할 수 있는 방법이다. 황제뿐만이 아니라 황후, 황태자 그리고 황자들까지. 무엇보다 이 사냥제가 망하길 바라는 사람은 나와 내 주변인들이다.

"공녀께서 표적이 되신 건 운이 안 좋은 것일 뿐입니다. 불안하시겠지만 그러시면 안 됩니다."

라브엘이 불안해하는 날 타일렀다. 강경한 어조였다. 그녀를 쳐다보니 눈을 똑바로 맞춰 왔다.

"심기를 굳건히 하셔야 합니다. 작은 일에 흔들리고 떨면 안 됩니다. 저하께서 흔들리면 흔들릴수록 틈이 생기고 적들에게 빌미를 주게 될 것입니다. 아직 저하의 위치는 확고한 게 아닙니다. 라하딘에서 최종 승리하더라도 황후의 관을 쓸 때까지는 끝난 게 아닙니다. 그 과정에서는 일어나지 말아야 할 일이 일어나는 경우도 있습니다."

라브엘의 말이 맞다. 정신 똑바로 차리고 냉정하게 판단해도 부족한 상황이다.

라하딘의 승자가 보통 황후가 됐지만 그렇지 않은 경우도 있었다. 황후가 되기 전까지 흠결이나 결격사유가 생기면 이기고서도 황후의 자리를 내주어야 했다.

승자에서 단번에 패자로 만드는 흠은 당연히 정치적 전략의 결과였다. 아직 라하딘의 승자도 정해지지 않은 상황에서 너무 해이해진 것 아닌가.

"그 말이 맞아요. 내가 중심을 잘 잡아야 하는데 그러지 못했어요. 못난 꼴을 보였군요."

죽을 뻔해도 불안에 떠는 것은 어제 하루로 족하다. 몇 날 며칠을 지지부진하게 공포의 그늘에 가려 있을 순 없다. 그럴 수 없는 위치였고, 나 또한 그러고 싶지 않았다.

"확실히 사람을 공격할 생각으로 몬스터를 풀진 않죠. 누굴 정해서 해치는 게 불가능하니까. 너무 당연한 사실인데."

무차별적인 테러에 내가 재수 없게 걸려든 거라면 다르지만. 그러나 제국은 평화롭고 시민들의 만족도도 높다. 귀족과 황족이 뒤섞인 곳에 그런 과격한 테러를 저지를 집단은 없다.

"그렇습니다, 저하."

"앞으로 이런 모습을 보이진 않을 겁니다."

"예."

라브엘이 짧게 답하며 고개를 숙였다. 스친 눈빛에서 안쓰러워하는 기색이 묻어 나왔다. 하지만 그녀가 다시 고개를 끄덕였을 때 그 눈에선 그런 감정을 찾아볼 수 없었다.

대신 라브엘은 오일을 잔뜩 발라 내 머리를 손수 마사지해 줬다. 이것이 그녀의 위로라는 것을 알았다.

불안해도 불안한 걸 나타내면 안 되는 위치와 안쓰러워도 안쓰러움을 나타내지 않으려는 위치. 우리 둘 다 노력이 필요했다.

내 뒷목을 살살 어루만지는 손길은 다정하고 상냥했다. 나는 눈을 감았다.

라브엘의 말대로다. 아무리 다른 요소가 의심스럽다 해도 이건 차별된 공격이 아니다.

감정에 치우쳐 제대로 된 판단을 못할 땐 다수의 의견에 귀를 기울이는 게 현명하다. 의심스러워하는 사람은 나뿐이었다. 단 한 명, 황태자를 제외하고는.

어제 그의 반응을 봤을 때 뭔가 의심스러워하던 거 같은데…….
확실하진 않으니 답답했다.

떠오르는 생각을 지워 냈다. 황태자와 이야기하고 난 뒤 생각해도 늦지 않을 것이다.

합리적 의심은 좋지만 의심병은 그야말로 병이다. 다른 사람을 피곤하게 만들기도 하지만 나 자신부터 골병들게 한다.

난 괜찮다. 흔들리지 않는다.

씻고 나오자 어느새 돌아온 시녀들이 내 단장을 도왔다. 단장이라고 해도 평소보다 훨씬 간편한 옷차림이었다.

머리는 리본과 함께 풍성하게 땋아 한쪽으로 늘어뜨리고 드레스는 가슴 아래에서 한 번 묶은 편안한 실내복이었다.

따뜻하고 보들보들한 천에 낙낙한 사이즈, 장신구는 없다. 반쯤 환자 취급하는 게 느껴졌다.

아까 혼자 고민하던 내 태도가 어떻게 비쳤는지 잘 알겠다. 더는 흔들리지 않기로 했다. 나는 부러 밝게 미소 지었다.

"취미를 하나 만들까 싶은데 뭐가 좋을까?"

어제 사건에서 벗어난 화제에 시녀들이 반색했다.

"악기나 그림은 어떠세요?"

"자수는요?"

"에이, 저하께 자수는 아니죠."

저기, 유모? 그게 무슨 뜻이야? 난 유모를 믿었는데……? 여태까지 이디스가 대놓고 날 놀리는 건 그러려니 했다. 그런데 오늘 에스더까지 은근히 거들더니 이젠 유모마저!

배신감에 눈을 크게 뜬 나와 달리 다른 사람들은 뭐가 그렇게 웃긴지 꺄르르 웃음을 터트렸다. 나만 뾰로통해졌다.

"그럼 나한텐 뭐가 어울리는데?"

내 뾰족한 음성에 모두 입을 합, 다물었다. 그러곤 서로 눈치를 슬슬 보는 게 조금 만족스러웠다.

대답 잘해라. 나 속 좁은 거 알지? 권력을 짱짱하게 갖춘 악녀라구.

나는 팔짱을 야무지게 끼고 턱을 들어 올렸다. 하지만 내 협박은

씨알도 먹히지 않았다. 분명 처음에는 서로 눈치를 봤는데 눈길이 세 번 오가자 장난스러운 걸로 바뀌었다.

이디스가 비식 입꼬리를 올렸다.

"글쎄요. 러플이나 레이스 뜨기?"

……이것들이.

다시 꺄르르 웃음이 터졌다. 얘네는 본투비 귀족이라 그런지 웃음소리도 참 녹음 파일 같았다.

러플 뜨기라니. 나는 섬세한 서민 감성의 소유자다. 유리멘탈 정도가 아니라 개복치다. 내가 그때 러플을 뜨라 하고 희열을 느끼긴 했지만 그건 전적으로 옷이 흉물스러웠기 때문이다.

오햅니다. 나는 아름다운, 정확히는 비싸신 드레스님들한텐 한없이 약하다구.

"저하께선 어때요? 악기나 그림이나 자수 중에 끌리는 거 있으세요?"

"딱히……."

내 내신 성적은 항상 예체능이 깎아 먹었다. 정형화된 현대 교육 시스템이 나의 자유로운 예술적 감각을 이해하지 못했기 때문이다.

"취미는 원래 흥미가 생기는 것부터 시작하는 거니까요. 좋아하는 거나 해 보고 싶었던 것 있으세요?"

"글쎄? 독서?"

나는 표현의 자유를 존중하고 국가적 차원의 규제와 검열에 반대하기 때문에 특히 금서에 관심이 많다. 예를 들면 〈공작 부인은 왜 마구간지기에게만 밀빵을 줬을까?〉같은 거.

황태자가 〈에마 부인〉을 선물해서 잠시 현타가 왔지만 이제는 극복한 것 같다.

"그러고 보니 저하께서는 도서관에 자주 가셨죠. 바빠서 직접 못 가신 후에는 책을 빌려오라고도 하셨고요."

세실리아? 좀 의외라는 말투인데?

책을 빌려오라고 한 건 구휼제와 관련해서 찾을 자료가 많았기 때문이다. 그전엔 서부 지역 가뭄에 대해 알아보느라 들렀었고.

딱 한 번 금서를 보기 위해 비블리오 도서관에 갔는데 그때 황태자와 마주쳤었지. 그리고 야설 읽는 걸 다 들켰다. 현타가 나가다가 다시 빽해서 내게 돌아왔다. 회전문인 줄.

"……역시 독서 말고 다른 취미 생활을 해 보고 싶어. 좀 색다른 거."

"승마는 어떠세요? 저하께서는 외향적이시니 좋아하실 것 같아요."

"승마?"

좀 솔깃했다. 말 타는 건 재밌다. 무엇보다 나는 동물을 좋아했다.

"빨리 달리다 보면 스트레스가 풀리기도 해요."

에스더의 말에 더 솔깃해졌다. 스트레스 해소. 그건 내게 아주 중요한 일이었다. 항상 조용하고 차분한 에스더가 폭주족처럼 말을 몰고 질주하는 것은 상상이 안 됐지만.

"흠, 괜찮을 것 같네."

"분명 기분 전환이 되실 거예요."

유모의 말에 고개를 끄덕였다.

다들 내가 바람도 쐬고 말도 타며 기운을 차리길 바라는 얼굴이었다. 실제로 애니멀 테라피가 될 것 같기도 하고.

"좋아. 일단 안 되면 그때 그만둬도 되겠지. 필요한 걸 준비해 줘."

"예, 저하."

라브엘이 웃으며 고개를 끄덕였다. 이디스가 은근하게 내 옆구리를 쿡 찔렀다.

"이 김에 황태자 전하께 가르쳐 달라고 하세요."

여기서 왜 황태자가 나와? 황당함에 이디스를 쳐다보는데 세실리아가 고개를 끄덕였다.

"저하는 승마복도 아주 잘 어울리시니까요."

내가 무슨 옷이든 잘 어울리긴 하지……가 아니라!

황태자에게 승마를 배우라는 순간 그와 함께 말을 탔던 때가 기억났다.

단풍으로 온통 붉게 물든 숲길, 뺨을 스치고 지나가던 바람, 온몸이 들썩일 정도로 빠르게 달리던 말, 흔들리는 내 몸을 단단히 붙들던 팔. ……그리고 그의 입술.

으아아아악!

"저하?"

갑자기 벌떡 일어난 나를 모두가 의아하게 쳐다봤다. 하지만 그들을 신경 쓸 여력이 없었다. 비명을 입 밖으로 내지 않은 게 내 최대의 인내심이었다.

아니, 독서도 흑역사가 생각나서 못하는데 이젠 승마까지!

"저하께서 스트레스를 많이 받으시나 봐요. 정신이……."

"그러실 만도 하죠. 우리가 잘 보필하도록 해요."

속닥이는 소리가 들렸다. 열 받았지만 지금 그게 문제가 아니다.

"나 승마 안 할래."

"예?"

"저하, 밖에 나가서 바람도 쐬고 그러시는 게 좋아요. 말과 함께

교감하고 그러는 게 심신 안정에도 도움이 된대요."

"그래요, 저하. 한 번은 타 보시고 결정하세요."

누가 보면 내가 밖에도 안 나가는 줄 알겠다.

짜식은 눈으로 시녀들을 쳐다봤지만 이미 그녀들 안의 나는 외출을 거부하는 가련한 존재가 되어 있었다. 나중엔 밥 좀 먹어 보라 할 기세였다. 오늘 아침 내가 얼마나 많이 먹었는데.

"아무것도 하지 않고 방 안에 틀어박혀 있으면 안돼요. 극복하기 위해선 노력이 필요해요."

아무것도 하지 않는 시간도 굉장히 중요하다고 생각하지만…….뭐, 일리가 있긴 했다.

그래, 언제까지 흑역사를 피할 순 없다. 극복해야 한다. 게다가 그건 사고였다. 절대 키……가 아냐. 아니, 키스면 뭐 어때? 살다 보면 키스도 좀 할 수 있고 그런 거지. 키스 한 번 못해 보고 죽는 게 더 억울하다.

하지만 첫 키스의 생중계는 좀 아니잖아…….순식간에 울적해졌다. 역시 그건 키스가 아니었던 걸로.

황태자에게 승마를 가르쳐 달라고 할 것도 아니니 괜찮을 것이다. 말에 익숙해지면 말 보고 그 사건을 연상하는 일도 사라질 터.

"난 멀쩡하니까 괜히 이상한 환자 취급은 하지 말고 이만 퇴근하도록 해. 승마는 해 볼 테니까."

퇴근이라는 말에 반색해야 할 텐데 다들 불안한 얼굴로 날 쳐다봤다.

나는 남겠다는 그들의 말에 고개를 저었다. 모두 당직을 선 것이나 마찬가지다. 또한 그들 역시 어제 충격을 받았을 거다. 날 신경 쓰며 본인을 돌보지 않는 것보다 푹 쉬고 오는 게 훨씬 낫다.

"오늘은 어차피 어디 나가지 않고 침실에서만 있을 거야. 유모면 충분해. 어차피 잡일은 하녀들이 할 거고."

공작저에 있을 때는 유모 혼자 샤티를 감당했다.

시녀들은 걱정스레 고개를 끄덕였지만 점차 얼굴이 밝아지기 시작했다. 그 모습을 보니 빙긋 웃음이 나왔다. 당연히 쉬고 싶고 가족과 시간을 보내고 싶을 것이다.

"유모도 좀 쉬도록 해."

공작저에서부터 궁에서까지 항상 함께 지내고 있는 만큼 충분히 쉴 시간을 주지 못한 게 새삼 마음에 걸렸다.

"저는 아가씨 곁에 있는 게 쉬는 거예요."

미안해하지 말라는 말에 웃었다. 나도 유모 곁이 가장 편했다.

빈둥거리다가 알테 환영 파티에 참석할 귀족 명단을 추리기 시작했다.

아침을 거하게 먹어서 그런지 점심때까지 배가 안 꺼졌다. 식사를 거르려는데 황태자가 찾아왔다.

"입맛이 없나?"

"아니요. 괜찮습니다."

아침을 많이 먹어서요. 걱정스럽게 쳐다보는 사람한테 창피해서 사실 그대로 말하지는 못했다.

황태자는 영 깨작깨작 먹는 나를 불만스러운 눈으로 쳐다봤다. 그 눈이 부담스러워서 잘 먹고 싶은데 배 속에 더 들어갈 자리가 없는 걸 어쩌겠는가. 그렇다고 기분 나쁘게 배가 부르도록 먹고 싶진 않았다.

"어제 사건의 원인은 알아내셨나요?"

황태자의 관심을 다른 데로 돌리는 게 좋을 것 같아서 물었다. 내가 궁금한 것이기도 했고.

"알던 것과 다를 바 없다. 결계에는 이상이 없어. 강도를 더 강화했으니 깨질 일도 없을 거다."

"라티스 경에게 생태에 이상이 있나 알아보라고 하신 거는요?"

"타스마 산맥까진 거리가 있으니 아직 확실하게 결론 나진 않았어. 하지만 각 영지에서 들어온 보고와 지금까지 기사단이 조사한 결과를 놓고 보면 이상은 없다."

결국 아무런 이상도 없는데 결계가 깨졌다는 말이다. 마법이란 것도 완벽한 게 아닐 테니 그럴 수도 있지만 영 찜찜했다. 기계도 버그 나고 오류 나지 않던가. 그걸 생각하며 불안을 가라앉혔다.

순간적으로 시스테인이 진화했을 수도 있다던 에스더의 말이 생각났다.

"전하께서 생태를 알아보라고 하셨던 건 생육 범위 때문이죠? 혹시 다른 이유가 있나요?"

"기본적으로는 분포도 때문이 맞아. 시스테인은 몬스터 중에서도 강한 축에 드는 대형종이다. 당연히 몬스터 산맥이 주서식지지. 소리보 숲까지 흘러온 게 이상해. 소리보 숲에 결계를 친 후 그 안쪽까지 가 본 적이 없으니 어떻게 변했을지는 모르지만, 시스테인 무리가 몬스터 산맥에서 소리보 숲까지 이동했다면 관측됐어야해. 갑자기 생겨날 순 없으니까."

나는 고개를 끄덕였다. 타당한 말이다. 남극에서 사는 펭귄 무리가 호주로 찾아왔다면 조사해야 하니까. 그 펭귄이 사람을 먹는 포식종이라면 더더욱.

"분포도를 알아보기 위해 지시한 거긴 하지만 조사 과정에서 다른 것도 알아낼 수 있다고 생각했지. 가령 진화를 했다거나."

황태자는 지금까지의 보고엔 이상이 없다고 말했다. 진화를 했다면 당연히 관련 보고가 왔을 것이다.

"진화가 아니라면 혹시 기형일 가능성은 없나요?"

"기형?"

"네. 결계에 이상이 없고 시스테인이 그 결계를 뚫을 수 없다는 게 확실하다면요."

시스테인 한 마리가 소리보 숲 초입까지 온 것은 그럴 수도 있다. 남극에 사는 펭귄이 실수로 뉴질랜드까지 온 적도 있지 않은가.

"글쎄……."

내 말에 황태자는 생각에 잠겼다. 나이프를 내려놓은 그가 흘리듯 중얼거렸다.

"그걸 진화라고 볼 수 있다면……."

"네?"

그 이후에 이어지는 말은 작아서 들리지 않았다. 되물었지만 그는 고개를 저었다.

"일단 시체를 조사해 봤을 땐 기존의 시스테인과 다른 점이 없었다."

석연찮은 구석이 있는 게 확실한데도 그렇게 말하는 게 답답했다.

"솔직하게 말해 주세요. 뭐가 의심되는 거죠?"

식기를 내려놓고 그를 빤히 응시했다. 내 눈을 마주 바라보던 그가 졌다는 듯 짧게 한숨을 내쉬었다.

"내 느낌일 뿐이다. 불확실한 것으로 그대를 불안하게 만들 순 없어."

"그거 잘됐네요. 전 이미 불안하거든요."

내 말에 그가 날 바라보았다. 나는 어깨만 으쓱였다.

"공녀."

설명을 요구하는 부름에 입술을 꾹 다물었다. 왜 나만 말해야 하는데? 하지만 끝까지 다물고 있을 순 없었다. 그 음성에 담긴 건 명백한 걱정이었으니까.

"그냥 불안해요. 시스테인이 갑자기 나타날 거 같거나, 내가 잡아먹힐 것 같거나 그런 게 아니에요. 누가 날 노리고 있는 거 같아요. 의도적으로."

황태자의 얼굴이 굳었다. 나는 최대한 가볍게 말하려 애를 썼다.

"그럴 리가 없는데 말이에요."

'웃기죠?'라고 하듯 미소를 지었지만 황태자는 웃지 않았다. 몬스터가 특정인을 노릴 수 없다는 사실은 차치하고서라도 날 죽이려는 사람은 없다.

아이린이 속으로야 이 몸을 죽여 죽여 일백 번 고쳐 죽여 백골이 진토 되게 만들었겠지만 현실에선 아니다. 나도 마찬가지고.

아이린은 거기까지 가지 않았다. 그녀가 그렇게 악독해질 수 있었다면 애초에 나한테 당하지도 않았을 것이다. 또한 사냥제는 그녀가 라하딘에서 승리할 경합이었다. 그걸 스스로 망칠 이유는 없다.

"아니라는 걸 알아요. 그렇지만 사람 마음이 그렇게 쉽게 진정되진 않더라고요. 그래서 그냥 별일 아니고 사고일 뿐이라는 걸 확인하고 싶어요."

"그대가 위험에 처하는 일은 다시는 없을 거야. 내가 그렇게 만들 것이다."

다짐하듯 말하는 그의 모습에 살짝 웃음이 나왔다. 안심되기보단 고마웠다.

황태자는 벌써 여러 번 날 구해 줬다. 그를 못 믿어서 안심하지 못하는 게 아니다. 실체 없는 공포는 그 실체를 밝혀야만 사라진다.

"전하께서 말씀을 저어하시는 이유가 다른 게 아니라 그저 불확실해서 제게 걱정을 끼치고 싶지 않은 것이라면 알려 주세요."

그가 저어하는 이유는 안다. 불확실한 정보는 사람을 교란시킨다. 하지만 난 지금도 충분히 혼란스러웠다.

"내 느낌일 뿐이고, 말한다고 해서 아무것도 달라지지 않아. 오히려……."

"전하께서는 예전에 제게 그러셨죠. 모든 정보에는 의미가 있다. 그게 설령 해가 되더라도 마찬가지라고. 저도 그렇게 생각해요."

세베리다에서 라니냐에 대해 말하려 할 때 그는 내게 그렇게 말했다.

"그래 알아. 그대는 절대 회피하지 않아. 불안한 걸 외면하기보단 똑바로 마주보고 정면 돌파하려 하지. 알고 있다. 아는데……."

그가 고통스러운 듯 미간을 살짝 찌푸렸다.

"걱정했어."

짧은 말에 그의 마음이 오롯이 담겨 있었다. 나는 고개를 끄덕였다.

"알아요. 고마워요."

나 또한 진심이었다. 그는 작게 한숨을 내쉬고 결심을 굳힌 듯 날 똑바로 바라봤다.

"어제 라티스 경이 말했지만 시스테인은 굉장히 예민한 몬스터야. 시야도 넓은데 청각으로 소리의 높낮이까지 파악해. 접근할 때 들키지 않을 수가 없어."

라티스 경이 침 튀기며 황태자를 칭찬하던 것은 생생히 기억하고 있다.

"하지만 내가 어제 시스테인한테 달려들 때 놈은 아무런 반응도 없었어."

"그 말은……?"

"신중에 신중을 기하더라도 금방 기척을 발각당하는 상대다. 그렇기에 라티스 경이 말한 것처럼 교란 전술을 이용하고 힘을 뺀 다음에야 가까이 접근하지."

어제 황태자는 단신으로 시스테인에게 달려들었다.

"나는 전혀 기척을 죽이지 않았어. 오히려 크게 소리를 냈지. 시스테인이 날 눈치채고 바로 공격했어야 정상이다."

미간이 찌푸려졌다. 지금 황태자는 그 괴물한테 나 잡아 봐라 하면서 뛰어들었다는 이야기인가?

"하지만 시스테인은 내가 등에 올라탈 때까지 그대만 보고 있었지. 아예 날 신경 쓰지도 않았어. 당연히 공격 방향을 돌릴 거라고 생각했는데."

그가 혀를 찼다. 경악 때문에 뒷골이 울렸다. 지금 혀를 찰 사람은 나인데?

"전하, 대체 무슨 생각으로……. 그러다가 정말로 잘못될 수도 있었습니다!"

"알아."

"아시는 분이 그러셨습니까?!"

"내가 그때 조금이라도 지체했다면 그대가 잘못되었어."

"그건······!"

"주의를 내게 끌어 그걸 막을 수 있다면 난 또다시 그럴 거야."

노란 눈동자가 형형하게 빛났다. 절대 놓치지 않겠다는 듯 날 옭아매는 눈빛이었다. 그는 괴물에게 먹힐 뻔한 날 구한 사람인데도, 그라는 야수에게 먹힐 것 같은 기분에 입안이 말랐다.

"전하 본인을 미끼로 써서 절 구하셔 봤자 하나도 기쁘지 않습니다."

"기분 나빠도 어쩔 수 없어. 그대가 사는 것이 더 중요해."

서로를 노려봤다. 둘 다 양보는 없었다.

결국 먼저 고개를 돌린 건 나였다. 본인 목숨을 담보로 날 구해 준 사람에게 이제 와 왜 그랬냐고 다그칠 순 없었다. 그래도 속이 뒤집히는 건 여전했다.

"카일론 공녀."

황태자가 한층 누그러진 목소리로 날 불렀다. 다시 그를 봤다간 또 다그칠 것 같아서 입술만 깨물었다.

"샤르티아나."

움찔. 이름이 불리자 나도 모르게 고개가 움직일 뻔했다. 하지만 그를 쳐다보진 않았다.

"샤티."

다정한 기색이 가득한 부름에 결국 그를 돌아봤다.

"왜요."

말이 퉁명스레 나왔다. 내 불퉁한 시선에도 그는 입꼬리를 올렸다.

"괜찮아. 나 멀쩡해."

"다시는, 그러지 말아요."

"다시는 이런 일이 안 생기도록 하지."

그의 잘못으로 생긴 일도 아닌데. 하지만 그 말이 듣기엔 썩 괜찮았다.

"겨우 웃네."

"네?"

"아까부터 표정이 안 좋았어. 밥 먹는 내내."

"전하도 마찬가지예요."

"그거야 그대의 얼굴이 굳었으니까."

"뭐예요, 그게."

다시 한차례 웃음이 번졌다. 식사를 마치고 차를 한잔하며 한담을 나눴다. 확실히 마음이 가벼워졌다.

"그나저나 사냥제는 이걸로 끝인가요? 아쉽네요."

입에 침도 안 바르고 말했다. 완전히 거짓은 아니었다. 케일라덴이 날 위해 사냥했을 몬스터가 살짝 궁금하긴 했으니까.

황태자는 피식 웃었다.

"더 이상 진행할 수 없으니 이렇게 막을 내리는 수밖에. 또 사냥제를 연다고 해도 아무도 반기지 않을 거다. 시스테인이 나타나지 않을 거라고 해도 목숨은 소중하니까."

아이린은? 나는 그 물음을 차와 함께 꿀꺽 삼켰다. 황태자의 얼굴에선 자신이 주인공인 날이 엉망이 되어서 속상할 연인에 대한 안쓰러움을 찾아볼 수 없었다.

괜히 내가 상기시킬 필요는 없지. 그녀가 좀 불쌍하다고 생각했지만 그렇다고 편을 들어 주겠다는 건 아니니까.

나는 아이린에 대한 말은 꺼내지도 않고 웃으며 황태자를 배웅했다.

그가 떠나자 적막이 찾아왔다. 생각을 정리하고 싶어서 유모에겐 쉬겠다고 하고 침실로 들어왔다. 푹신한 침대에 다이빙하고 뒹굴 돌아누웠다.

황태자가 왜 내게 말 안 하려고 했는지 알겠다.

시스테인은 다른 사람은 무시하고 나만을 공격했다. 누군가가 날 노리는 것 같아 불안하다고 말한 시점에서 알려 주긴 더욱 저어됐을 거다. 내 생각을 뒷받침하는 걸로 들릴 수 있으니까.

하지만 몬스터에게 누굴 죽이라고 명령할 수 없다. 그 절대적인 명제는 여전했다.

그럴싸한 음모가 있다고 생각하긴 어려웠다. 황태자는 기형의 가능성을 내비쳤지 음모의 가능성에 동의한 것은 아니다.

몬스터가 끼어든 이상 모든 것은 운의 문제였다. 운 좋으면 살고 운이 나쁘면 죽는 거다. 시스테인의 표적이 된 건 순전히 내가 운이 나빠서다.

결계가 깨진 것은 뭐, 세상에 완벽한 것은 없으니까. 기형이 맞다면 기존 시스테인과 다른 점도 있을 테고. 이 결론이 가장 깔끔했다. 생태계 교란도, 시스테인이 진화한 것도 아니어서 다행이었다.

두 경우 모두 사람들의 삶에 안 좋은 쪽으로 영향을 끼칠 수밖에 없다.

기형이라고 생각하니 편해졌다. 내 불안과 공포에 의한 의심병은 이제 접어 두기로 했다.

어쨌든 겨울의 라하딘이 막을 내렸다. 사냥제는 승자 없이 마무리되었다. 라하딘의 승자 역시 마찬가지다.

나는 내 방에 가득 쌓인 안부 편지를 떠올리고 빙긋 웃었다. 목적은 당연히 파티에 초대해 달라는 것이겠지만 그래도 만족스러웠다. 그걸 노린 거였으니까.

승자가 없는 겨울이지만 내 손엔 전리품이 생겼다.

17장

제사보다 젯밥

제사보다 젯밥

모든 일이 그렇게 잘 풀릴 리 없다. 인생은 항상 내 뒤통수를 쳤다.

결국 사냥제 제의가 거행되기로 정해졌다. 황제도, 황태자도 사냥제를 다시 여는 것에 회의적이었기에 예상치 못한 일이었다.

아이린을 지지하는 신흥 귀족들이 그래도 제사는 지내야 하는 것 아니냐며 의견을 냈다. 그들뿐만이 아니라 독실한 차이람교 신자들 역시 제를 지내야 한다고 주장했다.

황후의 친정인 마르켈 후작이 본인이 신실한 신자임을 강조하면서 이 주장에 힘을 보탠 건 좀 의심스럽지만.

제사를 반대할 명분은 없다. 땅을 보하는 의례는 중요하다. 사냥은 하지 말고 제만 올리자는 말에는 고개를 끄덕일 수밖에 없었다.

내가 보기엔 기우제만큼이나 쓸데없는 일이었지만 실질적으로 신이 존재하고 영향을 끼치는 세계이니 그럴 수도 있겠다 싶었다.

제우스를 비롯해 여러 신화 속 신들은 은근히 잘 삐지는 존재였다. 매년 제물을 바치다가 안 바치면 삐질 수도.

내가 알기로 신들은 그다지 자비로운 존재가 아니었다. 자비로웠다면 내게 수많은 흑역사의 운명을 내렸을 리 없다!

안 자비롭고 잘 삐지는 신을 달래기 위해서라도 제사는 치러야 했다.

황태자는 본래 업무에 시스테인에 대한 조사와 제의 준비까지 겹친 바람에 잠을 제대로 못 잘 정도로 바빴다. 그가 날 찾아오는 시간도 자연스레 사라졌다. 위로와 안정감이 필요했던 건지 그 사실이 꽤 아쉬웠다.

통신구를 반납하라고 명한 건 나였음에도 가끔 바로 연락을 할수 없는 게 답답했다. 사람의 마음은 참 간사하다. 그가 연인처럼 구는 게 싫으면서도, 막상 빈자리가 느껴지니 쓸쓸했다.

하지만 각자 원래 자리를 찾아 가는 것뿐이다. 황태자와 나는 서로를 존중하고 중하게 여긴다. 황제와 황후로서 이상적인 관계였다. 이것으로 족했다.

황태자의 얼굴은 보기 힘들었지만 대신 케일라덴이 그 빈자리를 메웠다. 케일라덴은 내가 시스테인의 공격을 받은 것에 책임감을 느끼는지 몇 번이나 사죄했다.

내가 괜찮다고, 그의 탓이 전혀 아니라고 해도 소용없었다. 이렇게 자주 찾아오는 것도 그 때문이 아닌가 싶었다.

"기사는 어떤 상황에서도 자신이 맹세한 레이디를 지키는 게 최우선입니다."

"사냥제였잖아요. 절 위해 출전하시는 거였구요. 전하께서 제게 미안해할 일이 아닙니다. 무엇보다 전 이렇게 무사하잖아요."

"당신을 위해 검을 들겠다고 했는데 정작 당신을 지키지 못했습니다."

"전하께서 저를 이렇게 신경 써 주시는 것만으로도 기쁩니다."

오늘도 비슷한 레퍼토리로 대화가 흘러갔다. 애초에 그가 내게 정식으로 기사의 맹세를 한 것도 아니었다.

고지식한 그가 답답하기도 하고 귀엽기도 하고. 정말 천상 기사였다. 무뚝뚝한 훈남이 날 지키지 못했다며 시무룩해하는 것은 미관상 보기 좋았다. 눈이 즐거우니 좀 삽질하는 거야 참을 만했다.

미소를 머금고 차를 마시고 있으면 케일라덴은 알아서 땅굴을 파헤치고 나왔다. 그 점 또한 좋았다.

"그래서 말은 좀 알아보셨습니까."

"아직 알아보는 중이에요."

정확히는 알아보라고 명했지만 시녀들이 미루고 있다. 황태자에게 물어보라는 그녀들의 말을 내가 무시했기 때문이다.

굳이 황태자에게 물어볼 필요성을 못 느끼기도 했지만 바쁜 사람 붙들고 할 소리도 아니었다. 누군 뼈 빠지게 일하고 있는데 놀리는 것도 아니고.

"말에 대해선 잘 알고 있습니다. 혹시 괜찮다면…….."

"기사와 말은 뗄 수 없는 관계라고 하죠. 전하께서 소개해 주신다면 그야말로 영광입니다."

아무래도 시녀들은 내가 황태자와 만날 때까지 알아보고 있다며 얘기를 끌 것 같다. 전부터도 살짝 그랬지만 단체 당직 사건 이후로 그녀들에게 강하게 굴지 못하고 있다.

나란 여자, 악녀라면서 이렇게 마음이 여리고 심성이 고와서야…….

"튼튼하고 건강한 녀석으로 데려오겠습니다."

"기대하고 있을게요."

케일라덴이 일어섰다. 그의 얼굴은 요즘 들어 본 얼굴 중 가장 편안해 보였다. 내게 무언가를 해 줄 수 있다는 생각에 책임감을 던 모양이다. 그를 귀찮게 하는 건 아닌가 걱정이 되기도 했는데 다행이었다.

그를 배웅하기 위해 나란히 걸었다. 내 곁에 붙어 선 그가 불현 듯 내 머리칼을 쓸어 넘겼다. 갑작스러운 접촉에 조금 놀랐다. 그를 쳐다보니 그 또한 놀란 듯 제 손을 바라보고 있었다.

항상 무표정한 얼굴이 살짝 어긋나 있다.

"죄송합니다. 이건, 그게, 공녀에게서 향이, 아니, 그러니까……."

"풋."

답지 않게 횡설수설하는 케일라덴을 보니 웃음이 나왔다. 실수가 민망한지 귀 끝을 살짝 붉힌 채 뭐라 뭐라 변명하던 케일라덴이 말을 우뚝 멈췄다.

멍하니 웃는 날 쳐다보는 시선이 화난 것 같진 않았다. 그래도 웃는 건 실례다. 나는 겨우겨우 웃음을 억누르며 말했다. 그래도 말끝에 웃음이 묻어 나오는 건 어쩔 수 없다.

"전하께서 선물해 주셨던 향수예요."

그 말에 그가 숨을 깊게 들이마셨다. 내 쪽으로 숙인 고개 때문에 그의 숨결이 머리칼을 간질였다.

"그게 이런 향이었군요."

그가 깨달았다는 듯 말했다. 본인이 선물해 놓고 잊은 건가. 꼭 기억하고 있어야 한다는 법은 없지만.

어쩌면 다른 사람이 고른 것일 수도 있다. 귀족 사이의 선물은 대게 그런 식으로 선별됐다.

이해하는 한편, 주면서 나와 잘 어울릴 것 같다고 한 말은 빈말이었나 싶어 꿍했다. 솔직하고 허례가 없는 게 케일라덴의 장점이라고 생각했건만.

하지만 그가 이어 낮게 속삭인 말은 내 생각과 전혀 달랐다.

"제가 맡았던 것보다 훨씬 더 좋은 향기입니다."

그가 내 머리칼을 잡았다. 반짝이는 백금발이 그의 손가락 사이에서 미끄러졌다. 평생 검을 잡아 울퉁불퉁한 손이었다.

입술이 조심스럽게 머리칼에 닿았다.

사냥제 제의는 황궁에서 이뤄졌다. 소리보 숲에서 제사를 치러야 할 이유도 없고, 지금 이 시점에서 숲으로 가고 싶어 하는 사람도 없기 때문이다.

아무리 결계를 강화했다고 해도 사람 심리라는 것이 그렇다. 나도 마찬가지였다.

잠시 차이람교가 신전에서 제의를 여는 게 옳다고 주장해 알력다툼이 있었지만 결국 황실이 이겼다.

제정이 분리된 사회인 만큼 황제는 차이람교가 득세하는 것을 경계했다. 당연히 신전이 아닌 황실에서 행사를 열고 싶어 했다.

워낙 황권이 강하기 때문에 신전의 반발은 그저 의견 제안으로 그쳤다.

사냥제의 승자는 당연히 황태자로 결정되었다. 나름대로 공정한 절차를 통해 이뤄진 결과였다. 사냥이 중단되긴 했지만 결과물은 있다. 그 결과물을 비교해서 승자를 골랐다.

시스테인을 능가할 사냥감은 없다. 당연한 결과였지만 비교하는 절차를 거쳤다는 데 의의를 뒀다.

아이린은 우승자의 레이디로서 제의를 주관했다.

결국 나는 그렇게 피했음에도 들러리 역할을 하게 되었다. 사냥제 당일에는 완벽한 계책이라고 생각했건만 결과적으로는 허탕을 친 거나 마찬가지였다.

시스테인만 아니었어도 성공했을 텐데. 이렇게 시일이 지나 버려서야 소용없다.

오늘은 처음부터 내가 관여할 건 하나도 없었다. 시간에 맞춰 사람들이 모이자마자 제의가 시작되었다.

나는 다른 사람들과 똑같이 단에 오른 아이린을 우러러봤다. 아이린은 내 예상대로 완벽했다. 처음 이런 의례를 주관하는 거라고는 믿기지 않았다. 날 때부터 제단에 오르기라도 한 듯 고아한 자태였다.

쟤도 전생이 있었던 거 아냐? 죽기 전에 황후였을 수도 있다. 그런 것치곤 내게 너무 속수무책으로 당했지만……. 여하간 그런 생각이 들 정도로 아이린은 고결하고 거룩해 보였다.

아이린이 제문을 낭독하기 시작했다. 낭랑하고 청아한 목소리가 울렸다. 주변 사람들의 입에서 숨길 수 없는 감탄이 새어 나왔다.

혀 씹어라, 혀 씹어라, 혀 씹어라.

며칠 전에 아이린을 불쌍하다고 생각한 것 같지만 과거는 과거일 뿐. 혀 씹어라, 넘어져라!

하지만 혀를 씹지도, 발음이 꼬이지도 않았다. 목소리가 떨린 적조차 없다. 무대공포증이 없다고 해도 중압감이 엄청날 텐데도 아이린은 초연했다.

쟤는 어디서 조별 과제는커녕 발표도 안 해 봤을 텐데. 솔직히 조별 과제 아니었으면 나도 무대공포증 신세를 면치 못했을 거다.

경영학과는 대형 강의가 많으면서도 유독 발표가 많은 학과였다. 당연히 조별과제가 많았다. 자본주의에 입각해 경영을 가르치면서 대체 왜 내주는 과제는 공산주의의 폐해를 답습하는가.

자료 조사도, 보고서도, 피피티도, 발표도 내가 다 했던 최악의 조모임을 떠올리며 이를 으드득 갈았다. 함께해서 더러웠고 다신 만나지 말자!

잡생각을 해도 아이린이 알짱거리는 현실은 선명했다. 특히 주변에서 소곤거리는 소리가 유독 잘 들렸다.

"정말 스테나 영애는 모두의 귀감이네요."

"그야말로 훌륭한 귀족의 표본 같은 분이지요."

"검소하면서도 우아하고 저렇게 기품 있으시니."

아이린은 완벽하게 발음하고 완벽하게 걷고 완벽하게 웃었다. 청초하고 단아한 얼굴에선 은은한 빛이 났다. 한눈에 시선을 확 끌어 잡기엔 부족하다. 하지만 붓꽃같이 단정하고 청아한 매력이 있었다.

그 속에 뭐가 들었든 보기에는 완벽했다. 아이린은 더 단단하고 견고한 가면을 만들어 왔다. 인정할 수밖에 없었다.

아이린은 찬사를 받았다. 수많은 사람들이 각자의 잣대로 평가한 결과였다.

평가받는다는 게 불쾌하지 않나 싶었지만 평가받을 자격도 얻지 못한 내가 그리 생각해 봤자 무슨 소용인가. 여우의 신포도나 다름없다.

"공녀께서 제의를 주관하셨어도 이처럼 완벽했을 텐데요."

"그러게 말이에요. 아쉬워요."

"얼마 전 큰일을 당하셨으니까요. 그냥 이번 라하딘은 쉬는 거다, 생각하시고 마음 편히 가지세요."

제의가 끝나고 자유롭게 움직일 수 있게 되자 사람들이 내게 말을 걸었다.

활짝 핀 얼굴 표정이며 친근하게 내 팔을 터치하는 몸짓으로 보아 내 환심을 사고 싶은 게 분명한데도, 내가 아이린보다 잘했을 거라는 말은 나오지 않았다. 날 지지하는 사람들조차 아이린의 제의가 완벽하다고 여기는 것이다.

내 주변엔 여전히 사람들이 많았다. 당장 판도가 확 뒤집히는 것은 아니었다. 지금까지 있었던 일을 종합해서 주판알을 튕겼겠지.

무엇보다 곧 제도 최고의 혼인 시장이 내 손에서 열린다는 점이 클 것이다. 레지나 경합은 일단 뒤로 밀어 두고 혼사 문제부터 해결하려는 속셈이다. 딸뿐만 아니라 아들을 가진 귀족들 역시 파티에 초대받고자 했다.

하지만 사냥제 때와 달리 아이린은 오늘의 주인공이자 제의를 훌륭히 치른 레지나로서 사람들에게 대접받고 있다.

누굴 지지하든 상관없이 사람들의 뇌리에 아이린이 은연중 파고 들었을 것이다. 흠결 하나 없는 퍼스트레이디의 모습으로.

미간이 찌푸려지는 것을 애써 피고 수줍은 듯 웃으며 겸양을 떨었다. 전혀 그럴 기분이 아닌데도. 내 기분이 바닥을 치는 것은 비단 아이린 때문이 아니었다.

사람들과 이야기하면서도 어쩔 수 없이 케일라덴이 신경 쓰였다. 나도 모르게 눈으로 그를 찾자 곧장 눈이 마주쳤다.

나는 황급히 고개를 돌렸다. 의식적으로 케일라덴 쪽을 보지 않았지만 내 얼굴에 박히는 시선이 마주 보는 것보다 생생하게 느껴졌다.

"공녀?"

의아한 부름에 퍼뜩 정신을 차렸다.

"아, 미안해요. 몸이 안 좋아서……."

단번에 걱정스러운 시선이 돌아왔다.

"그럴 만도 하시죠. 그런 일을 겪으셨는데……. 이렇게 나오셔도 괜찮으신지."

건강을 핑계로 불참하면 어떤 말이 돌지 뻔해 나올 수밖에 없었다. 애초에 몸이 안 좋은 것도 아니었다. 주변의 극진하다고 해야 할지 과보호라고 해야 할지 모를 보살핌 덕에 사냥제의 후유증은 없었다.

아니, 다른 충격 때문에 그 충격이 날아간 걸지도. 왼쪽 뺨이 따끔따끔했다. 케일라덴이 있는 쪽이다.

"좀 쉬시겠어요?"

"카일론 공작 내외라도 오셨으면 좋았을 텐데요."

"하필 이 시기에 영지에 일이 생길 줄은……."

"공작께서도 공녀께 이런 일이 생길 줄은 모르셨겠지요."

사람들의 염려에 빙긋 웃었다. 그들의 염려 밑에는 '내가 이렇게 널 생각하고 있어. 알아줄 거지?'라는 메시지가 깔려 있었다.

그렇다고 기분이 나쁜 건 아니었다. 예전이라면 그랬겠지만 지금은 아니다. 불행을 비웃는 것보다 훨씬 낫고, 이유 있는 접근도 달가운 것이라는 걸 깨달았기 때문이다.

"저는 괜찮아요. 조금 피곤할 뿐이에요. 영지민을 돌보고 피해를 줄이는 게 더 중요하죠."

사냥제가 열리기 전, 영지 북부에 대대적인 눈사태가 일어났다. 마을 세 개가 완전히 파묻힌 탓에 주변의 피해도 심각했다. 눈이 단단히 얼어서 복구 작업도 더딘데 피난민은 근처 수용소로는 부족할 정도로 많았다.

사실 아빠가 직접 영지까지 갈 필요는 없었다. 든든한 가신들이 영지를 지탱하고, 영주의 권한이 필요한 결정은 통신구를 통해 바로바로 내릴 수 있다.

하지만 영지민들은 영주가 직접 와서 그들을 안심시켜 주길 원했다.

곧 사냥제가 있기에 아빠는 영지에 내려가는 것을 저어했다. 아빠가 내려가더라도 엄마는 제도에 남을 생각이셨다.

두 분의 등을 떠민 사람은 나였다.

그 당시에는 시스테인이 습격할 줄도 몰랐다. 고작 아이린에게 밀릴까 봐 영지민들의 불안을 외면할 순 없었다.

귀족들은 보통 제도에 있는 타운하우스에서 여름을 보내고 수확

철이 되면 영지로 돌아갔다. 하지만 아빠 같은 관료는 제도를 오래 비울 순 없어 가을에도 제도에 있는 경우가 부지기수였다.

하물며 아빠는 재상이었다. 일 년 중 영지에 머무는 때는 손에 꼽힌다.

영지민들은 제국을 떠받드는 기둥인 영주를 존경하고 자랑스러워하면서도 가끔씩 불만을 표했다. 영지에 일이 생길 때마다 우리 영주님인데 우리가 뒷전으로 밀려난 것 같다는 의식이 수면 위로 올라왔다.

작은 일도 아니고 이렇게 큰 사고가 일어났는데 불안에 떠는 민심을 달래기 위해서라도 영주가 가야 했다. 그게 위정자의 도리였다.

죽을 뻔한 후, 부모님이 제도에 안 계신 게 허전하고 외로웠지만 지금도 그게 옳은 결정이었다고 생각한다.

"공녀께서는 참으로 의젓하시군요. 백성을 아끼는 마음이 어쩜 이리 훌륭하실까요?"

"공녀의 염려 덕에 영지민들의 삶이 나아질 테지요."

"정작 본인을 돌보시지 않으니 걱정입니다."

냉큼 마지막 말을 물었다. 케일라덴이 이쪽으로 다가올까 봐 신경 쓰였다. 마냥 피하진 못하겠지만 그래도 최대한 미루고 싶었다.

"잠시 바람을 쐬면 나아질 것 같아요. 조용히 정원을 걸으며 심신을 다스리고 오겠습니다."

휴게실에 간다고 하면 따라올 기세라 혼자 있고 싶다는 어필을 했다. 머릿속이 복잡해 영 대화에 집중 못하고 있는데 주변에 누군가를 달고 있고 싶지 않았다.

"저 빼고 재밌는 이야기 나누시진 말구요."

장난스레 덧붙이고 붙잡기 전에 빨리 몸을 뺐다.

정원으로 나가려다가 생각을 바꿔 이 층으로 올라갔다. 이 층은 벽 쪽에 발코니가 나 있고 중앙에 바닥이 뚫려 있어 아래 홀을 내려다볼 수 있었다.

기둥에 기대 홀을 내려다봤다. 화려한 드레스자락이 퍼지고 빙글도는 모양이 아름다웠다. 마치 영화를 보는 것 같다. 멍하니 성장을 차려입은 사람들을 쳐다봤다.

나는 아무 생각이 없다. 왜냐하면 아무 생각이 없기 때문이다.

생각을 비우는데 황태자와 아이린의 모습이 눈에 들어왔다. 황후가 두 사람을 데리고 뭐라 뭐라 말하고 있었다. 웃는 얼굴이 아주 날아갈 듯 즐거워 보였다.

그래, 즐거우시겠지. 절로 삐뚜름한 웃음이 지어졌다.

황후가 두 사람의 손을 잡아 한데 모았다. 꼭 결혼을 앞둔 예비 부부에게 덕담을 하는 모양새였다.

맞잡게 된 손 그대로 황태자와 아이린은 댄스 플로어로 나갔다. 예법에 따라 서로 인사를 하고 황태자가 아이린의 허리를 감싼다.

사냥제 주인공들의 춤이 시작되었다.

공교롭게도 내가 선 위치에서 아주 잘 보였다. 사람들이 즐겁게 두 사람의 춤을 구경하는 모습까지. 전혀 즐겁진 않지만 나 역시 그들의 춤을 구경하는 건 마찬가지였다.

사냥제의 승자가 첫 춤을 추는 게 관례이니 당연한 일인데도 배알이 뒤틀렸다.

지금 나는 머릿속이 복잡해 죽겠는데 누군 신나게 춤이나 추고 있고. 팔자 좋다?

발코니로 나가려고 기둥에 기댔던 몸을 떼는데 작게 낮춘 목소리가 들렸다.

"마르켈 후작은 스테나를 지지하는 게 확실하군요. 카일론과 같은 황제파인데도."

"둘의 반목은 이미 예견된 것이었네. 이번 레지나 문제는 발화점이나 마찬가지야."

"우리에겐 잘된 일입니다."

기둥을 사이에 두고 다른 사람들이 있는 모양이다. 나는 귀를 쫑긋 세웠다.

"아무래도 전하께선 스테나 영애 일편단심이신 것 같죠?"

"그렇게 안 보였는데 로맨티시스트셨나 봅니다. 아무런 연도 없는 스테나 영애를 연인으로 맞아 기어코 레지나로 삼을 때부터 알아봤습니다."

"잘 어울리는 한 쌍이 아니신가. 덕분에 우리에게도 기회가 왔고 말이야."

"그렇다고 해도 카일론 공녀의 행보가 너무 눈에 띕니다. 그에 반해 스테나는 이렇다 할 게 없죠. 에스투스에 수정궁을 다녀온 것도, 사냥제에서 이긴 것도 다 전하께서 영애를 선택한 덕분입니다. 카일론 공녀처럼 문제를 찾아 해결하진 못해도 구휼이라도 제대로 해결했으면 나았을 텐데, 별문제도 없는 곡창을 그렇게 처리하다니."

혀 차는 소리가 작게 들렸다.

"뭘 그렇게 복잡하게 생각하십니까. 황후가 못 되더라도 전하의 사랑이면 된 거죠. 그 전하의 사랑으로 오늘 저렇게 인정받고 있잖습니까. 차가운 노리엔 경은 잘 모르시겠지만 원래 여자의 행복은 남자의 사랑에 달려 있는 겁니다."

지랄하네. 뻐기듯 말하는 남자의 말에 욕이 절로 나왔다.

너 여자냐? 왜 여자의 행복을 네 멋대로 결정해?

아이린은 지금 분명 행복하게 웃고 있었다. 하지만 가면 속에 있는 얼굴은 어떨까. 저들의 말처럼 아이린은 황태자의 사랑 덕에 이길 수 있었다.

일신의 안위도, 정신적인 안정도 그녀 자신은 배제된 채 오로지 황태자의 사랑에 기댔다. 당연히 의존적이고 불안할 수밖에 없다. 내가 황태자와 가까워질수록 아이린은 히스테릭한 반응을 감추지 못했다.

지금 그의 손을 잡고 있으면서도 불안할걸? 언제 그의 사랑이 떠날지, 언제까지 자신을 사랑할지.

"이제 시작이니 아직 부족한 면이 있긴 하다만 오늘 보지 않았는가. 그야말로 황후에 걸맞은 자태였네."

"그건 그렇죠."

"그리고 모자랄수록 우리에게 좋아. 스스로 해결 못하면 우리 말을 들을 수밖에 없으니까. 겉보기에 그럴 듯한 걸로 족해."

"카일론 공녀가 황후가 되더라도 결국엔 황태자 전하의 사랑을 받는 사람이 중요한 거죠."

음, 적어도 너희들에겐 내가 중요할 거 같은데. 황후가 되면 너희들 엉덩이부터 때려 줄 테니까.

저놈들의 말은 도저히 펠론 제국민, 그중에서도 귀족의 입에서 나왔다고 믿기지 않았다.

어떻게 다른 세상, 다른 시대, 다른 나라에서 살다 갑자기 제국민이 된 나보다 제국 권력체계에 대해서 모르나.

사람은 보고 싶은 것만 보는 법이니까 알면서도 모르는 척하는 것도 있겠지만. 꽤 욕심이 나나 보네.

'황제의 사랑을 못 받는 허수아비 황후' 같은 건 펠론 제국에 없다. 황제의 사랑을 받든 받지 않든 황후는 황후로서 온전한 통치자다.

황후는 황제 못지않은 강력한 권한과 책임을 갖는다. 정치에 직접적으로 참여하고 국가사업을 주도한다.

내 생각엔 황후 소생의 적자에게 후계로서의 특권이 없는 만큼, 반대급부로 황후의 직권이 강해진 게 아닌가 싶었다. 아무런 이점도 없으면 누가 황후를 하겠다고 나서겠는가.

여느 귀족들도 그렇지만 황제와 황후의 성혼은 특히 연애와 관계없다. 그보단 정치적 동맹에 가깝다.

여자보다 여자의 행복을 잘 아는 이상한 놈의 말과 달리, 황후의 삶의 질을 결정하는 여러 요소 중 황제의 사랑은 딱히 큰 비중을 차지하지 않는다.

뭐, 있으면 좋긴 하다. 그래도 평생 얼굴 보며 지낼 사이니 관계가 좋을수록 좋겠지. 사랑이든 존중이든 뭐든.

여하간 중요한 건 황후에게도 인사결정 권한은 있다는 점이다.

부당해고와 낙하산 발령은 어디서나 욕먹지만 지금 대화를 보니 알아서 빌미를 제공해 주실 것 같고.

"황후는 못 되더라도 스테나 영애가 황손을 보겠지요. 더 빨리,

더 많이."

"아직 경합이 끝난 것도 아니네. 카일론 공녀가 황후가 될지 아직 모르는 일이지. 속단하지 말고 가능성을 열어 두게나."

그 말에 냉큼 동조하는 목소리가 따랐다.

"그렇죠. 경합 외적인 것에서 카일론 공녀가 두각을 드러냈다고는 하나 그건 어디까지나 경합 외적인 것 아닙니까."

"확실히. 이제 경합이 두 번 지났습니다. 서로 이기고 지는 것을 주고받았으니 앞으로 남은 한 번이 진짜 승부입니다. 지켜보도록 하지요."

"지켜본다고 해 봤자……. 아무래도 다음 시합은 스테나 영애가 유리하지 않겠습니까."

아이린이 유리하다고? 하는 말을 봐서는 영 신빙성이 없었지만 그래도 궁금하긴 했다.

"흠, 글쎄요. 저는 카일론 공녀라고 생각했습니다만. 아시다시피 요즘 사교계의 유행은……."

"어허, 노리엔 경. 뭘 모르는 소리를 하시는군요."

"지역이 어떻게 배정될지는 뻔하지 않은가. 서부 것들은 피죽도 제대로 못 먹어 비쩍 곯았을 거네. 하여간 마침 가뭄이라니 운이 좋아. 그 몰골이야 안 봐도 뻔하지. 버러지만도 못할 게야."

"확실히. 일리 있는 말씀입니다."

"그럼 이제 내려가서 스테나 영애를 보도록 하죠. 서로 할 이야기가 많지 않습니까. 마침 곡도 끝나 가는군요."

멀어지는 발자국 소리를 들으며 이를 악물었다.

아이린과 날 비교하며 황후 운운하는 거야 별 느낌 없었다. 둘

다 레지나인 이상 당연한 일이었고 나 역시 익숙해졌다. 미래의 날 허수아비 황후 취급할 때도 워낙 말도 안 되는 이야기라 헛웃음만 나왔다.

하지만 가뭄에 허덕이며 굶어 죽어 가고 있는 사람들을 모욕하는 건 다른 문제였다. 아직도 입가에 피딱지가 붙어 있던 사람들의 모습이 선했다. 어린애답지 않게 뺨이 움푹 파였던 로니도.

기갈에 허덕이다 고통스럽게 죽어 가던, 자신의 인권마저 포기했던 사람들의 절박함은 너무나 쉽게 행운으로 바뀌었다.

이렇게까지 화가 나는 것을 보니 확실히 내가 서부에 유달리 애착을 가지고 있는 듯했다.

지금 멍하니 정신 놓고 있을 때가 아니다.

'노리엔 경이랬지?'

내가 세베리다에 가 있는 동안 아이린이 규합한 신진 귀족들 사이에서 본 가문이었다.

노리엔 백작가는 북부 상권을 장악한 신진 귀족으로 중서부 쪽으로 세력을 빠르게 확장하고 있다.

아래를 내려다보니 노리엔 백작가의 장남과 세오펠 백작, 그리고 로리스 자작 영식이 연회장에 들어서고 있었다.

세오펠 역시 그때 아이린이 포섭한 가문이다. 카이엔과 맞닿은 국경을 지키는 변경백으로 명문가가 아닐 뿐, 무시 못할 가문 중 하나였다.

로리스 자작가는 앞선 두 가문만 한 힘은 없지만 로리스 영애가 아이린 곁에 붙어 알랑거리는 걸 많이 봤다.

'로리스 영애가 아이린의 시녀였지.'

원래 아이린의 세력인 걸 알고 있었던 상대이니 특별히 아이린이 세를 불린 건 아니었다. 다행이긴 한데 괘씸한 건 괘씸한 거다. 엿 먹일 사람 인명록에 세 사람을 추가하고 몸을 틀었다.

연회장으로 들어가며 허리를 곧게 펴고 얼굴을 당당히 들었다. 케일라덴을 피할 때가 아니다. 사람들이 반갑게 나를 맞았다. 이전 과는 또 다른 그룹이었다.

이래서 인기인은 피곤하다니까. 속으로 가볍게 농담하며 강제로 활기를 일깨웠다.

아까 케일라덴에 대한 생각 때문에 제대로 반응하지 못한 것과 달리 적극적으로 이야기에 동참했다. 다들 은근히 제도 최대의 혼 인 시장에 참여하고 싶은 걸 어필했다. 나는 확답 없이 의뭉스러운 미소만 지었다.

원래 흥정의 기본은 상대가 안달 나게 만드는 거다. 홈쇼핑 보면 항상 나오잖아. 마감 임박! 품절 임박!

50퍼센트 세일하는 매대처럼 붐볐던 내 주변이 갑자기 타임 세 일 끝난 것처럼 조용해졌다. 홍해처럼 갈라진 사람들 사이로 황태 자가 보였다.

나는 사르르 미소를 지으며 황태자를 맞았다.

"전하."

"오늘도 아름답군, 공녀."

내 주변에 몰려 있던 사람들이 눈을 동그랗게 뜨는 게 보였다. 황태자가 특별히 여자의 외양을 칭찬하는 것은 없었던 일이다. 연 인인 아이린에게조차.

"감사합니다, 전하."

나는 아주 당연한 찬사를 들은 것처럼 여유롭게 웃었다. 손을 내밀자 그가 곧바로 내 손을 맞잡고 허리를 감쌌다.

물 흐르듯 자연스러운 스킨십에 주변 사람들이 눈짓을 교환했다. 더 깊게 미소 지으며 황태자에게 바짝 밀착했다.

그의 가슴에 슬쩍 몸을 기대자 그가 움찔했다. 그러더니 내 허리를 잡은 손에 꽈악 힘이 들어갔다. 갑자기 끌어당겨지는 바람에 넘어질 뻔했지만 그보다 잡힌 허리가 아팠다.

이러다가 허리 빠개지겠네. 웃는 얼굴로 그를 째려보는데 눈썹 한 번 까딱이지 않는다.

지나치게 가까워진 거리에 그에게 완전히 기대지 않고는 서는 게 불편할 정도였다. 좀 거리를 벌리려는데 아이린이 눈에 들어왔다.

아이린은 아까 전의 귀족 삼인방과 함께였다. 이야기를 나누면서도 명백히 이쪽을 주시하고 있었다. 겉보기엔 웃는 얼굴로 세오펠 백작을 바라보는 것 같지만 나는 안다. 왜냐하면 지금 눈이 마주쳤으니까.

나는 붉은 입술을 요염하게 비틀어 올렸다. 그러곤 황태자에게 몸을 완전히 맡겼다. 날 내려다보는 황태자를 마주 올려다보며 눈매를 휘었다. 그가 내 머리칼을 쓸어 넘겼다.

"공녀."

그가 속삭이듯 나를 불렀다. 어쩐지 이곳에 그와 나밖에 없는 것처럼 느껴지는 부름이었다.

"전하."

"몸은 괜찮은가?"

"전하께서 살펴 주신 덕에 괜찮아요. 바쁘신 와중에 자주 찾아

주셔서 송구했지만……."

살짝 침울한 듯 시선을 내리깔고 말끝을 끈 후, 그와 다시 눈을 마주치고 환하게 웃었다. 조금은 수줍은 것처럼.

"그래도 제겐 무척 의지가 되었어요."

꽤나 그렇고 그런 사이로 보이겠지. 황태자가 계속 날 찾아오고 신경 썼다는 것도 만천하에 어필했고. 요 며칠간은 오지 않았지만 아무렴 어떤가.

"그러면 앞으로도 항상 곁에 있어야겠군."

그가 낮게 속삭였다. 노란 눈이 평소보다 더 짙고 뻑뻑했다. 정말 아무런 틈도 없이 온 신경이 날 향해 있는 느낌.

커다란 손이 내 뺨을 천천히 쓸었다. 미끄러져 내려가 턱을 쥐고 들어 올린다.

"전하?"

"그대가 원하는 것 아닌가."

귓가에 속삭이는 숨결에 움찔 했다.

뭐가? 그럴싸한 사이로 보이는 게? 그야 그렇지만……. 이거 너무 끈적하게 보이는 거 아닌가.

황태자가 내 의도를 알고 협력해 준다는데 거절할 이유는 없다. 그렇지 않아도 아이린이 사냥제에서 그의 레이디가 되고 오늘 제의를 주관한 참이다.

연인처럼 굴지 말라고는 했지만 이 상황에서 이러면 나야 땡큐다. 땡큐인데 왜 이리 찝찝하지. 사심이 섞였을 리 없는데.

미심쩍은 눈으로 그를 봤지만 그는 뭐가 문제냐는 듯 눈을 깜빡였다.

에라, 모르겠다.

"전하께서 항상 제 곁에 계신다니 말씀만으로도 기뻐요."

이왕 하는 거 제대로 하자는 생각에 그의 품에 내 얼굴을 묻었다. 고개를 빼꼼 들자 그가 얼굴을 굳혔다.

너무 오버였나. 내 예쁨으로도 용서받지 못할 애교였나. 머쓱해져서 몸을 떼려는데 그가 날 완전히 품에 가뒀다.

"빈말이 아니다."

그 말에 미소 지으며 몸을 틀다가 순간 이디스와 눈이 마주쳤다. 눈빛이 뭔가, 좀 불손한데.

뭔데? 내 시선에 이디스가 주변을 눈짓했다. 곁에 있는 귀족들의 표정이 소태를 씹은 것처럼 찌그러져 있었다.

전하와 공녀 사이가 좋네, 하고 훈훈하게 쳐다볼 줄 알았는데…….
아니, 날 지지하면 훈훈해해야 하는 거 아냐? 좋은 일이잖아.

하지만 모든 일엔 정도가 있는 법. 객관적으로 상황을 살펴보니 그와 나는 우리만의 리그를 형성하다 못해 귀족들을 모두 왕따시키고 있었다.

나는 어색하게 그에게서 몸을 뗐다. 황태자가 내 허리를 은근히 붙들었지만 힘을 줘 버텼다. 결국 그가 포기했다.

"참, 전하 소개해 주실 분이 있다 하셨지요."

내 말에 그가 날 쳐다봤다. 무슨 소리냐고 묻지 않는 게 좋았다. 오늘 참 눈치 빠르게 군다.

"세오펠 백작 말이에요."

아이린과 세오펠 백작이 떨어진 건 방금 주변을 둘러보며 확인했다.

"그렇지. 소개해 줘야지."

그가 순순히 고개를 끄덕였다.

"그대가 원한다면."

덧붙이는 말에는 내 장단을 맞춰 주겠다는 뜻이 포함되어 있었다. 나는 만족스럽게 웃었다.

세오펠 백작에게 다가가자 그가 고개를 숙였다.

"전하."

"공녀, 이쪽은 세오펠 백작이야. 백작, 이쪽은 내 레지나이자 서부 지역의 영웅인 카일론 공녀네."

황태자는 내게 먼저 백작을 소개했다. 지위로 따지자면 내가 세오펠 백작보다 아래지만 황태자의 태도는 날 윗사람으로 만들었다.

"아, 기회가 없어 미처 인사하지 못했군. 반갑소, 공녀."

황태자 앞에서 뻗댈 수 없었는지 세오펠 백작이 먼저 인사했다. 웃고 있었으나 억지인 티가 났다.

"반가워요, 세오펠 백작."

나는 귀부인처럼 그의 앞에 손을 내밀었다. 도도하게 턱을 치켜들고.

당신이 말한 그 '남자 등에 업고 있는 여자' 역할, 내가 한번 해 보지. 내가 이 남자를 등에 업은 것은 내 능력이 뛰어나서지만.

백작은 어쩔 수 없이 허리를 숙여 내 손등에 입을 맞췄다. 그의 얼굴이 누가 봐도 명백하게 치욕감에 물들었다.

저런, 변경에서 지내다 보니 제도 정치에 대해선 잘 모르나 보네. 이렇게 얼굴에 다 티를 내서야.

하긴 그러니 황태자의 사랑이 결정하네, 어쩌네 그랬겠지. 여자의 삶이 남자 사랑에 의해 결정된다는 거, 너무 촌스럽지 않나?

"전하, 요즘 국제 정세에 대해 어찌 생각하십니까?"

세오펠 백작이 황태자를 바라보며 말했다. 날 배제하고 대화하겠다는 의지가 분명하게 보였다. 여자가 이런 문제에 대해 알 리가 없다는 태도가 너무 뚜렷했다.

갑자기 세오펠 백작령에 사는 사람들이 불쌍해졌다. 여자나 아랫사람, 자기가 약하다고 보는 존재를 어떻게 취급할지 눈에 선하다. 당하는 사람들도 기분 나쁘겠지만 인재를 썩히니 영지 전반의 손해였다.

이래서 황후에겐 능력이 필요 없는 것처럼 말했구나. 이제야 겨우 중앙에 진출하고 내도록 그런 선입견이 박힌 영지에서 살았으니 뻔했다.

'설마 모든 변경 지방이 이런 건 아니겠지.'

아직도 봉건시대의 영주처럼 영지에서 독재왕으로 군림할 영주들을 떠올리니 갈 길이 멀게 느껴졌다. 제국이 넓다 보니 제도의 문화가 모든 곳에 미치진 못한다.

"평화롭지. 로안과 투리젠의 분쟁도 해결됐고."

"평화로운 때야말로 부국강병의 기틀을 다져야 하지 않겠습니까. 일이 닥쳤을 때 준비하면 늦습니다."

"카이엔의 움직임이 수상한가?"

황태자의 눈이 날카로워졌다.

"그건 아니지만……. 미리미리 준비해 두어야 하지 않겠습니까. 아무리 병사를 훈련시켜도 들고 있는 무기가 녹슬면 무용지물입니다."

"무기가 부족하진 않을 텐데."

"부족하진 않지만 풍족한 것도 아니지요. 무기는 결국 소모품입니다. 지금은 철 규제가 너무 빡빡합니다. 무기 생산량도 한정될 수밖에 없고 신무기를 개발하기도 빠듯합니다."

세오펠 백작의 의도가 뭔지 알겠다. 세오펠은 국경을 지키는 변경백 가문이라 군사력이 강하다. 당연히 군수 물품을 취급하는 상단과 연계가 잘되어 있다.

'세오펠 백작과 관계가 좋고 군수 물품을 취급할 정도로 큰 상단은…… 노리엔가 소유겠네.'

두 가문은 지금 정치적으로도 결탁해 유대를 공고히 하고 있다. 중앙 정계에 진출할 때 필요한 건—.

'역시 돈이지.'

뇌물을 주거나 청탁을 하지 않아도 돈은 필요하다. 그리고 많을수록 좋다.

하지만 철은 규제 품목이다. 중요 자원이기에 국가에서 채굴량을 제한한다. 특히 무기를 만드는 용도에는 구매량까지 규제하고 있다. 귀족들에게 사병이 있는 만큼 중앙에서도 견제하는 것이다.

황태자가 입매를 끌어올렸다. 속을 알 수 없는 매끄러운 미소였다. 그의 시선이 날 향했다.

"공녀는 어떻게 생각하는가."

세오펠 백작의 표정이 썩어 들어갔다. 아까 전엔 불쾌한 게 숨겨지지 않아 티가 났다면, 지금을 숨기려는 생각조차 없어 보였다.

이런 대화에 내가 끼어들게 되어 퍽 불만인 듯했다. 멋도 모르는 어린 여자애에게 의견을 물은 황태자를 향해서도 콧잔등을 찡그렸다.

서부 지역 가뭄과 서곡창 구휼 문제를 해결한 사람이 나라는 걸 분명 알 텐데. 여자가 그런 일을 해낼 리 없어, 인가.

황태자는 지금 내게 선택권을 넘긴 것이나 다름없다. 말은 안 해도 그의 태도가 그랬다.

그렇다면 그 기회, 최대한으로 활용해야지. 세오펠 백작을 엿 먹이는 데에.

"글쎄요……."

나는 고개를 갸웃거리며 힐끗 백작을 바라봤다. 자, 칼자루를 쥔 건 나야. 어서 한번 재롱을 부려 봐.

하지만 백작은 코웃음 칠 기세로 콧수염을 떨었다. 갑자기 든 생각인데 저렇게 콧수염이 풍성하면 코 풀 때 콧물이 수염에 다 묻지 않을까.

아, 상상해 버렸다. 머릿속에 떠오른 영상에 내 대뇌피질이 급격한 피해를 입었다구! 이 죗값도 추가.

"과연 규제를 완화할 이유가 있을까요? 황실에서 규제한 것은 다 이유가 있는데요."

"공녀가 잘 모르나 본데―."

"전하께서 말씀하셨듯이 지금 국제 정세는 지극히 평화롭죠. 이렇게 평화로운 적이 있었나 싶을 정도예요. 그런데 국경의 병력을 강화한다? 과연 세오펠령과 맞닿은 카이엔이 어떻게 받아들일지 궁금하군요."

"전쟁을 준비하고 있다고 생각하겠지."

황태자가 조용히 거들었다. 나는 자못 심각한 얼굴로 고개를 끄덕였다.

"세오펠 백작께서 대에 걸쳐 국경을 잘 수호하신 덕에 백작의 선선대부터 카이엔과는 국지적 다툼도 없었죠."

세오펠 백작에게 아무런 유감이 없고 나는 그저 내 의견을 말할 뿐이라는 듯 그를 추켜세운 후 말을 이었다.

"어렵게 이룩한 평화인데 그걸 깰 필요가 있을까요? 백작께서 카이엔의 움직임이 수상한 건 아니라고 하시지 않았습니까."

"그건 그렇지만……. 이럴 때 힘을 비축하지 않으면 언제 하겠습니까, 전하."

질문한 건 나인데 세오펠 백작은 황태자를 향해 물었다. 끝까지 날 배제시키려는 태도가 어이없었다.

황태자는 그에게 답하지 않았다. 나는 조소를 숨기고 신뢰를 주는 가면을 만들어 보였다. 나는 지금 면접 중이다, 면접 중이다. 비기, 취업 뽀개기!

"지금은 화평을 도모할 때입니다. 카이엔을 적으로 돌리는 것보다 친교를 맺는 편이 제국에도 더 이득이에요."

솔직히 나한텐 이 갑작스러운 주제에 대해 확신할 수 있는 게 아무것도 없지만 뭐 어떤가. 지금 바로 정책을 정하는 것도 아니고 그냥 백작을 엿 먹이겠다는 건데.

속으로는 그렇게 생각하면서도 나는 여전히 엄중한 얼굴을 유지했다. 내가 믿지 않으면 아무도 내 말을 믿지 않는다.

"대륙 동남부 지역과 무역할 때도 카이엔을 지날 수 없어서 돌아가지 않습니까. 친교를 맺으면 카이엔을 가로질러 무역을 할 수도 있습니다."

"확실히 카이엔을 가로지르면 많은 비용이 줄어들겠지."

황태자가 냉큼 추임새를 넣었다. 오늘 얘 좀 마음에 든다.

"뿐만 아니라 카이엔 역시 무역 교류의 대상이 됩니다. 그리고 우리 펠론 제국은 내수율이 높은 데다가 무역 우위도 점하고 있죠."

워낙 땅덩어리가 넓고 인구수가 많아서 그렇다. 귀족의 영지 하나가 작은 나라와 크기가 비슷하니까.

이러저러한 세부 사항이야 따지면 끝도 없겠지만 일단 교역할수록 흑자를 본다는 거다.

세오펠 백작이 수염을 실룩거렸다. 그는 결국 황태자에게 말하는 걸 포기하고 날 향해 입을 열었다.

"전쟁은 언제 일어날지 모르네. 항시 준비해야 하는 법이지. 공녀가 전쟁에 대해 잘 몰라서 그런 말을 하는가 본데 상대를 방심하게 해 놓고 치는 경우도 많소. 카이엔은 안심할 수 없는 상대요."

물론 나는 전쟁에 대해서는 하나도 모른다. 하지만 내겐 사극 드라마와 문명화 게임이 준 지식이 있다. 내가 바로 그 '문명하셨습니다'의 수많은 주인공 중 하나다.

문명사회일수록 전쟁은 명분이 있어야 가능하다. 지금 이 평화 상태에선 전쟁을 시작할 명분이 하나도 없다. 오히려 병력을 강화하면 카이엔이 제국을 칠 명분을 주는 것 아닌가.

게다가 나는 상대를 방심시키는 전술에 대해서 빠삭하다. 적어도 백작보다는 연회와 다과회에서 일어나는 전쟁에 대해 잘 안다.

나는 상대를 방심시키기 위해서 초반에 샤티가 했던 행동을 그대로 답습했다. 내 정보를 가리기 위해서.

뭘 모른다면서 날 가르치듯 말하는 게 어이가 없다. 진짜 모르는 게 누군데?

"그래요, 전쟁이 일어난다고 치죠. 백작의 염려대로 카이엔이 우리가 눈치 못 채게끔 기습한다고 해요. 카이엔은 병력을 대규모로 움직이지 않을 겁니다. 우리 정보에 잡히지 않을 정도거나 잡히더라도 대수롭지 않게끔 소규모겠지요."

이때까지 미소 지으며 백작에게 호의적인 얼굴을 했던 것을 싹 지웠다. 왕이 신하를 꾸짖는 것처럼 위엄 있는 얼굴을 만들었다.

"지금 세오펠의 병력으로는 그것조차 상대하기 힘들단 말씀입니까? 이렇게 평화로운데도 병력은 예전처럼 유지하고 있지요. 그런데도 부족하다는 건⋯⋯."

능력이 의심됩니다. 이 말을 입 밖으로 하진 않았다. 그러나 그는 분명하게 알아들었을 거다.

또 수염이 씰룩거리는 것을 보며 여유롭게 말을 이었다.

"병사 증원을 요구하진 않으셨으니 군수품 쪽으로만 생각해 봅시다. 평화로워서 포탄은 훈련 때밖에 쓰이지 않죠. 칼과 창 역시 내구력이 전시처럼 떨어지지도 않을 겁니다. 혹시 관리를 못하는 것입니까? 새 무기를 더 많이 들여야 할 만큼."

"아니―."

"아니면."

백작의 말을 강하게 끊었다. 어린 계집에게 자꾸 말을 끊기는 게 마음에 안 드는지 이제는 수염뿐만이 아니라 한쪽 뺨이 씰룩였다.

나는 표정을 완전히 굳혔다. 차갑고 날카로워 꼭 상대를 찌를 듯한 얼굴. 이건 황태자 흉내다. 그 상태로 백작과 눈을 똑바로 마주치고 물었다.

"다른 이유라도 있는 것입니까?"

"그게 무슨 뜻인가!"

당황한 백작이 크게 소리쳤다. 그게 오히려 확신에 기름을 부어 줬다.

"굳이 철이라고 콕 집어 말씀하셨으니 철에 대한 것만 생각해 보도록 하죠. 철은 채굴량이 제한된 만큼 뒤에서 비싸게 거래된다고 하지요."

백작의 눈동자가 떨렸다. 입을 열었으나 어떤 말도 나오지 않았다. 그는 그대로 분을 삭이듯 입을 꾹 다물었다.

"물론, 국경을 든든하게 지켜 온 세오펠 백작께서 허튼 생각을 하실 리는 없으시겠지요."

나는 빙긋 웃었다. 눈꼬리까지 곱게 휘도록.

"어흠, 흠흠."

그가 연신 헛기침하며 불편하다는 것을 시위하듯 콧수염을 쓰다듬었다.

네 기분이 상해서, 뭐. 어쩌라고? 세오펠령에선 그런 게 통했을지 모르지만 여기선 아니야. 특히 나는 더더욱.

나는 그를 무시하고 진지한 얼굴로 황태자를 돌아봤다.

"자원은 한정되어 있습니다. 분배를 어떻게 하느냐가 중요하죠. 얼마나 효율적으로 사용할 수 있는가에 따라서 같은 양의 자원도 그 활용도가 천차만별로 갈립니다."

세오펠 백작은 당장에라도 날 후려칠 듯이 바라보고 있었다. 하지만 차마 손을 올리진 못하고 있었다.

파티장, 아니 황태자의 앞만 아니었어도 내게 손을 올렸을 기세다. 나는 권력자의 권력에 편승하기로 했다. 백작에게 더 환히 웃어 줬다.

"저라면 철을 무기 산업에 쓰지 않겠어요."

"그대는 철을 다른 곳에 투자하는 게 더 효율적이라고 생각하는가 보군. 그게 어디지?"

황태자가 날 향해 미소 지었다. 세베리다에서 노예상을 소탕할 때처럼 쿵짝이 잘 맞는 느낌이다. 나는 마주 미소를 지었다.

"저라면 조선 사업에 투자할 것입니다."

"뭐? 조선 사업?"

세오펠 백작이 어처구니없는 소리를 들었다는 듯 코웃음 쳤다. 깔보고 비웃는 기색이 역력했다.

"왜 그러시죠?"

"하, 철을 조선 사업에 쓰겠다니. 배를 만들어서 대체 어디에 쓰려고?"

나는 등을 빳빳이 펴고 고개를 치켜들었다. 생각나는 대로 막 던지는 감이 없잖아 있지만 내가 그렇게까지 생각 없는 건 아니다.

"펠론 제국은 대륙의 서남부에 치우쳐져 있습니다. 먼 동방과 교류할 때 대규모의 물자 수송은 육로에 의지하고 있지요."

"무역선을 말하는 건가."

황태자가 턱을 매만졌다. 그 반응을 어찌 해석했는지 백작이 당당하게 가슴을 부풀렸다.

"이래서 뭘 모르고 끼어드는 것들은……! 왜 해상을 놔두고 육로로—."

"네, 옥토비엔 때문이죠."

소리를 꽥꽥 지르는 백작의 말을 끊고 강하게 말했다. 말문이 막힌 백작이 입을 다물었다.

"그래서 조선 사업에 투자하고자 하는 것입니다."

옥토비엔은 해상 몬스터로, 굳이 말하자면 문어 모양으로 데친 비엔나소시지처럼 생겼다. 물론 사이즈는 훨씬 더 크다.

사냥제 전 시녀들과 본 몬스터 도감(귀족 영애용)에서 봤는데 내가 기억하고 있는 이유는 순전히 그 외양과 이름 때문이었다. 생긴 것만큼이나 무해한 몬스터라 딱히 습격을 걱정할 필요는 없다. 다만…….

"옥토비엔을 알고서도 투자하겠다고? 계속 배를 찍어 내겠다는 건가? 그거야말로 낭비일세!"

"왜 낭비죠?"

"그것도 모르면서 잘도 옥토비엔 때문이라고 아는 척을 했군! 옥토비엔이 배에 알을 낳으면 배를 버려야 하네."

다만 옥토비엔이 나무에 알을 낳는 습성을 가지고 있는 게 문제다.

옥토비엔은 나무로 만든 범선에 알을 낳고 옥토비엔 유충이 부화하면 나무를 갉아먹으며 자란다. 알이 작다 보니 부화하기 전에 발견하는 것도 쉽지 않거니와 떼어 내려 하면 순하던 옥토비엔이 돌변해서 떼로 공격을 가한다.

"왜 버려야 하는지 모르겠네요. 내가 말하는 건 철로 만든 철선인데요."

"……!"

"철로 만든다고? 배를?"

정확히는 강철로 만든 강선을 생각했지만. 나는 주변에 퍼져 나가는 경악을 담담히 넘기고 세오펠 백작의 물음에 작게 긍정했다.

"네."

백작이 눈을 끔뻑였다. 여태까지 날 비웃고 깔보던 기색조차 사라진 얼굴이었다.

그러길 수 초, 이내 와르르 웃음을 터트렸다.

"공녀, 지금 철로, 허허허, 철로 배를 만든다고 했소?"

껄껄거리는 웃음이 말미에도 붙었다. 차분히 고개를 끄덕이자 다시 박장대소가 터졌다.

"왜 웃으시는지요?"

"이게 안 웃게 생겼는가? 공녀는 배가 어떤 물건인지 모르는가 보오. 배는 물에 떠야 하는데 철이 물에 뜰 리가 없잖은가."

"그렇게 생각하시면 저와 내기를 하는 건 어떻습니까? 철이 물에 뜨나, 안 뜨나."

"내기를?"

백작이 웃음을 멈추고 날 바라봤다.

"너무 뻔한 결과를 두고 내기를 하니 의심스럽군."

"자신 없으시면 거절해도 됩니다."

뻔한 도발이었다. 하지만 본인만 잘난 줄 아는 꼰대에겐 이보다 잘 먹히는 게 없다. 백작은 괜한 허세를 부린다는 눈빛으로 날 내려다봤다.

"좋소. 단, 오로지 철로 만든 배를 물에 띄워야 하오. 마법을 쓰고 결과적으로 띄웠으니 이겼다고 하면……."

"어머, 세오펠 백작, 날 어떻게 보는 건가요? 승부는 당연히 정정당당해야죠. 난 항상 그래 왔어요."

흥, 세오펠 백작이 코웃음을 쳤다. 그는 황태자를 향해 말했다.

"내기의 증인은 전하께서 맡아 주십시오."

"그건 곤란할 것 같은데."

황태자가 한쪽 입꼬리를 비스듬히 올렸다. 백작과 나 둘 다 그를 의아하게 바라봤다.

"나도 그 내기에 참여하고 싶어서 말이야. 나는 공녀에게 걸지."

"예?"

세오펠 백작이 얼빠지게 되물었다. 얼떨떨하긴 나도 마찬가지였다.

"전하, 설마 이런 허무맹랑한 말을……."

"허무맹랑한지는 내기 결과를 봐야 알겠지."

황태자가 내 어깨를 부드럽게 감싸 안고 자기 쪽으로 끌어당겼다. 세오펠 백작은 못마땅한 눈으로 그 모습을 바라봤다.

왜, 황태자 마음이 아이린한테 가 있다고 확신하던데 좀 불안해지나 보지?

나는 어깨를 감싼 황태자의 손을 느릿하게 쓰다듬었다. 황태자가 날 내려다봤다. 그와 눈을 맞추고 눈꼬리를 나긋하게 휘었다.

"어흠, 흠……. 전하께서 이 보잘것없는 내기에 합세하시다니……."

세오펠 백작이 콧수염을 쓸며 말했다.

"백작이 이긴다면 더 좋은 것 아닌가."

물론 이긴다면 그렇겠지. 황태자와 나, 두 사람 모두에게 대가를 받아 낼 수 있으니.

잠시 침묵하던 세오펠 백작이 기분 좋은 웃음을 터트렸다. 콧수염이 씰룩거리고 눈이 얄따랗게 눌린다.

말로 하지 않아도 생각하는 게 뻔히 보였다. 황태자가 자신을 위해 일부러 지는 쪽에 걸었다고 여기는 것이다.

사랑해 마지않는 아이린을 위해.

아무리 중앙에 처음 와 황태자를 직접 볼 기회가 적었다고 해도 이건 몰라도 너무 모르는 것 아닌가.

하긴, 나도 가뭄 이야기를 나누기 전까진 황태자를 사랑에 정신 팔린 등신으로 오해했으니 할 말은 없다.

"그렇지요. 흠, 제가 이긴다면 세오펠령에 한해 철에 대한 규제를 풀어 주십시오."

그 말에 황태자를 올려다봤다. 규제를 완화하는 것도 아니고 완전히 풀어 달라는 것은 과한 요구다.

나야 철이 물에 뜬다는 것을 확실히 알고 있지만, 세오펠 백작의 반응을 볼 때 이곳에서는 생뚱맞은 소리나 다름없다. 가뭄 때 나무를 심어야 한다는 말처럼.

"좋아."

하지만 황태자는 일말의 고민도 없이 흔쾌히 고개를 끄덕였다. 그 대답에 백작은 제 생각이 맞다고 확신한 듯했다. 그가 묘한 웃음을 지으며 황태자에게 눈짓을 했다.

황태자의 표정이 썩어 들어갔다. 내가 보기에도 미관상 좀…….

"공녀는……. 뭐, 신년회에서 내게 사과하시오. 오늘 내게 대든 것 말이오."

말과 시선에서 건방지다는 게 느껴졌다. 황태자가 묻길래 내 의견을 말한 것 가지고 대들었다니 정말 그린 듯한 꼰대다. 나는 저렇게 늙지 말아야지.

"좋아요. 대신 내가 이기면 백작께선 상단의 통행 허가권을 넘겨
주세요. 나중에 혹시라도 카이엔과 수교를 맺으면 세오펠령을 거
치는 상단에 한해서요."

통행 허가권은 영지의 중요한 권한 중 하나이기에 사족을 붙였
다. 아니나 다를까 백작은 쉽게 고개를 끄덕였다. 철이 물에 뜨지
않을 거라고 확신하고 또 카이엔과 수교를 맺는 게 쉽지 않다고 여
기기 때문이다.

나는 속으로 만족스러운 웃음을 지었다. 허가권이 내게 넘어오면
통행세도 내가 걷게 된다.

빠르든 늦든 카이엔과는 수교가 이뤄질 거다. 백작의 선선대부터
약 100년 동안 양국은 평화로웠다. 통치자의 의지가 있으면 어렵
지 않은 일이다. 아까 황태자도 내 말에 꽤 호의적이었고.

새로운 무역 상대와 무역로가 생기고 많은 상단이 세오펠령을 통
과하려 할 것이다.

상단주들이 통행 허가권을 가진 내게 두 손을 비비는 건 당연한
수순. 적대 세력에겐 불허할 수도 있고, 허가하더라도 과도한 통행
세를 부과할 수도 있다.

"허가권이 넘어오면 통행세에 대한 권한도 넘어오는 것, 맞죠?"

혹시나 싶어서 확인했다. 어린 여자애와의 내기 따위 중요하게
여기지 않는 사람이니까.

백작은 일순 찝찝한 얼굴을 했지만 내기에서 질 리가 없다고 생
각했는지 곧 고개를 끄덕였다.

"전하께서는 바라시는 게 있습니까?"

"그건 신년회에서 말하도록 하지. 어려운 건 아니야. 그저 말 몇 마디면 돼. 그리고 말을 뒷받침할 행동도. 백작이 할 수 없다고 말하면 그때 다른 것을 요구하도록 하지."

"허허, 이것 참……. 제가 전하께 요구한 것과 무게가 너무 달라 이래도 괜찮은 건가 싶습니다. 그래도 전하의 배려, 기쁘게 받겠습니다."

"그대가 기쁘다니 나도 기분 좋군."

황태자가 삐뚜름히 웃었다. 마주 웃는 백작을 보며 나는 내심 고개를 절레절레 저었다.

저 조소를 보고 좋다고 웃는 백작을 이해할 수 없었다. 눈치라는 게 존재하지 않아도 간담이 서늘해지는 미소인데.

"내기와 별개로, 백작."

황태자가 표정을 굳혔다. 세오펠 백작은 이제야 분위기가 심상찮다는 것을 느낀 모양이다. 웃는 얼굴 그대로 굳었다.

"오늘 그대의 무례는 좌시하지 않을 것이다."

황태자가 날 감싼 손에 힘을 주었다. 노란 눈이 형형하게 빛나며 먹이를 노리는 짐승처럼 백작을 쏘아봤다. 어떤 무례인지 말은 하지 않았으나 그가 의미하는 바는 명확했다.

세오펠 백작이 꿀꺽 침을 삼켰다. 비로소 뭔가가 잘못되었다고 생각한 듯 웃음을 완전히 지우고 우리를 응시했다.

백작의 눈이 떨렸다. 황태자가 여태 한 말이 자신이나 아이린을 위해서가 아닐지도 모른다는 불안감이 그 눈에 들어차기 시작했다.

"제가 너무 전하의 시간을 독점했군요. 이만 다른 사람에게 양보하지 않으면 미움을 살 듯합니다."

백작이 바로 물러났다. 그는 여유 있게 몇 걸음 멀어지더니 곧 빠르게 발걸음을 옮겼다. 그의 곁으로 노리엔 백작 영식과 로리스 자작 영식이 다가왔다.

내가 보기엔 셋이서 아무리 머리를 맞대 봤자 이 상황에 대한 정답이 나올 것 같지 않은데. 아까 위에서 나눈 대화를 봐도 그렇고.

꽤 유망한 신진 세력 셋. 현재 세간의 평가다. 앞으로는 그 평가가 어떻게 바뀔지 기대된다. 나는 입술을 핥았다.

"그래서, 정말 철이 물에 뜨나?"

황태자가 불쑥 내 귀에 대고 물었다. 나는 황당한 얼굴로 그를 올려다봤다.

"잠깐. 아무 확신도 없이 백작의 요구를 받아들이신 거예요?"

아까 너무 흔쾌히 오케이해서 그가 알고 있을 거라고 생각했다.

"확신은 했어. 그대가 뜬다고 했으니까."

이건 꽤 의외의 말이다. 기분이 좋아지는 것은 어쩔 수 없다. 나는 올라가려는 입꼬리를 꾹 누르고 새침하게 그를 흘겼다.

"어머나, 이러시다가 폭군 되시겠어요. 제가 아무리 예뻐도 그렇지."

"우수한 인재에 대한 신뢰인데도?"

이건 더 기분이 좋다. 내 능력을 인정받는 것은 항상 기쁜 일이다. 나는 째려보던 것을 그만두고 빙긋 웃었다.

"그 신뢰에 보답할 수 있을 것 같아 다행이군요."

"그대는 가뭄엔 나무를 뽑아야 한다는 속설을 타파한 사람이니 당연하지."

아니, 왜 님이 뻐겨요? 내가 뻐겨야지. 자랑스레 말하는 황태자를 어이없는 눈으로 쳐다봤다. 그러고 보니.

"확신한다면서 왜 물어봐요?"

"뜬다는 사실 여부가 아니라 어떻게 뜨는지 궁금했어."

부력 때문에 뜨는 거지만 그걸 풀어 설명할 자신이 없다. 현대에선 그냥 당연한 상식이니까.

"보시면 알게 될 거예요."

"정말 철로 배를 만들 수 있다면 무역에 새로운 장을 열게 될 거야. 무역뿐만이 아니라 다른 것에도."

"옥토비엔에 대해서도 신경 쓸 필요 없고, 범선보다 더 크게 만들 수도 있어요. 더 많은 화물을 싣는 건 당연하고요."

아무래도 범선은 목재를 주재료로 사용하다 보니 현대 화물선처럼 대형으로 만들진 못한다.

"사실 철선을 아예 생각해 본 적이 없는 건 아냐. 하지만 물에 가라앉을 거라고 생각해서 마력으로 배를 띄울 생각이었다. 그렇게 되면 워낙 비용이 많이 드니 나중에 군함으로 만들 생각이었지."

"철선이 물에 뜨더라도 마력이 안 드는 건 아니에요."

이곳에선 동력이 마력이다. 철선이 움직이려면 마력이 필요할 수밖에 없다.

"하지만 철선의 몸체를 띄우는 것보다는 훨씬 적게 들 거예요. 범선처럼 돛대를 쓰지 않고 배 밑에 추진기를 달면 좋을 것 같아서요."

사실 선박에 대한 건 무역 강의를 들으며 곁다리 지식으로 배운 게 전부다. 선박의 발달은 해상 무역의 새로운 장을 열었으니 대강 상식선으로 스치듯 익혔다.

"추진기?"

프로펠러를 뭐라고 설명해야 하나 난감했다. 마력이 어떻게 쓰이는지 정확히 모르니 굳이 프로펠러가 아니어도 될 것 같고.

"확실히 괜찮겠군. 그럼 바람의 영향도 덜 받을 테고. 속도도 원하는 대로 조절할 수 있겠어."

추진기가 뭔지 묻는 건 아니었는지 그가 고개를 주억거리며 중얼거렸다.

"아니, 괜찮은 정도가 아니야. 역시 그대는……."

황태자가 뭐라 형용할 수 없는 시선으로 날 바라봤다. 또 갑자기 귀를 깨물까 봐 나도 모르게 움찔했다.

이 많은 사람들 앞에서는 절대 안 돼! 가뜩이나 첫 키스도 생중계였는데……!

잘생긴 얼굴이 침묵한 채 나만 바라보는 게 슬슬 부담스럽기 시작했다. 아까 내 어깨를 끌어안은 채 놓지 않고 있어서 거리가 지나치게 가깝기까지 했다.

신경을 다른 데로 돌리기 위해 애를 쓰다 보니 주변의 웅성거림이 귀에 잡혔다.

"정말로 카일론 공녀가 여태까지 문제들을 다 해결했나 봐요."

"철이 물에 뜬다는 건 안 믿기지만……. 정말로 뜬다면 앞으로도 공녀의 능력은 의심할 수 없겠어요."

"전하와도 사이가 꽤 좋은 것 같죠? 전하께서 저렇게 누군가의 역성을 드시는 건 처음 봐요."

"왜, 저번에도 그랬잖아요. 그때도 카일론 공녀 일이었죠. 5황자 전하 때문이라고 생각했는데……."

"그런데 전하께선 왜 스테나 영애와 수정궁에 가고 사냥제 때 짝을 이뤘을까요?"

"능력은 공녀가 낫다고 생각하지만 스테나 영애께 더 마음이 가 있나 보죠."

"그렇다고 하기엔 지금 전하의 행동이……."

"공녀?"

황태자의 부름에 사람들의 속삭임이 묻혔다. 스테나 영애한테 마음 운운하는 말에 빠쳐서 나도 모르게 그의 품에서 빠져나왔다.

아이린을 따르는 귀족의 말이겠지만 정확히 내가 했던 생각과 비슷해서 흘려 넘길 수 없었다.

사냥제 때 황태자가 날 구하면서 그 전에 그에게 화가 났던 건 다 풀린 상태였지만, 날 계산적으로 대하는 게 아니라는 건 충분히 알지만, 그렇지만……!

아까 아이린과 춤추던 황태자의 모습이 눈앞에 스쳤다. 빙글빙글 돌 때마다 팔랑거리며 넓은 원을 그리던 아이린의 드레스 자락.

나도 모르게 황태자의 눈을 피하는데 그가 내 앞에 손을 내밀었다.

"공녀, 한 곡 출 수 있는 영광을 내게 주지 않겠소?"

기사가 레이디에게 하듯 사뭇 정중한 몸짓과 말이었다. 그 손에 손을 얹어야 한다고 생각하면서도 나는 손가락 하나 까딱하지 않았다.

왜 이렇게 황태자가 괘씸하지.

"황공하오나 몸이 아직 좋지 않아서……."

황태자가 눈을 들어 말없이 날 바라봤다. 지긋한 눈빛에 나도 모르게 시선을 돌렸다.

"그렇군."

"황공합니다, 전하."

"아니다. 그대의 몸 상태를 신경 쓰지 못한 내 불찰이야."

그가 다정스레 내 어깨를 쓸었다. 나는 미소 지으며 그 손길을 받아들이곤 자연스럽게 한 걸음 물러섰다. 일부러 그와 밀착하던 상황이었지만 기분이 썩 내키지 않아졌다.

내가 물러난 만큼 황태자가 한 걸음 더 다가왔다. 다시 물러나자 또 한 걸음. 나는 생글생글 웃는 채, 황태자는 여유로운 미소를 머금은 채 쫓고 쫓기는 공방이 한참 계속되었다.

"호호, 전하 다른 분들을 뵙지 않아도 되시는지."

"그대와 이야기를 나누고 싶은데."

"물론 저도 그러고 싶지만 편치 않아서."

"그대 옆에 붙어 부축해 줄 테니 걱정하지 마."

아니, 댁 때문에 기분이 편치 않은 건데!

"부축받을 정도는 아니니 전하의 레이디인 스테나 영애한테나가 보시지 그래요."

샐쭉 말하고 입을 합, 다물었다. 당황해서 걸음도 멈췄다.

성큼 다가온 황태자와 거리가 가까워지고 그가 내 어깨를 잡았다. 드디어 잡은 게 기꺼운 듯 만족스레 미소 짓는다.

"아니에요."

입을 여는 그에게 선수치고 고개를 도리도리 저었다.

"뭐가?"

"뭘 생각했든, 무슨 말을 하려 했든 그거 아니라고요."

"그대가 스테나를—"

"네, 그거 아니라고요. 아니니까 말하지 마세요."

질투한 거 아니니까 제발 좀 닥쳐라. 나도 모르게 말이 그렇게 나왔을 뿐, 진짜 아니니까.

"맞는 거 같은데."

"아니라니까요?"

그가 고개를 기울였다. 잘생긴 얼굴이 눈앞으로 바짝 다가왔다. 금빛 눈동자가 가늘어졌다. 반짝반짝. 도톰한 입술이 움직인다.

"정말 아니야?"

"네."

단호한 대답에 그가 입술 끝을 올렸다.

"난 맞았으면 좋겠는데."

이, 이이, 이 요물……!

대체 황태자가 어디서 애교를 배웠단 말인가. 이 남자, 원래는 피도 눈물도 없어 보이는 냉혈한이었는데?! 언제 이렇게 변한 거야.

여행 가면서 슬슬 장난칠 때도 뭔가 다르다고 생각했지만 진짜 이건, 이건……!

"그대가 질투했으면 좋겠어."

그가 내 귀에 속삭였다. 한 음절, 한 음절 내뱉을 때마다 귓가에 입술이 부딪쳤다. 소름이 돋는다.

단단한 손가락이 내 턱을 옆으로 꾹 누른 탓에 고개가 돌아가고 그와 눈이 마주쳤다. 코가 맞닿을 정도로 가까운 거리.

"아닌 거 맞아?"

"……!"

정신을 차리니 그를 확 밀쳐 낸 후였다. 황망하게 날 보는 황태자의 얼굴에 찔끔했다.

"지금 무슨, 아니 왜 사람 앞에 얼굴을……. 이게 아니라! 제가 이런 거 하지 말라고 했잖아요!"

빽 소리를 지르고 몸을 휙 소리가 날 정도로 돌렸다. 쿵쾅거리며 그에게서 멀어졌다. 걸음만큼이나 내 심장도 쿵쾅거렸다.

입술을 깨물었다. 이건 그냥 너무 놀랐기 때문이다. 아니면…….

뭐, 황태자가 워낙 잘생겼어야지. 멀리 있어도 심부전이 올만 한 얼굴이긴 하다. 그게 코앞까지 다가왔으니 자동반사적으로 심박이 올라갈 수밖에.

'난 괜찮아.'

절대 제2의 아이린이 되지 않을 것이다.

너무 당황해서 누가 다가왔는지도 알아차리지 못했다.

"샤르티아나 공녀."

이름이 불리고 나서야 눈앞의 상대를 깨달았다. 여태까지 잘 피하고 있던 사람이었다. 하여간 황태자는 도움이 안 된다니까.

"케일라덴 전하."

평소처럼 부드럽게 인사하진 못했다. 뒤늦게 미소를 만들어 냈다.

"오늘도 아름답습니다."

"……감사합니다."

내가 느끼기에도 내 태도가 부자연스러운데 케일라덴이 보기엔 어떨까 싶었다. 하지만 그는 별말 하지 않고 내게 손을 내밀었다.

"한 곡 추시겠습니까?"

그제야 눈을 들어 그와 마주 봤다. 담백한 태도와 달리 그의 눈동자가 잘게 흔들리고 있었다. 검은 심연에 꼭꼭 눌러 숨겨 둔 감정이 어쩔 수 없이 넘쳐 나오는 것처럼, 푸른빛이 일렁였다.

눈빛에 압도당해서 잠시 아무런 말도 하지 못했다. 그 침묵에 눈동자가 껌껌한 심해같이 요동쳤다.

깊고 어두운 바닷속에 빠진 것 같은 절망. 끝없는 어둠으로 침잠하는 눈을 보자 생각하기도 전에 말이 튀어나왔다.

"좋아요."

다급한 말에는 품위가 없었다. 하지만 케일라덴의 얼굴은 찬사라도 들은 것처럼 환하게 피어올랐다. 여전히 무뚝뚝한 얼굴이고 단순히 입매와 눈매가 부드러워진 것뿐이지만 기쁨이 오롯이 느껴졌다.

그 모습을 보니 가슴 한구석이 꾹 누른 것처럼 답답해졌다. 역시 거절해야 했다. 분명 거절할 생각이었다. 그런데 그 눈이 너무 절박해서 도저히 고개를 저을 수가 없었다.

나는 그의 손에 내 손을 포갰다. 좋다고 답했으면서 죽상을 하고 있을 순 없다. 나는 케일라덴을 향해 밝게 웃었다.

마침 곡이 하나 끝났다. 댄스 플로어에서 맞절을 하자마자 새 곡이 시작되었다.

언뜻 황태자가 황당한 눈으로 날 쳐다보고 있는 게 눈에 들어왔다.

왜, 지는 아이린이랑 같이 춰 놓고서 나는 그럼 안 돼? 불뚝 심술이 솟았다. 흥, 하고 고개를 돌리다가 깨달았다.

'맞다. 나 황태자한테 몸 안 좋다는 핑계로 춤 거절했지.'

양심이 뜨끔거렸지만 몸 상태야 좋아졌다가 나빠지고, 나빠졌다가 다시 좋아지고 그런 거 아닌가.

나는 애써 황태자를 지워 내고 내 눈앞의 상대에게 집중했다.

'……진짜 날 좋아하나.'

내가 케일라덴을 계속해서 피하는 이유였다. 보답할 수도 없고 보답해서도 곤란한 마음이었다. 그래서 지금까지 어찌할 바를 모르고 회피만 했다.

가끔씩 커플 타령 연애 타령을 하지만 진짜로 사랑을 하고 싶은 건 아니었다. 정확히 말하자면 사랑하기 싫다.

무엇보다 나는 황후가 되기로 결심했다. 그 말은 케일라덴과 그렇고 그런 사이가 되어서는 안 된다는 뜻이다.

황태자를 갈아치울 생각이라면 다르지만……. 처음 황궁에 왔을 때라면 모를까, 그동안 너무 많은 일들이 있었고 많은 것들이 변했다.

다 차치하고, 카일론이 7황자를 지지한 것에 대해서도 사욕이란 말이 돌았는데 지금 또 5황자로 노선을 바꾸면 어떻게 비칠지 뻔했다. 뭐, 이 경우에는 사욕 때문이 맞다.

케일라덴이 뛰어난 기사라는 것은 알지만 다른 분야에서는 어떤 능력을 갖추고 있는지 모른다. 마음만으로 움직일 수 없는 데다가, 내 마음이 케일라덴을 향한 것도 아니다.

'아직 날 좋아하는지도 확실하지 않아.'

머리 한구석으로는 뻔한 결론이라고 생각하면서도 일단 외면했다. 케일라덴이 직접 고백하지 않았다는 것을 기회 삼아 도피했다.

그는 내게도 소중한 사람이다. 지금 이 관계를 잃기 싫다는 이기심이라는 걸 알지만, 알면서도 그렇게 도망칠 수밖에 없었다.

용기를 내 다시 마주 본 케일라덴의 눈동자는 지나치게 담백했다. 춤을 청할 때의 감정을 모두 갈무리한 것처럼 혹은 처음부터 없었던 것처럼.

평소와 똑같은 무뚝뚝한 얼굴에 안도했다. 돌다리가 튼튼한지 확인하는 것처럼 나는 그에게 농담을 던졌다.

"전하께서 사냥을 잘하신다 하셔서 무척 기대했는데요."

"제 레이디께 바칠 사냥감은 있습니다."

"어머, 그럴 줄은 몰랐네요."

그날 효시로 잡은 몬스터가 있었구나. 시스테인이 난입하면서 흐지부지되기 전까지 잡은 사냥감이 있을 거라고 생각은 했지만 솔직히 기대하진 않았다.

"기대하셔도 좋습니다."

"제 기대는 아주 높은데요."

케일라덴의 태도가 산뜻했기에 나 역시 웃으며 대화를 나눌 수 있었다.

춤을 추며 밀착할 때도, 내 허리를 감쌀 때도 춤 이상의 무언가는 없었다. 그렇기에 곡이 끝날 즈음엔 완전히 예전과 같이 편안한 공기가 흘렀다.

춤을 거절하지 않길 잘했다는 생각이 들었다. 목이 말라 음료를 마시는데 다가오는 사람이 보였다. 나는 찌푸려지는 얼굴을 애써 펴며 무릎을 굽혔다.

"황후 폐하를 뵙습니다."

"카일론 공녀."

반가운 듯 우아한 미소를 짓는 황후의 옆에는 아이린이 있었다. 사냥제 때 못한 문답을 할 생각인가.

"폐하, 옥체는 어떠신지요."

"공녀가 염려하는 줄은 몰랐구나."

어떻게 알았지? 진짜 걱정 하나도 안 했는데! 속마음을 감추고 다소곳하게 말했다.

"당연한 것을 어찌 그리 말씀하십니까."

"말보다는 행동이 사람의 의지를 보여 주는 법. 그간 아무런 기별도 없었으니 그리 생각할 수밖에. 같은 레지나인 스테나 영애와 이렇게 차이 날 수가."

황후가 쯧, 혀를 찼다. 부끄러운 듯 고개를 숙이는 아이린을 보니 짜증이 났다. 하지만 감정을 드러내는 건 세오펠 백작 같은 하수나 하는 법.

"폐하께서 몸이 편치 않으신데 찾아뵈면 번거로울까 걸음을 저어했습니다. 제 진정을 알아주십시오, 폐하."

나는 시어머니한테 당하는 재벌 집 며느리다. 아주 조신하고 착하지.

"폐하, 큰일을 당해 공녀도 그간 정신이 없었을 겁니다. 이만 노여움을 푸시지요."

"영애가 그렇게까지 말하니 이쯤에서 넘어가도록 하지."

말리는 시누이가 더 밉다더니! 결혼도 안 했는데 이런 거 깨닫고 싶지 않다.

"송구합니다, 폐하."

속마음을 감추고 며느리에 빙의해서 얌전히 답했다.

"그나저나 공녀가 조선 사업에 관심 있다고 하던데."

"황태자 전하께서 철을 투자할 곳을 물으셔서 답한 것일 뿐입니다."

"세오펠 백작과 재미난 내기를 했다고 들었어요."

"가벼운 유흥은 파티를 더 즐겁게 만들죠. 영애께서도 내기에 참여하시겠습니까?"

내 물음에 아이린이 고개를 저었다. 그녀는 철부지를 보는 듯한 미소를 머금었다.

"철 투자처는 중요한 요소입니다. 가벼이 내기로 삼을 순 없지요."

"저런, 영애께서는 이번에도 부정확한 말을 들으셨나 보네요. 또 잘못된 소문으로 저를 몰아세우다니……. 백작과 저는 단순히 철이 물에 뜨나, 안 뜨나를 두고 내기했을 뿐이랍니다."

제대로 들었으면서도 은근한 물타기를 시도한 것일 테지만 어림없다. 나는 상처 받은 얼굴로 말을 이었다.

"설마 제가 정말 투자처를 두고 내기했겠습니까. 그래도 몇 달간 같은 궁에서 지냈는데, 이렇게 저를 믿지 못하시니 가슴이 아프군요."

아이린이 덤볐다가 본전도 못 찾자 황후가 나섰다.

"세오펠 백작이라 하니 들은 말이 있는데. 공녀가 백작의 충정을 의심했다지?"

"네?"

"공녀, 세오펠 백작가는 대대로 국경을 지킨 가문 아닙니까. 그간 카이엔의 도발과 침략에도 국경선이 무사했던 것은 세오펠 백작가의 공입니다. 그런데 백작의 충정을 의심하다니요."

뭔 소리야. 내가 이런 말 나올까 일부러 세오펠 백작가 덕에 선선대부터 평화로웠다는 말을 하면서 밑밥을 깔았는데.

"두 분께서 오해를 하신 것 같군요."

"오해라니요. 공녀께서 백작께 다른 의도가 있는 게 아니냐 묻지 않으셨습니까."

간만의 반격에 아이린이 신나서 말했다. 늘어트린 눈썹과 침중한 얼굴이 안타깝게 물들었지만 두 눈은 숨기지 못한 희열로 빛났다.

"다른 것은 차치하고서라도 세오펠 경의 충정을 의심하시다니 공녀가 지나쳤어요. 다른 이유가 있냐니, 대체 무슨 생각으로 그런 말까지 하신 건지……. 저로선 상상도 할 수 없습니다."

아니, 그러니까 다른 것은 왜 빼는데.

지금 세오펠 백작가의 노고에 대해 언급한 걸 말하면 당연히 그 이후 내 태도에 대해서 말하겠지. 그럼 할 말이 궁색해진다.

나는 강수를 두기로 했다.

"백작이 내게 한 것은 무례가 아닙니까?"

"무슨……."

"나는 이야기를 다 알고 있으니 영애도 백작께서 날 어찌 대하셨는지 알겠지요."

아이린이 입을 다물었다. 달리 방법이 없기도 했다. 들리는 말만 들어서 몰랐다고 하면 내가 또 부정확한 정보 운운할 거니까. 판단 하나는 빠르네.

"날 무시하고 업신여기는데 내가 호호 웃으며 백작의 비위를 맞춰야 하나요?"

생각하니 화가 난다. 내가 그랬어야 했다는 건가? 황태자와 백작이 나누는 깊은 대화에 끼지도 못하는 장식물처럼?

"아이린 루폰 스테나 영애, 나는 샤르티아나 알티제 카일론이에요."

너처럼 기쁨조 역할이나 할 사람으로 보여? 그런 시선으로 그녀를 쳐다봤다.

남들 비위 맞추며 착한 척 성녀 행세를 하던 너와는 달라. 제도의 사교계에 녹아들기 위해서 무해한 척 포장하고 굴욕을 삭히고 피해자 행세를 했던 너와는 다르다고.

나는 언제든 당당하게 내 의견을 말하고 무례를 참지 않을 것이다. 그래도 되는 위치다. 태생이 주는 이점도 있지만 결국 그 위치는 나 스스로 만들어 냈다.

처음 레지나가 되었을 때, 그때도 카일론 공녀였지만 나는 수모를 감수해야만 했다. 하지만 지금은 다르다.

"무례를 참으라는 뜻은 아닙니다. 다만 지금 공녀의 언사를 보니 백작과 갈등을 빚을 만했군요."

아이린의 차분한 가면 밑으로 열등감이 새어 나왔다.

"영애, 겸손한 것과 만만한 건 달라요."

내 말에 쩌적쩌적 가면이 갈라지기 시작한다. 이러다 아이린이 정말 무슨 말을 할지 모르겠다고 기대한 순간, 황후가 입을 열었다.

"오만한 것도 다르지, 공녀."

황후의 눈은 어디서 방자하게 입을 놀리느냐고 말하고 있었다. 나는 모르는 척 생긋 웃었다.

"지당하신 말씀입니다, 폐하."

내 동조에 황후가 눈썹을 꿈틀거렸다.

"공녀가 그리 잘 아는 것 같지 않아서 말이야. 내가 분명 기만은 용납 안 한다고 말했을 텐데."

글쎄, 그 기만이 대체 뭔지 모르겠네. 내가 언제 그랬다고. 지 맘에 안 들면 다 기만인가.

"네, 어느 분의 말씀인데 감히 잊겠습니까. 가슴에 새기고 영혼에 또 새겨 항상 따르고 있습니다."

지금 네가 하는 말이 기만이 아니냐. 황후가 눈매를 좁혔다. 나는 무시하고 말을 이었다.

"하여 폐하와의 약속도 지키지 않았습니까."

"나와의 약속이라니?"

"그날 제게 하신 말씀을 잊으셨습니까, 폐하."

서운하다는 듯이 어깨를 늘어트렸다. 나는 이렇게나 폐하의 말씀을 잘 따르는데 왜 몰라주시는지, 기억조차 안 하시는지 섭섭한 것처럼.

"황송하옵게도 사냥제 당일, 폐하께서 제 단장을 칭찬하시며 제도의 유행을 선도하길 기대한다 하셨지 않습니까. 그때 제가 결코 폐하를 실망시키지 않겠다 약조 드렸지요."

나는 고개를 조아리며 비소를 감췄다. 당신 말을 어찌나 가슴에 잘 새겼는지 아직 잊지 않고 이렇게 뒤끝 있게 굴지 않는가.

오늘 제의에는 유난히 붉은색이 눈에 띄었다. 붉은색이 아니라도 원색 미니드레스를 입은 사람들이 많았다. 나이가 있어 미니드레스를 입지 않은 사람도 원색을 입거나 점잖게 입어도 풍성한 털로 만든 숄을 걸쳤다.

"그래, 공녀가 많이 애썼구나."

황후는 자애롭게 웃었다. 애썼다고 말할 때 억양이 좀 다른 것처럼 들렸지만 난 대단한 치하라도 받은 것처럼 허리를 숙였다.

"황송합니다, 폐하."

황후가 순간 날 빤히 쳐다봤다. 만만찮다는 감정과 질린 기색이 섞여 있었다. 하긴, 어느 귀족 영애가 황후에게 이렇게 맞설까. 나처럼 맞설 상황 자체도 없었겠지만.

"그날 영애들과 대화를 길게 하지 못해 많이 아쉬워. 거기다 큰일이 있었다지?"

"예, 폐하께서 그 자리에 안 계셔서 얼마나 다행인지 모릅니다."

"카일론 공녀가 봉변을 당했다 들었는데."

걱정스러운 얼굴이었지만 어쩐지 왜 팔다리 멀쩡하게 다니냐는 아니꼬움이 느껴졌다.

"황태자 전하께서 지켜 주신 덕에 무탈합니다. 심려를 끼쳐 드려 송구합니다."

아이린의 입매가 씰룩였다.

"전하께서는 정말 대단하시지요. 그날의 무용을 보고 다시금 제국의 미래가 밝다는 것을 느꼈습니다. 용맹하시고 약자를 위해 주저 없이 몸을 던지시니."

특별히 널 위해 그런 거 아니라는 말이 참 거창하게 포장됐다. 별 뜻 없이 그냥 사실을 말한 것뿐인데 저렇게 뾰족하게 반응하니 황당했다. 저번에도 그렇고 진짜로 요즘 황태자랑 사이가 안 좋은가?

아이린이 과민반응하며 열폭하는데 이 기회를 놓칠 순 없다. 나는 말없이 느긋한 미소만 지은 채 아이린을 쳐다봤다. 왜, 찔려? 누가 뭐랬어?

"덕분에 사상자가 나오지 않아 참으로 다행이야. 태자께서는 어려서부터 그런 면이 있으셨지."

황후가 뿌듯한 미소를 지으며 고개를 끄덕였다. 그러더니 아이린의 손을 잡으며 온화하게 불렀다.

"영애."

"예, 폐하."

둘이서 진한 눈빛을 주고받았다. 왠지 모르게 병풍이 된 느낌이었다. 커플 사이에 낀 제3자 같은 기분인데.

"아이린."

다정하게 이름까지 부르는 걸 보니 더더욱 그런 느낌이었다. 아이린의 눈동자가 감동과 황공함으로 물결쳤다.

"폐, 폐하."

이거 금단의 사랑인가. 나도 모르게 침을 꼴깍 삼켰다. 황후의 호명에 주변이 소리 없이 술렁거렸다.

"그래, 아이린. 황후로서 가장 중요한 덕목이 무어라 생각하는가."

하문이 시작되었다. 확실히 저번에 못한 일을 마무리할 모양이다.

나는 정신을 가다듬었다. 나한테 똑같은 질문이 오든 다른 질문이 오든 확실하게 대답할 생각이다. 황후는 차치하고서 주변에서 귀를 쫑긋 세우고 있는 귀족들이 감탄할 정도로.

"공정함이라고 생각합니다."

아이린은 지체 없이 답했다. 녹색 눈동자는 분명하게 날 바라보고 있었다. 날 겨냥한 말에 절로 어깨가 으쓱이려는 것을 내리눌렀다. 나는 찔리는 거 하나 없다.

솔직히 성녀병에 취해, 동정에 취해 공정함을 잃고 구휼에서 적자를 낸 건 아이린 본인이 아닌가.

"공정함이라, 왜지?"

"황후는 황제와 함께 나라의 심장입니다. 가장 귀하고 중한 존재임과 동시에, 단 한 순간도 멎지 않는다는 것이 똑같습니다. 그래서 언제나 제국을 위해 힘쓰는 폐하가 존경스럽습니다."

나는 이 와중에도 아부를 잊지 않는 네가 더 존경스럽다.

"심장은 혈액을 온몸으로 내보내죠. 심장 옆에 있는 장기부터 구석구석 손끝이나 발가락 끝까지도. 이때 어느 부분에 혈액 공급이 제대로 이뤄지지 않으면 그 부분부터 괴사합니다. 그리고 그건 결국 몸 전체에도 영향을 미쳐 썩은 부분을 도려내지 않으면 살 수 없게 되죠."

"그렇지."

"그러니 제국의 심장으로서 황후는 공정해야 합니다. 가깝거나 멀다는 이유로, 혹은 중하거나 그렇지 않다는 이유로 차별한다면 분명 탈이 나 국력을 도려내야 할 상황이 올 것입니다."

타당한 말이었다. 아이린은 그간 허투루 성녀 행세를 한 게 아니었다. 차분한 목소리와 정확한 발음, 그리고 내용까지 듣는 이를 사로잡기에 충분했다.

그녀는 주변의 반응을 확인하고 말을 이었다.

"황후는 주요 요직에 대한 인사 권한도 가지고, 또 여러 가지 국가 사업을 주도하지요. 이때 공정하지 않으면 내정엔 비리가 횡행할 것입니다. 사업에 실패하는 것뿐만 아니라 다른 이들로부터 신뢰를 잃게 되겠지요."

말을 마친 아이린이 고개를 돌려 나를 똑바로 바라봤다. 아까부터 왜 자꾸 날 의식하는 거야?

"가령, 조선 사업을 추진한다고 할 때 공정하지 않으면 자원도, 인력도, 민심도 다 썩게 되지요."

무슨 소리야. 내가 뭐라 할 새도 없이 황후가 입을 열었다.

"호오, 그대도 조선 사업에 관심이 있는가?"

"그건 아닙니다."

그렇겠지. 순전히 날 엿 먹이려고 예로 든 거니까.

하지만 사업을 꾸릴 때 공정해야 한다는 말로는 내게 어떤 타격도 줄 수 없다. 그냥 나는 사업에 대해 제안했을 뿐이다. 불공정한 것도 뭔가를 시작해야 가능한 일.

"단지 카일론 공녀의 말로 다시금 공정함의 중요성을 깨달았기 때문에 예로 들었을 뿐입니다."

"깨달음이라……. 어찌 깨달았는지 궁금하구나."

"오늘 카일론 공녀는 철을 투자할 수 있으면 조선 사업에 쓰겠다고 말했죠. 저는 미진해 선박에 대해서 잘 모르지만 현재 특별히 배가 더 필요한 상황이 아니라는 것은 압니다. 주재료인 목재도 아니고 부재료인 철을 풀어 가면서까지 지원할 사업인지 의문입니다."

물론 지금 당장은 그렇다. 먼 바다엔 옥토비엔이 서식한다. 때문에 육로로만 무역이 이뤄지고, 결과적으로 꾸준한 수요층이 있는 배는 가까운 바다를 오가는 어선 정도다. 거기에 더하자면 군함 정도일까.

하지만 아이린이 간과한 게 있다. 필요할 때 만들면 늦다. 예측해서 미래를 준비하는 자가 한발 앞서는 법이다. 애초에 철을 부재료로 쓸 거라는 것도 틀렸다.

"제가 알기론 카일론 공녀의 시녀장인 피오겔 백작 부인의 상단이 선박업계에서 명성이 높습니다. 그런데 공교롭게도 조선 사업에 투자하겠다니……."

피오겔가는 제도의 세도가지만 그 정치력의 기반이 되는 건 가문이 소유한 상단이다. 3대 상단 중 하나의 소유주인 만큼 여러 가지

사업에 손을 뻗었는데 그중 대표적인 게 조선업이다.

유통업을 하는 피오젤가가 직접 제조까지 도맡는 품목은 손에 꼽는다. 그중 하나가 바로 선박이다.

피오젤 백작성이 있는 피카엘이 해안가를 끼고 있다 보니 제조에도 손을 댔다. 아무래도 선박 건조에 유통까지 다 직접 하니 이윤이 가장 많이 남는 사업이다.

"스테나 영애, 지금 영애의 발언에는 어폐가—."

"카일론 공녀."

황후가 날카롭게 날 불렀다.

"지금 아이린과 대화하고 있는 사람은 바로 날세."

나는 고개를 숙였다. 황후와 아이린의 문답에 끼어든 것은 내 잘못이다. 나에 대한 말이 나왔으니 끼어들 만도 하지만 그것도 황후가 내게 호의적일 때의 이야기.

"과연, 아이린. 그대는 오늘 제의를 완벽하게 치른 레지나답구나. 아주 현명한 답이었어. 제국의 장래가 기대돼."

뭐가 훌륭한 대답이냐. 자신의 이상도 없이, 그저 남을 깎아 내리기에 급급해서 거기에만 초점을 둔 대답인데.

황후란 사람이 이래서 되나 싶었다. 아이린은 자랑스레 공정함이 가장 중요하노라 떠들었고, 황후 역시 훌륭하다 칭찬했지만 정작 이곳에 공정한 사람은 없다.

황후는 바른 대답보다 자신의 마음에 쏙 드는, 마음에 안 드는 나를 폄하하는 대답에 흡족해했다.

표정을 갈무리하고 어깨를 곧게 폈다. 이제 황후가 내게도 물어볼 것이다.

솔직히 나는 황후라는 지위에 대해서 잘 모른다. 장님이 더듬어 앞으로 나아가듯 조금씩 조금씩 느끼는 것이 전부다. 보이지 않으니 그게 맞는 것인지도 알 수 없다.

하지만 확실한 건 아이린과 똑같이 굴지 않겠다는 것이다. 다른 건 몰라도 그녀의 언사가 위정자의 것이 아니라는 건 안다.

나는 아이린과 똑같은 곳으로 떨어지지 않을 거다. 아이린을 비난하지 않고 내 뜻, 내 신념을 말하리라.

"카일론 공녀."

"예, 폐하."

차분히 답하는 날 보더니 황후가 입꼬리를 끌어올렸다.

"공녀는 큰일을 당해 피곤하지 않나. 무리시킬 순 없지."

순간 무슨 말인지 이해할 수 없었다. 아니, 무슨 뜻인진 알겠지만 설마……? 아무리 그래도.

내 의심에 쐐기를 박듯 황후가 자애롭게 말했다.

"공녀는 이만 물러가는 게 좋지 않겠나? 아까 몸이 안 좋다 하여 태자와의 춤도 사양했다던데."

기가 막혀 웃음도 나오지 않았다. 아예 기회조차 주지 않는 건가. 아이린과의 문답에 끼어든 것은 내 잘못이지만 이건 황후의 잘못이다.

나는 입술을 깨물었다. 이대로 물러날 수도, 그렇다고 대들 수도 없었다. 황후와 내 사이가 좋지 않다는 것은 오늘 일로 다 알려졌다. 하지만 내가 황후에게 대드는 것은 또 다른 문제였다.

대드는 순간 그야말로 무도하고 건방지며 되바라진 여자가 되는 것이다. 이제 소강상태인 악녀 이야기가 다시 떠오르겠지.

예전부터 그랬다며 입방아를 찧을 게 눈에 선했다. 없는 일도 아니니 위아래를 모른다며 욕을 먹어도 할 말이 없다.

하지만 이대로 물러나기엔 솔직히 자존심이 상했다.

조용히 물러나도 안 좋은 소문이 돌 게 뻔하다. 황후가 정말로 몸이 안 좋은 날 위해 문답을 하지 않은 게 아니니까.

이대로 연회장을 나가면 쫓겨난 것이나 다름없다. 또 내가 없는 연회장에서 황후와 아이린이 어떤 짓을 꾸밀지 뻔하다.

그러나 그런 것보다도 내 기분상의 문제가 더 크게 느껴졌다. 그 정도로 분하고 모욕적이었다.

나는 황후를 똑바로 쳐다봤다.

나가든 안 나가든 망한다. 조용히 나가는 게 그나마 낫긴 하지만, 이렇게 분노한 내 마음은? 내가 받은 치욕은?

감정적인 것은 전혀 도움이 되지 않는다고 생각하면서도 입을 열었다.

그 순간,

"그럼 제가 공녀를 모시도록 하겠습니다, 모후."

황태자가 내 어깨를 감싸며 말했다. 나는 입을 벌린 그대로 놀라서 황태자를 쳐다봤다.

"태자."

놀란 것은 나뿐만이 아니었다. 황태자를 부르는 황후의 목소리에서도 경악이 묻어 나왔다.

황태자는 황후의 부름에 답도 안 하고 내게 손을 내밀었다.

"공녀."

급작스러운 상황에 쳐다만 보고 있으니 그가 재촉하듯 날 불렀다. 조심스레 그의 손에 손을 얹자 그가 강하게 맞잡았다. 나를 지탱하듯.

왜? 나는 당신을 거절했는데.

그대로 그가 날 이끌었다. 주변에서 구경하던 사람들이 양쪽으로 갈라지며 길을 텄다.

"전하!"

아이린이 달려와 앞을 막아섰다. 희게 질린 얼굴이 절박했다. 녹색 눈엔 사랑에 배신당한 사람처럼 절망 비슷한 감정이 떠올랐다.

사람들의 시선을 느낀 아이린이 주저하듯 입술을 깨물었다. 후회가 잠시 얼굴에 떠올랐으나 한순간에 표정이 바뀌었다. 자애롭고 우아한 미소를 띤 아이린이 조곤조곤하게 말했다.

"송구합니다. 걸음을 너무 빨리 옮기셔서 저도 모르게……. 아직 공녀는 몸이 안 좋지 않습니까. 무리하게 걷다가 더 안 좋아질까 걱정됩니다."

말하지 않는 게 더 좋았을 궁색한 변명이었다. 저도 모르게 막아섰으니 변명할 것도 없었을 테다. 나는 황태자 쪽으로 내 몸을 기울였다.

"전하께선 내 몸을 제대로 부축하고 계십니다, 영애. 전하의 품이 아주 편안하군요."

부드럽게 웃었다. 내 말이 끝남과 동시에 황태자가 날 감싼 채 걸음을 옮겼다. 그대로 굳어 버린 아이린을 스쳐 지나갔다.

회장을 나서는데 강렬한 시선이 느껴졌다. 돌아보니 케일라덴이었다.

'왜, 그런 눈으로…….'

하지만 찰나였고, 케일라덴은 곧장 고개를 돌렸다. 더 이상 그
눈은 날 바라보지 않았다.

"좀 쉬어."

아니, 쉬려면 댁이 나가야 쉬죠. 지금 댁이 있어서 파티용 드레
스를 그대로 입고 있는데. 괜찮다는 말에도 기어코 내 침실까지 들
어온 황태자를 흘겨봤다.

"몸이 안 좋아서 무리였다면 나오질 말지."

그 말에 속으로 뜨끔했다. 몸이 안 좋다며 황태자의 춤을 거절했
으면 케일라덴과는 추지 말았어야 했는데. 후회는 언제 해도 늦다.
이런 일이 생길 줄 내가 알았나.

"미안해요."

"뭐가?"

차마 대답할 수 없어서 발끝만 바라봤다.

내가 그렇게 행동했는데도 그 상황에서 내 편을 들어준 황태자한
테 참 고맙고 미안했다.

그가 나서 준 덕분에 전화위복이 되었다. 황후가 축객령을 내린
이상 내가 어찌 반응하든 힘들었을 텐데 덕분에 흐름이 내 쪽으로
완전히 기울었다.

황태자는 아이린뿐만 아니라 자신의 어머니인 황후까지 등져 가

며 내 편을 든 것이다. 덕분에 쫓겨나듯 퇴장하지 않고 사냥제 우승자인 황태자를 독점한 꼴이 됐다.

참 이상하게도 아이린이나 다른 사람들의 반응 같은 건 큰 의미가 없는 것처럼 느껴졌다.

그렇게까지 날 도운 황태자에게 순수하게 감동했다. 애틋함이 가슴속에 차올랐다.

본인의 춤 신청을 거절하고 케일라덴과 춤춘 날 괘씸하다 생각할 법한데. 아이린이 막아설 때 그녀에게 보여 주려고 밀착한 날 발칙하다 여길 법한데.

그런데도.

고개를 드니 곧장 황태자와 눈이 마주쳤다. 노란 눈동자 속에 내가 가득 담겼다. 애틋함이 가슴속에서 움찔거렸다. 혹시 더 커질까, 다른 것으로 변할까 두려워 다시 고개를 숙였다.

이상하게 원망이 차올랐다. 헷갈리게 굴지 말라고 했는데.

"왜……."

뚱하게 나온 물음은 거기서 끝이었다. 나조차도 내가 무슨 말을 하려고 했는지 모르겠다.

'이래선 안 돼.'

주먹을 꽉 쥐고 고개를 번쩍 들었다. 황태자가 의아한 눈으로 날 바라보고 있었다. 나는 그를 털어 내듯 선언했다.

"난 황후가 될 거예요."

지금도 이런데 내가 황비가 되면 어떤 일이 일어날지 뻔했다. 아이린은 나를, 내 가문을 곱게 보아 넘기지 않을 것이다.

그땐 태후가 될 황후는 아빠를 몰아내고 마르켈 후작을 황제파의 수장으로 만들겠지. 몰아내는 정도면 다행이다. 우리 가문은, 내 가족은 어디까지 떨어질까?

"전하, 저는 전하께서 괜찮은 동업자라고 생각해요."

황태자의 얼굴이 기묘해졌다.

"나도 그대를 내 황후라 생각한다. 내 행동을 보면 알 텐데."

"알아요. 하지만 전하께선 스테나 영애를 포기하시지 않으시잖아요! 마음을 접으라는 뜻이 아닙니다. 적어도 차기 황후 문제를 그렇게 정하셨으면 확실하게 보여 주셔야죠."

날 도와준 사람에게 말도 안 되는 억지를 부렸다. 하지만 말을 멈출 수가 없었다.

"사냥제 때 저를 전하의 레이디로 택하셨으면 어떤 정치적 소모 없이 제가 바로 차기 황후로 내정되었을 겁니다. 오늘 같은 일이 일어나지도 않았겠죠. 저를 황후로 생각하시면서 왜 스테나 영애를 택하셨죠? 스테나 영애가 황비가 되었을 때 힘이 없을까 봐?"

격한 감정에 다다라 쏘아붙이고 나자 그런 나 자신이 혐오스러워서 견딜 수가 없었다. 애먼 화풀이고 투정이라는 것은 누구보다 내가 잘 안다.

이럴 거면 황태자의 호의를 받지 않고 황후한테 따지든 홀로 외롭게 퇴장하든 했어야지. 그의 도움은 실컷 받아 놓고 할 수 있는 말이 아니다. 나도 안다. 알고 있는데…….

이상하게 기분이, 마음이, 생각이 내 마음대로 되질 않았다. 울렁거리는 감정이 계속해서 역류했다. 무엇 때문인지는 알 수 없었다.

"저는 사랑에 휘둘리는 황제를 제 동반자로 두고 싶지 않아요."

"내가 스테나에게 휘둘릴 것 같나?"

아이린이 아니라 스테나라고 발음하는 황태자의 목소리는 얼음으로 만든 날처럼 날카롭고 시렸다.

화를 내기보단 호소하는, 왜 몰라 주냐는 것같이 들렸다. 인상을 찌푸린 채 날 응시하는 눈동자엔 알 수 없는 물기와 열망이 어려 있었다.

아이린을 레이디로 삼은 것과 달리 그는 나를 도왔다. 휘둘린다고 할 수 없다.

그에게 태도를 분명히 하라고 강요하는 한편으로도 이해는 갔다. 사람 마음이니까. 나도 지금 비이성적으로 구는 것은 마찬가지다.

"부디 앞으로도 안 그러시길 바랄 뿐이에요."

속에서 역류하는 감정들을 억누르며 사무적으로 말했다.

"기다려 달라고 말했지, 그때."

잊었느냐 책망하는 시선에 고개를 저었다.

"잊지 않았어요."

다만 뭘 기다리라는지 모를 뿐.

"그래서?"

내 물음에 이디스가 어깨를 으쓱였다.

"뭐, 잘 마무리됐죠. 그렇게 황태자 전하와 나가셨으니 약간의 소란은 어쩔 수 없는 일이구요."

"내게 안 좋은 소란은 아니었을 텐데?"

"그렇긴 했죠. 아시다시피 황태자 전하께서 그런 데 나서시는 분이 아니잖아요. 그래서 더더욱 저하께 좋았죠."

"그런데 표정이 안 좋은데?"

"제의 마무리를 아이린이 했거든요."

"제의 마무리?"

제의는 파티가 열리기 전에 다 끝난 것 아닌가?

"추가로 쇼를 마련한 거죠."

확고하게 인상을 남기도록 아예 마무리까지 만들었다는 거다. 기존 제의와 다르지만 황궁에서 열리는 것 자체가 다르니 뭐라 할 사람은 없다.

지적할 사람이 있다면 원래 제의를 주관하던 황후뿐인데, 처음부터 황후와 판을 짰겠지.

"사람들 반응은?"

"제의 본식을 지낼 때랑 비슷했어요. 물론 연회 중에 이러저러한 일이 있다 보니 그게 다는 아니었지만, 스테나의 자태는 완벽했어요."

아이린을 싫어하는 이디스가 저렇게 말할 정도라면 그야말로 무결했다는 뜻이다. 아이린이 나와 전혀 다른 종류의 카리스마가 있다는 건 인정할 수밖에 없다.

내가 강렬하게 시선을 사로잡아 거부하더라도 내게 관심을 집중시킨다면, 그녀는 은은하게 두고두고 보는 매력이 있다.

어스레해서 화려한 내게 가리지만 혼자 빛날 기회가 주어지면 평소와 대비되어 그 빛이 강렬하게 보인다.

"다행히 황태자 전하께서 개입하셨지만 황후께서 축객령을 내린 건 변하지 않아요."

"그리고 스테나가 이번 라하딘에서 이겼다는 것도 변하지 않지."

사냥제에서 제의까지. 끝날 것 같지 않았던 긴 겨울의 경합이 결국 막을 내렸다.

세오펠 백작에게 엿도 먹였고 아이린을 바짝 약 올렸지만 어쩐지 패색을 지울 수 없었다. 그리고 그 모든 것보다 황태자에 대한 고민이 깊었다.

"괜찮습니다."

그때까지 잠자코 있던 라브엘이 말했다.

"항상 이길 수는 없는 법입니다. 다음이 있어요. 저하께선 여태까지 잘 해오셨어요. 이번 일은 저하의 힘으로 결과가 결정되지 않는 경합이었습니다."

"그렇지."

아이린이 이길 거라는 건 황태자가 그녀를 레이디로 택했을 때부터 알고 있었다. 하지만 알고 있는 것과 직접 경험하는 것은 또 다르다.

"처음을 생각하세요. 그땐 가문의 세력 차이에도 불구하고 누가 차기 황후라고 일컬어졌는지."

"스테나 영애였지."

"네, 저하께서는 이미 그걸 뒤집으셨습니다. 조금 물러난다고 해서 저하께서 이뤄 놓으신 게 사라지는 것은 아닙니다."

그 말에 고개를 들어 라브엘을 바라봤다. 그리고 그 옆의 이디스도. 둘 다 아주 맑고 청명한 눈으로 날 보고 있었다. 확신이 담긴 눈빛이었다.

"그러네."

이렇게 날 믿어 주고, 내게 힘이 되어 주고 있는 두 사람을 보니 확실했다.

그때 노크 소리가 들렸다. 허락하자 에스더가 문을 열고 들어왔다. 표정이 이상했다.

"무슨 일이야?"

"5황자 전하께서 오셨습니다."

"케일라덴 전하께서?"

잊고 있던 문제가 한순간에 떠올랐다. 내 머리칼에 키스하던 그와 오늘 춤을 청할 때의 눈빛.

'케일라덴이 정말로 날 좋아하는 것이라면…….'

케일라덴의 방문이 껄끄러웠던 적은 이번이 처음이다. 안 그래도 복잡한데 여기에 치정 문제까지 얽고 싶지 않다. 나와 마음을 나눠 봤자 서로에게 좋지 않다. 어차피 결혼할 사람은 정해져 있으니까.

나는 빠르게 결단을 내렸다.

"……몸이 안 좋아 뵙지 못한다고 전해. 후에 약속을 잡겠다고."

오늘 춤도 추지 말았어야 했다. 홀린 듯 그에게 손을 얹었던 과거의 나를 한 대 치고 싶었다.

가장 좋은 결말은 모든 게 내 도끼병이고 설레발이었다는 거다. 그럼 나만 쪽팔리고 말면 된다.

전하러 나갔던 에스더는 생각보다 오래 지나 돌아왔다. 얼굴은 아까보다 더 이상했다. 뿐만 아니라 그녀의 손엔 엄청 비싸 보이는 상자님께서 들려 있었다.

"저하, 5황자 전하께서 주신 선물입니다."

"선물?"

상자를 열자 새하얗게 빛나는 털 뭉치가 있었다. 얘도 털 뭉치가 아니라 털 뭉치님이다. 한 마디로 비싸 보였다.

"사냥제 때 효시로 잡은 플라타실베르의 모피라고 합니다."

모피를 만지기만 해도 따뜻한 열감이 느껴졌다. 따라 들어온 유모가 뿌듯하게 말했다.

"이걸로 목도리를 만들면 좋을 것 같아요. 워낙 크니 숄로 만들어도 될 것 같고. 아가씨는 어떤 게 좋으세요? 이것만 두르고 있으면 어떤 추위에도 끄떡없이 건강하실 거예요."

샤티는 원래 잔병치레 한 번 없었는데? 건강하다 못해 꾕강해서 문제였다.

"저 빛깔 좀 봐요. 새하얀데 어쩜 저렇게 빛이 날까요? 은빛으로 빛나는 것도 아니고. 너무 예뻐요."

어느새 침실 안으로 고개를 빼꼼 내민 세실리아가 말했다. 만져 보고 싶은 게 분명했다.

"사냥제가 그렇게 마무리되어서 아무것도 없을 줄 알았더니. 5황자 전하께서 그냥 사냥감도 아니고 플라타실베르를 잡으셨을 줄은 몰랐습니다."

"플라타실베르가 귀하디귀하긴 하죠. 좀체 보이지 않아 발견하는 것조차 천운이 따라야 한다고 하니까요. 사람을 공격하진 않지만 바람처럼 날쌔다고 들었어요."

멍하니 시녀들이 수다 떠는 것을 들었다. 정신 나간 내 상태를 본 라브엘이 주변을 정리했다.

시녀들에게 할 일을 시킨 그녀가 이디스에게 눈짓했다. 남아서 날 좀 챙기라는 뜻이다. 아무래도 이디스는 내가 가장 마음을 연 친구니까.

"저하, 정신 차리세요."

부드러운 모피를 쓸며 손에 감기는 털의 감촉에만 집중했다. 그러다가 불현듯 입을 열었다.

"이디스, 너는 네 리즈 시절이 언제라고 생각해?"

"리즈……?"

또 알아들을 수 없는 소릴 한다는 표정이다. 나는 가뿐히 그녀의 의문을 무시했다. 어차피 대답을 바라고 물은 게 아니다.

"난 지금이 아닐까 하는 착각이 들어. 곧 삼각관계의 여주인공 같은 대사를 칠 것 같은 예감이 강하게 든다고."

"무슨 말이에요?"

"도끼병에 걸린 걸까? 여기선 막 머리카락에 키스하고 그런 게 흔해? 은근히 보수적이면서도 남녀 간 스킨십이 잦은 건 알고 있어. 손잡는 것과 손등 키스는 기본이고 허리를 감고 오랜만에 만나면 가벼운 포옹도 하지."

"뭐, 갑자기 대체 무슨 소리예요?"

"그러니까 길에서 껴안고 귓불을 깨물거나 걷다가 머리칼에 입 맞추는 건 당연한 예사지?"

"그건 변태잖아요!"

변태구나.

이디스의 외침에 침착하게 생각했다. 역시 변태였다. 전혀 인사와 비슷한 선상에 있는 스킨십이 아니었다고.

"저, 저하! 그러다가 털 뽑히겠어요! 이게 얼마나 귀한 건데……."

진짜로 케일라덴이 날 좋아하나? 그 무뚝뚝한 남자가?

무뚝뚝하지만 다정했다. 더 이상 내 착각이라고 하기엔 너무 많은 일들이 쌓였다.

정말 날 좋아해? 케일라덴이 날? 얼굴로 열이 몰렸다.

그는 나에게 항상 좋은 사람이었다. 내게 필요한 것을 먼저 챙기고, 내 기분을 배려했다. 그가 날 좋아한다고 생각해도 이상하지 않다. 정말로. 아니, 안 좋아한다고 하는 게 이상할 정도다.

그가 내게서 나는 향이 좋다며 무심코 머리칼에 키스할 때부터 외면했던 것이 분명한 형체를 지니고 다가왔다.

숨이 턱 막혔다. 이게 설렘인지 고통인지 모르겠다.

비록 이성적인 호감은 아니지만 나는 케일라덴에게 뚜렷한 호감을 갖고 있었다. 만약 상황이 이렇지 않고, 케일라덴이 조금 더 적극적으로 구애했다면 그에게 조금씩 마음을 열었을지도 모른다.

'하지만 아니야.'

부질없는 가정일 뿐이다. 막혔던 숨이 돌아오자 나오는 건 한숨이었다. 그건 설렘이나 행복과는 달랐다. 훨씬 무겁고 탁했다.

이대로 모르는 척하자. 묻어 두자. 적어도 케일라덴이 내게 이야기하기 전까진.

그게 케일라덴에게도, 내게도 좋다고 생각하는 한편, 지금의 관계를 깨고 싶지 않다는 이기적인 마음이 있었다.

내 이기심이어도 좋다. 지금 내겐 그를 생각할 여력이 없다. 그가 자신의 마음을 밝힐 때, 그때 성심성의껏 진지하게 그의 마음을 생각하는 것. 그게 나의 최선이다.

단지 석연찮은 구석이 있다면 챈들럼 공가의 파티에서 있었던 일이다. 그때 케일라덴은 자신과 날 엮는 아이린의 질문에 대답을 하지 않아 날 곤경에 빠트렸다.

　그럴 리 없겠지만, 설마 아이린의 말이 정곡이었다면……. 식은 땀이 흘렀다. 황위에 대한 욕심이 아니라 날 좋아해서 나와 연인 관계가 되려 했다면.

　사생아를 황태자의 자식인 척 속일 거였냐는 아이린의 말은 너무 나간 것이지만, 아무런 말도 하지 않은 게 마음에 걸렸다.

　그때부터 날 좋아한 건지는 모르겠지만 그랬다면 나와 성혼하는 미래를 꿈꿀 텐데.

　'스캔들을 내려고 일부러 부정하지 않았다든가.'

　어쩌면 케일라덴의 연심이 내 앞길에 가장 큰 걸림돌이 될 수 있다. 생각할수록 의심은 깊어졌다. 나는 생각을 털어 냈다. 지금은 사랑 놀음이나 고민할 때가 아니다.

　케일라덴을 인간적으로 좋아하고 믿지만 완전히 믿어선 안 된다. 이전과 똑같은 명제를 그대로 가슴에 새기는 것으로 고민을 끝냈다.

　"그래서 조선 사업은?"

　뜬금없는 물음에 나는 수저를 내려놓고 황태자를 바라봤다. 눈매를 좁혀도 되돌아오는 것은 없다.

정기 만찬일.

황태자가 조선 사업에 관해 물을지 모른다고 생각했지만 이렇게 당연하게 나올 줄은 몰랐다. 마치 내가 맡기로 내정된 것처럼.

대체 사람을 얼마나 부려먹으려고!

꽁한 마음을 감추고 다시 포크를 들며 여상하게 입을 열었다. 저 페이스에 넘어가면 안 된다.

"대체 왜 그걸 나한테 물어요? 저하곤 상관없는 일이에요."

"왜 상관없어? 그대가 제안한 일이잖아."

"제가 조선 사업을 추진하고 싶다고 한 건 아니었죠."

굳이 철을 사용한다면 조선 사업이 좋겠다고 한 것이지.

"추진하고 싶은 눈치였는데?"

"잘못 봤어요."

"맞는 것 같은데."

"아니라니까요?"

탁, 소리 나게 포크를 내려놓았다. 그를 째려보니 소리 없이 입매를 끌어올린다. 가끔 깜짝 놀란다. 저렇게 부드럽게 웃는 사람이었나, 하고.

"그대는 그런 거 좋아하잖아. 사람들의 삶을 변화시키는 것. 더 좋게, 더 낫게 바꾸는 것."

"제가요?"

이상한 소리를 다 들었다는 듯 인상을 찌푸렸지만 황태자는 미소를 지우지 않은 채 날 응시했다.

결국 나는 두 손을 들고 항복을 외쳤다.

"그래요. 관심 없다고 하면 거짓말이에요. 하지만 지금 제가 관여할 문제는 아닌 것 같아요."

"왜?"

"철 규제는 그냥 그대로 가세요. 어차피 세오펠 백작이 정말 무기가 필요해서 그런 것도 아니니까. 전하께서도 알잖아요?"

황태자의 질문을 씹고 내 할 말만 하자 그가 고개를 기울였다. 그는 내 태도를 걸고넘어지지 않았다. 대신 말을 받았다.

"아무것도 안 하고 현행 유지만 하라고?"

"어차피 채굴량을 늘리거나 무기 규제를 푸는 경우를 가정하고 그보다 더 나은 투자처가 있다는 걸 말한 거잖아요."

"그렇지. 하지만 난 꽤 괜찮은 의견이라고 생각하는데. 지금이 적기야. 교역량은 기하급수적으로 많아지는데 언제까지 육로에만 의지할 수 없어. 제국 내의 물자 수송도 마찬가지고. 그대는 시류를 정말 잘 읽는단 말이야."

"그렇게 아부해도 소용없어요."

"들켰어?"

결국 웃음이 픽 나왔다. 그가 마주 웃었다.

"진심이야. 그대만 한 사람이 없어. 이건 꼭 추진해야 해."

솔직히 나도 지금이 적기라고 생각한다. 필요할 때가 되어서 급하게 준비하면 늦는다. 게다가 사람이 타는 것이니만큼 안전 문제도 소홀할 수 없고.

하지만…….

"제가 지금 관여할 순 없다고 했잖아요."

나는 조금 누그러진 어조로 말했다.

"왜?"

아까와 같은 물음에 입을 다물었다.

"스테나가 한 말 때문에?"

정곡이었다. 놀라 쳐다보니 그가 비뚜름한 미소를 걸치고 있었다. 조금 전까지 나와 이야기하며 짓던 미소와는 전혀 다른 온도였다. 바라보는 것만으로도 눈이 시렸다.

"그래요. 제가 생각하는 적임자는 피오겔 백작이에요. 이건 어떤—."

"편애도 없이 정직한 의견이지."

그가 내 말을 마무리 지었다. 의미하는 바가 명확했다. 내가 해명할 것은 없다고, 이유를 듣지 않아도 내 말을 믿으니 걱정하지 말라는 뜻이다.

나는 입을 꾹 다물었다가 작게 고개를 끄덕였다.

"맞아요."

"카이엔과 수교가 되면 무역량이 늘 거야. 카이엔과 그 주변 지역은 물론이고 카이엔의 동맹국에도 영향이 미치겠지. 더 빠른 육로도 새로 개척될 거고."

"한번 교역에 불이 붙으면 기하급수적으로 무역량이 늘어날 거예요. 자연적으로 수요가 늘어나니까요."

"그 와중에 해로로도 운송할 수 있으면 다른 나라를 압도할 수 있지."

"운송량은 더 늘어나고 운송 시간은 단축하면서 노동력은 줄어드니까요. 비용이 대폭 감소한다는 건데, 이건 시장가에서도 이점이 있죠."

안 그래도 제국은 넓은 데다가 내수율이 높아 무역 우위를 점하고 있다. 은화가 들어올 수밖에 없는 상황이다.

"무역 품목도 생각해 둬야겠군."

"제국에서 생산하는 것도 좋지만 여기선 볼 수 없는 것을 중계해도 괜찮을 것 같아요. 똑같이 청리엔에서 들여와도 비용이 적으니까요."

무심코 답하다가 퍼뜩 정신을 차렸다. 아니! 내가 왜 이 얘기를 하고 있지?

"여하간, 전 빠질 거예요."

"이렇게 관심이 넘치면서? 하고 싶잖아."

"위험을 감수하면서까지 하고 싶은 건 아니에요."

"전엔 위험을 감수했으면서."

그가 눈을 가늘게 떴다.

"주변만 생각하지 말고 그대 자신을 더 생각하지그래? 그대는 제멋대로 굴어도 돼."

"지금도 감히 황태자 전하께 제멋대로 굴고 있는 것 같은데요."

한숨인지 웃음인지 모를 것을 내뱉으며 고개를 절레절레 저었다. 그에겐 못 당하겠다. 자신의 필요에 의해 명령하거나 부탁하는 것도 아니고 날 생각해서 이러는 게 확실해서⋯⋯.

음, 솔직히 기쁘다.

"나는 이 일을 추진할 거야. 발의한 사람이 누군지 다 알 테니 그대가 빠져도 결국엔 말이 나올 거다. 파티장에서 그대가 워낙 당돌했어야지."

그는 조금 뿌듯한 듯했다. 나는 못마땅한 눈으로 그를 흘겼다.

"좋아요? 나는 그것 때문에 곤란한데."

식탁 아래로 그의 정강이를 퍽, 찼다. 그가 미간을 움찔거렸다.

힐 앞머리에 보석이 박혀 있어서 꽤 아팠을 거다.

고소해 죽겠는 걸 티 내지 않고 우아하게 수플레를 떠먹었다. 음, 맛있어. 왠지 평소보다 더 맛있는 느낌이다.

"나도 피오겔 백작에게 맡기는 게 좋다고 생각해."

그가 진지하게 말했다.

"스테나 영애가 그렇게 말한 이상 다들 제 입김이 작용했다고 생각할 걸요."

"그대가 내게 미인계를 썼다고 오해하게 두느니 직접 참여하는 게 낫지 않아?"

"어머, 오해인가요? 전하께서 저번에 제가 아름답다고 아주 머리부터 발끝까지 칭찬하지 않으셨나요? 제 머리칼이 어떻고, 눈동자는 어떻고."

"내가? 난 그런 적 없는데."

그가 씩 웃으며 턱을 괴었다.

아, 그래. 그건 레오였지. 얄미운 그의 얼굴에 입술을 비죽였다.

"아예 신흥 귀족한테 투자하시던가요. 전하께선 귀족파나 황제파와 다른 세력을 키울 생각이잖아요."

"그래도 되나? 피오겔도 기대하는 게 있을 텐데. 물론 공정하게 정한 결과로 말이야. 피오겔의 능력은 본인들이 가장 잘 아니까."

"전하야말로 신흥 귀족 세력을 키우려고 하시면서 피오겔가한테 주겠다고 말해도 돼요? 이렇게라도 기회를 줘야 좀 올라올 수 있지 않겠어요?"

"신흥 귀족도 그 나름이지. 내가 원하는 자는 능력 있는 사람이야. 내가 무리하게 기회를 주지 않아도 되는 사람들."

"알베르 경처럼요."

문득 생각나는 사람이 있어 무심결에 이름을 말했다. 그리고 보니 잘 지내고 있을까. 샤리안 경이랑은 뭔가 진척이 있을까?

"그대는 알베르 경이 퍽 마음에 드나 보군. 세베리다에서도 그렇고."

조금 전까지만 해도 유쾌한 기색이 가득했던 황태자가 이를 드러냈다. 난 의아하게 그를 바라봤다.

"괜찮은 사람이잖아요?"

황태자는 대답하지 않았다. 그 뚱한 태도에 혀를 찼다. 그렇게 부려먹고서 미안하지도 않나.

"피오겔 백작에게 이 일을 일임할 거야. 가장 합리적인 결정이야."

확고한 말에 한숨을 쉬었다. 그렇게 결정했다는데 더 이상 뭐라 할 수 없다. 어떻게든 날 끌어들이겠다는 거니 고개를 끄덕일 수밖에.

"그래요. 제가 관여한다고 쳐요. 그럼 직접 낙하산 인사를 뽑았다 소문날 텐데요? 이건 저뿐만 아니라 절 도와주는 피오겔 백작 부인한테도 못할 짓이에요."

"말했잖아. 합리적인 결정이라고. 그대가 그리 염려하니 당연히 짐을 덜어 줘야지. 그런 말이 나오지 않도록 내가 처리할게."

"진작 그렇게 말하지 그러셨어요!"

그럼 이렇게 고민도 안 했을 텐데!

"처음부터 말했으면 그대가 고개를 끄덕였을까? 꺼리는 이유가 꼭 이것만은 아니잖아? 분명 사람 생각과 입방아는 막을 수 없는 일이라고 못 막을 거라 했겠지."

너무 정확해서 할 말이 없다. 나는 조개처럼 입을 다물었다.

"그런고로."

황태자가 승자의 미소를 지으며 손을 까딱였다. 식사 시중을 들던 시종 하나가 곁으로 다가와 황태자에게 무언가를 내밀었다. 그건 내게도 아주 익숙한 물건이었다.

나는 설마, 설마 하는 눈으로 황태자를 바라봤다.

"자, 원활한 연락을 위해 받도록 해."

황태자가 척 통신구를 내밀었다. 내가 황당해하든 말든 아주 당당하다.

물러날 기색이 없어 받아 들자 그가 환히 웃었다. 테이블에 가득한 은식기도, 의자에 박힌 보석도 빛을 잃을 정도로 눈부신 미소였다.

"곧 있을 신년회가 기대되는군."

배부른 호랑이처럼 만족스러운 미소에 결국 나 역시 고개를 끄덕였다.

세오펠 백작과의 만남이 기대되었다.

—악녀의 정의 4권에서 계속—

BLACK LABEL CLUB 030
악녀의 정의 3

1판 1쇄 발행 2017년 4월 27일
1판 4쇄 발행 2020년 2월 5일

지은이 주해온
펴낸이 신현호
편집부장 예숙영
책임편집 박상희
편집디자인 한방울
영업·관리 김민원 조은걸 조인희
물류 이순우 최준혁 박찬수

펴낸곳 ㈜디앤씨미디어
출판등록 2002년 5월 1일 제117-90-51792호
주소 서울시 구로구 디지털로 26길 111 JnK디지털타워 503호
대표전화 (02)333-2513 팩스 (02)333-2514
전자우편 dncbooks@dncmedia.co.kr
디앤씨북스 블로그 http://blog.naver.com/dncbooks

ISBN 979-11-264-4077-1 (04810)
ISBN 979-11-264-4074-0 (세트)